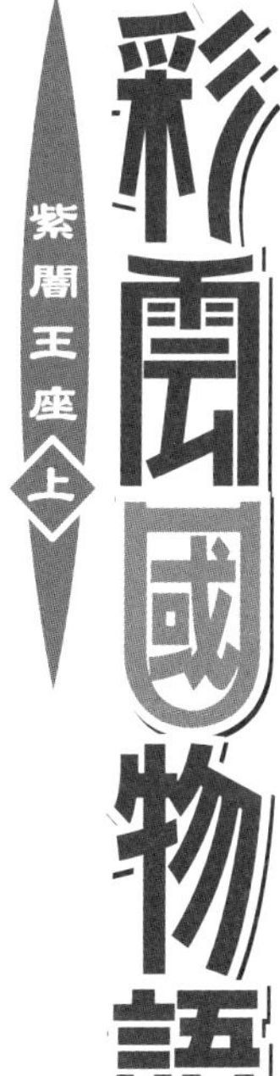

作者●雪乃紗衣
插畫●由羅カイリ

Kadokawa Fantastic Novels

目次

14

被抹去的名字與不會消失的心

40

另一個徙蝶的故事

88

金絲雀的眼淚

137

流淚的人偶，結束之歌

178

霧中虛幻的靜謐山舍

239

紅色小丑的笑聲

293

最後的骨之墓誌

337

412

後記

429

彩雲國物語

紫闇王座 上

◆紅秀麗是彩雲國第一位女性官員，身為一位負責匡正政風的監察御史，活躍於御史臺，每天努力的執行勤務。經濟封鎖時，秀麗奉勅命前往紅州說服紅家宗主，卻在途中失蹤了。原來，出了貴陽之後，秀麗的身體狀況就急速惡化，滯留在具有異能的縹家宮殿之中。

◆為了鎮壓大舉入侵紅州，且即將禍及全國的「蝗災」，秀麗尋求縹璃花的協助。

◆另一方面，在王都貴陽裡，旺季提出了對應「蝗災」的對策。劉輝將兵馬權交給了欲前往紅州的旺季，使得自身立場岌岌可危……

紅秀麗

名門紅家的千金小姐（家貧）。
以第一位女性監察御史的身分
在御史臺學習。個性堅強。

紫劉輝

彩雲國國王，單戀秀麗。
正努力成為一位賢明的君主，
不過目前遇到許多煩惱。

茈靜蘭
紅家家僕。但真實身分是劉輝的異母兄長——清苑皇子。

浪燕青
過去曾和靜蘭有過一段情誼。現在是秀麗的輔佐官。

榛蘇芳
巡迴於地方上的監察御史。常在秀麗暴走失控時出面安撫她。

劉志美
紅州州牧。有時會用人妖語氣講話的中年男子。

霄太師
王城裡的耆老。真實身分是彩八仙裡的紫仙。

插畫／由羅カイリ

鄭悠舜

以宰相身分輔佐國王的優秀文官。也是紅家的天才軍師，當代「鳳麟」。

縹瑠花

擁有強大異能與力量的縹家大巫女。原本關心的人只有弟弟，然而……

旺季

門下省長官。貴族派大老。對劉輝似乎抱著某種念頭……

璃櫻

仙洞令君（長官）。雖繼承了縹家宗主璃櫻的血脈，卻不具有異能。

凌晏樹

門下省次官（副官）。御史台長官葵皇毅的兒時好友。對秀麗充滿興趣。

羽羽爺

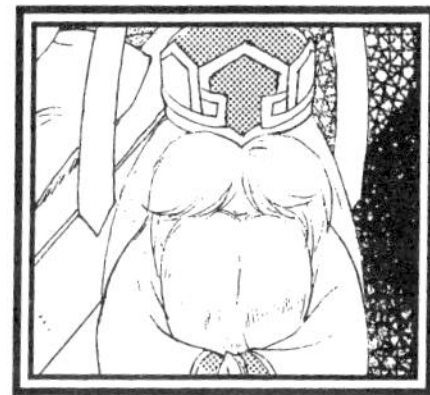

仙洞省令尹（副官）。特徵是蓬鬆的白鬍鬚與矮小的身軀。年事已高，精於法術。

孫陵王

兵部尚書，身經百戰的實力派武將。也是旺季的盟友。

司馬迅

獨眼的前死刑犯。曾與楸瑛之妹十三姬有過婚約。

李絳攸

原為吏部侍郎。秀麗的叔父紅黎深的義子。雖為才子卻是個路痴。

藍楸瑛

原為羽林軍將軍。現在是靜蘭的部下。愛慕著珠翠。

珠翠

原為後宮首席女官。具有縹家血統，身上的異能已漸漸彰顯。

內頁插畫／由羅　カイリ

純白的落花，在狂風中捲起。

紛紛飄落的櫻花瓣將周遭的一切都染成了白色。那棵櫻花樹高得必須抬起頭仰望，而其不可思議的顏色與花瓣的形狀在世上已不可見，那是來自遙遠的古代。

花下，一個男人正慵懶的倚靠著樹幹。

——我贏了。

男人臉上露出一絲的笑意，望向紫霄。從他那雕像般俊美的五官中找不出絲毫細膩的情感，只有令人心折的傲慢與黯然冰冷的微笑，任誰都不由得為之臣服。

『所以我說不用多久，那扇門一定會開的。不管妹妹再怎麼嚴密地封住它，一定會出現某個普通人類，將所有神器破壞之後，憑藉一己之力打開。最多不出數千年吧。而在那之前，我們不如就一邊喝酒一邊看他們自取滅亡好了。』

灑落的櫻花瓣宛如暴風雪。男人揚起嘴角露出美麗而凶惡的笑。

『不過，可別太靠近人類了，否則會落得跟那個黃昏之王一樣。』

黃昏之門的主人。生死之間的君王——為了蒼遙姬而選擇背叛夥伴的「仙」。

狂亂紛飛的落櫻中，男人——蒼玄留下了傲慢的笑聲，消失了身影。

──「鈴」，響起搖鈴般清脆的響聲。

霄太師反射性地睜開眼睛。

一時之間，突然忘了自己身在何方。剛剛從黑夜與白晝的縫隙找到仙洞宮，現在才回過神來。

用手一抹額上的汗水，察覺自己不知何時恢復了年輕時的模樣，霄太師咬牙切齒，深呼吸一口氣，露出憤怒的眼神。

「住手，藍。別拿那種無聊事來開玩笑!!」

藍仙從陰暗處以藍龍蓮之姿現身，然而從他的表情可看出他也感到意外。

「我什麼都沒做。看來，似乎是受到了那個的牽引。」

說著，他用下巴朝那扇雕工流暢華美的仙洞宮門示意。那扇原本打不開的門，如今彷彿被某雙看不見的手，從黑暗的那一端推開似的，出現了一道門縫。明明沒有風，卻發出咿呀咿呀……令人不舒服的聲音。

雖說是未曾開過的仙洞宮，但在兩年前的春天，霄太師為了讓秀麗進入而打開了。

除了彩八仙之外，任何人只要具備足夠的條件就能打開門。然而那應該是為了要掩飾另一扇門的存在。另一扇「不能夠打開」的門，也是縹家與仙洞省拚死想要封住的後門。

如今那扇門就在眼前露出了一條門縫。透過門縫看到的，是濃稠鈍重，具千年歷史的黑暗，一如黏膩的蜂蜜般滴落。令人懷念的黑暗彷彿正透過風，在向世人招手。

藍仙一臉享受的模樣，瞇起眼睛愉快地伸出手感受那從門縫吹來的風。

「真是睽違許久啊，這樣的『縫隙』。因為那個的緣故，我的力量和你起了反應，形成了牽引。哼，你『夢見』了什麼？紫霄……我聞到花香。」

「少囉唆！」

「不管是出現『縫隙』，或是同時代所有的仙都擁有人類肉體這件事。特別是連黑那傢伙都從槐之門出現了，這更是罕見。」

「黑那傢伙他……？虧你提到他還這麼一派輕鬆啊。」

紫霄嘲諷地丟下這句，藍仙卻慵懶的笑了。如果藍仙將內心真正的想法說出來，紫霄定然激怒無疑。所有仙人之中，只有紫霄和黑仙從蒼玄時代起便一次也未曾「入睡」，一直駐足在人世間。雖然他們兩人各持相反理由，但就藍仙看來，其實根本沒什麼不同。

「不管怎麼說，破壞神器的是人類，而打開門的也是。並不是黑那傢伙。在『誓約』這件事上，我們只能從一旁觀看而不能插手。我是不知道你為什麼這麼不滿，但別把錯都怪到黑的頭上。更何況，『門』打開對我們不是更好嗎？」

紫霄苦澀地抬起頭，轉過身。

「你看，羽羽正在努力。」

咿呀……那僅僅開了一道縫隙的門，又像是被另一雙看不見的手從外側向內推似的，慢慢關上了。千古的黑暗也再次消失在門扉的另一端。藍仙面露微笑。

「——好傢伙。剩下的力氣已經不多了，卻依然努力推回來啊。擁有如此堅毅又高貴靈魂的術者，今後想必不可能再遇見了，瑠花和羽羽要是有子嗣，說不定能夠媲美蒼遙姬呢。」

蒼遙姬。這個名字令紫霄眼前像是看見了古代紛紛飄落的櫻花雨。

藍仙伸出手，忽然吹來一道強風。不知從何處傳來琴音，就像是伴隨著強風而來。以封印的力量來說，僅次於縹家二胡的，就是皇家的琴中琴。

不知不覺中，氣流已形成漩渦，捲起了櫻花花瓣，在空中狂亂飛舞。

那正是世上已不復見的古代櫻，也是司掌時間的藍仙記憶中刻劃著的，夢的碎片。

「來吧！紫霄，不如再作一場這泡沫般塵世的夢。落在大地上的眾仙，一定都感受到了這股令人懷念的風。呵呵，紫霄，你怎麼這副怪表情？你之所以追隨戩華，不就是因為認為那個破壞王能將一切毀滅嗎？」

紫霄用不帶任何感情的眼神望著藍仙。藍仙很清楚，這位向來不需任何侍衛、眾仙中最強的紫仙，看起來越是面無表情，內心越是波濤洶湧。

「在你的協助下，瑠花於政爭中敗給戩華，而戩華也一如你預期的將帶有蒼玄血統的一族幾乎殲滅了。」

藍仙閉上眼，聽著隨風飄來的琴中琴音。那千古幽懷的曲調，深深震撼著他的心。

「然而，不知道為什麼他卻留下了一個人，而且不巧的又是繼承蒼家最濃血脈，具有最正統繼承權的王者之星。他同時也繼承了這令人懷念又不安，卻也令人不能不喜愛的蒼周琴音。究竟是為什麼呢？紫霄。戩華為什麼只讓那個男人活命。要是殺了他，現在早就不用擔心『門』會被打開，也能夠結束一切了。為什麼啊？紫霄。如此一來你最討厭的戩華之子就能結束這一切了，你為什麼擺出那副表情？你究竟是希望人類全部滅亡，還是不希望？我有時真不明白你到底在想什麼？」

「閉嘴！」

肅靜的氣魄如風之刀刃，斬碎了那些狂亂飛舞的古代花瓣，也削落了一束「龍蓮」的髮絲。不過藍仙依然毫無損傷。藍仙捻起被削落的那束髮絲說：

「呵呵。你殺不了我，我也殺不了你，就像是『烏鴉的喙』。」

烏鴉絕對不會啄同伴的眼珠。因為如果牠們用那尖銳的喙互相攻擊，全體烏鴉很快就會滅絕了。反而是將缺乏攻擊力的小鳥放在同一個鳥籠中時，牠們才會自相殘殺。

彩八仙在過去，無論感情好壞與否，相處得融不融洽，都絕對不會互相攻擊，各自的手下也是一樣。理性才是強者的證明，而無能的人類就像那些小鳥，總是引起戰爭，同族相殘，數千年不曾改變。他們誤以為那才是生物存活之理，殊不知這其實證明了自己才是弱者。

「現在人類的智慧與力量，已經連烏鴉都不如了。你的主人不失望嗎？黑仙的使者。」

藍仙舉頭仰望，只見一隻大鴉臨空飛下。金色的眼睛與三隻腳，正說明了牠是一隻神烏。大鴉在天上盤旋，藉此表示對最高位的「仙」致敬，接著便不知去向了。

「呵呵，黑的侍衛還是一樣懂禮數，不輸茶的那匹銀狼啊。」

當黑仙給予人類幫助時，世間的天秤必將傾斜，而藍仙最喜歡看到這幅景象了。

就像萬千墜落的流星雨，多少人的命運也一樣沿著軌道，接二連三的隕落。他就喜歡看這個。隕落的生命，一如燃燒殆盡散放光芒的彗星，又像壯烈凋落的櫻花，雖然只是身為旁觀者，藍仙依然對他們心生愛憐。只有那個時候，人類的靈魂才是美麗的。

然而，也只有那種時候。

「紅色妖星停留在天際已久，但也即將落下。隨著妖星落下，其他還有幾顆星也會跟著隕落，重新描繪出一幅天象圖。這暗示著掀起災禍的妖王戩華的時代大勢已去，即將迎向終點。取而代之的是，從東方升起的閃亮而美麗的王星。正因為擁有純粹的血統，從大業年間起便不斷遭到歷代愚王的迫害，甚至被迫改變姓氏，降格在紫門家之下。這位承受了種種肅清與屈辱，才得以存活至今的天命之子，蒼家正統後裔，就是旺季。」

其實紫霄早該知道了。知道旺季誕生在王星之下，劉輝卻什麼都不是的事實。

即使如此，紫霄仍選擇輔佐劉輝，留在朝廷沉默地觀察事態發展。他這麼做是為了什麼？

「紫霄，人世對我們而言，不過是個泡沫般的夢。在這個世界是不會發生奇蹟的，不管是誰，做過的事總有一天都會有其報應。瑠花會死，羽羽會死，紅秀麗也會死。這不是什麼早就決定了的命運，要改變也是能夠改變的，但人們自己做了這樣的選擇，用來交換對他們而言更重要的東西。」

就像紅秀麗明知一切，依然選擇了離開縹家。藍仙閉上雙眼。

不該誕生的奇蹟之女。她那條狹窄卻專一的人生路，就像彗星一樣毫不猶豫地劃過天空。不惜拒絕瑠花提供的機會，選擇了身為人類的生與死。

不是去扭曲命運，而是用全部心靈賭上命運中的一切，紅秀麗選擇了貫徹自我。

當紅仙還在人世時所給予的那段短暫時光，究竟有什麼意義。

現在藍仙也想看看，那姑娘最終會走上什麼樣的命運。

——落下美麗流星雨的夜晚，即將來臨。

「……紅，她所留下夢想的這個女兒，也即將結束生命。那姑娘和旺季一樣，總是賭上一切。相較之下年輕的國王卻一次也未曾為了國家與人民賭上全部的心靈。而這些，臣子們都看在眼裡。就是這樣……讓我們看看那位年輕的國王究竟會不會發現吧？紫霄。」

紫霄沒有回答。

狂亂的櫻花如雨，接連不斷地飄落。

每次想起那個人，總會伴隨著這樣的櫻花雨。在如雨般飄落的櫻花樹下，那人總不會察覺到他的到來，看起來像是在思考著完全不同的事。而他對這一點也總是不滿。

靜靜地等了許久，那個人才發現他，並出聲喚了他的名字——晏樹。

晏樹臉上寫滿了不開心。就算是去討好誰，也都是經過計算的，從未表露過自己真正的心意。而無論面對的是誰，晏樹永遠能馬上成為對方的「心頭好」，除了那個人之外。

無論何時何地，那個人總是那麼「平等」，那麼「公平」。晏樹不由得挖苦了一句：

『我討厭櫻花。』

是嗎？那人只如此笑答。這又讓晏樹更不愉快，忍不住補了一句：

『我也討厭你。』

短暫的沉默之後，那人還是只回了——是嗎。接著他困惑地偏過頭，抓抓鼻子。就只是這樣，那個人最多只會有這種反應。而這卻讓晏樹極度的不愉快。

晏樹之所以接近他，都是為了完成「任務」。討他歡心，奪走他的姓氏與財產後，滅絕他的一族。

這就是任務的內容，一如往常。如今，對方已經沒有稱得上族人的族人了，除了女兒之外，也沒有留下子嗣，應該能輕易地結束任務。

然而，過了這麼久，自己仍下不了手毀掉他的一切。不只如此，還一直留在他身旁。

春天賞櫻花；夏天在藤架下納涼；秋天看到落得滿地的銀杏葉，他總會低語——好像小矮人的扇子啊；而到了冬天，在冰冷的雪中，他又會抬頭望向晦暗的天空，說著春天快來了呢。晏樹心想，就算自己不動手毀滅他，像這種又笨又沒有企圖心，光是位階崇高，實質上卻兩袖清風的貧窮貴族，一定馬上就會被人整死了吧。沒想到，那個人就算手中握著沾血的劍，都還是以同樣的眼神，說著同樣的話。

『你看，晏樹。白玉蘭的花開了。那是春神所棲宿的花。啊，春天已經到了呢。』

白玉蘭雪白的花瓣，因為太白了甚至帶點青色。這生長於雪國，會帶來春天訊息的花。手上還握著剛殺了人，尚在滴血的劍，那人卻不忘仰起臉來望向春天的花。

——這個人，是多麼成熟的「大人」哪！

那時，晏樹有生以來第一次，內心不平靜地像竹葉般發出摩擦的沙沙聲。為了搞懂某件事——雖然至今還是不明白——他才會現在還留在這個討厭的人身邊。

『……晏樹，你知道嗎？這種櫻花啊，無法繁衍子孫。』

他舉起掌心向上，優雅地接住花瓣。

『這種櫻花是人工接枝栽培出來的。為了製造出更美的櫻花，代價就是即使開花也無法結果，沒有種子。所以，也無法留下後代。除了靠人工插枝延續生命之外，別無其他生存的方法。而且這種櫻花簡直像在誕生前就約定好似的，全都在相同時期綻放，並同時凋落。因為它們都是由同一棵母株複製出來的，所以全都一樣。如果人們不繼續照顧它們，複製新的花樹出來的話，不到百年這品種的櫻花就會滅絕，從地表上消失。也難怪它們會美得如此瘋狂。不知情的人們儘管再怎麼褒美、喜愛這種花，一旦春天過了，就會把它們忘得一乾二淨。人類的感情真是自私啊。』

晏樹已經不記得當時聽著這番話，自己是露出什麼樣的表情。

『……所以啊，晏樹。其實我也很討厭這種櫻花。看來，我們很合得來嘛。』

說著，那人便瞇著眼睛，露出共犯者的笑容。

『的確，這種花在凋謝時總是旁若無人似的狂亂，而且一點都不含蓄。可是……又真的很美。在人類的自私之下，製造出這種只能活一代的櫻花，實在也不能怪它們開得這麼美又這麼任性妄為了。因為這些花，生來就只為了這樣一個理由。所以就算我不情願，每年也還是會來賞一回。至少在我有生之年，盡量陪陪它們吧。』

為了開出更美的花而犧牲了後代的櫻花。狂亂的美。如果失去人類的照料就無法延續生命。風中紛飛的櫻花，美貌所換來的卻是虛幻與高潔，以及毀滅的宿命。

幽玄之美。是啊，晏樹抬起頭望著那人，想笑，卻沒法好好笑出來。這種事也是生平第一次，因為早在不復記憶的好久以前，晏樹就只能裝出笑臉了。

搶在思緒之前，嘴巴先擅自發出了言語。伴隨著苦澀的嘆息與不知所措的笑容。

『……不過，你自己不就像這種櫻花嗎？旺季大人。』

那時旺季究竟回答了什麼，晏樹也不記得了。

……接近破曉的微暗黑夜，靜得如佛堂般的室內。晏樹猛然睜開懶洋洋的雙眼。

在長椅上睡著的晏樹，摸索著水果籃，把籃內的葡萄拿過來。才吃了一顆，又馬上放下。閉上眼睛，總覺得好像能聽見旺季趕赴紅州的馬蹄聲。這間旺季經常待的房間，失去了主人後顯得如此空虛。連葡萄都沒了味道。

晏樹慵懶地攏了攏一頭波浪長髮，想起櫻樹下的旺季。

「皇毅，悠舜，以前我們約定過吧？不管用什麼手段，都要實現我們的願望。」

他們三人在遙遠的過去，曾許過願望。而期限已經漸漸逼近了。

「只要再加把勁就好了。雖然有個傢伙不能用了，令人有點困擾。好不容易才撿回來的啊。」

輕悄悄地，一隻黑色蝴蝶從微暗中飛近晏樹。晏樹的眼神顯得無精打采。

——因為締結了「契約」，所以那具會動的屍體「回來」時，晏樹能感覺得出來。

「……暗殺瑠花的行動失敗了是嗎？……到底是那傢伙派不上用場，還是小姑娘的成長超乎想像呢？呵呵，不錯嘛，小姑娘。越來越符合我的喜好了。」

晏樹反而開心的笑了起來。人生越有趣，他越開心。

「接下來，該怎麼做好呢？那傢伙的臉也曝光了……啊，對了，就像之前那樣給他戴上狐狸面具好了。為了旺季大人可得多加油呢，呵呵！」

看著旺季是很有趣的。旺季這人絕對稱不上乾淨，手中握著染血的黑劍，眼裡看得卻是白花。他不會將自己做的事正當化，但也不會躊躇不前。相對於那些只要一根黑色羽毛就能讓內心天秤傾斜的人，他雖然搖搖晃晃的，卻也始終維持著平衡，憑著意志繼續走在危險的道路上。比起徹底乾淨清白的人，或完完全全墮落的人，這樣的旺季更吸引晏樹的心。就算有再多黑色羽毛落到他的天秤上，非到最後他是不會輕言墮落的。

一切都是為了別人而生，這樣的他，才是與生俱來的真正王者。和晏樹完全相反。

所以，晏樹才會最討厭旺季。

「不是為了你。悠舜和皇毅都有各自的願望，而我也要實現自己的願望。」

晏樹喜歡活著，喜歡時時刻刻都為自己而活。只要旺季的願望實現了，連帶著自己的願望也能夠實現。這就是過去他所發現的，只要待在旺季身旁就能明白的「什麼」。

但這「什麼」究竟是什麼，現在依然無解。就像被竹葉摩擦般，那令人心動的感覺被掩蓋住了，使晏樹看不清楚那真正的「願望」。所以晏樹留在旺季身旁，全都是為了自己，晏樹不曾為旺季而活。

他認為無論何時，都能為了自己輕易背叛旺季。

竹葉摩擦的聲音，沙沙地聽著好舒服，但也會令人背脊發涼。每次用手掐住旺季的脖子時，晏樹都會聽見這樣的聲音。感覺像是用手捏碎什麼似的，掌心瞬間產生的快感。不用等太久了。

「不過，還不用擔心。在你坐上王座前，我都會站在你這邊。幫你排除所有障礙，讓你實現願望。這就是我的做法。」

只不過，為的是其他目的罷了。晏樹全身寒毛倒豎，像是在提醒自己：除此之外不能有其他目的。

所以——

「悠舜，不管贏的是我還是你，最終的贏家都是旺季大人。可是……那還是算我贏喔！」

櫻花盛開時，一切都將結束。這就是我的做法，悠舜，而不是你的。

晏樹咧嘴，唇邊浮現一抹淒豔的笑容，然後順手拿了顆葡萄送進嘴裡。

「……快回來吧，我等您。旺季大人。」

不知從何處，黑色烏鴉突然飛起。

●❋●❋●

蘇芳在空無一人的冗官室等人。一邊讀著書簡一邊伸手去拿茶杯時，腳底忽然傳來一陣震動。有點大。這場地震雖然很快就靜止下來了，門外卻還是傳來不知道誰大喊「我的書桌啊——」，並慌慌張張往冗官室跑的聲音。蘇芳意興闌珊地動了動撐著下巴的手對來人打招呼。

「唷，叔牙。好久不見啦！」

餘震平息後，鳳叔牙才一臉安心的模樣，拉過蘇芳對面的椅子坐了下來。

「唷什麼唷啊！最近這些地震到底是怎麼回事？也太多了吧！太誇張了……還有你也真是的，回來了怎麼沒有馬上聯絡我們啊，蘇芳你真過分。」

「抱歉抱歉，是我不好。還有，真的很謝謝你幫我傳信給燕青。」

不只同為冗官，因為兩人從以前就是朋友，說起話來也就特別親密，但卻絕不隨便。畢竟叔牙是連給燕青的信都能託付，一位值得信賴的朋友。再說叔牙的個性其實和那看似輕浮的外表剛好相反，他的口風是出了名的緊。

「……那麼蘇芳，秀麗下落不明那件事，說實在的到底怎麼樣了？連我們都隱約感覺到事情不單純。所以大家都生氣了呢，你就好好說明一下吧！」

叔牙臉上雖掛著笑意，口中的質問卻是相當尖銳。從說話的聲音也聽得出叔牙真的快生氣了。

「……我知道。秀麗不是下落不明，因為發生了一些事，途中將她交給別人照顧而已……只是這件事本該是極度機密，卻不知從哪裡洩漏出去了，這個部分反而讓人覺得內情不單純。」

聞言，叔牙的表情瞬間丕變。和蘇芳一樣身為下級貴族，又是原冗官的鳳叔牙等人，被中上級貴族或官員利用又棄置不顧是常有的事，蘇芳這句話的意思，叔牙再明白不過。

「……會是『上頭』的情報運作嗎？」

「實際上你們都很火大吧？我們雖然不站在國王那邊，但是站在小姐這邊的立場，對方也很清楚。他們也知道我們這群人儘管頭腦簡單，可只要看到小姐為國王努力的那股拚勁，就算原本不喜歡國王的人，也會想算了就幫幫他吧。我們就是那麼傻又單純啊！所以反過來只要利用小姐，散佈她進後宮前就逃婚的消息，那我們這些人聽了，絕對會馬上放棄協助國王的。」

叔牙支著下巴，露出冷冷的眼神微笑著說「這倒是事實」。

「小姐會回來的。她可是秀麗啊，叫她別回來她也一定會回來的，絕對。」

叔牙放開托腮的手，靠著椅背的身體搖啊搖的，臉色一沉說道：

「……不要回來比較好。現在狀況變成這樣，就算她不管我們也沒關係了。如果國王不再是國王了，秀麗反而可以若無其事的繼續做她官員工作，退出的理由也消失了，不是嗎？秀麗最大的阻礙，其實是國王啊！真是害慘她了。」

「我也超這麼覺得的。可是她一定會回來，要是她不回來，夏天一到，我和你和其他冗官都會從朝廷消失。但秀麗不是那種會丟下笨蛋，自己向前走的人。」

叔牙苦笑。也只能苦笑了。叔牙他們最喜歡的也正是秀麗這種個性，一方面不希望她改變，但另一方面卻也不願意看到她因為這種令人喜愛的特質而害了她自己。

「然後呢？接下來你打算怎麼辦，蘇芳？」

「……我還欠小姐很多……」

「欠她的錢也全都還沒還吧？」

「嗯。所以……我雖然不是為了國王，但為了小姐，我還是得跟著國王。」

叔牙再次托起下巴，看著蘇芳又笑了。這次的笑容看起來真的很開心。

「我知道了，大家那邊就由我去說吧。」

「喂，叔牙，我自己怎麼樣沒有關係，可是大家——」

「別擔心。我們都是單純的笨蛋啊，這種理由已經足夠。秀麗如果要扛，我們就得幫她。要是棄她不顧，那豈不是和上面那些利用完就把我們踢到一邊去的傢伙沒什麼兩樣？而且幫他又有什麼關係，大家都相信秀麗吧？就算老是失敗，只要相信他，支持他，他一定也能成為一個好國王。就像春天時，他也陪我們到最後一樣。」

「………真的可以嗎？叔牙。」

「為了秀麗當然可以。國王怎樣我不管，可是我相信秀麗。既然現在秀麗不在，那麼在她回來之前，當然就該輪到我們加油了不是嗎？」

蘇芳突然察覺到，現在朝廷裡有一個新的派閥誕生了。這個派閥雖然是由一些不受重用的下級貴族組成，也還不成氣候，但這群過去總是被利用，像水藻一樣漂來漂去的夥伴們，如今因為秀麗的存在，終於團結成一股力量了。

「雖然我們大家的官位既低，又派不上什麼用場，但至少比起那些中上級貴族，身上的枷鎖少多了。雖然不敢說能為她而死，但……不行嗎？」

「不，我想小姐一定也不希望那樣。我也沒打算為她而死啊。要是我死了，我爹的保釋金要誰來還。反正我們最會的就是腳底抹油，看苗頭不對跑就是了。只不過在那之前，得要留在朝廷，直到留不住為止。同時在不會危害自己的情形下，盡可能的幫小姐收集情報。」

「這樣就行了嗎？那不是和平常做的沒兩樣？不過話說回來，這種工作還比那些只會嘴上說大話，卻一味明哲保身的中上級貴族幹的事要有意義多了！而且又能幫上秀麗的忙。」

一陣搖晃，地震又來了。這次的震度雖然不大卻持續很久。叔牙臉色一暗。

「……可是蘇芳，說真的你也發現了吧？現在這樣不大對勁啊，讓人想起之前的狀況。」

「……是啊。」

蘇芳與叔牙都是在上次的皇子之爭就身在朝廷的官員，雖然當時的地位比現在更微不足道。

「那時皇子之間是明爭暗鬥，但現在卻是一面倒的挨打啊。尤其是貴族派的領袖旺季，在去了紅州之後情況更嚴重。都被逼到這地步了，國王卻什麼也不表示，反而更助長了對方的氣燄。表面上看起來，國王簡直是無能到不行。聽說宰相會議時，他雖然會出席，卻始終保持沉默哪。」

「……一般來說，宰相會議的內容不可能透露給你們這個層級的官員，一定是有人刻意散佈的消息吧。」

「是啊。更別說現在時局這麼糟，蝗災加上碧州的地震，就連過去不曾發生地震的貴陽現在也地震頻傳。我越來越覺得現在的氣氛和那時一樣了，假如現在要是誰死了——」

總覺得，那樣一切就會結束了。

最後這句話，叔牙並未說出口，或許是怕一語成讖吧。蘇芳也只是點點頭。

咔啦咔啦的，又傳來地震搖晃時的聲音，以及不知道誰從遠方傳來的哀號。

腳步聲漸漸逼近，蘇芳身旁疊得高高的一堆書，就這麼崩塌了。

……那天晚上，絳攸鐵青著一張臉走出悠舜的尚書令室。手中握著一個紫色的小束口袋。凝視了那袋子一會兒，絳攸便將它粗魯地塞進懷中，像是不想再看到一樣。

迅速邁開腳步，卻不知道自己要到哪兒去。並沒有特別想去的地方，只想盡快離開尚書令室，絳攸走得又快又急。可是這舉動就像是想擺脫自己影子的人，無論走到哪，那條又黑又長的影子卻始終跟隨著自己。

回過神來，絳攸才意識到自己走到府庫。停下腳步，發現府庫內燭影晃動。也不知何故，絳攸認為那應該是劉輝。

就在這麼想的時候，方才與悠舜之間的對話便從腦中浮現，懷中的紫色小袋忽然變得沉重起來。

無視於那沉甸甸的感覺，絳攸走入府庫，正如預料，看見那熟悉的背影。小小的燭台下，堆滿了資料與書籍。但案前那張側臉與其說是專注，不如說是不知神遊到哪裡去了。該說是心不在焉呢，還是紛亂的心思好不容易只能集中到這種程度，總之劉輝露出茫然的目光。最近他的眼神總是這樣的。

絳攸不知該對他說什麼好，只好沉默地走過去，拉開劉輝身邊的椅子。

絳攸眼角餘光掃到劉輝的瀏海晃了晃，不知道是風吹的，還是其他原因就是了。從位於牆壁高處的窗戶望出去，可以看見一顆令人不舒服的紅色星星。那顆星星出現在夜空中，是最近才發生的事。

絳攸知道這顆星在占星上代表了什麼意思，但他卻視若無睹。就像對懷中的紫色小袋一樣。

仔細一看，劉輝身邊堆得高高的那些書，不禁感到訝異。

「……貴族錄？」

「榛蘇芳他……拿來給孤的。」

劉輝終於開口。那語氣微弱得甚至比不上一個嘆息。從聲音可以知道他正深陷迷宮，而且越走越深，四處找不到出口。不斷的迷路使他再也無法思考，只能拖著沉重的腳步，漫無目的走下去。然而面對這樣的劉輝，絳攸卻無法發怒。

現在的劉輝和不久前的絳攸很像。當時的絳攸失去了黎深，現在劉輝也像那樣，被旺季剷除了這三年來支撐他的人。站不穩腳步的劉輝，一個人就站不好的劉輝——旺季毫不留情的把這個事實攤在劉輝及朝廷上下的面前。

劉輝還是一臉出神的表情，也不看絳攸，自顧自地繼續說：

「說是秀麗早期為了調查而蒐集的情報，不過做到一半就中斷了。剛好孤也想查這件事……」

「為什麼要查貴族錄——」

話沒說完，絳攸的目光瞥見那疊小山高的族譜就明白了。那是紫門一族的東西。

「……旺季大人的族譜……是嗎？」

雖然知道旺季出自紫門一族，但過去絳攸對此並未多想。

過去葵皇毅所屬的葵家及陸清雅所屬的陸家也都是紫門一族的家系，只是紛紛遭到先王戩華的肅清，才被剝奪了紫門家人的身分。也因此紫門一族的家系更迭非常激烈，沒記錯的話，現在屬於紫門的家系應該只剩下旺家了。

（……這麼說來，旺季大人就應該是在戩華王的皇子時代，就一直跟他敵對囉？）

戩華王在年幼時逃離王都，日後花了很長的時間從地方舉兵，最終以破竹之勢攻進朝廷。在最有名的貴陽攻防戰中，擔任當時朝廷的總指揮，不屈不饒地與戩華戰到最後的，必然是現在的旺季與孫陵王。連有血緣關係的親族都徹底殲滅的戩華王，不但沒有肅清旺季反而留他活路，讓紫門家最後留下旺家這個家系，直到此刻，絳攸才察覺這件事有多麼不合理。眼前國王的恍惚眼神也讓絳攸十分在意，迅速動手搬過劉輝面前的那堆系族譜查看起來。燭火晃了一晃，發出令人厭惡的滋滋聲。

絳攸很快瀏覽了一遍手中的系族譜。因為黑暗的大業年間太過動盪不安，各貴族的系族譜大部分都紊亂無章，旺季的旺家也不例外。在流離顛沛的年代中，有的家系被塗黑消去，有的被遷到其他地方，不過勉勉強強還是判讀出來了。沿著這份系族譜上溯至可信度高的百年前時，看到上面記載的姓氏，絳攸不由得大驚失聲。

（是那個……姓氏啊——）

這下即使是絳攸，手指也不免顫抖了起來，把系族譜的紙都弄皺了，看起來像是產生了一道裂痕。劉輝剛才凝視的，無疑也是記載了這個姓氏的地方。絳攸快速檢視了桌上其他的資料，除了旺季的系族譜外，劉輝也一樣追溯了父親戩華的系族譜。

「國王……那是？」

「……沒錯。這件事朝廷上下很快的也會得知吧。」

連女人小孩都不放過，只為將有繼承血緣的人全部剷除，好讓自己坐上王座的父親戩華。不過羽羽也確實告訴過劉輝，當今世上不是只有一個王位繼承人。

旺季也是其中之一。儘管他早已被剝奪了原本的姓氏，還被降格為紫門一族。

旺季原本的姓氏是——

「……應該叫蒼季啊……」

在八家分別接受了八色為姓氏後，只有一個家系是在八家之外特別存續下來的。

那就是——蒼氏。

這個姓氏表示的，是比父親戩華，當然也比劉輝更純正的王家血統。

● ✺ ● ✺ ●

——當晚，瑠花感覺到小璃櫻悄悄來臨的氣息而抬起頭，心想真是難得啊！

小璃櫻至今都像個幽靈般空虛度日，更不曾主動接近瑠花。然而在發生這次的事情之後，他像是脫胎換骨，忘我地四處奔走。看到這陣子小璃櫻的表現，瑠花不由得想起了他的母親，不過她並沒打算說出口。

望著沉默不語的外甥，瑠花從鼻子發出哼聲，心底明白了他的來意。

「看來，你已經調查過你外公旺季的出身，也知道他是當時蒼家唯一存活下來的血脈了吧？」

看小璃櫻因驚訝而不知所措的模樣，可見自己說得沒錯，瑠花撇了撇嘴。

「你認為紫戩華為何要將具有王位繼承資格的人全殺得一乾二淨？當然是因為不殺光那些人，就輪不到他當國王。照排的話，他的血緣正統性比別人低，算起繼承順位恐怕用倒數的還比較快。所以他才會殺光除了自己之外的繼承者，連女人和小孩都不放過。只要最後只剩下他，我就算不願意也得承認他繼位的正當性。」

那也是「紫戩華」為了能活下來的唯一出路。

過去瑠花和戩華那場政爭極為慘烈。與其讓戩華即位，瑠花寧可指名幼君或女王，再慢慢加以輔佐。事實上，瑠花也打算著手這麼做，但卻被戩華捷足先登。他像是看穿瑠花的打算，不斷地掀起戰爭，去剷除血統比自己濃厚的王族，包括女人與小孩。如果瑠花還不認同他，他就會一直殺到瑠花點頭為止。那個男人就是會做這種事，也只有那個男人做得出這種事。以保存血統為優先的瑠花，才不得不屈服。

「……認同旺飛燕下嫁給弟弟，也是為了確保蒼家的血脈——我就告訴你吧，璃櫻。你的血統，比起紫劉輝更濃更正統。按照我們縹家制定的王位繼承順序，你該排在旺季之後的第二順位。」

小璃櫻感到呼吸困難，腦中浮現了劉輝的身影。自己竟然比那位國王還……

「……我的血統，更純正……？」

「沒錯。」

瑠花低頭冷漠的望著外甥。或許是體內的血液使然，自從去過「外面」之後，小璃櫻的言談與思考都越來越像旺季了。不過，相似並不代表相同。和平安成長於縹家的小璃櫻不同，旺季的少年時代充滿坎坷與艱苦。所以即使相似，小璃櫻與旺季也絕不會相同。

「正因為你有這樣的血統，對旺季來說，你將是他手中的最後王牌。現任國王既無能，血統又低，而且還沒有子嗣。在這種情況下，我倒想看看會有多少人站在紫劉輝那邊。」

小璃櫻喉嚨一陣乾渴，吞了一口口水，嘶啞著聲音說：

「霄太師……難道不是嗎？」

「霄太師？哼……就連霄太師是不是真的站在紫劉輝那邊，我看都很令人懷疑。」

瑠花不屑的嗤之以鼻。

霄太師只在一開始時出手幫助過紫劉輝，之後便袖手旁觀了。

這麼說起來，黑仙也是如此。黑仙與紫仙只是出手的對象不一樣而已，但他們同樣都擲出了骰子。當然，最後會滾出什麼數字，就看骰子自己了。在世界的兩端，各自等待著骰子最後呈現的結果。他們雙方擲出骰子時，必然都預測過會出現什麼樣的數字，但卻不能出手改變最後的結果。

老實說，瑠花原以為戩華死了霄太師就會離開朝廷。雖然不知道他究竟想看到什麼，但瑠花認為今後霄太師都不會主動翻牌了。

「仙洞官也一樣。雖然現在還有羽羽坐鎮，但底下的官員們普遍都不信任現在的國王。旺季那邊差不多該決定什麼時候採取行動了。一直以來，旺季都未曾強調過自己的血統，那是因為他想找一個最佳時機公佈此事，以便獲得最大效應。璃櫻，你現在如果回貴陽必定會被利用，成為逼劉輝退位的一顆棋子。不管你怎麼想，但絕對會被旺季利用的。」

小璃櫻顫抖著下巴。姑媽這話的意思是——

「您的意思是……旺季……大人……他想篡奪王位嗎？」

瑠花臉上浮現美麗又無情的笑容，不知道是嘲笑小璃櫻，還是國王。

「先篡奪王位的可是戩華，讓血統恢復正統也算是正確的作法。紫劉輝只不過是悠閒地坐在王位上，白白浪費了戩華與霄瑤璇為他預留的準備期，而他那些愚蠢的近臣也同樣無能。這些年，如果不是他這樣，或許還會出現別的結果，事到如今已後悔莫及。」

在九彩江時，瑠花也跟國王說過相同的話。不過現在，這番話的真正含意，想必劉輝一定比那個時候更能深痛體會了吧。

「所以璃櫻，此時回來縹家可算得上是非常僥倖的。旺季手中雖然有你這張牌，但你手中也還握有選擇權。什麼時候回朝廷——這是你這張王牌自己決定的。」

小璃櫻猛然抬頭望向瑠花。至今，小璃櫻都聽從瑠花的命令行事。

即使不情願，只要瑠花下了命令就必須去做，甚至可以把瑠花的命令當成「藉口」。然而此時，瑠花第一次將決定權交給璃櫻自己。他發出微不可辨的聲音反問：

「我……我自己，可以決定嗎？」

「你不是誇下海口，說什麼自己的事情要自己作主嗎？現在你可以作主了。但是，選擇前要有所覺悟，不管選擇了什麼，其結果與責任都由你自己扛。旺季是你的親人，看是要幫他，還是要殺他，全都由你來決定。」

殺他。這個字眼令璃櫻臉色鐵青。

「旺季是倖存的大貴族，他當然要有這種覺悟才行。不是即位為王，就是死，只有這兩條路可走。就算你選擇站在紫劉輝那邊，他也不會有任何埋怨。相反的，選擇了之後就不要心軟。若是與他為敵，就要有手刃外公的心理準備才行。否則根本不配做旺季的對手——不過你要想清楚，紫劉輝是不是真的值得你那麼做……莫忘，你可是縹家的男人。」

縹瑠花些許停頓後說出的這一句話，讓璃櫻讀取到某種訊息，倏地抬起頭來……她剛剛說的是「縹家的男人」？

過去只知道「縹家的女人」背負了多少重責大任，卻從未聽聞「縹家的男人」受到重視。而瑠花此時這麼說，也不可能只是字面上的意思，但她似乎沒有進一步說明的意思。

「我也不准你說是為了羽羽所以回朝廷。若是選擇回去，就必須出自你本身的意志……羽羽他……他是在完全明白你的出身與朝廷情勢之下，對我提出聘任你的要求。」

「咦……？指名聘任我的是羽羽？不是姑媽您嗎？」

「……」

瑠花別開目光。那時，睽違了數十年之久，傳來了羽羽的「聲音」。

唯一被允許的，能夠直接傳遞「聲音」給瑠花的人。

睽違了數十年的黃昏色「聲音」打破了沉默，這是發生在今年春天的事了。

他要瑠花無論如何，都要讓小璃櫻到朝廷擔任仙洞令君。

然而，就只有這麼一句話。那溫柔卻又那麼堅定的聲音。說完後，只留下欲言又止的沉默。

瑠花一「聲」也沒有回答，但卻把小璃櫻給喚來。

打開縹家門，將下一代送到「外面」去。當時瑠花會這麼做，並非為了回應羽羽無言的請求。瑠花有瑠花的考量，她是為了自己的考量才送璃櫻出去的。

然而，和只把璃櫻當成棋子的瑠花不同，羽羽努力改變了璃櫻。這短短的時間當中，讓原本只是個人偶的璃櫻成長為縹家的男人。

他將必要的話、思考，以及目標都交給了璃櫻。

這就是羽羽最後的任務。而瑠花看著眼前的璃櫻，明白羽羽已經完成了他的任務。

「……羽羽有羽羽該做的事，他已經沒有多餘的力氣來保護你了。你自己決定什麼時候該回去，一旦回去了，就要走自己認為正確的道路。不能拿別人當作藉口。就連你父親璃櫻都辦得到這一點，若是你辦不到，就永遠是個只會嚷嚷的小鬼。」

小璃櫻點頭，一句回應也沒有，轉身離開。

●　●　●　●　●

感到那扇門又咿咿呀呀關上了，羽羽伸出小小的手抹去臉上滲出的冷汗，身體中心彷彿燃燒著青色的火焰。一個不注意，那股蒼藍色的力量似乎就要爆發失控。羽羽小心翼翼，用盡全力壓制。他也知道不用多久，那好不容易關上的門又會產生「縫隙」，至少現在還能短暫歇息。這樣的攻防，已經反覆持續好一陣子了。

令人頭暈目眩的攻防。

在稱為「鑰匙」的神器已產生多處損毀的現在，只能靠瑠花、羽羽和珠翠的力量將門推回去了。

在八角形的陣式中抬起頭，可直視星空。

即使在白天，仙洞省也能觀星和預測星星運行的軌道，不過現在已經是晚上了。

夜空的一角，出現了一顆前所未見的紅色星星。那是一顆拖著尾巴的彗星，看起來又像是一顆不懷好意，睥睨人間的眼珠。紅色妖星閃爍著鋒芒。它出現的位置是天市垣之北．天紀，將落於織女。

（與妖星的天紀相孛的織女將受到牽連……現在妖星已現，表示屬於那位生而具有妖星的人，他的「時刻」即將來臨……該是發揮最大限度力量的時刻了……）

織女顯示女變，天紀顯示地震。仙洞省想必也已由星象中讀出女變代表縹瑠花即將失勢，而地震就是日前發生於碧州的大地震吧。然而說到地震，如今貴陽也開始地震頻傳。

「羽羽大人……抱歉，打擾了。」

一位年輕的仙洞官拖著蹣跚的腳步走進來，連日繁忙的公務，讓他的臉看起來非常的疲憊。

對紅州的蝗災、碧州的地震、藍州的水害進行應對與救濟的同時，各地神域發生的異象也讓仙洞官不眠不休，疲於奔命。更由於羽羽必須集中注意力在法術陣式上，與朝廷的應對也全都落到身為下屬的仙洞官們頭上。現在進來的，正是其中一人，他走到羽羽身邊，卻低著頭保持沉默。

過了一會，那位仙洞官才用擔憂的聲音說：

「朝廷與民間紛紛對仙洞省提出要求，希望仙洞省能針對貴陽頻發的地震以及那顆紅色妖星的意象發布占文。可是羽羽大人，先前您下令仙洞省不能發出占文……」

羽羽心想，該來的終於來了。他不動聲色的回答：

「沒錯。隨著妖星的不規則運行，天文卦象也變得難以判讀。就算仙洞省著手占星，也可能得出錯誤的結果。這樣反而會人心惶惶，所以我們不應該那麼做。」

「可是！羽羽大人您也知道吧？那顆星不同於普通的彗星。現在那顆紅色的客星不但慢慢接近，漸漸變大，而且還亮得異常。不只黑夜——就連白天也看得一清二楚。」

大業年間，也曾發生過異常的天象。特別是大業初期，曾有一顆紅色妖星留下停留天際長達八十天的紀錄。紅色妖星的到來，象徵著黑暗時代即將揭開序幕。

結果那顆星，一直到燃燒殆盡，破碎散落為止，都一直高掛天際，令人怵目驚心。

「事態已如此嚴重，您為何還堅持要保持沉默呢？這樣難道不會更人心惶惶嗎？妖星到來在占星上代表的意義，連稚子都明白。大多是亂世，或是君王凶兆的象徵哪。」

君王凶兆，也就是王位更迭。

這一句話，雖然那位仙洞官不敢說出口，但他還是急急地說了下去。

「最近各地的狀況都一樣，星象與吉凶的卜卦結果，出現的都是不好的卦象。天上出現客星，就表示連老天爺都放棄陛下了，不是嗎——」

「我明白你內心的不安。可是無論如何，今後都勿再說出這種話。不只是對外面的官員不可，仙洞省內的官員之間也不可以。為了陛下與人民——」

瞬間，羽羽看見那位年輕的仙洞官，眼神透露出不滿。

「您為何如此包庇陛下？從即位時起，對於羽羽大人您數度的建言，劉輝陛下都置若罔聞，他根本就是輕視仙洞省，只知一意孤行。無法阻止蝗災發生不也是國王的錯嗎？難道不是這樣嗎？」

羽羽知道，仙洞官們的內心一直壓抑著不滿，隨著妖星的出現，終於遏止不住，猛然爆發了。妖星的出現證明了自己的想法是正確的，而且連上天都同意了。

「說到底，現今的陛下原本就與先王不同，生來帶著多顆易流於情感的星宿，就連王星也……」

羽羽強硬地制止仙洞官繼續往下說。

「神事絕對不可左右政事。如果你認為事情是錯的，只能拚命去匡正它，但不能由我們評斷國王的是非，也不是由我們決定他的去留。」

年輕的仙洞官受到羽羽凜然正氣的震懾，只能懊悔的緊咬住嘴唇。

「——就算您這麼說，我還是認為如果沒有那位國王，事情不會演變成這樣！」

仙洞官丟下這句話後，奔了出去。這句話或許不只是針對國王，還包括了包庇國王的羽羽，提出明確的怒意與反駁。

咿呀。門又被推開了。羽羽深呼吸，再推回去……沒問題，暫時還撐得住。

全社寺正刻不容緩地將情報收集給仙洞省。當然也包括紅州的情報。

（紅州……應該會需要雨和霧……如果能使用藍州的……應該可以……）

羽羽努力的將注意力集中到現實的應對，但剛才那位年輕仙洞官的積怨卻不時盤旋在腦中。羽羽抬頭注視紅色妖星的中心。妖星雖然是凶兆，卻還有另外一層意義。

——彗星就是掃帚星，也是能將污穢一掃而空的星。

這顆星所暗示的，或許是除舊佈新的時刻即將到來。

時代遭逢轉變時，多半伴隨著戰爭。或許是因為這樣，所以有了妖星的說法。

羽羽想起年幼時曾讀過的，關於妖星的故事。

（天上出現了妖星，擔心發生災難的國王，喚來了仙洞官……）

仙洞官提出「將災厄轉移至宰相身上」的建議。王卻說：「宰相等於我的心臟，不能這麼做。」於是仙洞官又建議：「那麼轉移到人民身上呢？」王回答：「有人民才有我這個王，不能這麼做。」拒絕了提議。最後仙洞官說：「那麼轉移到年上呢？」用一年的豐收來換取國家與人民的平安。王靜靜地笑著回答：「一年沒有收成將導致民不聊生，不能那麼做。轉移到孤身上吧。」

面對拒絕了三次的王，仙洞官笑了。「您真是一位好國王，上天一定聽見您的聲音了。相信不久之後，妖星的位置將會改變。」最後，妖星真的改變了位置。這是好久以前的事了。

現在縹家學者的看法，就是那顆星原本就在那條軌道上運行了，但這件事卻在羽羽記憶中留下深刻的印象。

那位國王名叫蒼周。是蒼玄之後，繼任王位的國王。

而當時給予建議的那位仙洞官，一方面位階相當於現在的仙洞令君，職掌仙洞省，同時還兼任一國宰相。也就是說，他的第一個建議「將災難轉移到宰相身上」，是要災難轉移到自己身上的意思。

羽羽知道這件事後，對這兩人攜手領導的那個時代便充滿了憧憬。

（……我……雖然無法……成為一位宰相……）

羽羽閉上眼睛。在遙遠的過去，縹家門下除了仙洞官之外，由於人人具有豐富的學識與涵養，代代出了不少賢明的宰相與名官。只是從某個時代開始，縹家受到排擠，現在朝廷裡已經……沒有任何縹家人了。

「沒錯，這顆星的到來，只是告知時刻已經來臨。」

不經意地，耳邊傳來一陣低沉的聲音。羽羽心頭一驚，回頭一看。

只見角落的水瓶上，停著一隻有著太陽般金黃色雙眼的大烏鴉，牠的身上長了三隻腳——是一隻神烏。

「……客星乃是象徵除舊佈新的星。大業年間迎向了終結……」

黑色烏鴉發出調侃般的聲音，如此說著。羽羽覺得有一陣金色的風飄來，吹散了夜色。

一眨眼，羽羽眼前已籠罩上一片黑暗，夜色之王站在前方露出笑容。

「掃帚星能掃除過去的污穢。織女象徵的女變指的是縹家的瑠花。掃帚星宣告的『舊』，指的是大業年間的終結……隨著漫長冬季結束，東方天際即將升起一顆王星。然而，這顆王星的型態尚未安定。下一個打開門的人，就會是佈新者。究竟，誰才適合當上新時代的王者呢？」

……羽羽不知道過了多久。

眨眨眼睛，那隻金眼烏鴉已經不見蹤影，而羽羽則是一身冷汗。

新時代之王。

旺季與紫劉輝這兩人其中之一吧。黃昏之王離去時，揶揄似的留下這麼一句。

羽羽眼底浮現了劉輝與小璃櫻的臉。肺部傳來一陣刺痛，痛得令他得用手按壓。

自己已經來日無多了。

——除舊佈新的新時代王者，究竟會是哪一方。

旺季挑選出隨同他前往紅州的第一批將士，大多為隸屬於十六衛的武官。不過也有少數來自羽林軍，皋韓升就是其中一人，為了隨赴紅州，連日來都在奔走準備。

一大早，當旺季現身時，幾乎已完成出發準備的將士們紛紛交頭接耳，發出驚嘆。

正在整頓馬匹的皋韓升回頭一看，也驚訝地張口結舌。

旺季穿著一身前所未見的紫藤色美麗戰袍。

差點認不出這位昂首闊步從武官們身邊走過的將軍是誰。

「哇，真的是旺季將軍。還是第一次見到旺季大人披戰袍……」

旺季身上的輕裝戰袍和真正的武官相比，並不算是全副武裝，不過也已經是很正式的戰袍了。一身鎧甲裝扮的他，跟平日給人的印象大不相同。腰間插的那把劍雖非名家鑄造，卻看得出平日一定細心維護，因為似乎能從劍鞘看見青色劍身的紋理。最引人注目的，還是統一了戰袍與鎧甲的美麗紫藤色。紫色雖是禁色，但也曾聽聞紫門一族是唯一獲得許可，能在戰袍上使用紫色的家系。只不過，皋韓升還是第一次親眼目睹這世上唯一一套的「紫戰袍」。

（而且這套戰袍，雖說是輕裝，卻非裝飾用的無用之物……完全符合實戰的設計啊……）

優美的剪裁與花紋雖然奪目，但這套紫戰袍可不是文官心不甘情不願，從衣櫥裡拉出來勉強穿上的那種東西，很明顯的，一開始就是設計給武官用的樣式。儘管質地輕薄卻很堅韌，而且每一吋都經過計算，能在真正的戰場上發揮實力的實戰戰袍，令人望而生畏。

旺季眼光停留在皋韓升身上，並且不知何故朝他筆直走來。皋韓升不禁慌了手腳，那模樣連自己都覺得蠢。到底是什麼事？

「……抱歉，那是我的馬。讓你替我打理了。」

「咦？原、原來這是您的馬啊！對不起，我自作主張了！」

早上韓升整頓完自己的馬匹後，閒著無事，正好看到一旁站著一匹孤零零的馬，走近一看發現是匹良駒，便擅自動手打理了起來。原本還以為這一定是匹備用馬，畢竟怎麼會想到指揮官的座騎竟如此隨性的放置一旁嘛。

「你叫皋韓升對吧？我猜你應該有按照我的指示去做了吧？」

從未交談過，旺季卻連自己的名字都知道，這一點再度令韓升大吃一驚。此外，眼前的旺季儘管穿上一身戰袍，動作舉止卻絲毫沒有拖泥帶水，和穿著官服時同樣優雅敏捷。想到他過去也曾日日披著這件戰袍征戰沙場，就令韓升心頭為之一熱。

只要是武官，沒有人不知道貴陽攻防戰的這場戰役。戩華王當然值得尊敬，但與他對峙到最後的旺季及孫陵王，對武官而言，更是特別的存在。對皋韓升當然也一樣。

「是！已經照您吩咐的完成了。馬和我自己都做了……請問，那是什麼特殊的咒術嗎？」

「你覺得呢？只希望有效就好。不過對馬來說，只能讓牠安心而已吧。馬這種動物生性本來就比較膽小……看你的表情似乎還有話想說。無妨，你說吧。」

「那麼，我就問了。是關於載貨馬車和貨物的事……旺季大人，那些馬車，我聽說是工部特製的……但就我看來，外觀和尋常的木製馬車沒有什麼不同。而且，不是說蝗蟲吃木頭嗎，木製馬車若遇上蝗群豈不轉眼間就遭到啃蝕？至少應該使用鐵製的才好吧？」

由於上頭說明了，已有一種喜歡啃蝕木頭的變種黑蝗產生，所以當看見完成的「特製」馬車全為木製時，皋韓升不禁認真懷疑起自己的眼睛。

「鐵製馬車鈍重，不僅速度不夠快，對馬匹的負擔也大。而那邊的馬車——」

一邊撫摸座騎，確認馬匹狀況的旺季，話說到一半突然停了下來，目光落在皋韓升身後。

皋韓升也隨之轉頭一看，不禁發出「咦」的一聲。

「茈武官！你怎麼會在這裡？你應該沒有被收編到前往紅州的隊伍中吧？」

靜蘭穿著所屬的右羽林軍軍裝，牽著一匹軍馬站在那裡。可是就皋韓升的記憶，靜蘭應該沒有獲選進入隨旺季前往紅州的軍隊。

靜蘭瞥了一眼旺季身上的紫戰袍。剎那之間，那雙冰冷的眼中似乎閃過一絲不平靜。即使很快的他又露出平日沉靜的表情，但皋韓升的內心還是感到不安。

靜蘭向旺季略微行了禮，低下頭。

「……無論如何，都想請您允許我加入本次的隨行隊伍，所以擅自前來了。」

旺季眯起眼睛。看著眼前這位過去曾與母后同時被捕，並流放茶州的第二皇子。

「……是你的自作主張？」

「……是我的自作主張。」

旺季瞪大雙眼。因為他沒想那位第二皇子竟會回答的如此坦率直接。這十幾年來，很明顯的他已經有了改變。然而，也有完全沒變的地方。

旺季並不苦惱，靜蘭肚子裡打得什麼算盤，他也隱約察覺到了。

「我明白了，那就答應你吧。今天開始你就隸屬皋韓升他們那個部隊。」

這次輪到靜蘭驚訝了……沒想到旺季會答應得如此乾脆。

旺季望著靜蘭那困惑而欲言又止的表情，不由得從鼻子裡笑了出來。

「怎麼？還有其他想問的嗎？茈武官。」

靜蘭眯起眼睛，凝視著旺季那身美麗的紫色鎧甲。

「……那麼，我就問一件事。您這身『紫戰袍』真的非常優雅，雖然看起來並非全副武裝，只是略裝吧……」

旺季眉梢神經質地跳了一下，神情不悅地在馬背上裝上馬鞍。唐突的說：

「話就到此為止。」

「話才剛開始而已。這套紫戰袍的其他部分到哪去了？全副武裝的紫戰袍，是那麼奢華美麗。」

在得到回答前，靜蘭緊跟在旺季身後團團轉。皋韓升心想，簡直像個背後靈。不久，旺季露出不耐煩的表情，低聲吐出一句：

「……………我賣掉了。」

「……………賣掉了……？」

靜蘭頹喪的表情好比聽見世界末日的消息。接著馬上張牙舞爪地逼近旺季，雖然他刻意壓低了聲音，但斥責旺季的內容，站在一旁的皋韓升還是聽得一清二楚。

「我就知道！十幾年前，我在一家當舖裡看到你那套滿佈塵埃的戰袍！一開始我還想這贗品的作工真是精美……沒想到竟然是真貨！真令人難以置信！那套『紫戰袍』可是連皇子都沒有資格擁有的最高級戰袍，你竟然用那種價錢賣給路邊的當舖！」

「不就是套戰袍嗎。那時候……我需要一筆現金應急。不過，你也管太多了吧。」

旺季想起來了。記得沒錯的話，那正是悠舜參加國試那年，正需要一筆錢支付國試費用，卻因為各種支出，一時之間手頭沒有現金。無奈之下只好將「紫戰袍」拿去典當了。現在的國試費用依然很高，不過當時更是高得不像話。皇毅和晏樹選擇靠關係進入朝廷，也是因為家貧籌不出參加國試費用的緣故。典當紫戰袍時，當舖老闆完全不相信那是真貨，所以價錢被壓得好低。旺季不想承認自己其實是被對方吃定，所以到現在還是寧可相信是那老闆沒眼光。不過茈靜蘭可不這麼想。這麼說來，當時皇毅、晏樹和悠舜三個人的表情也和靜蘭一樣。

「哪有人笨笨的讓人殺那麼多價啊？少說也相當於能買個三座、四座城的價值，卻只換來黃金百兩？真是叫人難以置信。真是太天才了，你這個生活白痴！」

這男人真囉唆。好歹當時悠舜他們三個默默的什麼也沒說，但茈靜蘭卻是不懂得什麼叫客套。旺季沒想到在自己眼中，只是一套穿舊了的戰袍，對這位過去的皇子來說，會是如此的特別。

「不需要了就賣掉它，反正也沒機會穿了，這有什麼不對。」

「……話雖如此，您還是留下略裝了。」

靜蘭的聲音突然低沉下來。他只看一眼就明白了，那件美麗的戰袍即使是略裝，卻沒有一絲生鏽，足可證明主人平日多麼勤於維護。簡直就像為了讓自己隨時都能穿上它。

「想必您一定認為，自己有朝一日還能披上這件『紫戰袍』吧？」

旺季這時已裝妥馬鞍，回頭以輕視的眼神望著靜蘭。

那眼神令旁觀的皋韓升背脊都涼了起來，正想是否該介入協調時，突然傳來一陣潑水的聲音。

一瞬之後，一股獨特的刺鼻氣味也跟著傳開來了。並不是什麼臭味，而是藥草的味道。

皋韓升僵在原地，眼睜睜的看著旺季拿起瓶子朝靜蘭身上潑灑某種液體。靜蘭也不逃開，給淋了一身。液體大部分都淋在脖子以下的軍服上，不過臉上還是不免濺了幾滴。皋韓升急得像熱鍋上的螞蟻，又覺得心都涼了半截。

「這、那、旺……旺將軍……您是不是粗魯了點……」

「對付這種笨蛋這樣剛好而已。時間不夠了，上路吧。」

下一秒，旺季已經跳上馬背安坐於馬鞍上了。皋韓升看得傻眼，旺季敏捷的動作完全不輸給武官。真叫人不敢相信他是位文官，還年過五十了。

一看見旺季乘上馬，周遭也開始騷動，人人紛紛手忙腳亂地騎上自己的馬匹。

旺季從馬鞍上睥睨著身上還在滴水的菮靜蘭。看靜蘭既不閃躲，也不伸手拭去水滴。旺季不禁揚起嘴角笑了。

「……真是好樣的。我來回答你剛才的問題吧，菮靜蘭。答案是──『沒錯』。」

也就是說，旺季一直都認為會再次披上戰袍。

靜蘭眼中再次閃過不平靜的目光。兩人一度視線交錯後，旺季便率先往前騎去。

「你還好吧？菮武官。」

「……是，我沒事。」

靜蘭凝視著無言縱馬離去的旺季背影，這才伸手朝臉上粗魯的亂抹一把。舌尖舔了舔方才的液體，露出訝異的表情。幸虧不是毒，不過好像也不是什麼草藥。

「……看來也沒時間好好洗把臉了。」

「不能洗掉啊。不但不能洗掉，還得塗遍整件軍服才行。」

「……什麼意思？難道那奇怪的液體，不是為了惡整我才潑的嗎？」

「不，旺將軍的那種潑法或許是惡整沒錯。不過這液體……我雖然也不知道是什麼，但應該是某種咒術吧。先前上面傳來軍令，要眾人出發前先塗遍全身。茈武官你不知道這件事吧，或許旺將軍認為乾脆直接用潑的比較快。有了，我這裡有布巾，你拿去用吧。請不要將那液體擦拭掉，記得要塗抹開來喔。好了，我們也一起去驅除蝗蟲吧！」

靜蘭尷尬的笑了笑。不經意地，懷中突然傳出沙沙聲，令靜蘭的表情頓時僵硬了。那是秀麗給的信，還沒有拆開。靜蘭伸手壓緊懷中的信，裝作什麼都沒發生。

「是啊……害蟲……是一定得驅除才行。」

皋韓升瞥見靜蘭望著正在指揮軍隊前進的旺季，總覺得他眼底閃過一道深不可測的冷洌光芒。今天的茈武官果然有點不大對勁。不，從前陣子開始，他就有種說不出的怪了。可以注意到笑容從他臉上消失了，而且大部分的時間都在沉思。打從紅官員下落不明後，這陣子的紅家還真是問題不斷。身為紅家侍奉官員的茈武官，心裡一定很不好受吧。皋韓升一邊替靜蘭擔心，一邊也隱約覺得事情可能不是這麼簡單。

茈武官心裡一定下了某個重大決定，才會如此唐突地要求隨行。

（什麼決定？）

……總覺得，有某種不好的預感。

這天，旺季率領大軍前往紅州。

悠舜在城門上望著旺季與靜蘭，嘴角浮起了微笑，轉身回到城內。

●　●　●　●　●

「秀麗大人，接獲情報了。王都果然出現了幾個大動作。」

正在「靜寂之室」寫東西的秀麗迅速抬起頭。

自從珠翠開放了全部「通路」之後，原先被阻隔在「外面」的情報便如大江奔流似的湧入縹家。由於小璃櫻全副精神都放在與蝗災和救濟相關的案件上，清查情報，輔助秀麗完成工作的任務自然而然落到楸瑛身上。

「怎麼樣的大動作？」

「藍州的長雨引起嚴重的水災和鹽害的消息果然是正確的。雨還在下，州牧姜文仲大人正努力奔走，希望能盡量不依靠中央出手救援，自行解決問題，可是……繼續這樣下去，真的撐不了多久。藍州的存糧也因為水災，有一半都遭到破壞了。」

「這麼說來……根本無法期待藍州能放出糧食救濟其他州的災區了。」

「……是啊。接下來是碧州的消息。同時遭逢地震與蝗災，碧州的受災程度是最嚴重的。璃櫻和珠翠已經決定著手展開對碧州的救援，也傳令給全社寺了。關於碧州的救援，王都這邊也有決議。工部侍郎歐陽玉將代替生死不明的碧州州牧慧茄大人，暫時出任州牧。」

「歐陽侍郎？」

「對。做為先遣部隊，將派出我們左羽林軍的大將軍黑燿世。他將前往統轄因地震而離散，陷入混亂狀態的碧州軍，領導大家開始著手救援災民。既然是黑大將軍親自出馬，應該是能夠放心的。」

也不管自己是已遭到解僱的身分，對楸瑛而言，他心目中的長官，除了黑燿世之外不會有別人。

但秀麗擔心的是另一件事。近衛大將軍中的一位，不在劉輝身邊這件事，令秀麗感到不安，但她並沒有說出口。畢竟黑大將軍親自出馬，對災區來說，確實是強而有力的救援。

「然後是關於紅州的情報。前往紅州整頓蝗災的將軍人選也確定了……妳的推測正確，果然是旺季大人。」

「……他親自出馬嗎？」

秀麗緊抿著唇。雖然早就料到去的人不是皇毅就是旺季，然而——

「沒錯。率領精銳部隊，想必很快就會從王都出發趕往紅州。不，說不定早就出發了。待在縹家這裡，對時間的感覺常常會失準呀，真傷腦筋。」

這裡的時間和「外面」似乎有某種落差。另外還有一點也很不可思議，在這裡住了一陣子之後，竟不自覺的無法數出究竟已迎接過幾次的早晨。聽說住久了，習慣此地之後，這種情形就會消失，但秀麗和楸瑛對時間觀念卻還有些混亂。此時秀麗突然驚覺。

「這麼說來，旺季大人他暫時不在朝廷裡了是嗎……」

「希望陛下能藉此鬆口氣就好了。」

「……是啊。」

嘴上雖這麼說，秀麗卻沒來由的感到焦慮……真能如此嗎？總覺得好像反而會面臨另一種危機。

「秀麗大人呢？寫完了嗎？」

「喔，嗯。再蓋個章就完畢了。」

秀麗拿出自己的印章，沾上朱泥，穩穩地朝書簡最尾處蓋了兩個章。一個代表御史，另一個則代表以解除經濟封鎖為目的的勅使身分。秀麗凝望著那兩個印。

「……沒想到勅使的印章能在這裡派上用場。」

要向縹家提出正式的救援請求，光是監察御史的身分稍嫌立場不足，但勅使可是國王的代理人，兩者之間的差別很大。對秀麗、楸瑛來說是如此，對國王來說更是重要。

楸瑛望著秀麗擬好的書簡與蓋下的印，也才放下一顆心似的微笑了。

「好，這麼一來，說服縹家與瑠花大人的功勞就歸國王了。太好了……」

「關於救援蝗災的部分，就等璃櫻和縹家人完成準備即可展開。同時我也才能決定何時動身前往紅州。」

「秀麗大人是要走『通路』前往那位『長老』所統轄的鹿鳴山大社寺吧？」

「對。我想這麼一來，就能先問看看關於平息蝗災有沒有什麼我幫得上忙的地方……不只如此。」

秀麗似乎陷入沉思，放下手中的筆。前往紅州一事是一開始就決定好的。蝗災的事當然也是目的之一，事實上除此之外，還有幾樁懸而未決的案件令秀麗相當在意，而這些也都在紅州發生。

（……經濟封鎖時，消失的大量紅州鐵炭，以及下落不明的技術人員……）

當初接受勅使職位時，秀麗就打定主意，等說服了紅家之後，便要進入州府與燕青攜手調查此事。

雖然沒想到途中殺出了蝗災這程咬金，但也不能因此就對這些事視若無睹。

是誰，在何處，用什麼方法將鐵炭運走的呢？要將這些資源用在什麼地方？

——在短期內，大量生產高品質的鐵，這才是盜取技術與鐵炭背後的目的。

「妳又在想什麼啊？秀麗大人……」

「啊，是跟蝗災無關的其他事……對了，有件事也想問問藍將軍——」

此時，珠翠打開門，端著一個托盤走了進來。托盤上放著一碗湯藥，此情此景，令秀麗想起後宮時代，內心一陣懷念。那時候的事，久遠的像是一百年前發生的。

「打擾了，秀麗小姐。這是今天的湯藥。」

不管跟珠翠說過幾次，不必如此拘泥多禮，但珠翠就是頑固不聽。這也是個謎。

「珠翠，真的不用每天幫我煎藥，妳明明就很忙不是嗎？只要告訴我熬法，我可以自己來嘛。」

「不行。煎藥一定得由我來。事關秀麗小姐的身體，這樣我才能放心。之後我會給妳藥包的。還有去紅州之前，請讓我和瑠花大人為妳診療一次。」

「好，好，我知道了。」

「不要敷衍我。妳可得好好睡上整整兩天才行，也不許討價還價。」

「欸欸欸欸？怎麼要睡那麼久？不能再縮短一點——」

被不由分說的瞪了一眼，秀麗也只好點頭接受。就是拿珠翠沒辦法。

「嗚……啊，對了珠翠，妳來得正好。有件事我想問妳和藍將軍。」

「好的，什麼事呢？」

「因為我還是沒能看見結局，但你們兩個應該看見了吧？」

「看見什麼？」

除了蝗災和鐵炭之外，還有一件讓秀麗在意的事。這幾天，秀麗終於將在這段日子，層出不窮的種種問題理出了頭緒，而這也是其中的最後一項，得趕緊趁還沒忘記前，從抽屜裡把問題拉出來問清楚才行。

「想殺害珠翠與瑠花大人的兇手，請你們告訴我那是誰。」

秀麗突如其來的質問令楸瑛大感驚訝。他還以為這件事已經過去了。

「兇手……妳是指被迅阻止的那個人嗎？」

「對。藍將軍，你是否看到那個男人額頭上纏繞著布條，並刺有死囚特有的刺青？」

「沒有啊？什麼都沒有。只是……那人的模樣看來不大對勁，搞不清楚他的行動是否出於個人意志或是受人操控……啊，難道他也像珠翠小姐一樣，被人控制了嗎？」

「……不，那看起來不像被洗腦。那個男人……秀麗小姐，妳為什麼這麼問？」

珠翠的回答聽來話中有話，似乎知道什麼內情。但在回答之前，她卻先反問了秀麗。

秀麗嚥下一口湯藥，挑戰似的笑了。

「因為那兇手背後的『某人』，正是我追查的對象。我不能讓這件事不了了之。」

秀麗似乎已經掌握兇手的真面目了。聽她這麼一說，楸瑛的眼神也轉為警覺。

「……秀麗大人，妳說的對象是──」

「還不能說。因為這是御史的工作。我只能說，被逃掉的那個兇手，之後一定還有動作……」

在秀麗的凝視下，珠翠顯得有些狼狽。秀麗的視線和前些日子楸瑛感覺到的有些類似，像是要逼人將隱藏在內心的事一五一十說出。不過，接下來秀麗卻又轉而向楸瑛提問。

「藍將軍，瑠花大人曾說過『只要殺了那個男人，問題就能解決一半』，對吧？」

「是的，沒錯。」

「一半。這意思是說，與縹家相關的部分幾乎都是那男人幹的好事吧。」

另外一半，當然就是從瑠花那裡聽來的幕後主使者本人。

「如果是和神器什麼的有關，我一點也派不上用場。可是從瑠花大人的言行舉止看來，我猜若是能逮住那個男人，幕後主使想對縹家出手就相當困難了吧。結果，想殺珠翠和瑠花大人的兇手任務失敗，卻也沒被逮住。珠翠妳大概也半信半疑，對方是否會就此放過縹家吧？之所以派往各地的縹家巫女與術者都還沒回來也是因為這個原因，你們還沒放鬆警戒，正追查兇手的下落。我說得對嗎？」

「──────」

秀麗說得完全沒錯。事實上，就算有縹家的年輕人做內應，但想長驅直入接近神器與瑠花、珠翠以及「時光之牢」幾乎是不可能的。然而對方卻祭出了一顆讓不可能變成可能的「詐棋」──那個男人。正因為是他，所以才能做到這個地步。

而最後，迅放走了那個男人，因此縹家還是無法百分之百安心。這一切，秀麗竟靠著區區一點線索就幾近還原了全貌。

楸瑛此時突然想起剛才秀麗問的「是否看見死囚特有的刺青」。

「……秀麗大人，難道那個兇手也是『牢中鬼魂』之一嗎？」

「牢中鬼魂」，一度被秀麗逮到尾巴的謎樣集團。

「因為一直沒有出現，所以我想大概是用了縹家的『暗殺傀儡』吧。畢竟能不被抓住是最好的，要是出了什麼事，還能推到縹家與瑠花大人身上……可是，縹家已經不再提供協助，既然如此，就可以讓『牢中鬼魂』出來了。那個人很可能就是上次的兇手。對方手中的棋子已經不多了，我推測除了拿來對付縹家之外，大概也用在其他不少地方。」

沿著一條又一條細細的線索，絕對不讓任何一根斷線，也決不放開任何一條線。看著這樣的秀麗，楸瑛終於明白為何葵皇毅在這半年非但沒踢開秀麗，還一直命令她做各種事的原因了。

「珠翠，我大概能明白，關於縹家一定有很多不能說的內情。只要把當中可以說的告訴我就好了，助我一臂之力吧，我們一起逮住那個男人。」

珠翠隻手撐額，拭去微微冒出的汗珠。垂下眼睛，深深吸一口氣……真是被她打敗了。

這是第一次，珠翠確實體會到秀麗是紅邵可——黑狼之女的事實。其頭腦清晰的程度完全就是遺傳。

「……其實，這本該是我與『母親大人』之間的祕密……就算我說不願意提供協助，秀麗小姐妳也一定會擅自行動吧？」

「沒錯，因為這是我的工作。」

「既是如此，那就沒辦法了。我會盡量告訴妳正確的情報，在保護妳不受傷害的範圍之內。而且要是真能逮住那男人，對我們縹家只有好處而沒有壞處，我想這也是事實。」

秀麗猛然抬起頭。

「那麼說……」

「……是的，秀麗小姐。妳的推測幾乎完全正確，其實要不是司馬迅和藍將軍從中介入，『母親大人』本已做好準備，要讓手下的『暗殺傀儡』剷除那個男人。」

楸瑛聽了冷汗直流。之前瑠花確實交待過他要下手殺掉那男人，只是楸瑛無論如何也要以救珠翠為優先。

「咦？如此說來，是我跟迅壞了事嗎？」

「……與其這麼說，不如說司馬迅本來就是為了保護那男人活命的一個『保險』。換句話說，一旦男人暗殺失敗，即將遭到剷除時，司馬迅就負責讓他逃走。只是這樣並不算共犯，也稱不上同夥。總之要抓住那男人是很難的。『母親大人』原本不惜以自己為誘餌也想解決那男人。不管用什麼方法。沒錯，只要沒有那個男人，縹家的問題幾乎就能獲得解決，擔心的事也會一口氣減少許多。」

珠翠皺著眉頭邊想邊說，似乎在思考著該從哪裡開始說，又該說到哪裡為止才妥當。

「剛才我也說過了，那個男人並非被洗腦。簡單來說，那就是一具會動的屍體。我聽小璃櫻說過，秀麗小姐妳在追查疫病一案時，也遇過類似的殭屍。」

秀麗心頭一驚，想起杜影月的養父，水鏡道寺堂主，華真。璃櫻稱呼他為「漣」，他似乎受到某種能量的操縱。經過事後調查，證實那早已是一具死屍，甚至還引起了一陣騷動。

「和那次的一樣嗎？那個男人……和堂主一樣，是個殭屍？」

「不能說完全一樣，只是類似。華真大人已經是百分之百的屍體了，那個男人卻仍未定生死。該怎麼說呢……請想像一個失去魂魄的『空殼』吧。本來人失去了魂魄，一切也該結束才對，但只要使用某種方式，還是可以操縱這樣的『空殼』。沒錯，背後有個主使者在操縱他。」

從珠翠的語調聽來，她已經掌握了那「某種方式」，只是沒有告訴秀麗。秀麗也不問，反正問了也聽不懂。

那種「空殼」乃徘徊於死者與生者之間的模糊地帶，並不算是妖怪，所以不管是縹家大巫女的結界或是「時光之牢」，甚至神域的光芒都對他起不了作用，他也因此得以長驅直入縹家，來到瑠花與珠翠身邊。

「原本他已經被瑠花大人『捕捉』，鎮壓在縹家內不得動彈的……」

「……呼。結果卻被人弄出去了是嗎？」

「……是。應該是立香做的內應。趁瑠花大人和其他術者忙得不可開交的時候。」

小璃櫻從父親璃櫻聽到的是「瑠花把他出借給誰了」，但當珠翠去向瑠花求證時，所得到的反應卻是大發雷霆。

『我怎麼可能把那妖星借給別人！就是為了讓他別再危害別人才會收伏在縹家嚴密看管。沒想到立香那丫頭瞞著我當內應，對方破壞我設下的封印，把那傢伙弄出去了。』

說實話，珠翠非常驚訝。竟然能破壞瑠花大人設下的封印？按理說，不可能有人辦得到。

『收伏那傢伙的時候，已經有人早我一步跟他訂過「契約」了。所以比起我的命令，他會更優先遵從那男人的命令……這是後來才發現的，我太大意了。』

換句話說，就是洗腦時的優先順序。瑠花帶回屍體的時候，已經有別人確保了最優先順位了。一般來說，瑠花理當輕易便能修改這種洗腦順序，事實上她也試過了，卻無法順利置換。

就連瑠花都辦不到。所以在別無他法的情形下，也只能讓他沉眠在縹家了。

能符合以上種種條件的對手並不多，瑠花與珠翠也都隱約察覺到是誰了。

「只不過，這麼好用的『空殼』，世上也只有這一具而已。」

「所以有沒有抓到他，才會影響這麼大啊……如果能抓到，就能讓對手少一顆棋子了。」

不過就算抓到殭屍，能在審案時充當證人或證據嗎？秀麗歪著頭想。如果殭屍可以當證人採用的話，鬼說的話都能當作呈堂證供了。

「珠翠，我們普通人也有辦法抓住那具『空殼』嗎？」

「可以的。因為空殼不同於妖怪或魔物，並不擁有法術或怪力，他能發揮的只有還在世為人時所擁有的能力而已。要讓他完全動彈不得，只有砍頭這個辦法，不過若只是想阻止他的行動，其實只要五花大綁後，再加以嚴密監禁，也就足夠了。」

原來普通人也是有辦法抓得住他。得知這一點後，秀麗總算稍微放心了。就算是殭屍，能不砍頭還是不要砍的好，更何況對方到底該算死人還是活人都搞不清楚。

「他的行蹤……繯家也無法掌握了吧……要是知道早就追上去了嘛。」

「是。而且因為他既不是死人也並非活人，所以能自由出入於被封閉的『通路』，讓事情加倍棘手……因此現在能做的，也只有派出族人前往各神域，好好守住……」

「他的長相……對了，不如你們兩人試著畫出來讓我看看。這裡剛好有紙筆，包括身高和服飾都要畫清楚喔。」

秀麗一遞出紙筆，珠翠和楸瑛各自發出哀號。

「咦？畫畫嗎……？秀麗小姐，這個……我真的已經快忘記怎麼畫畫了呀……」

「欸欸欸欸？幾十年沒畫過畫了啊。不行啊，秀麗大人，我的畫真的是不……」

面對想拒絕這個任務的兩人，秀麗臉上皮笑肉不笑，發出低沉的聲音威脅：「別囉唆這麼多了，快給我畫。」珠翠與楸瑛只好屈服。

結果，看到兩人畫出來的肖像畫時，秀麗無言了。楸瑛畫的還算可以看，珠翠的就很驚人了。這時秀麗才想起過去珠翠的刺繡也都充滿了「藝術感」。從兩人的話裡獲得的情報，其實只需要「海藻頭。貓眼。性別男。身高和楸瑛差不多。神情恍惚，帶著令人不愉快的笑。不說話。武功大概和靜蘭差不多強。」這種程度的口頭報告也就差不多了。

（……等等？）

突然，秀麗記憶深處微弱地對這種形容起了反應。長捲髮和貓般的眼。在秀麗認識的人之中，只有一個人的外表符合這樣的形容。但，這怎麼可能。

「……呃，那麼藍將軍，你還記得那人大概有多大年紀嗎？」

「我想應該是三十歲上下吧……還有，我總覺得他很像我認識的某個人……」

仔細看楸瑛的畫，這才發現除了五官之外，其他細節都描繪得很仔細。

「……戴著戒指，是嗎？還有手腕上這條線是……？」

「喔，對了對了，他手上戴著戒指，手上的傷應該是迅制止他時留下的。還有後來救珠翠小姐時也打傷了他的手臂，留下瘀青……不過現在應該都復原了吧？」

珠翠猛地望向楸瑛。

「不，因為他不是人類，所以不具有人體的自癒能力。我想當時的傷應該會留在他身上，可以利用它來做為尋找他時的特徵。畢竟他知道長相已經曝光，之後應該會把臉隱藏起來。」

一提到長相曝光，楸瑛也想起過去珠翠受到洗腦而襲擊十三姬時，臉上也戴著一副狐狸面具。這件事現在當然不必在珠翠面前說出來，但秀麗一定也想到了。如果幕後指使者是同一個人……

「對喔，接下來他很有可能把臉隱藏起來……」

「秀麗小姐，大概所有的『空殼』都能從外表察覺有異。特別是在『外面』時。因為和華真堂主那時的情形不同，操縱空殼的並非縹家人，而只是普通的人類。雖然可以命令他們行動，但要像『漣』那樣長時間侵佔身體卻是不可能。就算辦得到，頂多也只能維持幾個小時。」

「沒錯，他的臉色看來的確蒼白，不大像是活人會有的模樣。動作和表情也很奇特……可是若他將臉隱藏起來，可就難以分辨了……」

秀麗忙著在畫像上加上這些情報。

「秀麗小姐，我這邊也會試著追查的。等等我就吩咐『外面』的縹家各社寺，只要您一抵達，就將情報呈給您。」

「好的，那就有勞妳了，珠翠。不過我想對方可能也會主動出擊。」

「咦？」

秀麗曾在縹家險些遭到毒手——雖然當時出手的只是他的手下。但若對方抱持的是擋路者死的想法，再遇到同樣事情的可能性就很高了。

（失蹤的技術人員與藏鐵炭的地方……現在這個階段，對方一定還不希望被我發現。）

秀麗看著楸瑛，搶在他說出口前先聲明了：

「可不准你說要護衛我一同前往紅州唷，藍將軍。」

「……」

「你得到劉輝身邊去。燕青人應該在紅州，我只要和他會合就沒問題。所以你不用管我，快回劉輝身邊吧。而且要盡快。」

秀麗認真的眼神，令楸瑛差點笑了。自己連一句話都還沒說，就被她看透內心的想法。

楸瑛還來不及回答，小璃櫻正好在此時走了進來，臉上掛著難掩的疲倦。

「紅秀麗，這邊大致上也已經能夠預測了。紅州大社寺與其下組織的救災工作以及驅除蝗災的準備，以『外面』的時間來計算的話，大約五天左右就能完成。所以到時候妳也差不多能動身啟程，前往紅州。」

五天左右。秀麗雖然心裡希望能再快一點，但畢竟整個紅州幅員遼闊，這也是沒辦法的事。按耐下焦躁的情緒，秀麗做一個深呼吸。

「我明白了。那麼，準備一完成我馬上就出發。希望最好是天一破曉，就立刻前往紅州。」

●　❋　●　❋　●

——瑠花從玉座抬起頭，就看到珠翠站在眼前。突然有一股異樣的感覺。除了珠翠之外，包括璃櫻和秀麗在內，她這間向來人煙罕至的居室，最近頻繁地有人到訪。

「母親大人……全社寺驅除蝗災的準備差不多要完成了。五天後的破曉時分，配合準備完成的時間，秀麗小姐也會立即動身。」

「唔……那麼，從明後天起，讓她好好睡一覺吧。」

珠翠歪了歪脖子。其實，珠翠雖然也對秀麗那麼說了，不過到底是什麼意思，她自己都不甚明白。

「關於這件事……為什麼一定要睡上兩天才行呢？」

「……我想了一下，除了身體的診察外，還有些事情得處理。到時候妳就會知道了。」

瑠花板著臉，只說了這麼多。珠翠雖然還是不大懂，也只好點點頭。

「還有，果然正如母親大人您的推測，秀麗小姐她打算同時進行驅除蝗災與追查『空殼』這兩件事。」

瑠花似乎很愉快，露出滿意的目光。

「這丫頭……真是太有意思了。很好，雖然我們無法派出人手協助她，但能提供什麼情報就盡可能的提供給她。畢竟她這麼做，對我們也大有幫助。碧州、茶州、藍州，這三個地方的神器都被破壞了，不能再讓事情更惡化下去。」

珠翠點頭。打從出了「時光之牢」，她就出現一種奇妙的錯覺，覺得自己彷彿成了世界的一部分。體內不斷湧出神力，用來修補各地被破壞的神器。

在秀麗與楸瑛面前雖然沒有表現出來，其實珠翠一直如酒醉般酩酊昏沉，頭暈目眩。可以清楚的感覺到體內的生氣被吸走。可是，珠翠的身體與能力也已經面臨界限，情況真的不能再繼續惡化下去了。

「……中央的紫州也地震頻傳。光是這樣，貴陽的民心就已動盪不安。幸好有『干將』和『莫邪』，這兩口劍的鎮壓力量非比尋常。在九彩江也有碧歌梨著手修復藍州的寶鏡。所以珠翠，在那之前妳得撐下去。」

九彩江的寶鏡打造完成後，製作者一定會死。即使如此，碧歌梨還是接受了。冀望著至少修好一樣，如此一來，負擔也能一口氣減輕，只要在瑠花、羽羽與珠翠還能控制住狀況的這段時間內，完成寶鏡——

忽然，珠翠神情凝重了起來。

瑠花托著下巴，眼光瞥向空無一物的空間。

「……看來，有人越過了結界。珠翠，妳『看得見』嗎？」

「……是立香。立香應該是逃獄了。不過，她是怎麼辦到的？那孩子不是『無能』的嗎？她不可能自行脫離牢獄——不可能自行離開縹家。那孩子——她到『外面』去了！」

「某人幫助她的吧。」

「是誰……為了什麼？」

瑠花臉上的表情寫著她心中已經有數，只是嘴上不說。

「現在別管她了。妳現在應該連使用『千里眼』的餘力都沒有吧。」

珠翠壓住不斷抽痛的太陽穴，大口呼吸，希望能藉此減緩一些疼痛的感覺。

「我、我明白了……『母親大人』，如果只是一兩樣，其實只要由碧家和縹家一起合作，還是能夠盡快重新供奉新的神器。可是現在卻缺了三樣。這已經是最大極限了，是嗎？」

「……………」

「只要再有一樣神器被破壞，就撐不到所有神器都復原了。先別說我，『外頭』的仙洞官們和術者都會沒命的，是不是？」

瑠花沒有回答。而這就是答案了。

「我明白了。那麼萬一再有神器被破壞，就由我來修復全神域的神器吧。」

珠翠臉上微微浮現笑容，那毅然決然的微笑，竟不可思議的與紅秀麗有些神似。

「我可得先聲明，這並不是『母親大人』可以辦到的。就是由『大巫女』來當『人柱』這件事。」

瑠花輕挑了挑眉——這個時代的大巫女成為人柱。

過去神器也曾遭到人為的破壞。雖然不知道是否屬實，但聽說甚至曾有過八大神器中的七樣都遭破壞的情形發生。為了防止這種事再次發生，蒼遙姬留下了一種法術。

只要不是所有神器都遭到破壞，就能施展一種接近犯規的手法，修復所有神器的最強封印術。

縹家的大巫女之所以具有絕對神性與專制權威的存在，幾乎可以說就是為了這一刻。

在所有賭上性命行使法術的巫女與術者之中，唯有一人，也就是大巫女才能夠施展的大法術。

「能代替全部神器，進行所有封印修復的，只有我的命。」

瑠花是歷代罕見的大巫女，這一點是不容置疑的。然而在她漫長的一生中，已經竭盡畢生能量，如今連維持縹家的氣力都不剩了。現在的縹家是靠著珠翠的力量撐住的。

就算有瑠花與羽羽的協助，但她還不是正式的大巫女。

在不可能的日子裡，降下白雪的那天。

……瑠花她就已經，不再是大巫女了。

珠翠集中注意力，用力呼吸。深深地，深深地。似乎聽見了來自某處槐樹的聲音。

「沒有其他辦法了。不是嗎？『母親大人』。」

瑠花沉默了一段不知該算長還是短的時間。這段時間裡，瑠花臉上的表情絲毫未變，就像時間暫停了似的。

不經意地，一個奇妙的念頭閃過。如果壞的只是一兩樣神器，就不需要立起人柱。說不定瑠花用盡各種方法都要取下那男人的項上人頭，就是為了這——

這就是她的目的吧。為了保護即將從「時光之牢」中出來，有可能成為下任大巫女的人。

這時，瑠花才終於淡然開口。

「確然如此。」

這個回答，像是一併回答了珠翠口中說出的，以及藏於內心的兩個疑問。

珠翠笑了。

耳邊傳來樹葉沙沙的聲音，聽起來像是來自遙遠海面的聲音。

紅州州府——州牧室中，因為州牧連日的焦慮而讓香菸的煙霧瀰漫整個室內。

「……劉州牧，每天抽菸可是會散發出老人體臭喔。」

劉志美朝菸灰缸磕了磕菸管裡的菸灰，四周馬上揚起一片白灰。

「我的州尹怎麼這麼囉唆，難道我會不知道這個道理嗎？你也替我想一想，我到底是為了什麼非抽菸不可。找我有事？」

「災區的碧州與黑白兩州的州府都再三派出使者要求提供糧食支援。」

「你這傢伙是哪州的州尹啊？不是該先報告紅州州內的事嗎？」

「……紅州全域，因為蝗災的緣故已經造成六成農作物的損壞了。我也已按照您的指示，將向中央呈報上去的數字誇大為八成。」

「很好，這麼做就對了。」

看不到劉志美絲毫的猶豫與沮喪，這讓荀彧雖然覺得苦澀，卻也有些許的安心。

雖說是為了保全紅州，但做這種事可是會被罷官的。而劉志美毫無疑問，已經做好為結果負起全責的心理準備。只不過兩人年齡實在太相近，使荀彧無法率直的對志美表達出內心的敬意。荀彧明白自己嘴上的挖苦，不過是為了掩飾感情上的彆扭。也不知是幸或不幸，這一點荀或自己倒是很明白。

「那麼，剩下的四成農作物呢？守得住嗎？」

「是。都存入枯井或洞穴中，並用石堆遮蓋掩飾了。還有，關於來自碧州的災民以及蒙受蝗災而導致家屋全損的那些人家……」

「嗯，蓋臨時居所來收容他們應該來不及吧？再說一蓋好恐怕也會馬上被蝗蟲大軍吞噬……」

「關於這件事紅玖琅太座九華夫人來信，表示紅州各地的紅家一族將開放門戶收容災民。這是她的書信。只等州牧用印，即可開始執行。玖琅的兒子伯邑與女兒世羅也前往各地指揮坐鎮了，所以消息不會有誤。」

劉志美默默打開荀彧扔過來的書信，蓋下州牧印。

「…………晚點我會寫封道謝函給九華。」

「謝函我已經寄出了。」

「有這麼優秀的副官，我真是太開心了。話說回來，紅家全族上下最沒用的就只有黎深父子嘛……傳令各郡府全面協助紅家辦妥這件事，各項經費就由州府支出。紅家一族雖然多得是愛拿翹的笨蛋，但只要認真做事，可就優秀得沒話說。這時也不必客氣，就好好利用他們的人材吧。還有也別忘了，多撈點紅家的錢。這樣還可以幫州府省一筆錢，好運用在其他地方。」

「……不是用借的，是用撈的喔？」

「就當是他們的愛心捐款。誰叫州府錢不夠用啊。對了，叫閭老頭去辦這件事好了。那個臭老頭，光是坐領高額俸祿卻完全不做事，我好幾次幫他寫好辭呈逼他罷官，但他每次都會裝出快死的樣子說『後生小輩啊，老頭子我再活沒幾天了，你就耐心等到那時候嘛』，演技可逼真了。但演了這些年，也還沒看他真的去死，真是個臭老頭。不過你別看他這個樣子，以前可是個了不起的中央官員，最適合讓他上紅家去多榨點錢出來了！」

荀彧心想，這哪叫愛心捐款，根本就是勒索。不過他也懶得反駁了。

「…………知道了，就去辦。」

「……唉，這次必須承認紅家真的幫了很多忙……紅家的作風也改變了呢。」

對於紅家，過去雖然有過太多令志美想算舊帳的事，但這次明顯的不同以往。

過往紅家不但絕不承認自己的失誤，對國家或州府有恩時，更只知厚顏無恥的要求回報。然而這次伸出援手卻不帶任何條件，令人跌破眼鏡。打從解除經濟封鎖以來，他們便放下斤斤計較的算盤，不但全力協助國家與州府，紅家本身的利益更都先擺在一旁。

「……因為紅家的新宗主，對那個少爺國王誓言忠誠嘛……都是為了他女兒吧……」

族人中唯一不拒絕出仕，選擇作為御史站在朝廷的立場努力，本該親自飛奔回紅家說服族人的紅秀麗。

代替女兒完成使命的父親，也是一族中最沒用的長男紅邵可，或許是受到女兒的影響才會如此努力吧。至少他一定是抱定改變紅家的決心而回來的。為了傳承給下一代不同以往的紅家。

志美忽然為那位尚未謀面的紅秀麗感到惋惜。

「那麼，最重要的事，那些飛蝗的動向如何？」

「還是一樣。順著風向不斷擴大規模，啃蝕著紅州所有肥沃的平原土壤。不過，仙洞官那邊也有來聯絡，說再過半個月風向就會轉變，改朝紫州方向吹去。」

沉默。

荀彧像是看穿了志美內心的想法，不動聲色繼續淡然地說了下去。

「告知秋季結束的強勁紅風，會比往年提早來臨。吹過紅州的強風，則會在約莫半個月後一口氣朝紫州吹去，帶著那些飛蝗一起。」

志美當然明白這句話代表什麼意思。然而他不想表現出任何反應，也不想做出任何表情。

「研判現在席捲紅州的蝗群，大部分都將隨風被吹走，從紅州大幅移動到紫州。因此，紅州只要再應付蝗蟲半個月就夠了。」

冷靜的報告。不帶任何個人感情的報告。自己臉上的表情一定也跟荀彧一樣吧。不然還能怎麼說呢？總不能說「太好了」之類的吧。

只要再過半個月，只要能守過這半個月，紅州就有救了。就算只有今年也好。蝗災會從紅州移向王都所在地紫州。然而這樣的結果，也不是任何人的功勞。

荀彧和志美都有自尊與義務和責任感。無論是身為紅州司牧，或是身為中央官。然而當魚與熊掌難以兼顧時，能做的事就很有限了。

「我知道了。」

所以，志美只以平淡的聲音，面無表情的這麼回答。至少他沒有叼著菸管做出卑劣的行為，這已經是現在的他所能盡的最大努力。雖然也只能這樣。

「……碧州與黑白州的使者怎麼辦？請求糧食援助的事。」

「只能嘻皮笑臉的告訴他們，說這邊也被蝗蟲啃個精光，真不好意思沒辦法幫他們。」

「使者們前來紅州的途中，在各地早就目睹我們的人往枯井和洞穴中存放糧食了，一定馬上推測得出我們報出的是虛假數字吧。一旦拒絕他們的要求，我看對方立刻就會告上朝廷。」

「……我想也是。我們這邊存的食糧夠吃好幾年，他們可是連穀物倉都被吃個精光，說什麼也得取得支援的承諾才能回去。否則到了冬天，人民一定會餓死的。」

「紫州和碧州也還沒答應開倉救濟的事。他們一定都知道蝗群遲早要飛向紫州，要是現在紅州拒絕了災區使者的請求，朝廷絕對會將北方無法獲得援助的責任都推到你頭上。」

呼。志美噴出最後一口紫煙。荀彧只是默默看著他。

「──請他們回去。別讓我說第二次。想反對就說清楚，但同時也要提出更好的意見。」

荀彧也不再多說，轉身正要離開時，腳下似乎踩到什麼，發出刺耳的聲音。低頭一看，地板上有幾隻通體漆黑的蝗蟲，轉動著眼珠正看著他。

從門縫裡，還不斷有幾十隻蝗蟲企圖擠進來。

志美冷冷望著正從各縫隙鑽進來的飛蝗，低聲說：

「……這些傢伙，終於連州城都開始吃了啊。」

紅州的都城梧桐是個美麗的城市。儘管已是歷史超過千年的古都，卻總像一顆剛擦亮的寶石般冷硬。那種美不是人工打造的，而是在自然的美景上，巧妙加上人為的保存，才能從古至今維持住如此美景。這可說是紅家的功勞，因為過去有他們保護紅州不受戰爭破壞，古都的景觀才能延續至今。即使這結果是來自他們對他人漠不關心，以及老謀深算的心機。

抬頭望向絳紅色的天空，遠方傳來雁子的聲音，紅蜻蜓也飛過這片秋日天空。看來要有好一段時間，無法再見到那美得令人幾乎落淚的夕陽了。

「——這些傢伙來得太慢了吧。早就不該繼續攻擊民家，快點從都城下手不是很好嗎？我一直這麼想。」

「是啊。我贊成您的意見……反正都城是石頭打造的，諒牠們也吃不動。」

志美笑了，荀彧也才受到感染似的，發出今天第一次的笑聲。

「劉州牧！——州牧！」

一群州官們發出快崩潰的哀號，紛紛衝進州牧室。

州牧室的門隨著眾人衝入而大開，成群飛蝗也一湧而入。

很快的，州牧室內就飛進了數百隻黑色的飛蝗，牠們蠕動著觸角四處飛竄，室內全是蝗蟲拍動翅膀時那令人不舒服的聲音。

「州牧！沒想到小小飛蝗卻這麼令人噁心又恐怖……哇，別飛過來！」

州官們一邊發出嚎叫聲，一邊拚命踩扁地上的蝗蟲，又揮舞著雙手在州牧室團團轉。

「冷靜點！真是的，你們這些傢伙的臉皮怎麼總是這麼厚啊。光知道成群結黨的整天找我麻煩，匹夫之勇難道只限於太平盛世嗎？」

話一說出口，那些州官似乎很生氣地停止動作。志美叼著菸管挑起嘴角。

州府裡的官員雖多為國試出身——或是說正因為是國試出身——所以當年紀老大不小，及第順位又不高，也不是出身中流富裕階層的志美赴任州牧時，國試派或貴族派的州官都瞧不起他。志美在州府中，除了得面對這些下官，出了州府還得和紅家等「地方名流」周旋，更無法避免與商人之間的利益相爭，每天都必須衡量這些利害關係，才能好好處理政務。對於將自己派到這個麻煩地方的霄太師和先王，在心裡，不知道有多少次想痛毆他們一頓。然而志美都忍下來了，並且腳踏實地的去面對、斡旋，只要能夠改善的，都盡力去改善。然而，雖然因此有不少官員站在他這邊，但不願承認志美實力的州官還是不少。

不過志美卻願意承認這些人的實力。能爬上州官位置的他們，皆非泛泛之輩，志美相信他們的才能與心中的意志。

至少當他們在面臨成群飛蝗時，不是將醜態暴露在人民與下屬面前，即使再怎麼討厭志美，還是第一個來向他報告。醜態暴露在上司面前沒什麼好在意的，因為他們也知道，軟弱恐懼的一面只能讓志美看見。即使流露出人類本能的恐懼，他們還是不忘身為官員的矜持，這一點值得嘉獎。

「——聽好了，驅除的只有蝗蟲。城下若湧入災民絕對不能趕走他們。傳令下去，就算已經說過很多次都還是要再次說明，組織幾組專門應對災民的小隊，讓他們輪流去做。這是為了避免州官在人民面前顯露疲倦與怒氣，否則州官一旦感情用事，人民馬上會跟著恐慌。如有失去家屋的人民，那就安排他們去住官舍，優先順位是病人、老人、無家可歸的人或沒有男丁的家庭，以及窮苦人家。」

這些應對原則不只說過一次兩次，但志美仍不厭其煩的再次說明，口氣也沒有一絲不悅。沒想到這麼做，似乎反而讓州官為剛才的騷動感到羞恥，平時總會頂個兩句的他們，這時也抿著嘴，坦率點頭答應著——不，可能是想到，要是開口頂嘴，飛蝗會飛進嘴裡，所以他們才閉上嘴的吧。難怪州官們賭氣似的板著一張臉。

看看時間差不多了，荀彧一面抖著袖子，拍掉上面的飛蝗，一面請示志美。

「州牧，州軍該怎麼辦？要讓他們出動嗎？」

「當然要。不只州軍，紅家與全商聯總會的私人兵團也要一併出動。要州軍與私人兵團聯手，不過他們的行動範圍不是只有都城梧桐，而是紅州全部——就此下達全軍出動許可令。」

此言一出，底下的州官們竊竊私語，一方面是沒想到州牧會提出要州軍與紅家及全商聯總會的私人兵團聯手，而且更重要的是，都城不留一兵一卒，全體出動，這種作法實在是前所未聞。連荀彧也不免皺眉反問：

「……確定要全軍出動嗎？」

「這種時候，還要他們保護都城做什麼？今年的秋獵內容就改成獵捕飛蝗吧。記得也對人民貼出佈告，要大家利用農作時所組成的各郡鎮村互助會的縱向關聯，這樣合作起來會比各自驅除有效果多了，也能捕捉到更多飛蝗。佈告中記得註明，只要各郡鎮村配合，州府就答應今年減稅獎勵。」

「……減稅？這件事州牧你不都持反對意見嗎？為何現在又……」

「我不是反對。只是在等待公告時機而已。紅州今年度的總農收有六成遭到毀壞，那我怎麼可能要求人民繳納和往年同額的稅貢？要求紅家倒還說得過去。我又不是惡官，只不過發布的時機很重要，趁現在對全郡府發出佈告，內容就說只要能捕獲飛蝗，年度稅貢至少減半。至於可以減免多少，等蝗災過後再與州府商談決定——」

室內眾人沉默下來，只聽見飛蝗拍動翅膀的聲音。剛才聽來令人毛骨悚然的拍翅聲，現在卻變得有些滑稽。荀彧替州官們提出內心的疑問：

「……這，這不是搭順風車詐欺嗎？你本來就打算將稅貢減半，和抓不抓得到飛蝗根本無關。而且最後那幾句，還故意講得好像抓越多就能獲得越多減免，很容易讓人誤解啊。」

「那是誤解的人自己不好。我可沒那麼說喔，只說要再商談而已吧？你們想想，與其將減稅與獵蝗單獨公告，不如兩個一起公告，這樣捕獲的蝗蟲數量肯定會差很多，而感恩的程度也不一樣。」

「感恩？對什麼的？」

「減稅政策啊。之後人民才會更感念州府德政，這一點很重要吧？畢竟州府平常都沒這種耍帥的機會嘛。」

荀彧看似皺眉無言，不過志美很清楚他心裡根本在偷笑。

「……是啦，你說得也有道理，我承認這樣效果的確比較大。這就傳令下去，即刻貼出佈告。我提議也可以請來自碧州的災民加入獵蝗行動，報酬就是提供米糧與居所。當然，只限身強體壯者。」

「採用。荀彧，你即刻與紅家和全商聯總會取得聯繫，提出指示。同時和各郡府合作，預測蝗群前往的場所與風向，聯合軍隊就先前往預測受害程度最嚴重的區域。」

「明白了。」

「在朝廷頒布驅除蝗蟲的有效對策前，我們得自己把皮繃緊點。硼酸丸子也好，什麼老祖宗傳下的殺蟲方法都值得一試。如果飛蝗大軍是流氓集團，那我們就採取人海戰術對抗。紅州的高生活水準和高出生率可不是浪得虛名的。百姓們花費一年時間辛苦耕種的成果，要是讓蝗蟲橫刀奪取，這多麼的可恨。讓人民把這份恨意盡情朝飛蝗發洩吧——撐下去。多一隻也好，盡量消滅更多的蝗蟲……在牠們飛往紫州之前。」

州官們因這句出乎意料的話而露出不平的表情，像是在說「紫州關我們什麼事」。

「……這是現在我們能為他們盡的最大努力了。」

紫州的田地廢耕程度相當嚴重。由於官給的現金比例高，人民放棄自耕的比例也相對提高，這種情形連年持續下來的結果，光是現階段，紫州便已少了四成糧產。飛蝗大軍一旦抵達，生存率勢必大幅降低。然而即使變成那樣，紅州還是不會伸出援手提供食糧。所以現在能做的，頂多就是為他們多消滅一些蝗蟲了。

察覺到志美這些隱憂的，只有同為中央官的荀彧而已。

「開什麼玩笑！事情都演變成這樣了，國王連一封慰問的親筆信都沒有捎來耶！那種昏君的土地，我們還管那麼多幹嘛？當然啦，事關官位的升遷，你們兩位當然要操這個心，但也沒必要在紅州這麼吃緊的時候，還去顧慮到紫州吧！」

年輕的官員怒氣沖沖的，一邊踩扁地上的蝗蟲，一邊露出質疑的目光望著志美與荀彧。

「……話說回來，這還真奇怪。蝗蟲好像只不敢靠近州牧與州尹的身邊？仔細想想，就連侵入州牧室內的蝗蟲數量，也比起其他地方少……」

被這麼一說，志美與荀彧這才發現的確如此，飛到這裡來的蝗蟲數量和外面完全不同，甚至有些蝗蟲還刻意迴避通過這個房間。然而州牧室裡，並未藏有特殊的藥品，這其中一定有什麼原因——

志美和荀彧的目光同時集中在某樣物品上。志美用來消除壓力的銀色菸管。

「——難道會是這個？」

「很有可能。這麼一說，我也想起來了。還在郡府時，每次前往紅州深山割草的時候，不分男女，一起工作的人都叼著菸草。那邊抽菸的方式是用茶花或樫樹、柿子的樹葉捲起菸草叼在嘴上直接抽，就是所謂的捲菸葉。」

「我知道，那又稱芝捲，包山茶束葉的味道可好了——」

「不是的，他們抽菸的目的不是為了轉換心情——而是為了驅蟲。」

一愣之後，志美馬上將手中的菸草朝地板上的蝗蟲撒去。只見整面地板上噁心蠢動的蝗蟲，馬上如退潮般整群飛起逃離。而願意靠近菸草的蝗蟲更是沒有半隻。

州官們也齊發出驚呼聲。

「這……這怎麼回事？我抽的菸，可沒這種效果。」

荀彧蹲下身子，撿起地上的菸葉，湊近鼻子聞了聞後，抬頭以冷靜理智的目光望向志美。

「……州牧，這種菸草是哪裡生產的？聞起來有股特殊的味道。」

「這不是什麼名牌菸草，是我自己做的，做法則是之前人家告訴我的。硬要說的話，大概類似『藍之夢』吧。」

得知戰爭結束那一天，有個男人用燃燒屍體的火焰點燃了菸草。藍色的天空與飛過的白鳥，還有那股獨特的氣味，這些對志美來說都像是「只比最悲慘的狀況還要好一點的世界」之象徵。一直到現在，志美還是只抽這種菸。

『你想知道這是哪種菸草？那我就破例告訴你做法吧，仔細聽好了——』

「裡面捲的東西跟其他菸草差不多，只有一樣東西是一定要放進去的。每次看見那種樹的時候，我都會削下樹葉與樹皮，雖然我不知道那種樹叫什麼名字。」

戰爭結束後，只領到一點，連麻雀眼淚都不如的小小「恩賞」。拜此所賜，每天光為了活下去就得使盡全力的志美，根本忘了抽菸這回事。

經過好長一段時間，當鼻端不經意飄來菸草香氣時，戰爭結束時的記憶也隨著一絲一縷的青煙回到腦海中。

如那男人所說，這種樹真的是既雪白又美麗。每次拿小刀削下樹葉樹皮時，總散發出一股清涼的香氣。

不知不覺的，志美已是淚流滿面，責問自己到底在做什麼。戰爭明明早就結束了，在這只比最悲慘的狀況好一點的世界裡，卻過著跟最悲慘狀況沒啥兩樣的生活。

從此之後，志美開始在村野與街道旁找尋那生長在各處的樹。

「紅州也找得到這種樹，在某些路旁或村莊中，偶爾會看到那種樹⋯」

「哪裡的村莊？」

「其實，不用特地跑到什麼村莊去⋯⋯我為了自己抽菸方便，在城內庭院種了一棵那種樹。算是慶祝我當上州牧的紀念啊。因為沒半個人幫我慶祝嘛，我只好自己種了一棵紀念樹，呵呵。」

「你怎麼可以擅自做這種事啊！都城又不是你私人地盤！你說的該不會就是種在你每次休息時，老愛待的那個地方的那一棵樹吧？」

「沒錯。我常從那棵樹上削下樹皮和樹葉，所以很容易找，一看就知道了。」

剛才的年輕州官望著州牧與州尹憂慮的表情，又質疑著問：

「……怎麼，你們兩位好像不是很開心？」

「……沒事，你別多心。」

然而，志美和荀彧心裡其實很清楚，只有一棵樹又能怎樣。不，就算在村野路旁還能多發現幾棵——那根本也不夠。現在需要的，不是只能趨避幾隻蝗蟲的除蟲藥，而是能更有效率驅逐整群蝗蟲大軍的東西。雖說有總比沒有好，這個發現當然很重要，但也就只是這樣了。

「荀彧。」

算準副官正打算離去的時機，志美叫住了他。

轉身回頭的荀彧與志美四目相對。很快的，志美開口問道：

「你沒有其他事情該跟我說的嗎？」

荀彧又露出冷靜理智的眼神，笑了。

「沒有了。你才是有事情該跟我說的吧？州牧。」

志美沒有回答。兩人就那麼互相直視著對方好一會兒。

很快的，荀彧提起官服下襬，看都不看地上的蝗蟲一眼，走出了州牧室。對於腳下踩著蝗蟲發出的噗茲噗茲聲，臉上的表情也不為所動。只不過是鞋子踩扁蝗蟲這種程度的嫌惡感，對現在的荀彧來說，根本不值一顧。

志美咬著空無一物的菸管，帶著沉痛的表情閉上眼睛。

●　❋　●　❋　●

雨一直下。已經下了好久都沒停了。

雖然雨勢時大時小，但看來卻完全沒有要停的意思。連綿不斷的長雨，讓過去美麗的九彩江心變成飄滿流木的濁流，彷彿龍神剛來大鬧一場似的。過去那有如世外桃源般的美景已不復見。歌梨嘆了一口氣。她喜歡這樣。

「……真可惜……千載難逢的好機會卻不能好好把握，真是不走運。」

回頭望向空蕩蕩的室內，只有火缽與燭台燃燒著熊熊的火光。被打破的寶鏡碎片，已經聚集起來放在火缽旁的盤子裡。在一百塊碎片上，各自照映著一個歌梨。由於實在太小了，歌梨根本看不清楚鏡子裡的自己究竟是什麼表情。

在附近發現這棟簡陋的小屋，雖然破舊卻還算堅固，空間也足夠。最重要的是，下了這麼久的雨，室內卻滴水不漏。此外，也在地下室發現能用來鑄劍的堅固火爐。製作寶鏡的材料已一應俱全了，爐中也已升起爐火。剩下就只要——

「……歌梨。」

丈夫的聲音，令歌梨回過頭。通往室外的門口，站著那熟悉的身影。昏暗的光線之中，或許也因為下著雨的關係，他看起來就像個模糊的影子，臉上的表情看不清楚，只有聲音清晰的傳進耳中。那聲音悲切而微弱，充滿絕望。不用看也知道，那溫柔的臉上一定是一副倔強的神情。

每天每天，歐陽純都企圖說服歌梨。用盡各種說詞，無數次嘗試將歌梨帶回去。然而，歌梨卻不曾點頭答應。

「……純哥，等雨勢變小了，你一定要下山回家，回到萬里身邊去好嗎？不趕快重做的話，這雨真的不會停了。我也說不清楚，但就是知道。不過，理由還不只這個，還有其他更重要的原因，讓我決定打造寶鏡，才會來到這裡……請你諒解，只有這次，純哥，即使是你說的話，我也不能聽。」

「歌梨……」

歐陽純嘶啞的聲音，再度呼喚著歌梨的名字。歌梨卻無法直視丈夫，將身子歪過一邊，聽著激烈的雨聲低下頭。

「……我從未詛咒過生為女人的事實。我詛咒的只有碧家。不知道被碧家人譏諷過多少次，為什麼歌梨是個女子而非男兒身。沒說過這種話的，只有弟弟珀明和你而已。可是，我的性格就是這樣，心中一直只想著要你們這些人刮目相看，非要這些人認同我不可……一定是因為這樣，所以才會不行的吧。」

千年難得一見的奇才。無人能比的獨一無二「碧寶」。儘管接受了所有讚譽，然而歌梨內心明白，其實這世上還有另外一個值得獲得這稱號的人。

那就是他——歌梨的丈夫，永遠放棄了自己的才能——全都是為了歌梨。

「我可是天下萬人認同的超級天才，就在我的才能正發光發熱時，不知道哪裡來的蠢男人——肯定是男人沒錯——打破了這塊本應保存百年的寶鏡。可是……我心裡明白，我的誕生就是為了迎接這一刻的到來。」

製作寶鏡的人一定會死。

做出這面寶鏡的上上代，也在製作完成後就馬上死了。然而只有一件事和傳說的不符。那就是這面寶鏡不只能維持二十年，而是能持續百年的奇蹟之鏡。誰都不明白，為何被認為無能的上上代，竟能做出這奇蹟寶鏡。留下這個謎題和這面鏡子，他就那麼走了。

「……我呢，只想得出一個原因。如果我的假設正確的話……我必須確認才行……所以，純哥，我求你。」

鼓起勇氣轉頭一看，昏暗的走廊上，彷彿看得見丈夫歐陽純臉上的微笑。

此時，歌梨突然察覺氣氛有異。感覺不大對勁。

——好奇怪。

「……純哥……？」

從敲在窗上的雨聲，可知雨下得更激烈了。風也開始狂亂地颳了起來，從敞開的門，風雨發出討厭的聲音侵入室內。丈夫的臉色蒼白，而且是太蒼白了。

歌梨纖細的下巴開始顫抖，她已察覺到為何會有這麼詭異的氣氛了。

當歌梨朝丈夫走去的同時，歐陽純雙膝一屈，就那麼倒了下去。

「——！」

歐陽純的腹部，被劍斬得血肉模糊。有個看不見的人，從背後偷襲了他。這一切就像是惡夢中的場景。

歌梨嘴裡吶喊著，但究竟吶喊了些什麼，連她自己也不知道。接住朝正面倒下的丈夫身體，被那重量一帶，兩個人一起翻倒在地板。

溫熱而黏滑的液體沿著手臂流下，慢慢地在歌梨的衣服上染出一片血漬。

歌梨蒼白的臉不安的動了動，抬頭正好看見站在丈夫身後的那個男人。

即使在雨中，那人臉上戴著的狐狸面具仍依稀可見。面具後是波浪般的長髮，手上有戒指和傷痕，面具下還有一雙貓般的眼睛。狂風暴雨用力毆打在歌梨臉上，也打在男人的面具上。

忽然，歌梨理解了。

「……沒錯，你怕我重新做好寶鏡會阻礙你，所以才來殺我們的。」

狐狸面具男姿態優雅地靠在門邊，從喉嚨中發出低沉的笑聲。像是在看一場好戲般，看來他似乎很習慣這樣。或許生前，他也常這樣百般無聊的看著這種事在眼前發生吧。貓般的雙眼中，突然掠過一抹掃興的神色，露出對什麼都提不起興趣的表情。接著像是想將玩膩的玩具丟到一旁似的，提起了手中的劍。

那個眼神不像是要殺人，而是跟想要破壞東西一樣。所以歌梨也放棄了活下去的希望。

歌梨回頭，凝視著盤子上堆成一座小山的鏡子碎片。不顧一切也應該要完成的那面寶鏡。同樣都捨棄了自己的性命，但結局卻不該是這樣的。絕對不該。

她將手上一直戴著的手套取下，舉起丈夫無力垂落的手，摩擦自己的臉頰。那總是撫慰歌梨的溫暖雙手，如今變得比冰塊還要冰冷。全身被雨淋得溼透，歌梨已經搞不清楚自己到底是不是在哭了。這個人一直守護著自己，從好久好久以前，當歌梨被長老們捆綁手腳，監禁在黑暗中的那個時候開始，就在守護自己。

「你真是個笨蛋哪，純哥……你這麼文弱……怎麼可能從這種壞人手中來保護我？」

眼淚再次沿著臉頰滾落，滴在丈夫冰冷的手上，破碎了。歌梨吸吸鼻子。

「男人對我來說，果然除了瘟神之外什麼都不是。最討厭了……」

劍劃破空氣的聲音，消失在激烈的暴風雨聲中……不知道消失到哪裡去了。

……雨沒有停。

新的寶鏡沒有完成，雨也沒有停，不斷下在整個藍州的土地上。

志美巡了州城一遍，看過大致的狀況後做出指示，又回到州牧室。

『沒有其他什麼該跟我說的嗎？』

『沒有。』

——沒有。

在盡是飛蝗的室內，總覺得這句話空虛的飄在半空中。志美嘆了一口氣，正想坐上椅子，卻發現那張雕工既氣派又精細的白色州牧椅被黑色的蝗蟲佔據，變成一張全黑的椅子了。從發出的聲音可以知道，蝗蟲們恐怕正享用著椅子大餐吧，志美這才想起來，這張白色椅子是用木頭做的啊。

「……給我等一下！這是州府的公物耶！你們這些臭蝗蟲還真給我吃？還有我的桌子！啊，還好桌子是大理石做的。話說回來，紅州還有經費買新椅子嗎？監察官會不會不相信我說的話啊？」

心念一轉，志美將剛才剩下的菸草放進火缽，點火引燃。瞬間，門窗緊閉得幾乎不通風的州牧室內，充滿了菸草的青煙，然後蝗蟲們也變得無法動彈了。可是——

「……我說……我覺得這樣下去，我們會一起死在這裡耶？如果不趕快讓新鮮空氣流通進來的話。聽說在火災裡死去的人，多半是被煙嗆死的。這是悠舜說的啦。」

屏風那頭傳來男人的聲音，志美卻並不太驚訝。反而呵呵呵的笑了起來。

「……你也覺得？我剛才也正好在想這個問題。不過啊……你不覺得……這樣好舒服嗎？我好像聽見三途川的流水聲了……我那已經死掉的好友，好像在河的另一端向我招手耶，好棒啊。」

屏風那頭的男人慌忙衝進室內。

「哇！不好了！志美你快回來啊！你不能死在這裡啊！」

男人拉著志美，打開拉門。大量飛蝗因此飛進室內，但大部分都因室內的除蟲濃煙而掉落在地。

男人一邊拍掉附著在志美臉上的蝗蟲，一邊強迫他吸進室外的新鮮空氣，總算讓他恢復了意識。

「……志美……回過神了吧？」

「……嗯，馬馬虎虎……是說，剛剛真的好險喔？」

「要是你真的過河了，我想就真的完蛋了。」

「抱歉……我剛才突然有點自暴自棄，很想拋下一切。」

男人拖著志美回到室內，蝗蟲都死得差不多了，抓起椅子，上面的蝗蟲屍體便紛紛掉落，恢復全白的顏色。椅子雖然被啃得破破爛爛，但毫無疑問的，這是原本那張州牧椅。

只是，由於被蝗蟲啃過，在坐下的瞬間，四隻椅腳有三隻登時折斷，志美也跌坐在地，後腦杓「咚」地，敲在滿是蝗蟲屍體的地面上。

一陣尷尬的沉默。

「……欸，我說……這下你應該清醒了吧？志美……」

「……清醒了啦……剛才這是怎樣？是想整我嗎？」

「……沒有，怎麼會有人整你。」

「那你至少笑一下啊，笨蛋！不然大叔我很丟臉耶！」

「怎麼這樣？」

鬍子男的臉，大喇喇的進入志美視野裡。左臉頰上有道十字傷痕。好個出色的男人啊，志美心想。這也是當然的。他可是當年在茶州，悠舜一路輔佐的男人。

「……你好啊，監察裏行，浪燕青同學。你見過我家荀彧沒？」

「見過了。不過還沒說上話，只是遠遠看見而已。看到他面無表情，踩著蝗蟲出去下指示給部下的樣子，倒有點像陸清雅呢。」

「你說荀彧像陸清雅？不，剛好相反，應該是一點都不像吧。如果他是陸清雅那種男人，現在早就回中央當官去了。他就是這種男人喔，和我不一樣。你說他像陸清雅，對他實在太不公平了。正因為他完全不像那種男人，我才會起用他當副官啊。其實，我應該要選陸清雅那種人才對……」

志美說著說著，變成了嘆息。

「……有時看著荀彧，都有種像是看見悠舜的感覺……」

撥開蝗蟲屍體，志美下意識地摸出菸管。但卻馬上發現菸草剛才都丟進火缽燒光了，手上抓著菸

管，一時之間也不知該怎麼辦才好。

總是為志美遞上菸草的荀彧也不在身邊。空洞的菸管，像是空洞的心。

「……浪燕青，你終於到州府來了啊。既然是由你出馬，想必不只蝗災這件事，包括消失的鐵炭和技術人員，以及荀彧的事，應該都是你調查的對象吧？」

「……嗯，是啊。州牧也調查過了嗎？知道是州府中的哪一個人蓋下運送許可的印章了嗎？」

消失的大量鐵炭，本該在紅家與州府的嚴格控管下妥善保存才是。

志美望著手中空空如也的菸管。

「……我答應你，能告訴你的事都會盡量老實告訴你。所以請你也盡可能向我報告你的調查結果好嗎？那些荀彧不能告訴我的事。」

……聽完燕青的報告，志美將空無一物的菸管放在菸草盤上。發出「鏘」的落寞聲響。

「……這樣啊，我懂了。事實上，我也還不知道那大量的鐵炭究竟被搬移到哪裡去了。因為突然來襲的蝗災，讓我不得不中斷手頭的調查。」

「那件事是我的課題，我會繼續調查下去。而且我已經掌握一些可疑的地方了。」

課題？志美雖然疑惑，但並未深思太多。原本志美在調查時，因為是極度機密的緣故，所以只能獨立進行，加上發生了蝗災，更無法擴充人手。現在既然能交給行動方便，有機動性的浪燕青接手，未嘗不是一件好事。

關於蝗災，兩人交換了某種程度的資訊之後，忽然想起了旺季離開貴陽的事。

「對了，旺季大人的動向如何？如果半個月之後蝗群會移動到紫州，他不是應該趕回去比較好？有時間的話，你能去聯絡──」

「這個啊，你說得雖然有道理，但我在來這裡的路上，聽到了小道消息，說旺季大人的腳程極快，不出數日就要抵達紅州邊境了。」

志美驚訝的瞪大眼睛，這速度比他預測的要快三倍。雖然早知旺季是馭馬的名家，也曾與孫陵王共同馳騁沙場，現在的年輕人雖然比不上他。可是這也未免……

「這怎麼可能。再怎麼說，這速度也太快了吧？他們應該有拉著裝滿食糧的馬車啊！就算是以騎馬為主的精銳部隊，這也不可能──」

「不，聽說行經中途時，主力一軍就和裝載糧食的運輸部隊分開，一口氣加快了前進的速度。不過就算是這樣，那速度還是相當驚人的。實際上，關塞上的那些人，都說如果親眼看見神速通過的一軍，甚至會懷疑他們是不是用了什麼仙術才能如此快速，也因此引起一陣混亂呢。」

「……你說什麼？一軍脫離了運輸部隊單獨前進？在進入紅州之前？……難道說，他們打算空手來援助蝗災災區嗎？」

「也許是擔心馬車被蝗蟲啃蝕，所以只好暫時停放在什麼地方？」

「不，這種事在出發前就該擔心過了。留下運輸部隊神速進入紅州……從某天起和運輸部隊分道揚鑣……？」

肩負蝗災對應總指揮的旺季，一定能隨時接獲包括紅州在內的各地監察御史傳去的最新消息。在掌握詳細情報的狀況下，留下運輸部隊進入紅州。這代表的意義是？

志美所能想到的可能性只有一個。一邊踩著滿地的蝗蟲屍體，一邊伸手按住額頭。

「……不會吧？不，可是……只有這個可能了……」

「志美？如果我單獨行動的話，只要兩三天就能見到旺季大人了，需要我去——」

志美緊閉雙眼，內心已經有個底了。

「不，不需要。就讓他們直接進入紅州吧。」

「嗯？可是沒有運輸部隊喔？」

「無妨。這就表示他們來，不是為了帶糧食來進行援助的。如果我想的沒有錯，雖然我不知道是不是真會有這種事，但恐怕旺季大人此行來紅州，目的是為了完全鎮壓蝗群。或許。」

這番推論，連燕青聽了都不禁瞠目結舌。不過他並未大驚小怪，只是「喔」了一聲。這讓正為蝗災焦頭爛額的志美有點不滿意，這種事情不是應該像天地顛倒般，令人感到吃驚才對嗎？

「怎麼，你這個『喔』是什麼意思啊！知不知道我們這裡有多辛苦。」

「不，我當然覺得很驚訝。只是想到，如果是我的上司，大概也會這麼做吧。」

「……你的上司是指紅秀麗嗎？不會吧，你未免太抬舉她了。」

志美笑了。十八歲的新手御史，怎麼可能有這種才能。

「話說回來，要是連旺季大人都沒辦法的事，可以確定其他人也不會有辦法解決的。」

「連陛下也沒辦法嗎？」

「那當然。那位國王連自己的事情都搞不定了。再說，要是來的是國王，大概各郡府都會提出抗議吧。」

志美冷冷的譏諷。現在紅州的地方郡府，大部分都由貴族派擔任要職。儘管國試派出身的志美每次都得和他們大吵一架，但做起事情來，貴族派還是比國試派官員能幹多了。

「貴族派不但不像國試派那樣受盡奉承，而且還累積了許多實務經驗。對這樣的貴族派不置一顧的國王，要是膽敢大搖大擺的前來紅州坐鎮，試著命令那些官員，光是後果，我想了都害怕，恐怕只會讓事態更加惡化而已。可是那些人卻願意聽旺季大人的話，這也是為什麼悠舜不惜弱化國王的權力，也願意答應將兵馬權交給旺季大人的原因。」

「不對，我聽說答應這件事的不是悠舜，是陛下本人喔。」

燕青淡淡地說，表情也很稀鬆平常。

志美想起了什麼，臉上失去了表情。過了一會，他再次習慣性的叼起菸管，又在發現自己這壞毛病之後，皺起了眉頭。然後只輕聲回了一句：「喔？是嗎？」

「……也罷，浪御史，總之事情就是這樣，這邊沒有問題，你就去忙你自己的工作吧。」

「嗯……的確，要是我不能完成課題，小姐回來時一定會生氣的。」

「……回來？我聽說她下落不明，不是嗎？」

「不管她去了哪，一定會回來的。國家現在處於這種狀況之下，我的上司不是會將這一切丟著不管的人。因為小姐她的人生啊，就像是一隻徙蝶。只要踏上只有一次的人生旅程，就不會再回頭了。不管要飛到哪去，都只會一個勁兒的向前飛。而我最喜歡跟在這樣的小姐身邊。所以，她一定會回來的。」

志美此時發現，剛才自己雖然不把燕青說的話當一回事，但這傢伙卻是發自內心的。

『如果是我的上司，大概也會這麼做吧。』

不會吧。志美心想。從中央官員那邊當然聽過許多關於紅秀麗的事，也知道葵皇毅讓她進了御史臺，想必有其優秀之處。然而對志美來說，她的存在頂多就是「黎深的姪女」，怎麼可能和旺季有相同的想法。

然而……志美這時第一次放下手中的菸管，在心中默念著「紅秀麗」這個名字。

「……浪燕青，我還以為你來這裡，是出自葵皇毅的指示。難道不是嗎？」

消失的紅州產鐵炭與下落不明的技術人員，與此扯上關係的紅州高官之名，以及失蹤的龐大金錢。志美一直以為追查這些的下落，是出自葵皇毅的命令。然而，燕青卻咧嘴一笑。

「當然不是啊？這些都是小姐調查過的事，我只是接替她的課題繼續調查下去而已。」

瞬間，志美眼睛瞪得不能再大了。

「你說什麼——？這些事連在紅州府都是機密，但一直待在中央的紅秀麗怎麼會——？」

「我家小姐可是很有兩把刷子的，是不是？那麼我這就去辦事了。雖然我也很擔心志美你……很想留在這裡幫忙，可是……」

「什麼跟什麼啊。難道保護我，也是你家小姐下的命令嗎？」

「一半一半啦。我想小姐一定會這麼說的，因為要是紅州現在失去你這個州牧，可是會很傷腦筋的嘛。」

志美搔了搔頭笑了。這傢伙說什麼啊。

「那還真謝謝你。不過可別小看大叔我唷。你就去吧，我也有想親眼見識的事和想守護的東西。再說國家是把紅州交給了我又不是你。所以你就去吧。」

燕青對志美笑了笑，點點頭。

打開拉門，令人看了就不舒服的漆黑飛蝗，成群結隊的再次飛進青煙幾乎消散的州牧室內。燕青見狀掄起手中的棍，一棒打散成群的黑蝗，然後在這些不死軍隊再次集結成群之前，一個縱身便消失了身影。

志美輕搖手中的菸管，想著浪燕青那勇往直前的年輕，以及專注於將來的眼神。

很快的，志美發出了笑聲。自己也不知不覺地上了年紀啊。

志美的一生，一直是追尋著某人的背影前進的。而且那並不是什麼值得追隨的大人物。還是孤兒的他，總跟在那些目光異常空虛的大人身後團團轉；成了少年兵之後，又遇上無能的上司，總是淪為殘兵敗將。長大後的志美經常在想，除了運氣之外，人生有什麼是靠自己創造出來的呢？

從小到大，志美看過許多大人，但老實說，記憶中的大人幾乎都很不像樣。當時他學到的只有一點，那就是「並非只要年齡增長了，就會成為一個出色的大人」。但是可以確定的是，如果沒有那些即使拖著蹣跚的腳步，只要回頭看到志美，仍然會將自己僅剩的一杯水或一碗稀粥讓給志美的無名「大人」，自己一定活不到現在。

不知不覺中，在志美的人生路上，比起走在自己前面的大人，回頭一看，走在身後的年輕人已經變得更多了。

「……搬運魂魄的蝴蝶啊……好久沒聽見了呢……當初是誰告訴我的啊？」

好久以前，志美看過那種蝴蝶。那是有著紅藍斑紋的美麗黑蝶。因為太美了，便想捕捉牠，但卻被誰給阻止了。說是如果徙蝶被捉住，就只有死路一條。

賭上性命，從北方萬里大山脈飛到遙遠南方藍州的徙蝶。不過那段徙蝶的故事還有後續。飛到南方後的蝴蝶們產下了卵，孵出的蝴蝶再次飛回北方，那又是另一個故事了。

志美心中殘留的，是那另外一個故事。生於南方，卻飛向北方的徙蝶。

「從南方朝北飛去的蝴蝶，並未抵達那從未見過的北方故鄉……」

『從南方到北方，是飛不過去的。不知道是體質的問題還是風向的緣故，生於南方的蝴蝶無論如何都無法越過中原飛往北方。牠們無法看見北方的故鄉，在半途就力竭身亡了……我是這麼聽說的。』

那，現在眼前的這蝴蝶又是怎麼一回事呢？這麼一問，那個誰便靜靜的笑了。並回答說，是牠們的孩子。

『無法越過中原的南方蝴蝶，在飛行途中收起翅膀，產卵後便死了。而生下來的蝴蝶便代替上一代繼續朝北飛。所以最後抵達北方的，已經不是同一批蝴蝶了。生於南方的蝴蝶無法回到北方。即使如此，牠們依然繼續飛，以延續生命的方式將未知的世界託付給孩子們。』

——依然繼續飛，以延續生命的方式將未知的世界託付給孩子們。

浪燕青口中，有如徙蝶般的紅秀麗……志美想起來了。就像他們一樣，好久之前，自己也曾踏上旅程。再也不能回頭的旅程。直到翅膀掉落為止。志美這才意識到，接下來的旅程將由他們繼續下去。總有一天，年輕的蝴蝶會追上來的，並直直飛往自己無法抵達的遠方。

他們抵達的地方是志美這一代無法親眼看見，但確實存在的另一個世界。

無論如何，請一定要相信前方有一個更美好的世界。

「……為此我們大人，一定要拚命飛到不能再飛，不能再前進為止……」

不能停下來，也不能夠回頭。縱使迎面吹來的風會把翅膀吹得破破爛爛，但前進的方向是絕對不能弄錯。而且要盡量向前，再向前。像徙蝶一樣，能飛多遠就飛多遠。

「然後等到我們筋疲力盡了，就把未來託付給你們囉。因為我們也是像這樣，從誰手中繼承了使命。」

——不過，在那之前。

看著窗外那些一度被燕青打散，卻又開始群聚的飛蝗，志美舉起菸管用力敲在手上。

「……好，我也該出發了。總不能連這個只比最悲慘狀況好一點的世界都守護不了吧。」

● ✺ ● ✺ ●

「停下來休息兩刻鐘吧。看是要吃飯還是睡覺，隨大家自行決定。」

聽了旺季的話，皋韓升便拉住轡繩，翻身下馬。不，並沒那麼帥氣，其實，說他是跌下馬都不為過。摔下來之後，就那麼呈大字型的躺在地上，連起身的力氣都沒了。身上的汗有如瀑布，還不斷喘氣。就連腦袋裡裝的東西都成了一團漿糊，什麼都無法思考。

「……太叫人難以置信了……光是跟上他就得拚上這條小命……」

老實說，瞧不起文官出身的旺季，也只有出發的第一天而已。一開始雖驚訝他策馬前進的速度，但包括皋韓升在內的年輕武官們，都還只認為旺季是為了在第一天下馬威所以特別拚命而已。

沒想到從隔天開始，旺季反而更加快了速度。不但如此，接下來的三天，不分日夜他都保持著同樣的速度前進。這個時候，特別是那些年輕武官都鐵青著一張臉，也了解到那並不是旺季騎的馬特別好的緣故。眾人光是為了跟上就累得不成人樣，沒想到自己竟會被年過五十的文官遠遠甩在身後，身為精銳武官的他們，說什麼也不想承認。

（畢、畢竟我擅長的不是騎馬而是射箭嘛……好歹我隸屬的是羽林軍……）

對馬術當然也有相當程度的自信，否則也不可能被選入精銳部隊的羽林軍。然而當自己累得連一根手指也舉不起來時，卻看見旺季若無其事的為馬匹擦汗，這令韓升連那點微弱的自信都瞬間崩壞，簡直是惡夢一場。

（嗚嗚……話說回來，這樣運輸部隊真的跟得上嗎……？）

騎馬前進都已經是這種狀態了，拉著貨物的馬車究竟該怎麼辦才好。

視野一角，正好瞥見靜蘭站起身來。雖然他臉上的汗珠也滴到下巴了，卻不像皋韓升一樣呈現瀕死狀。畢竟這是一支精挑細選的精銳部隊，還是有幾個人能穩穩跟在旺季身後的，靜蘭就是其中一人。靜蘭的眼神一直凝視著某個方向，一發現他注視的是旺季，皋韓升便反射地朝靜蘭撲上去，那姿勢簡直就像一隻臨死前奮力一跳的青蛙。

因為已經沒什麼力氣了，所以雖然奮力一跳，但還是只能抓住靜蘭的外套衣角，不過這也夠了。

因為強行軍的關係，靜蘭也的確累了，加上注意力都放在旺季身上，被韓升這麼一撲便跟著跌倒在地。

「喂，皋武官──你這是做什麼？」

兩人就像被貨車輾過的青蛙一樣，正面朝下的趴在地上。

一陣沉默。一股驚人的恐怖氣勢從韓升手中抓住的外套下方漸漸冒了上來。

「……皋武官……？這是怎麼回事？」

「啊，沒有。不好意思，我手滑了一下。只是想說要不要一起去休息一下啊，茈武官。」

「用這種方法休息？那不如像剛才那樣乖乖躺在地上還比較簡單吧？」

靜蘭露出不耐煩的表情。在這趟行軍途中，他一直都是這樣。平日和羽林軍在一起時的靜蘭，臉上總帶著溫和的笑容，和大家閒聊一些有的沒的。雖然偶爾也會來上幾句辛辣的吐嘈，不過都沒有這麼直接不留情面。其實韓升並不知道哪一種靜蘭比較好。只是現在靜蘭那如暴風雨般過剩的感情，確確實實都朝韓升一個人發洩出氣。在紅秀麗和紅邵可都不在他身邊的現在，能讓他發洩的人也只有皋韓升了。

「茈武官，你現在算是配屬於我的部下，請遵從我的命令。」

皋韓升盡量溫和但堅定的提出要求。要比力氣的話，自己絕對不敵靜蘭，但既然上司將靜蘭交給自己，那麼就得負責到底，就算只有現在。

靜蘭起身瞪著皋韓升，但卻不再多說什麼。與其說他在生氣，不如說是在賭氣。看到韓升也站起來後，靜蘭便快步走開了。

看來旺季已經打理好馬匹了，正一個人朝離大軍有些距離的地方走去。靜蘭一邊穿過伙房兵炊飯的白煙，一邊追上旺季。皋韓升也亦步亦趨的跟著他。

來到離河稍遠的地方，旺季登上有點陡峭的丘陵，消失在一叢灌木後方。旺季該不會想爬到山頂去吧，韓升實在很想就這麼轉身回去。雖說是丘陵，其實也和一座小山差不多了。繼續跟下去的話，自己寶貴的休息時間可就糟蹋了。可是靜蘭不發一語繼續跟進，而且全身依然散發著刺蝟般咄咄逼人的氣息，韓升也只好放棄休息。從未想過自己會有感謝羽林軍地獄訓練的一天，比起現在，那種程度根本算不上什麼，心中不由得感到一陣欣慰。

（是說，旺季將軍，您不是文官嗎！）

就算年輕時有過作戰經驗，但那都已經是三十年以前的事了耶——

不經意的，想起靜蘭曾經冷冷的這麼說。

『想必您一定認為，自己有朝一日還能披上這件紫戰袍吧？』

走在鬱鬱蒼蒼密集生長的灌木叢間，好幾次都差點找不到旺季的身影。不過雖然相隔一段距離，倒是一直沒有跟丟。這或許得歸功於他身上那件醒目的紫戰袍吧。但是現在皋韓升應該已漸漸領悟到，旺季的實力絕不輸給這襲醒目的紫戰袍。其他武官一定也都發現了。

定期保養的紫戰袍；並非裝飾用，且光亮到能看見青色紋理的劍；不輸年輕武官的馬術與體力——這些都不只是靠過去的經驗就能保留的，這一點現在皋韓升已經很明白了。就像靜蘭說的，他一直沒有鬆懈過，問題只在他究竟對什麼如此執著。

看看靜蘭帶著攻擊性的背影，又看看旺季的，皋韓升只能默默繼續追趕著他們。

……不知道向上攀爬了多久，靜蘭終於停下腳步。皋韓升追上後，循著靜蘭的視線望去，隔著一叢灌木看見那身紫藤色的戰袍。旺季背對這邊，不知道在遠望著什麼。

簡直像是算準了皋韓升趕上的時機，旺季開口說道：

「……那邊那兩個人，有事找我就現身吧。」

因為並未刻意隱藏腳步聲與氣息，所以旺季應該在途中就已經發現了他們。

看見靜蘭擺出很跩的態度向前踏出一步，就知道一定是因為被旺季忽視而賭氣，所以他也就繼續不出聲直到旺季先開口。現在這樣的表情就好像是自己贏了一樣。

（……？怎麼，茈武官的態度好像……）

皋韓升對內心想到的事抱持著疑惑態度，一邊繼續跟著靜蘭走向灌木叢。

呼——突然一陣狂風吹過樹叢，眼前景色也看得一清二楚，令皋韓升瞪大了眼睛。

這幾天只曉得一個勁兒策馬狂奔，老實說，根本不知道現在已經隨軍到了何處。雖說不分晝夜的策馬奔馳，但趕路多半是在深夜進行，而且也累得連仰望星空或觀察周遭景色的力氣都沒有。大軍並未接近任何村莊聚落，疲勞困頓更讓韓升失去思考能力。

現在，眼下是一條美麗的溪谷。一道銀川如長蛇蜿蜒，橫跨河川上方的是一條細長的棧橋，一直延伸到茶色的城牆邊。定睛一看，城牆上芝麻大小，隨風搖曳的不正是紅州的旗幟嗎？韓升目不轉睛地瞪著那些旗幟瞧。

「那邊的旗幟…………不會吧？不可能啊，一定是我看錯了。」

「什麼『不可能』？這裡就是紅州邊境的關塞，通過之後就進入紅州了。」

「──騙人！可是才過了預定的行軍日程的一半而已啊！」

更何況所謂的預定日程，是以精銳軍為基準的強行軍腳程來計算的，也就是比一般人快一倍的行進速度。還記得當初拿到行程表時韓升半信半疑，懷疑是否真的辦得到。雖說幾天下來，連羽林軍武官皋韓升都累得像條狗了，但倒是能夠確定這些天趕路下來的成績，絕對有達到縮短行程的目的，可是也不可能明天就能進入紅州吧。又不是瞬間移動！

「絕對不可能！姑且不說騎兵隊……哎呀，還有運輸部隊啊！在這麼短時間內，不可能運著笨重的貨物迅速抵達紅州的嘛！」

「運輸部隊？我應該已經告訴過你們，幾天前我們就留下運輸部隊，和他們分開前進了。」

「咦？啊？我怎麼沒聽說？」

「……不，我確實有告知。是不是？茈武官。」

旺季的眼神這才放在靜蘭身上。而自從開始追蹤旺季後，便一直沉默的靜蘭也才開口說話。

「……沒錯，我也有聽到。皐武官你應該是在打瞌睡，所以才沒聽見吧？」

「什麼？這、這個……是真的嗎？我是有點昏昏欲睡沒錯啦。」

皐韓升自己也知道這幾天，每次在旺季告知部隊注意事項時，自己有一半是睡著的，所以關於聽漏應該是事實。然而對這件事，靜蘭卻什麼表示都沒有，這才更叫韓升愕然。

皐韓升調整呼吸，企圖用額上散落的瀏海掩飾臉上的表情。不這麼做的話，他怕自己會感情用事，喊出什麼不該說的話來。和現在的靜蘭一樣。

「——茈武官。」

「……幹嘛。」

聽見靜蘭那對任何事都不關心似的冷淡聲音，韓升心想「果然」，並確信了自己的想法。靜蘭的目的根本不是為了驅除蝗災。蝗災對他來說，不管變成怎樣都無所謂。

皐韓升用力閉上雙眼，頓了一頓之後，轉身面對旺季而不是靜蘭。

「……旺將軍，我想我的確是打瞌睡聽漏了消息沒錯。但如果和運輸部隊分開確屬事實，可否請您告訴我原因是什麼？身為一個武官或許不該多嘴管這些，但我出發時真的以為自己的任務是為紅州送上援助糧食。如果沒有運輸部隊，那我究竟為什麼來到紅州？」

「你想問什麼就問，不用繞圈子，我不會動怒。」

「——那我就不客氣了。您要運輸部隊停止前進，難道是打算以此為籌碼對紅家施加某種壓力嗎？」

聽韓升這麼說，靜蘭的眉梢才初次驚訝的挑動了一下，目光望向韓升。旺季卻微笑了起來。

「你很直率。」

換句話說，韓升想知道旺季是不是趁現在這種時候抓住紅家與紅州的弱點，企圖施以威脅。

旺季注視著韓升那張長滿雀斑的臉。雖然長得一張娃娃臉，不過他的年紀應該比清雅來得大些。體格和旺季一樣算是中等身材，絕對稱不上出色。然而黑左大將軍和藍楸瑛卻總是將他帶在身邊。

「……原來如此。難怪連很少稱讚人的孫陵王都稱讚過你，說是一塊能成為好武將的可造之材。」

「──請回答我的問題，旺將軍。末將現在隸屬您麾下，所以無法違抗您的命令。」

堅定的眼神，毫不猶豫也不迷惘，站在旺季面前與之對峙。比起身邊曾是皇子的靜蘭，那表情甚至更堅毅。轉而看看靜蘭，他的側臉還是一樣冷冰冰，一句話也不說。

「那我就回答你吧。我才不會做那種事。的確，我不喜歡紅藍兩族，但我此次前來，想幫助的不是紅家，而是紅州的人民──不過，我並不打算只幫助紅州。」

「……這話怎麼說？」

「打從一開始，我就沒打算讓運輸部隊來到紅州。運輸部隊上的東西，是為碧州準備的。此刻運輸部隊應該早就調轉方向，已經抵達碧州街道了吧。」

「什麼？可是，當初打開常平倉調出糧食時，名義不是為了救援受到蝗災的紅州嗎？」

「碧州的受災程度更甚於紅州，但若一開始便說明糧食是要拿去救濟碧州的，朝廷一定不允許。要提出這麼多貨車的糧食是不可能的。所以我才會設計成糧食是要用來援助紅州用的。因為那些中央官到現在還想賣人情給紅藍兩州啊。話說回來，真要追究的話，我可一句話都沒說糧食是要『給紅州』喔，我只說是為『災區災民』打開常平倉而已。」

皋韓升吃驚的連下巴都差點掉下來。因為如果說要將支援物資送往碧州一定會遭到反對，所以就裝作要運往紅州的樣子，藉此釋放出大量存糧，但卻在途中命令運輸部隊轉往碧州。結果就是這樣。

「…………那麼……也就是說您欺騙了中央高官嗎？」

「這叫節省時間。我也答應碧州的菜鳥州牧，一定會為他解決糧食問題。你可知歐陽玉這傢伙有多囉唆嗎？要是不盡快送糧食給他，早就被他抱怨死了。」

「不、不、不，請您等一下。我知道連左羽林黑大將軍都直奔碧州了，可見災情當然很嚴重，也耳聞過碧州受到地震與蝗災雙重打擊，情況非常的不妙。所以若是分出部分物資給碧州，這我是可以理解的，但也不必連一輛貨車都不剩的全送過去吧？您應該有留幾輛下來吧？」

「幹嘛這麼小氣，當然是一輛不剩的全給碧州了啊。做人大方點嘛。所以，我手上可完全沒有能用來威脅紅家的籌碼喔！」

「什麼？真的一輛不剩的全給了碧州？」

的確，如果運輸部隊一輛不剩（一輛不剩！）的全部送到碧州，旺季的確沒有能用來對紅家施壓的籌碼。可是——

那又回到原先的問題了，大軍雙手空空的，那麼到紅州究竟是要做什麼？事情變成這樣，就算被憤怒的紅州人民拿著鐵鍬趕出去也不能抱怨了。韓升眼角餘光瞥見靜蘭的表情，難怪連他都驚訝地張大了嘴。因為自己也覺得快要暈倒了。不過這只是覺得而已，不會真倒下去就是。

「現在不是計較做人大不大方的問題吧？真的連一輛支援物資都沒留下？那我們這些人，要雙手空空的進入紅州嗎？太丟臉了啦。而且紅州該怎麼辦才好？」

「我們本來就不是帶糧食來的，剛好相反，我們來是要從井底挖出食物。」

「啥？相反？井底？」

「你很快就會明白了。總而言之，我絕對不會拿救援物資當作盾牌，對紅州方面提出任何無理的要求。」

旺季雙手抱胸，望著山腳下的紅州關塞。

「……紅州州牧與州尹不是無能之人。在不知如何克服蝗災的情況下，他們都能做到這地步，已經表現得很好了。託他們的福，也才能將食糧轉運給碧州。接下來，就輪到我們出場了。」

旺季用下巴示意眼下的城牆。

「聽清楚了，管你是不是難以置信，但前面就是紅州邊境。過了那道城牆就是紅州。儘管是因為選擇了地圖上沒有的道路而縮短了部分腳程，但你們還是幹得很好。難道是我體力不如從前了嗎……」

沒這回事！皋韓升好不容易才將這句反駁吞回去。要是衝動說出口，明天旺季說不定會把速度再加快。韓升將目光放在溪谷與河川上方那條細長的棧橋上，並端詳著橋後的關塞。那是危險得叫人感到肌膚都灼熱起來的一道要塞。紅州的關塞位於廣大沃野與險峻山岳地帶之間，是一道遇到非常時期也百攻不下的天然要塞。

在關塞遙遠的另一端，有著如地獄刀山般，連綿到天邊的大山脈。美麗的高峰，彷彿走進一幅潑墨山水畫。山脈前方則是一片遼闊的大平原。

（……怎麼這片原野不是綠色的，卻像是黑色或茶色的……因為秋天即將結束的緣故嗎？）

不可思議的景色令韓升歪著頭陷入思索，但卻想不出答案。

「快要進入正午，氣溫也將提升，時候差不多了——看吧。」

隨著太陽的升起，上午的冷空氣在陽光照射下漸漸暖和了起來。

遠遠望著的那一塊黑色部分卻好像突然晃動了起來，下個瞬間——成群的黑影一口氣騰空飛起。而且不只一處，而是好幾個地方同時，出現類似黑色龍捲風的現象，朝天際飛昇。那異樣的光景使皋韓升與靜蘭看得目瞪口呆，耳邊傳來昆蟲乘風飛行時獨有的惱人振翅聲。

皋韓升生平第一次，感覺到背脊沒來由的發涼顫抖。來自生理上的厭惡感籠罩全身。

「……那是……那是成群的飛蝗嗎……？」

簡直就像是一隻盤旋在半空中的巨大怪物，轉眼間，蔚藍的天空變成一片漆黑。

「沒錯。蝗蟲隨著太陽上升而展開活動，日落之後，牠們就會降落到地面上休息。換句話說，食糧在夜晚遭蝗蟲襲擊的可能性比較低，同樣的道理，夜間行軍也比較不容易受到牠們干擾。因此我才選擇在夜間以強行軍的方式趕路。」

「……！」

仔細想想，蝗蟲畢竟只是昆蟲，隨氣溫下降而失去活動力也是很自然的。所以到了晚上才不見成群結隊的飛蝗啊。

「……以前，我曾站在這裡見過相同的景色。本來在這個季節，紅州的景色真的非常美。紅豔豔的楓葉、金黃色的稻穗、常綠樹轉變為帶點蕭條意趣的黃綠。然而如今，那些都不見了。眼前能看見的，盡是黑色與茶色，因為所有作物都被蝗蟲啃蝕殆盡，只露出光禿禿的地面。」

靜蘭和皋韓升猛然驚覺，轉頭望向眼下的平原。只見黑色與茶色的枯涸大地。放眼望去，視力可及之處，除了黑色與茶色之外，怎麼也找不出其他的顏色。耳邊又傳來那令人厭惡的拍翅聲，轉過頭去，正好對上昆蟲特有的那雙噁心的凸出複眼，有如一對黑洞。皋韓升發出尖叫聲，舉起手用力一揮，一隻通體漆黑的飛蝗應聲落地。用腳踩扁牠之後，會不自覺的多踩幾下，但卻還是有種被那雙蟲眼瞪視的錯覺，令皋韓升發自內心感到恐懼。而轉頭看向身邊的靜蘭，他臉上也是相同的表情。

旺季淡然地伸出腳，踩扁幾隻黑蝗。

「……看來這幾隻，是被風吹到這邊來的。雖然還來得及，不過時間也所剩無幾了……」

即使轉過身，還是聽得見飛蝗討厭的嗡嗡拍翅聲。成群的飛蝗組成的巨大黑色怪物蠢動著，皋韓升覺得那數千雙複眼似乎正朝這邊望過來，不由得向後退了一步。此時，蝗蟲大軍又拍動翅膀發出惱人的聲音一齊飛了起來，往別的地方入侵。沒完沒了。

「再過半個月，風向就要改變了。蝗蟲大軍將隨著風向轉往紫州，破壞全國各地。」

韓升驚訝得說不出話。那黑色的蟲眼，盯得他全身寒毛直豎。

「——什麼？那些東西，要飛到紫州去？不、不會吧……」

「是真的。所以才要日以繼夜趕路。」

旺季低喃著「總算是趕上了」。這一路上，用的是連精銳部隊都吃不消的行軍速度趕路，旺季只希望脫隊的人能盡快趕上，卻沒告知其他理由。

怎麼想得到，趕這麼急卻根本不是為了送食糧。

「難道，您打算在飛蝗前往紫州前，將牠們趕盡殺絕嗎？」

「當然。這就是我們的任務。」

皋韓升無法判斷旺季到底是當真，還是只是重複自己的問題而已。不過無論如何，結果都是一樣的。蝗蟲凸出且透露出空虛的複眼，依然縈繞不去。

「怎麼可能辦得到！那種東西怎麼阻止得了啊，牠們可不是人哪！」

「正因如此，所以更要去做。如果阻止不了，半數以上的國民將會死亡。」

說著這句話的側臉依然淡漠。當皋韓升覺悟到，旺季是發自真心這麼說的同時，自己也感到一陣猛烈的羞恥。眼前這個人根本沒想過要拿糧食當籌碼，做出威脅紅州那種低下的事。

「如果不想做，就閉上你的嘴回去吧。我身為王族的一份子，又位居朝廷第二大官，保護國家就是我和朝廷的存在價值。就算一切可能會進行得不順利，但也總比什麼都不做好。我，以及你們這些武官，都是為了保衛國家而存在。如果還有這份骨氣的話。」

美麗的紫藤色戰袍隨風飄動。旺季靜謐的聲音也如同那美麗的顏色一樣高貴。

皋韓升眼中突然產生了錯覺，彷彿看見眼前的他坐在龍椅上的景象。

「要是什麼都不做，事情可能就會演變成連藉口都不需要的嚴重。而那也是不可饒恕的罪。」

「哼」的一聲，旺季望著靜蘭笑了。表情像是說著：「某位國王就是這樣嘛」。皋韓升無法反駁，因為他也知道無法事先預防蝗災是誰的錯。要不是國王對御史大夫葵皇毅的建言書視若無睹，就不會有這種結果了。事到如今，親眼看見滿山遍野的蝗蟲，皋韓升找不出任何一句話來反駁旺季。

『為了保衛國家而存在。如果還有這份骨氣的話。』

總覺得這句話其實是在說，那該是國王與朝廷的義務。

「不用擔心，沒有準備我也不會貿然前來。過剩的自傲反而會害死人，這點道理我還懂。雖然微不足道，但也算是有所準備……喔？好像來了。」

順著旺季的視線，皋韓升也朝溪谷的方向俯瞰。只見一匹馬正奔出紅州關塞，橫度那道細細的吊橋。不多久，就看見那匹馬馳騁上了山丘。旺季目光才落定，馬上的人已經身手矯健地下馬了。

「——旺季大人！許久不見，子蘭向您請安。」

來人年約四十，從散發出貴族氣息的長相可窺見他有良好的出身，不過卻少了點藍楸瑛那種柔軟。只有吃過人生中真正的苦，臉上才會出現那種特殊的風霜。在聽見「子蘭」這個名字時，韓升看見靜蘭出現些許反應。他注意到韓升的視線，好不容易才又開口說話。

「……此人乃是紅州的郡太守，也是包括前方關塞在內，東坡郡這一帶的指揮官。在紅州稱得上是數一數二的名太守，出眾的才能連朝廷都三番兩次要他入朝為官。不過他本人卻一直堅持擔任地方官。」

然而旺季和子蘭之間，除了中央大官與地方官員的身分之外，似乎還有著某種內心的羈絆。子蘭對旺季的態度絕非阿諛奉承，也沒有下屬對上司那種小心翼翼的態度。除了禮儀之外，兩人之間還有著難以形容的什麼。

「子蘭，狀況如何？」

「比最糟糕的狀況要稍微好一些——就如同我信中提及，準備已經完成。整個紅州的太守都統整起來了。」

「做得很好。只不過紅州府州官有提出陳情，說貴族派的太守對國試派出身的州官視若無睹就是了。」

子蘭露出不情願的表情。

「那個人開口閉口只會說『快想點辦法』而已啊。在這麼忙的時刻，他竟然說『蝗害又怎樣』，還要我們『快點說明狀況』，囉唆得要命。那種人滿腦子都只有如何在中央升官，在這種十萬火急的時候，根本派不上用場。我不否認確實很想把他當蒼蠅一樣攆開啦。」

「那麼我指示要找的東西找到了嗎？」

「是。在雜草叢生的地方要找出來並不容易，但原則上全都找齊了，而且每一個都完好無缺。居民們都嚷嚷著這是奇蹟呢。我想其他郡應該也沒問題才是。」

這時子蘭的視線才首次望向一旁的靜蘭與臯韓升。但因為旺季並沒有任何表示，所以子蘭也就繼續說了下去。

「突然之間，各郡府都出現了監察御史，著實令人大吃一驚。老實說一開始還以為那些是冒牌御史呢……御史的人數真有那麼多啊？」

「不要問我無法回答的問題。御史臺本身就屬於國家機密。不過我可以告訴你，當榛蘇芳的快訊送達時，葵皇毅的確已將全國半數以上的御史都集結到紅州了。而其餘的大部分則遣往碧州，各州應該只留下最低限度的御史待命。至於人員不足的地方，則派了上層的侍御史過去支援。現在紅州可說集結了來自全國，最精明優秀的御史，這是非常難得的事。」

靜蘭睜圓了雙眼。然而，聽了這番話更驚訝的人卻是子蘭。

「連侍御史都出動了？也就是說，讓中央監察官前往地方支援囉？這種事真是前所未聞哪！」

「我告訴葵皇毅，一定會在紅州結束蝗災。他一直認為這件事是自己的責任，後悔當初應該闖進笨蛋國王的寢室，不管是大印也好拇指血印也好，都該強迫他蓋下印鑑。在上位者犯下的錯必然會連累到下屬，皇毅他已經抱定辭官的決心了。但我必須守住他，這個國家需要他。所以我一定要在這裡結束這場蝗災。」

——在這裡結束。

在旺季靜靜的宣言之下，皋武官感到全身都起了雞皮疙瘩。剛才聽他說，來紅州為的是阻止飛蝗時，內心還只是半信半疑而已。然而現在——皋韓升深切的感受到旺季的決心。

不惜讓本該隱藏身分的監察官員曝光，只為了讓他們能立刻集結於紅州。還有出動侍御史的事也是一樣。策馬馳上山丘的子蘭也察覺到旺季並未帶來任何一輛貨車。一定全都前往碧州支援了。因為旺季就是這樣，他永遠會將力量全副投注在最需要的地方。那份判斷力與決斷力，令子蘭不由得苦笑。

「旺季大人……您總是這樣啊。比起自己，更重視、保護下屬官員，絕對不讓他們失去工作。」

靜蘭些微的反應，只有皋武官察覺。紅秀麗——靜蘭一定是想起了她。身為國王的官員，卻不像葵皇毅之於旺季一般的受到保護，反而被國王給親手捨棄了。

「嗯？你說什麼？子蘭？」

「沒什麼。巡察御史們全都在待命了。只等您一句話，全郡就會動起來。」

「很好。」

見到表情不動如山的旺季，子蘭略略低下頭，口中低聲的說：

「……只要見到旺季大人您的表情，總覺得事情一定都會順利起來。」

「你想太多。我這人就長這張臉。」

旺季有些難為情似的這麼說，令子蘭懷念的微笑了。

「該做的都做了。只要等七天，如果還是沒有好消息，我也會做出下一個決斷。子蘭，我將帶來的一軍分給你，部隊人數共是千騎。將他們分作百人一組共十組，要他們前往受災嚴重的地方，與待命的巡察御史會合。會合後，由御史擔任上官進行指揮。關於會合前後該怎麼做，我事前已送出指示書了。至於各位太守則請全面協助御史，等待指示行動。」

「那麼旺季大人您呢？」

「我會率一支小隊前往州都所在地梧桐。雖然這段路只要三天就能抵達，但途中會花兩天來驅除飛蝗。所以共需要五天。五天後，我會抵達州府梧桐，把劉州牧給請出來。」

「五天？」

發出哀號的是一旁的皋韓升。是耳朵重聽了嗎？不，真的重聽了說不定還比較好。

「從這裡到梧桐，只給五天時間？就算是平地直線的距離，最起碼也需要這麼久的時間，更何況這裡可是山岳地帶——」

「五天就是五天。之前紅邵可策馬走這段的時間可還不到五天呢。紅州的男人各個精通馬術，不想被他們嘲笑的話，抵達梧桐為止，就好好給我跟上來吧。」

「嗚嗚。是……是。咦？等等，這意思是……？」

「隨我一同前往梧桐的，就決定是你的小隊了。因為不管我跟到哪，你們隊上都有個傢伙像背後靈似的，緊跟著我不放嘛。既然如此，就不必那麼麻煩了，乾脆整隊一起跟來吧。怎麼，你不高興嗎？茈靜蘭。我挑選國王的護衛一同前往梧桐，讓你這麼不滿？別忘了，國王可是將兵馬權交給了我，而我就等於是國王的全權代理人。你沒理由抱怨。」

子蘭眼中露出懷疑的眼神，很快地瞥了皋韓升一眼。接著，當他的目光停留在靜蘭身上時，表情更頓時僵硬了起來。好像在說，為什麼之前都沒發現。

「……旺季大人，這位不是門下省的護衛嗎？是哪來的雞肋啊？」

「確實是雞肋沒錯，不過也確實是我的護衛。他為了保護我而自願離開原本的崗位，很久沒看見這麼用心的年輕人了呢。我看，只要是為了我，就算追隨到天涯海角他也沒問題吧。」

一陣沉默。皋韓升實在聽不出旺季究竟是在開玩笑還是出言諷刺。但是或許，他只是在陳述事實吧。畢竟若要皋韓升形容現在的靜蘭，或許他也只能這麼說了。但雖然只是將事實陳述出來，聽起來卻怎麼覺得怪怪的。尤其是皋韓升非常明白平日的靜蘭是怎麼樣的人，更顯示出現在他的行動多麼沒道理。加上靜蘭的沉默寡言，更讓人覺得事情不單純。也因此，韓升才會一直盯著靜蘭。

子蘭的想法跟韓升一樣，但他說出口的話，可就沒這麼客氣了。

「……我看他眼神裡暗藏著殺機。還是由屬下從東坡郡挑選值得信賴的武官來保護您吧。」

「不需要。要是還有閒置的武官，就派到地方上去做事，別把重要的人力用在這種無聊事上。」

「旺季大人，您和孫陵王大人真不相同。」

「當然，要是跟他一樣就未免太叫人絕望了吧。是我答應讓茈武官跟來的，就這麼做。」

旺季的語氣中有著不容反駁的威嚴。子蘭眼中瞬間閃過一絲情感的波動，但在韓升還分辨不出那是屬於何種感情時，他便隱藏起來了。有的只是瞬間的空白。

「……只有一點請您不要忘記，我們不能在這種時候失去您。」

子蘭言簡意賅的說完後，轉身再度策馬馳下山丘。

旺季一副子蘭根本沒來過的樣子，背對溪谷邁步走開。

「下午出發，在那之前好好休息吧。」

也不知是否刻意，他從靜蘭與皋韓升兩人中間悠然擦身而過。就在這時——

「——為什麼？」

靜蘭終於開了口。他的聲音低沉混濁，一聽就知道刻意壓抑了情緒。

「為什麼帶我一起去？」

旺季停下腳步。只緩緩轉過頭來看著靜蘭。肩膀的盔甲遮住了大半張臉，看不見他究竟是露出笑容還是面無表情。

「你才是為了什麼理由才跟來的吧？我對現在的你並沒有興趣。」

靜蘭眼中頓時蒙上一層陰霾。雙眸中沒有懊悔、憤怒，也沒有其他任何情感，只是淡淡地看著旺季。無法動搖任何事，沒有任何一件。

旺季背對靜蘭。一邊走下丘陵，一邊像是突然想起來的淡然說道：

「不過，我對你的選擇倒是頗有興趣。」

靜蘭深深收藏在懷中的那封秀麗的信，突然沙沙作響，彷彿抗議著什麼。

●　✺　●　✺　●

距離離開縹家的日子，只剩下兩天了。秀麗照珠翠說的，為了診療身體來到「靜寂之室」，心不甘情不願的鑽進棉被裡。

楸瑛在房外等待兼護衛，等到他被叫進房裡，都已經是入夜時分了。

「……你可以進來了。診療已經結束了。」

由於有大半天的時間關在房裡，所以就連向來樂觀的楸瑛也不得不開始擔心。一進房裡，果然看見珠翠一臉筋疲力盡的。一旁的瑠花很快地瞥了秀麗一眼，點點頭說道：

「……法術施展的還可以。雖然高位階術者回來的話，定然能施以更妥善的處置，不過現在也只能這樣了。這麼一來，就算是到『外面』去，這丫頭應該能暫時撐得住了。」

「能撐多久？」

楸瑛這麼一問，便遭瑠花冷冷地白了一眼。

「……關你什麼事？想知道的話，看看珠翠的臉就明白了。」

再往珠翠一看，楸瑛不禁大驚失色。珠翠的臉色比剛才還要蒼白。

「珠翠，現在妳應該非常清楚了吧？這丫頭目前處於什麼樣的狀態。」

珠翠連點頭的力氣都沒有。自從擁有接近瑠花的力量後，珠翠終於理解了。如果是自己或許也會命人將秀麗帶來縹家吧。不只是為了利用她，還是為了幫助她。

「……『母親大人』……秀麗小姐她……」

「──讓她回去吧。回到『外面』去。回到這丫頭該去的地方。只有在那裡，這丫頭才有價值。還有一些事情是她應該去做的，但知道這一點的人卻不多。不知該說是幸還是不幸就是了。」

留在縹家，她就能活下去。然而為了「那些事」，她仍不惜以生命做交換，執意離開這裡，這究竟是幸還是不幸。她就像當年的英姬，因為不想成為和瑠花一樣的人，所以選擇了心愛的男人，離開了縹家。

說也奇怪，正如紅秀麗之前說過的，這樣的決定無關對錯，只是選擇哪一邊的問題而已。這是紅秀麗自己的決定，並沒有任何人強迫她。只不過，這究竟是幸，還是不幸呢？

「藍楸瑛，你差不多該懂了吧？為什麼你和李絳攸都失敗，只有這丫頭能留在朝廷的原因。」

「咦……？」

「因為她沒有絲毫的鬆懈。身為官員，她從未怠惰過。總是付出全部精力為國王盡力，所以才不過一年的時間，就讓鄭悠舜認同她的優秀，進而提拔她進入御史臺。」

「……悠舜大人……？」

楸瑛像鸚鵡一樣反覆著瑠花的話，又招來瑠花的白眼。如果是年輕時的她，絕對早就將這無能的傢伙轟出去了，但現在卻累得沒有這個力氣。

「你是白痴嗎？用你的腦袋想想，想過了才開口。若是狗嘴裡吐不出象牙，那還不如閉嘴。又不是不開口也能派上用場嚇走烏鴉的稻草人。聽好了，在我面前除了有價值的話之外，其餘的話都不必開口說，你以為自己是誰。」

其實，瑠花並沒有發怒。雖然挖苦的態度冷若千年冰雪，但語氣卻是慵懶沉靜的。然而別說楸瑛了，就連珠翠都聽得心驚膽跳。

「紅秀麗能進入貴族派的大本營御史臺，背後沒有個推手是不可能辦到的，你連這點都不明白嗎？而且那個推手的地位必然高於葵皇毅，又必須是國王身邊的人馬，除了鄭悠舜還有誰？丫頭勇於正面與貴族派爭辯，正面迎擊，所以會被挑選上也是理所當然的。她本來就是一顆最優秀又忠誠的棋子。也是鄭悠舜唯一認同做為『王之官員』而當之無愧的人。哼哼……宰相為國王佈下的這顆棋，卻被國王本人與近臣回收廢棄，想必朝中重臣背地裡都笑掉大牙了吧。」

楸瑛想說點什麼，卻連一個字都吐不出來。

「對你們這些傢伙而言，紅秀麗並非官員，只是個普通的女人罷了。對你們來說，讓她入朝為官，就像是幫可愛的姑娘完成小心願，只是個輕浮的舉動。最後，貴族派不得不使出將她推入後宮的這一招來對付她，國王卻呆呆中計，在她有一番作為之前，便急著送她入後宮，無異是抹煞了她過去所有的努力。」

就這樣將秀麗之前所做的一切都捏碎了。包括她的努力與意志。

她奉獻了一切，到最後卻失去所有。

而她因為這樣而心碎的聲音，瑠花聽見了。所以她才會在秀麗面前現身。

當一切遭到否定，秀麗來到縹家，像個人偶似的不斷淌下空虛的眼淚。因為無論身心，她都已經疲憊不堪。

「……這小丫頭一定也感覺到你們的『罪惡感』了吧。所以才會接受退官進入後宮的事實。即使被糟蹋到這種地步，為了國王，她還是願意再從這裡出去。名副其實的賭上性命……我好久沒見到這種官員了。哼，藍楸瑛，你不需要擺出這種表情。只有一件事是可以確定的，那就是在你們為了她該繼續當官還是進入後宮之前，她這條小命就會沒了。」

「什──」

「她剩下的時間就只有這麼多。不過還夠她完成幾項工作，對她來說，這些時間就絕對足夠了。」

楸瑛呆了好長一段時間。這是第一次感覺到秀麗的「死」離得這麼近。過去雖然也聽小璃櫻提過好幾次，但最後都含混結束，楸瑛總認為那是還要很久才會發生的事。同時也一直暗暗期待瑠花與珠翠會有辦法解決。不能否認的，自己或許是太過樂觀了。然而，竟然已經──

原來，奇蹟是不會發生的。

「請問……真的毫無對策嗎？能不能請小璃櫻向璃櫻大人分一點壽命來啊？他看起來可以活很久嘛，分個幾十年應該無傷大雅？」

珠翠震驚的不得了。其實這個念頭，珠翠自己也曾有過，但畢竟是問不出口。楸瑛竟敢當面向瑠花討她弟弟的命，這男人實在是──也不想想自己是個男人，竟然如此狂妄。

瑠花狠狠地瞪著藍楸瑛，不過並沒有立即想取他性命的意思。

「哼，要是行得通，我手下的術者和巫女早就採取行動了。短命的不是只有那丫頭，你可知我們縹家有多少人無法安享天年，結束短命的一生……」

瑠花懶洋洋的──即使如此，美麗的臉龐依然叫人目不轉睛──托著下巴。

「……所以，你所說的方法根本辦不到。雖然不是很肯定，不過璃櫻的壽命大概有一百五十年吧。」

「咦，是這樣的嗎？『母親大人』……那麼璃櫻大人的壽命還剩下六十年左右……」

「只是大概而已。因為過去曾有過幾位不老長命的人，大概都在這個歲數安享天年。他們只是出於某種原因，身體停止了老化，但結果似乎無法超越人類肉體的極限。別看他那個樣子，璃櫻也只是個人罷了。不，在無能這一點上，他比我們都更接近人的狀態。」

「也就是說……」

「璃櫻只是個普通的人類。要是能從普通人類身上借命，我又何須使用那些『女兒們』的身體來延命。還不如走一趟『外面』，擄回上百個無用的男人，砍了他們的頭來補充精力，這樣事情豈非更簡單嗎，蠢材。」

瑠花說的沒錯。要是能辦得到，她早就會這麼做了。楸瑛一陣膽寒，特別是聽到只會擄獲男人的時候。

「壽命這種東西，只能減少無法增加，更無法借入借出。要是能從璃櫻身上奪取，早就這麼做了。其實在以前我就試過了幾次，只是徒勞無功。」

「試、您試過了嗎？『母親大人』！」

連親生弟弟的壽命都能如此毫不留情，不愧是縹瑠花。

「哼，那是因為我有不能死的理由。更何況我不認為璃櫻能夠長生是什麼值得慶幸的事。」

那簡直是詛咒。一如人類之身的瑠花擁有了神力，而弟弟被扭曲的結果，就是變成長生不老。

如果現在重新當回小嬰兒，璃櫻拒絕的應該不是活下去，而是長生不老吧。生為一個人，若只有一次機會到世上走一遭，他應該希望能夠像個普通人般過完一生。然而，在瑠花拚命地想養活他的情形下，終於璃櫻自己也選擇了活下去……換來的是，從此眼中再也看不見其他人，包括親生姊姊。

璃櫻只有年紀不增長，其他的五感卻和一般人類沒有兩樣。今夕是何夕，時光是以何種姿態在流動，其實璃櫻並不明白。如果不假裝那些都和自己無關，那麼這樣的生命肯定早就讓他發狂。但他也無法擁有跟任何人共同生活的真實感受。瑠花之所以會在他對「薔薇公主」異常執著時視若無睹，也是因為只有在那時候，璃櫻看起來才像是個「活著」的人。「薔薇公主」確實能與璃櫻分享時光，共同生存的。即使外表改變了，對璃櫻來說，她還是那唯一僅有的存在。璃櫻從她身上了解到什麼是感情，空虛的心也獲得填滿。而且他也越來越不像個人了，所有人在他眼中都不被當成人來看待，包括自己。

當羽羽還在瑠花身邊時，兩人曾好幾次試圖讓弟弟恢復成普通的人類。說起來，一方面雖然可以讓自己藉由接收弟弟過剩的生命來延長自己的，但真正的目的，卻是希望能解開詛咒，就算只有弟弟的也好。

「……璃櫻的命是屬於璃櫻自己的。和所有人類相同，是他們唯一不可侵犯的領域。我能活到現在乃是因為利用了他人的肉體，並非延長了與生俱來的壽命。紅秀麗也一樣。因為是身體出了毛病，所以我給了她兩個選擇，看是要一輩子安安靜靜地待在縹家，還是利用他人的肉體延命。可是，這兩個提議紅秀麗都拒絕了。」

想活下去。可是，更想維持紅秀麗這個人原本的模樣，以這個身分去完成非做不可的事。要是捨棄了這一點堅持，無論換來怎樣的人生都沒有意義。

過去面臨相同抉擇時，選擇了另一條道路的瑠花，以冷峻的目光望向珠翠。

「對這丫頭來說，許久許久之前奇蹟曾發生過一次，但不會有第二次了。而這一點，她自己比誰都清楚。紅秀麗選擇的是一條有價值的道路。所以——讓她回去吧，回到『外面』去。回到她應該在的地方。只有在那裡，她的靈魂與精神才能閃閃發光，對紅秀麗而言，每一瞬間才是活著的證明吧。」

擁有的所有時間，每個瞬間，都是活著的證明。秀麗像是聽到了這句話，掀動著睫毛。

珠翠低垂著頭，落下兩滴眼淚，悄悄握住秀麗的手。

瑠花無言以對，接下來珠翠還會經歷無數次這種哭哭啼啼的送行吧。無論幾次，她還是會這樣。不過……也罷。珠翠和瑠花是不同的。出現不一樣的大巫女未必是一件壞事。

「整整兩天，就讓她睡吧。醒來時，也就是離開的時候。在那之前，就讓她暫時休息一下……」

瑠花舉起青白得幾近透明的手，輕輕闔上秀麗的眼皮，同時無聲地為她放下上方的紗簾。

陸續走出「靜寂之室」後，瑠花瞄了楸瑛一眼。

「……然後呢？你打算怎麼辦？」

「是。我要去的地方已經決定，剩下的就麻煩珠翠小姐了。」

從他沉靜的聲音與表情中，已經找不到絲毫迷惘。以前的藍楸瑛總是褪不去的那一股輕浮氣息，現在也已消失得無影無蹤。瑠花雙手環抱在胸前。

「……是啦，藍家男人的優點也就是這樣了。」

「啥？」

「藍家的男人天生就像一陣『風』。看似天衣無縫的翱翔在天空，但事實上，卻無法避開風所吹出的那條路。最後一定會回到原本的地方。明明討厭受到束縛，卻又無法離開早已決定的那條路，總是糾結在兩者之間而自我厭惡，使得藍家男人的個性都非常彆扭。你那三位兄長也好，弟弟也罷，任誰都無法捨棄藍家。嘴上雖然不斷抱怨，但手卻緊緊攀著，離不開家。」

「……我還是第一次聽到有人這麼形容兄長們與弟弟……」

「——不過據說真正的藍家男人，應該是『懂得如何走在風之道上』的男人。眼前那條看似永無止境的漫長道路並非由別人所鋪設的，而是靠自己雙腳走出來的人。唯有到那一刻，你們才會明白什麼是真正的自由，然後飛往海天一色的蔚藍天空……不過，藍家的男人向來擅長繞遠路和做白工。我看你繞的路還算短的……只是關於做白工這一點呢，我想給你一百年恐怕也很難改善吧。」

瑠花說著，先是有意無意地瞥了珠翠一眼，再從上到下，用嘲笑的眼光打量著楸瑛。

「請等一下瑠花大人。您說一百年，那時候我都老死了吧！」

「我是委婉的點醒你，還是早點放棄比較好。從以前到現在，縹家的女人和藍家的男人本來就代代不合。不管是方位問題還是風水問題，甚至秋刀魚占卜等等各種占卜的結果都是這麼說的。」

「您騙人！這是臨時編出來的吧？戀愛運怎麼能靠秋刀魚來判定啊！」

「哼。那我就幫你問問本人好了。珠翠，妳願意讓這男人當妳大概是第十三號的愛人嗎？這傢伙好歹也是藍家直系，應該多少派得上一點用場。缺錢的時候可以乖乖讓他貢獻，就算放牛吃草也不用擔心他不回來，挺方便的。還有順便告訴妳，只要妳有那個意思，這男人是沒有權利拒絕的。」

「請等一下！您怎麼這樣問啦！而且第十三號是怎樣？聽起來太不合──」

正當楸瑛猛烈抗議時，珠翠卻表現出對瑠花最後一句話很有興趣。

「……『母親大人』，您的意思是，就算對方不願意，我還是可以跟他結婚嗎？」

「想要的話是可能的。不過如果對象是邵可就會有點困難喔。他當縹家大巫女的正婿雖然並沒有什麼不妥，不過要他乖乖接受豢養可是難上加難。我勸妳還是勉為其難的，找眼前這種男人會比較輕鬆喔。」

勉為其難？瑠花大人這說的是什麼話。不過仔細想想，說不定這是她繞著圈子幫楸瑛說話的方式吧。只不過被奉承長大的美男子楸瑛還是第一次被講得如此一無是處。

「珠翠小姐妳也是，到底在想什麼啊？我話可說在前頭，就算妳花一輩子的時間黏著邵可大人也是不可能的！不可能！絕對不可能！只能在一旁嘆著氣偷瞄，最後還是看得到而吃不到，我雖然不是什麼預言家，不過這一點我絕對可以斷言！我看得見！」

自己的初戀也是在只能看不能吃的狀況下結束的男人藍楸瑛，比預言家更有自信的如此斷言了。

「你憑什麼這麼說，還有那是什麼態度啊你！你怎麼可以……怎麼可以說得如此肯定！我才——嗚。『母親大人』，這種男人就算硬塞給我，我也不要！」

「欸？妳怎麼這樣講啦，珠翠小姐！」

「你有沒有想過，我在後宮時代的心情啊，孑孓男！對了，『干將』和『莫邪』不能讓你帶回去，拿來我保管！快，給我吧！」

珠翠不由分說地從楸瑛手中奪走一雙寶劍，很快地走了出去。

「怎麼這樣？等一下嘛，為什麼啦？那雙劍我得拿回去歸還啊！珠翠小姐！」

「那雙劍只要時候到了，自然就會回到國王身邊。現在神力還有些不足，暫時放在縹家吧。」

楸瑛看著輕描淡寫回答的瑠花，不得不承認她說得對。這也是他一直不想面對的現實。

彷彿聽見迅從鼻孔發出嗤笑的聲音。事實上，楸瑛自己也發現，因為發生了太多事，始終沒有好好對珠翠表達過心意。不管是說喜歡還是愛。不，其實有過好幾次的機會可以說，但只要一看到珠翠，不知為何，那些話就一句也說不出口。楸瑛沮喪地垂著肩，頭上傳來銀鈴般楚楚動人（？）的笑聲。

「如何，這下你明白了吧？」

「……是。光是知道大巫女也能結婚就讓我打從心底安心了許多。真怕當上大巫女的條件是必須一輩子獨身，萬一真是那樣，我才真的會不知所措啊。」

真是個學不乖的傢伙。瑠花這麼想著卻沒有說出口，只是噗哧一笑。然而，也不知道為什麼，雖然覺得這傢伙很可笑，但卻也有些——真的只是很隱約的——感到一種類似安心的溫暖情緒。

「……你不問我，珠翠還有多少壽命嗎？」

「您不是說過，那是她自己決定的嗎？和秀麗大人一樣，從珠翠小姐選擇成為大巫女的那一刻起，她已經決定了自己的主子是誰。」

楸瑛想起在另一間房裡昏沉睡著的秀麗。此時的他，終於打從心底明白，自己這群人從秀麗身上拿走了什麼，也終於了解為什麼瑠花和葵皇毅會冷笑著對他們說那些侮蔑的話。

對現在的珠翠，楸瑛說不出要求她怎麼做的話，因為楸瑛自己也一樣。

「……我希望能幫她實現所有的願望。可是即使如此，我還是有無法退讓的地方。無論誰怎麼說，我一定都要回到王都，去和旺季大人對峙。如果珠翠小姐和妳的族人選擇站在與國王敵對的立場，我也不會因此妥協。有一部分的我，是無法為珠翠小姐改變的。既然如此，我就不能自私的干預珠翠小姐剩下的壽命，也不能要求她放棄自己決定要走的路，改走別條。那種事，我說不出口。」

然而那種事，劉輝他們卻滿不在乎的要求了秀麗。擺出一副自以為了解秀麗的樣子，短短一天就做出要秀麗退官進入後宮的決定。秀麗根本無處可逃，就那麼被逼得不得不點頭同意。

楸瑛想起氣得發狂的妹妹。那些對秀麗做出的錯事，不能也對珠翠如此。

「……有些事是不能改變的。然而儘管如此，心愛的、重視的、想要傳達的心願依然不變。沒有理由不傳達就放棄。如果我有什麼想知道的，也不該是由您來告訴我。我會親自去問珠翠小姐。」

「……哼。看來，你似乎已經稍微學會先用腦袋想過再開口了嘛。」

「托您的福……那麼，我該走了。」

此時，瑠花打破沉默主動開口。這是她最初，或許也是最後這麼說。

「…………好久以前，有個男人露出跟你一樣的表情，離開了縹家到『外面』去。」

這時瑠花的聲音和過去有些不同。不再如冰雪般冷冽，只是靜靜的，甚至讓人懷疑她是否真的開口說了這些話。察覺到瑠花也會有些許的迷惘，這讓楸瑛感到相當驚訝。她那沉靜的態度幾乎是已經放棄與釋然，就像是思考了百年仍無法做出結論，可是錯過眼前的機會可能就再也不會有第二次，所以只好無可奈何做出選擇。那甚至不是結論，只是為了陳述，為了傳達出來只好開口似的，瑠花最初也是最後的這番話。

「他明明說過總有一天一定會回來的，但是到現在，卻一次也沒回來過。」

楸瑛緩緩地轉過全身，重新面對瑠花。

「正確說來，那並不是他的承諾。我的生命與時間，也不再是屬於我自己的，而是必須獻給所有需要我守護的人。而那人也只是把他想說的說完就走了。」

那人說了，讓我們再次相會於黃昏來臨時。

『總有一天我一定會回來。回到這座美麗的天空之城，在妳喜歡的黃昏時分。在那之前，請容許這暫時的別離，等到有朝一日，我回來時——』

然而他所說的話卻從沒實現過。連一個字都沒有遵守過。

「……時光荏苒，那人沒有選擇我，而是選擇了別的主子。他在那個男人面前屈膝稱臣，對我卻拉開了弓。之後的數十年，一直都是這樣……只能說，也是會有這種事哪。」

在她身上同時有著美麗少女公主的硬脾氣，以及年老貴婦獨有的疲倦。夜色般的黑眸蒙上一層濃霧，像包覆著一整座森林。淡定而慵懶的將沉澱在久遠過去的事物翻出來，望著那裝著回憶的箱子，卻好像在述說著陌生人的事。那裡面早就空無一物，而箱子只是被放置在那裡，這也成為它唯一的存在意義。

沒錯，在楸瑛耳中聽來就是這樣。雖然聽來就是這樣，但是……

「別流於無聊的感傷，把想說的話說完了就走。能允許背叛承諾的，就只有你選擇的主君而已……就算只是隨口說說的話，就算日後發現箱子其實是空的，箱子本身還是佔了一席之地。就算不再為此動感情，箱子還是在那裡。所以，不要輕易說出你無法實現的承諾。大巫女心中可沒多餘的場所擺放一個空箱。就算有，還不如拿來做其他更有意義的事。」

「……不對。」

瑠花還是托著腮，卻抬起眼來望向楸瑛。

「……雖然他違背了承諾，背叛了妳——或許妳生氣了——但卻沒有一直生氣。即使留下了幾種感情，但對妳來說，仍然是微不足道的程度。」

「…………」

「就算遭人背叛，妳也不曾為此憎恨一輩子。在妳心中早已認為，既然那是男人選擇的人生，那麼妳就該看開放下，將自己心中曾為他保留的幾個場所，轉而為其他人或其他任務存在。對，就像妳剛才說的，用來做所謂更有意義的事……這種事……」

嘶啞的聲音。瑠花彷彿忽然明白的看到了「某人」的內心，胸口一陣情緒翻湧。

「……這種事教人太難忍受了。就算被當成空箱也好，被認為礙事也罷，只要妳心中的那個位置還在，都還能忍受。然而，明明生在同樣一個世界，卻被妳當成活在不同世界，過著不同的人生，那實在是太痛苦了……比被妳遺忘更痛苦。」

剎那之間，瑠花耳邊似乎聽得見羽羽的聲音，她微微睜開眼。接著便蹙起雙眉，彷彿想將那黃昏般的音色從腦中趕跑似的，長長的睫毛用力閉上。但也只有這樣。

「您剛才說他選擇了別的主子？這太愚蠢了。總有一天一定會回來，這樣的承諾該是屬於男女之間，是告別心愛的人所說的話啊。」

「…………」

「做不到的事自然不可答應主君。但是，在面對自己最重要的、心愛的人時，想要留下承諾這是人之常情。這一點也不奇怪！」

絕對的仰慕，連肢體碰觸都不被允許的高貴威嚴。在她身上找不到戀愛的甜美，只有懾慴人心，使人不由得俯首稱臣的壓倒性魅力。冰之女皇是絕不可能只看著一個人。沒錯——

「妳的愛、生命與人生，或許已不再屬於自己，而是必須奉獻給需要妳守護的族人與前來尋求庇護的人們。一個小小的承諾，將不會得到妳的回應。他早已察覺除非發生奇蹟，否則妳不可能只愛自己。比較起來，當一個單純的臣下還比較輕鬆，普通男人可沒辦法忍受花上一輩子愛著妳，卻沒有任何回報。但那個男人卻不同。所以我才不認為那個男人的感情只有微不足道的程度。」

楸瑛頓了一拍，做個深呼吸，說出那句話。對瑠花，也是對未來的自己說。

「——會回來的。在夕暮時分。」

這句話，讓瑠花臉上首次浮現些許驚訝的神色。

究竟那時為何會吐出「夕暮時分」這個字，楸瑛自己也不明白。

瑠花默默伸出雪白的手，再次托起下巴，望向藍楸瑛那雙年輕的眼眸。他真是年輕。瑠花就連年輕時，都未曾有過那樣的眼神。幼年時代便背負起過多責任的瑠花，掌心裡握著的僅是現實，不曾有掌握夢想的餘力。然而……羽羽的眼睛裡，或許曾有過與那相似的東西。

已經超過五十年未曾見面，現在瑠花還記得的，只有他那黃昏般的音色。

「……你真是個愛作夢的人，果然是藍家的男人啊。」

「我想看見夢想，能夠實現的夢想。人生前輩們所面臨的現實，對我們來說便是未來。我希望那是值得去追尋的東西，無論何時，直到最後的最後。」

「……還真敢說。」

瑠花撇撇嘴，看起來竟像是笑了。那是一抹傲然而鮮明，凜然一瞬的微笑。

有如夜月，孤獨而高傲的美。雖然依然稱不上溫柔，但也不再如往日那般狂傲淒厲。若說那是一抹與生俱來的微笑，她正可稱得上是與生俱來的女皇。和珠翠或秀麗相反，她只有在這短暫的瞬間裡，不斷穿越時空，擺脫光陰的束縛，回到她原本的模樣。拋去在漫長歲月中，層層裹住她的外殼，漸漸變得澄澈透明。有如蜻蜓羽翼般既美……又夢幻。

「有個窮詩人如此吟唱過：『那正是人生的前輩用盡一生實現的任務，也是留下的唯一具有價值的遺產，比起堆築千金更困難，而且能夠遺留的人也稀少。』藍楸瑛，我的愛、生命與人生都不屬於自己——直到人生最後一刻為止。那也是我的驕傲。我無法如你所願活著……不過，我會好好記住你這番話。」

楸瑛並不知道，瑠花最後這句話，在她漫長的一生中是多麼少見，珍貴得像是一個禮物，贈與的是最高的敬意與讚賞。

咚，大地輕微的搖晃了一下。

「喔……搞什麼，又是地震啊……」

工部尚書管飛翔不耐煩地停下腳步。剛才的地震雖然不大，甚至連身體都沒有晃動，但因為到貴陽這麼久都與地震無緣，最初發生地震時，還真的是吃了一驚。也因此雖然不大，但最近的地震畢竟太過異常，連向來不拘小節的管飛翔都難得的為此顰眉蹙目。

那種搖法，簡直就像大地之下有人興之所至，便對著地面敲兩下似的。總覺得每次發生地震，朝廷裡的氣氛便微妙地凝重起來。

「——悠舜，我有話跟你說，我要進去了。」

毫不客氣的大步走進房內，瞥了室內的情況一眼，飛翔馬上朝衛士鼻子甩上門且迅速上鎖。面對門外衛士的抗議，管飛翔嫌煩似的一邊挖著耳朵一邊回應：

「別吵了！我和宰相有要事密談！你先待在外頭等等。」

用一點也不避人耳目的大嗓門朝門外狂吼一陣之後，飛翔回頭瞪著悠舜看。對方則抬頭望著他，苦笑了起來。

「……被你看到我這狼狽的樣子啦。剛才的地震把手杖給震掉了……」

「別嘴硬了。我走過去之前，你就先這麼坐著吧。」

見友人壓低了嗓門這麼說，悠舜也只好閉嘴點頭。

飛翔走到房間的另一個角落，撿起悠舜的手杖。或許手杖真如悠舜所言，是被剛才那場地震給震掉了——如果只是手杖。然而，他腳再怎麼不方便，飛翔都不認為，剛才那種程度的地震會將悠舜整個人從椅子上震得跌坐在地，抱著膝蓋站都站不起來。

撿起手杖隨意放進籃子裡，接著走過去撿起這位友人。悠舜乖乖的任由飛翔擺佈，飛翔默默抱著悠舜的肩膀讓他站起來，這才發現他瘦得不像是正常的三十幾歲青年，簡直就成了一截枯木。單薄的身體令人無法聯想到那位在朝議與重要會議上，精力充沛、霸氣十足的宰相大人。原本他就不是肌肉男沒錯，但如今消瘦的程度，似乎連構成生命的重要成分，都已從他體內流失。像個空殼子，只靠細絲般的精神拚命地維繫住生命。

飛翔察覺房間對角擺放了一張長椅。長椅的寬度勉強可當床睡，上面也確實疊了一床上等的毛毯和枕頭。但這是什麼時候開始就放在房裡的呢？春天來訪時還沒看到。長椅擺放的角度，只有從悠舜坐的辦公桌才看得見，並巧妙的用屏風遮住。小圓桌上放有水壺和藥包。看起來像是有人硬塞給悠舜，並說服了他乖乖服藥。

（……是誰呢？）

雖然內心起疑，但也幸好有這些東西，現在才能讓悠舜勉強躺在那裡，幫他蓋在毛毯。才剛躺進去，悠舜便從毛毯裡探出頭來。飛翔隨性地在悠舜身旁坐下。

「……你怎麼什麼都不說啊？」

「……不想說。你倒下了我們會很傷腦筋的──這種話我哪說得出口。雖然也想對你說，就什麼都別管了，好好調養身子吧……但就連這也說不出口。」

──旺季不在朝中的現在，整個朝廷等於就靠悠舜一肩挑起重擔。

當然，朝中還是有其他重臣。不在的其實只有臨時被任命派往碧州擔任州牧的歐陽玉，以及趕往紅州的旺季而已。然而──明明六部尚書，門下省凌晏樹，御史大夫葵皇毅都各司其職，也徹底完成工作，但落在悠舜頭上的工作卻依然有增無減。就連不需要宰相用印的案件，官員們仍然前來請示悠舜，這種事比從前增加了許多。眾人為了消除心頭說不出口的不安，前來敲尚書令室的大門，而這簡直跟為求心安而去請示巫女沒什麼兩樣。

真的很想要他別管那些，然後好好的休息。但是，說不出口。即使看見他單薄的身體與蒼白的臉色也一樣。飛翔真恨這樣的自己。或許應該像黎深那樣，硬要求他辭官才對。唯有那樣，才能幫悠舜減輕負擔。然後憑靠我們這些尚書的力量。不過，那樣太自私了。

「……你……早已是個真正的宰相了……」

平民出身的宰相。明明是國試狀元及第，但有十年的時間卻都被埋沒在偏遠的茶州，以州尹的身分度過。春天時，突然被拔擢為宰相時，暗地裡不知受到多少中傷與毀謗，也引來許多高官的不滿。然而現在，就連那些高官都帶著不安前來尋求悠舜的幫助。悠舜已成了支撐眾官內心的力量。

不過半年，悠舜宰相的實力與地位已經不容置疑，成為一位無可取代的宰相。

飛翔將手放在悠舜滲出一層薄薄汗水的額頭上，掌心馬上感覺到悠舜發燒的熱度。悠舜伸手握住飛翔的手，像是想確認手掌的存在。飛翔原本還以為他要揮開自己的手，沒想到悠舜就那樣握著他，低聲的說起話來。就像掌心裡握著飛翔的心一樣。

「……我也是……沒有想到，會有像這樣需要你的時候。」

飛翔不經意地低頭望向悠舜。他那句微弱的話裡，有著與平日不同，微妙的抑揚頓挫。似乎有一點困惑。真難得。或許是因為太累了，讓他連精神都放鬆了吧，所以飛翔認為他說的應該是真心話。

「……飛翔，好香的味道啊……令人懷念的氣味，是玄圃梨……？」

從悠舜口中聽到懷念兩個字，也令飛翔感到驚訝。這十年來，或許還是第一次聽到悠舜說出與過去相關的字眼。悠舜一向對自己的過去隻字不提的。

飛翔無言地取下掛在腰間的小布袋。打開袋口，酸酸甜甜的濃厚梨香頓時飄散開來。然而從袋中取出的，並非圓圓的梨子，而是一堆小樹枝。不過對此，悠舜一點也不意外似的，瞇起懷念的眼睛，口中低喃著：「玄圃梨啊……」接著便捻起一枝，聞起那濃濃的梨香。

「你也知道這個啊？明明散發的是梨子香氣，外表卻是小樹枝的模樣。小時候一直以為這是梨子味的樹枝，直到有一次因為肚子餓了而拿來吃才知道被騙了。我還以為這是我個人的祕密呢。」

「玄圃梨樹並不多見哪……明明掉落了許多果實，卻不知怎地幾乎不再發芽。而且會掉果實的，也都是樹齡超過四十年以上的……我雖喜愛梨花，但只有這玄圃梨的果實讓我更為喜愛……秋天時，經常撿來吃呢。」

悠舜將那看起來像小樹枝的果實放入口中，發出清脆的聲音咀嚼後，微微一笑。

「……嗯，很甜。這些都是你一個一個撿起來的吧？」

「因為長在樹上的，不知為何都很難吃啊……」

「沒錯。玄圃梨要從樹枝上掉下來之後才會變甜，原因不明。」

「你多吃點。」

「在被蝗蟲吃光前啊。」

飛翔露出不高興的表情。

悠舜橫躺著，又吃了幾枝玄圃梨。飛翔有些猶疑地低聲說：

「……事情能……有辦法嗎？陽玉和……紅州。」

「不至於演變成最糟的事態。差不多該找到那東西了。」

「那東西是？」

「儲藏庫。在旺季大人還是御史大夫時，一邊巡察各地一邊指導當地官員設置的。每隔幾年，就會重新替換掉儲藏庫內的物品。由於是隸屬御史臺直接管轄的儲藏庫，就連州牧在沒有御史的許可之下也不能擅自打開。過去的藍州州牧孫陵王大人，碧州州牧慧茄大人，想必都曾在旺季大人指示下設置了這樣的儲藏庫。對了，在上次的會議裡不也提及過，慧茄大人應該在某處有所準備的事嗎？」

「可是，這儲藏庫……陽玉也說過吧，不管是石製還是木造的倉庫，飛蝗大軍照樣會入侵，好不容易找到的儲藏庫，打開來裡面只剩下蝗蟲……」

「別這麼悲觀嘛。你難道忘了前幾天，你們工部的技術官才和凜合作，花了數天的時間，連日趕工特製貨物馬車以及其他種種器具的事嗎？」

「你是說那些整個用南栴檀打造的馬車？」

「沒錯。飛蝗絕對不敢接近南栴檀。從紀錄中可以發現，即便是一草一木都被蝗蟲啃蝕殆盡的荒野，還是能發現綠葉青青完好無缺的南栴檀。所以用南栴檀木打造的馬車，想必也不會遭到蝗蟲侵襲。根據相同的理論，儲藏庫若也是用南栴檀打造的話，你認為會是如何？」

「……啊！這麼說來，那些儲藏庫都是……？」

「沒錯，全都用南栴檀蓋成的。除了食糧之外，也存放了其他東西，這些儲藏庫不只碧州，其他尚未遭到蝗災的各地應該都有。而且應該都完好無缺。當然，紅州也不例外。現在，歐陽侍郎應該已經找到一部分的儲藏庫，正鬆了一口氣吧。至於碧州那邊，希望之後不要再發生什麼奇怪的地震……只能這麼說了。此外，過去有許多事例證明，蝗災這種災害有時會因天地變異而瞬間消失，或許原先預測明年會發生在碧州的蝗災，說不定不會出現。紅州則靠著州郡團結的力量進行人海戰術，加上從某個管道傳來的捷報，將會成為影響結果的關鍵……飛翔，之後白州一定也能獲得糧——」

「你很囉唆耶，我才不是來這邊打探消息的。真是害我白擔心你了。」

飛翔拿起一枝玄圃梨塞進悠舜嘴裡。代替道歉，悠舜只得乖乖的把那給吃了。

「……旺季大人一定會順利解決的。」

悠舜嘴裡傳出咔啦咔啦的咀嚼聲。吃到一半時，聽見飛翔這麼說，卻又發出嘆氣般的聲音回答。

「……大概吧。」

「那麼，到時王都會變成如何？國王和你的未來呢？」

悠舜將那最後一小截梨子送進口中的手停頓了一下，將梨子嚥下後才又說道：

「飛翔，你果然還是有話想問吧？……說吧。」

飛翔的表情扭曲了起來。撿拾梨子時，的確是真心希望悠舜能暫時休息一下才來的，當初也是真的只想看看悠舜好不好而已。只是，現在是否還是這麼想，卻連自己也不確定。

帶來的梨子和體貼的態度，難道不是自己的藉口，這些其實都只是用來證明自己不同於為悠舜增加負擔的官員而已？

姑且不論那些傳到飛翔耳裡，甚至是蔓延到整個朝廷的謠言背後有什麼問題。那些關於妖星啦，凶兆等的無聊謠言，究竟有什麼必要來告訴尚書令？自己究竟想確認什麼？王座上的國王一天比一天寡言，臣下看國王的眼光越來越不屑。打從旺季離開朝廷之後，這些情況更是一發不可收拾。嫌惡的眼神像是會傳染一樣地慢慢擴散開來，躲在角落裡竊竊私語的官員越來越多，將朝廷裡混濁的空氣攪和得更悶了。似乎聽得見某個漸漸接近的腳步聲，飛翔閉上眼睛。

不用說也知道，那位年輕的國王確實犯下了許多錯誤。即使如此——

「……不，沒什麼。不好意思，當我沒說吧。」

勉強裝出的笑，和過去的管飛翔不同，那是世故的笑法。悠舜往口裡再放進一枝玄圃梨。最近完全沒有食慾，但這梨香如此令人懷念，很久沒這麼吃東西了。日益乾枯的身體像是注入了一點生氣，悠舜自己也安心了些。一邊啃著梨子，突然發現時間流逝的速度好像變慢了。就算只有此刻也好。有多久沒像這樣了呢？對了……和燕青一起，還在茶州時就像這樣。回想起來簡直像是一百年前發生的事了。

看悠舜一枝不剩的吃光了梨子，飛翔滿意的點點頭。這次他臉上浮現的，是再熟悉不過，屬於朋友的微笑。那個飛翔，竟能完全不插手。

「謝謝……飛翔。」

「嗯？」

「你呢，打算怎麼辦？」

雖然是個抽象的問題，但他想問什麼，飛翔心知肚明。

即使大家都是同梯，想法卻大不相同。刑部來俊臣的想法是最接近旺季的，不過話說回來，來俊臣那人的思考迴路原本就很獨特。曾問過他，唯一不可動搖的信念是什麼，他是這麼回答的：

『我所追求的是一個法治之世。在有生之年，希望能為國家完成司法體系。因為我根本不相信什麼以人治國。』

他所崇尚的，不是換了國王，治理方式就會有劇烈改變的「人治」，而是一切都以公平法律為前提的「法治」。這就是參加國試以來，來俊臣堅定不移的信念。有國王也沒關係，但就算是國王也得遵法、守法。就算即位的是愚王，只要有一套紮實的法律體制，就能確保拯救蒼生最低限度的安全網。這就是他的願望。

所以對來俊臣而言，國王是誰都一樣。他就像是地獄裡的判官，只分是非黑白，冷眼判斷一切。理所當然的，若要選的話，他會選比較好的那個王。但飛翔卻不同。

「……悠舜，我上次說過，直到最後都會站在你這邊對吧？這句話，現在還是不變。」

接下來，飛翔撫著那道留得半長不短的蓬亂鬍鬚，好長一段時間，都只是沉默著。

悠舜像個影子，安靜而有耐性的等。終於，飛翔再次開了口。

「……老實說，我沒法像楊修或來俊臣那樣，一切都用道理去解釋，從中選出最合邏輯的結果。也無法像那些旺季的跟隨者一樣，毫不懷疑的全面相信誰。我只選擇我相信的。當然，我也希望能因應不同場合，盡量選擇對我來說重要的東西，可是我還是無法改變重視內心直覺與情感的個性。假設叫我從楊修和黎深之中選一個好了，即使是現在，我還是會選擇黎深。儘管那傢伙又蠢又沒用又幼稚，但到死為止，他都是我的好兄弟。要是那傢伙垂死路邊，我一定會馬上飛奔去救他。就算是手中的工作堆積如山的狀況下，我也會硬塞給別人——像陽玉那樣——當天就開溜去救他。明明知道這樣是失職的行為，但也沒辦法。」

「…………」

「這很糟吧？很不負責任吧？與其去管黎深那個笨蛋，做好尚書份內的工作更有意義吧。比起當黑道老大，當好官員是我一直的夢想。可是即使如此，我還是會丟下工作去幫他。不管別人怎麼說，那就是我。我會選擇眼前最重要的事，縱使那是個笨選擇。悠舜，我站在你這邊。不過我可沒墮落到把人生最重要的選擇責任賴到你頭上——我就說了。我也覺得那個笨國王很笨，知道他幹了很多蠢事，更明白他現在的處境必須要承受許多非難與撻伐。不管背地裡被說得有多難聽，我也認為他應該完全去承受，不能找藉口。可是……」

停頓了一秒，飛翔再次說了「可是」。

「可是，那傢伙就算低垂著頭，就算只會鐵青著臉，說不出半句有用的話，他還是堅持每天出席所有朝議。坐在你身邊，毫不逃避。即使藍楸瑛、李絳攸和秀麗都不在他身邊了，即使他身邊連一個人都沒有了，即使如坐針氈的坐在王座上，日復一日，他還是堅持出席。自己一個人。雖然哭喪著臉，卻不逃避，勇敢的去坐那張椅子。日復一日。」

這是第一次，似乎看見了除去所有虛飾，最真實的「紫劉輝」。

飛翔認為這一點很重要。重要的不是指外表的行為或忍耐的決心，而是其中更深層，更重要的東西。沒錯——只要紫劉輝繼續坐在那張王座上。

國王就會是悠舜的盾。

正因為所有批判都朝劉輝而去，現在的悠舜才能如此自由行動。以前的他，總是依賴悠舜解危，現在卻不一樣。而這也是現在國王唯一能做的事。不管國王是不是知道這一點才這麼做，他確實正默不吭聲的埋頭做著自己唯一能做的事。

當然，他還是毫無是處。在旺季離開後的朝議上，眾官無視劉輝存在的程度幾乎稱得上殘酷無情。他不只被當作幽靈，那些關於妖星與凶兆或術者的穿鑿附會，更是沒有一天不傳得沸沸湯湯。在這樣的情勢下，他每天一個人來上朝，又一個人獨自離開。連一天都未曾逃避，日復一日，持續而孤獨的坐在王座上。和三年前的國王判若兩人。

「逃進後宮的那傢伙確實是個昏君，然而現在不一樣。我……我一直看著垂著頭，每天孤單地坐在你身邊的他。有天突然腦中浮現一個念頭，心想真拿他沒辦法。真是個麻煩的傢伙，但是能讓我追隨到最後的卻會是他，而不是旺季大人。」

風吹來進來，捲起一屋子酸甜的梨子香。

「……我不想把一切責任都怪罪到他頭上。三年前，我已經是尚書了。就像之前你說過的，是我放棄了足不出戶的昏君，對他棄之不顧。當時的我根本不想管那麼多，所以現在怎麼能說責任都在他身上，又怎能責怪李絳攸。其實眼前這一連串的麻煩說起來都是報應，是我們這些對怠惰國王視若無睹的文武百官所該承受的報應。事到如今，我可做不出把一切責任丟給那個笨蛋國王的事。這並非出自罪惡感，而是在看到現在的他之後，我內心做出的決定。儘管他真的又笨又呆，毫無疑問地沒用又靠不住。但只要他一天不逃離王座，持續承受那千夫所指的非難與批判——我就會幫那個鼻涕小鬼到底。」

「很像你會做的決定啊，飛翔。」

「都這把年紀了，就算想變成楊修那樣也不可能了啊……你從那個笨國王還沒露餡之前就未曾動搖過。所以我想你之所以當宰相，一定不是為了那個國王吧。」

悠舜沒有回答……沒有回答。

「為了什麼都無所謂。我真的很討厭看到在這半年，你變成了這副模樣……所以我很欣慰。」

「……咦？」

「如果是平常的我，一定會像黎深一樣，要你在把身體搞垮前辭職。因為你是我重要的好兄弟。可是這是我第一次看見你活得這麼不要命。要是能像黎深那個娘娘腔一樣，哭喊著要你別這樣該有多輕鬆……但我辦不到。因為，你是我最重要的好兄弟啊。」

聽見飛翔從枕邊站起的聲音。伴隨著他的起身，纏繞在他身上的梨子殘香也跟著飄散。飛翔驚訝的發現，悠舜竟伸手抓住了飛翔的袖子，要他留下別走。

悠舜更是嚇得瞪大了眼，不明白自己為什麼會出現這個舉動，很快的放開了手指。接著伸手遮住雙眼，好長一段的空白時間裡，只有淡淡的梨香浮動。好不容易，悠舜才低低地說：

「……飛翔，我……我已經回不去了。我回來，是因為有我必須去完成的事。」

「……嗯。」

「既然要做，就只有做到底。不管發生什麼事，都必須冷酷無情的貫徹到底，賭上我的希望。可是……可是啊，飛翔，真是不可思議。人一旦認真了，自然而然就會去面對自己的心。和過去茫然眺望著雨下在這個世界的時候不同，世界的輪廓變得確實而鮮明了起來。就連我那冷酷的心，都被滴答的雨聲撼動了……」

梨香。梨花。唯一能令悠舜想起故鄉的理由。

為什麼飛翔會帶梨子來呢？悠舜甚至覺得有些可恨。如果他帶來的是其他東西，就不用說這些話了。如果來的不是飛翔，更絕對不用說這些話。

簡直就像現在不說的話，就不會留下隻字片語似的。至今從未洩漏的過去，那些深埋已久的心事，現在都紛紛亂亂的掉落一地。簡直就像在交待遺言似的。

「我……我從沒想過自己會變成今天這樣。我知道自己該做的事。為了那個，我明明隨時都能笑著背叛的。」

飛翔什麼都沒問。光是從悠舜那平靜的口吻，就足以知道他連一點猶豫都沒有。悠舜和飛翔不一樣，決定了的事就不會再猶豫。也不會再回頭。

所以飛翔只是輕聲說了這麼一句：

「既然如此，至少哭著背叛吧。為了能讓你心動至此的對象。」

悠舜深吸了一口氣，總是溫柔笑著的嘴角緊抿了起來。

「……你不勸我別做出背叛的事嗎？」

「背叛重要的人事物，等同於削下自己心頭一塊肉。即使如此都必須背叛的話，為的一定是更重要的東西吧。我們當官的，多多少少都是這樣活著的。明明沒有什麼是真的不得已，處理政事時卻還是必須拋棄點什麼，或是做些什麼樣的切割。如果非這樣不可，倒還不如哭得一把鼻涕一把眼淚的做出背叛的決定。你，是這個國家的宰相啊。」

悠舜沒有回答。飛翔默默的將自己的手掌放在悠舜蓋住眼睛的手上。悠舜感覺到自己冰冷的手，灌注了來自飛翔的溫熱。當蒼白而冰涼的臉頰開始有了血色時，一行清淚也沿著臉頰靜靜落下。就像一個冰冷的人偶，在那一刻忽然被打動，而擁有了生命。

悠舜開口，似乎正想再說些什麼時，地震突然來襲，打斷了他的話。這次的地震比剛才還大，應該有中度規模。遠處傳來近乎哀號的呼叫聲。

一瞬之後，悠舜從飛翔掌中抽出手，坐起身子。此時悠舜的側臉，已經恢復平日的表情了。

……這是飛翔最初也是最後，看見悠舜的眼淚。

●　●　●　●　●

「劉州牧，聽說旺季大人將一軍分為十小隊派遣到紅州各郡了。」在滿地蝗蟲屍體的州牧室內，志美對著副官噴出一口煙代替回答。

志美用來製作菸草的那種樹，經過查明後知道，是一種原產於藍州，名為南栴檀的樹。在各地調查的結果，雖然是零零星星的，不過也發現在不少山林裡都找得到這種樹，於是馬上命人一一砍下，丟進香爐與火缽。焚燒南栴檀的地方果然飛蝗就不敢靠近，但南栴檀的數量並不足夠，沒有南栴檀可燃燒的地方依然是漫天有著黑壓壓的蝗蟲大軍，成群結黨，漸漸逼近。

「聽說軍隊所到之處，蝗蟲都左右四散逃逸，讓出一條路供他們通行耶。搞得現在整個紅州都在謠傳，說旺季大人一定受到彩八仙的加持。」

「是嗎？那到底是什麼伎倆？」

「果然靠的還是南栴檀。王都工部的技術官們徹夜熬煮南栴檀樹，從中抽取樹液，然後前往紅州的軍隊，從盔甲到馬具，只要暴露在外的部分一律被下令塗上提煉出的樹液，所以飛蝗才會見了他們就躲。」

「原來如此。那，糧食呢？」

「連一輛載貨馬車都沒看到。似乎在行軍途中全掉頭轉往碧州去了。」

志美挑起右邊的眉。碧州？之前已從浪燕青的報告中得知，運輸部隊早已和前往紅州的一軍分頭行動，原來是轉往碧州了啊？志美不禁皺起眉頭。旺季是個值得尊敬的人，他的策略也都很完美。然而這是第一次，因為太過完美而讓人甚至覺得不滿。旺季想趁此機會，不只籠絡紅州，更一口氣收買碧州。這個擺明了的事實令人不甚愉快。當這邊光是應付現狀都來不及的時刻，他已經看穿事情的發展，提早走下一步棋了。面對這件事，志美內心充滿複雜難言的情緒。

他該不會明知事情發展，卻為了某種原因而不願意及早去遏止吧？

「但另一方面，他也下令於各地待命的御史一齊打開特別倉庫。就是那些全以南栴檀打造的儲藏庫。在十年前，當旺季大人還是御史大夫的時候，下令各地建造，由御史臺經手管轄的儲藏庫。各地的儲藏庫幾乎都沒受到蝗災襲擊，從裡面搬出來的除了糧食之外，還有燃料及儲備用的南栴檀。」

「……所以，解除眼前危機所必須的東西我早就準備好了──他是這意思嗎？……這場表演真是太完美了。」

「表演。」

荀彧這句話並非疑問句。只是有如山谷回音般重複了志美的話而已。語氣中帶著諷刺。

於是志美也以嘲諷回應。

「我啊，荀彧，我從不相信寫得太完美的劇本。在御史和旺季大人到達之前，關於那些特別打造的南栴檀儲藏倉，連一份報告都沒有，你認為這是怎麼回事？」

「你這個問題，我們之後再討論。就算是一份寫得太過完美的劇本，但你應該不會希望劇情不要如此發展吧？」

志美從正面與荀彧四目相對，菸灰從手中的菸管掉落。

「……誰會這麼說啊。要寫出這麼完美的劇本，起碼需要十年的時間，沉住氣佈局，我並不打算貶低這份努力，甚至還想向他致上最高敬意呢。只是劇本的劇情實在叫人火大而已。好吧，各地的儲藏倉都開放後，將糧食送達紅州全境，但可以撐多久呢？那些食糧和南栴檀。」

「食糧約可供應一個月所需，不過南栴檀只有半個月。」

「……那就是七天了吧。因為今天已經是第五天了，還有兩天左右囉……」

半個月。志美口中重複這項情報。

「……您現在在說什麼？」

「欸，進入州境時，旺季大人應該有傳話過來吧。要我們等上七天之類的。」

「…………」

「花了一番功夫表演，卻只交代了這些話，我想旺季大人所想的絕不止如此。如果他已經想好下一步了，那估計大概就是那些的一半左右了吧。」

荀彧沒有回答。志美就當他回答了。

「旺季大人何時到梧桐？」

「上午通過了燎安關塞，照這速度看來，應該馬上就要到了。」

志美馬上站了起來。從州城出發到城牆下，就算騎馬也得花上一段時間。

「那現在就得出去迎接了。荀彧，我們走。大家都在忙，只好委屈我們兩個了……就讓我們來看看，旺季大人為州府帶來什麼伴手禮吧。要是沒那個價值，我可不會拿出井底的東西喔。」

梧桐城內正在奮力撲滅蝗蟲的人們，很快就發現了志美和荀彧兩人策馬馳向城牆的事。州牧和州尹經常在城裡各地巡視，幾乎沒有人不認識他們。

「咦？那不是州牧和州尹嗎？」

曾經以鳳凰棲木而出名的這座美麗古都，如今已失去往日風采。城中所到之處全都被黑色的蝗蟲佔據，不絕於耳的拍翅聲難聽得惱人。更糟的是，只要一開口，蝗蟲就有可能飛進嘴裡。為此武官們戴上頭盔，而大部分的民眾則用布帛遮住口鼻。

在這樣的人群之中，露出一張臉，快馬加鞭經過的州牧與州尹更是引人注目。

「怎麼了，什麼事啊？有什麼大人物要來了嗎？」

那些揮舞著鐵鍬啊，鋤頭啊，籠子之類的工具，正在撲滅蝗蟲的民眾，紛紛跟在馬屁股後面跑了起來。

「……怎麼大家都跟來了……別來啊，快去撲滅蝗蟲！」

「大概是趕蝗蟲趕膩了吧。紅州男兒不但沒啥耐性，還只喜歡做自己有興趣的事。要是處在太平盛世，現在正值秋天舉辦收穫慶典的時節，大家早就吃飽喝足，唱起歌跳起舞來了吧。所以此刻恐怕是一股壓力沒處發洩，什麼都好，只想湊湊熱鬧了。」

只見家家戶戶都帶著鍋子、杓子敲敲打打的跑出來，看那歡欣鼓舞的架式，簡直就像正要去參加慶典嘛。看來他們已經連懼怕蝗蟲這件事都嫌膩了。紅州人民的適應力還真高強。

比起蝗災蒙受的損失，他們更關心自己的興趣。這種徹底的自我主義，倒令人不怒反笑了。

「……我本來以為黎深那種個性是天生的，看來是紅州人的氣質使然啊……」

即使如此，對志美而言，這種隨性的個性此時反而成了一種救贖。當初飛蝗來襲時儘管驚恐，但這種天性也讓他們很快地就轉而去想「既然對手是蝗蟲，那也沒辦法」，很快就展開了撲滅的行動。就算是花了一整年努力耕耘的農作物在一夕之間被蝗蟲吃光，紅州的人民還是默不吭聲的，從挖土開始重新來過。雖然他們既高傲又只挺自己人，但卻從未忘記自己是靠著這片大地與世界而生的道理。

不知從哪裡傳來太鼓與笛子的聲音。這下連志美都差點從馬上摔下來。

「……喂，夠了喔。不是只想轉換一下心情而已嗎，現在這是……」

也不知道風聲是傳到哪裡去了，眼前已是黑壓壓的一片人牆，和黑壓壓的蝗蟲大軍混在一起，根本分不出誰是誰了。平日只有哨兵走動巡視的城門上，現在竟然被擅自爬上去的男女老幼給佔據了。仔細一看，連哨兵都混在裡面一同湊起熱鬧來。這種滿不在乎的脾氣也正是紅州人的天性。

認出策馬疾馳而來的州牧與州尹，兵士們慌忙地將大門打開。

與此同時，城牆上響起了某個看熱鬧的群眾聲音。

「……啊！揚起了好大一片塵埃哪。那是……有人朝這邊來了。我聽到馬蹄的聲音！」

志美與荀彧走出城門，並肩停下馬。在前方一片黑壓壓的飛蝗大軍之間，的確可窺見一片揚起的塵土。而接下來發生的事，實在令紅州都城梧桐的民眾大為驚訝。

彷彿無限存在，不管怎麼趕都趕不完，並從角落將所有草木、存糧甚至茅草屋頂都啃蝕得一乾二淨的成群飛蝗，突然在民眾眼前一分為二的散開，形同空出一條通道。

就連事前已經接獲消息，知道內情的志美，看到眼前的光景仍不由得感到震懾。志美往菸管裡裝進菸草，為了掩飾自己微微發抖的指尖而擦亮了火柴。

——隨風飄揚的是近衛羽林軍旗和表示來自王族救援的紫雲旗。

率領隊伍，走在最前方的那個人吸引了所有人的視線，而其身上的紫色戰袍之美也是人人前所未見的。

「是來自王都的救援……！」

有人這麼叫了一聲，短暫的停頓之後，響起了近似悲嚎的雷動歡聲。

終於來了。

這才知道，紅州的人們等待這救援是等了有多久。儘管他們表面上只是默默承受。

眼前的「希望」，就連紅州州牧劉志美的心都為之撼動。

來自國家的救援。

前來的軍隊將近有百騎，接二連三在城牆前停下馬整齊列隊。旺季騎著馬來到志美與荀彧的馬前，牽引韁繩的手法熟練。雙方都還騎在馬上，視線已然相對。志美微笑說道：

「歡迎來到紅州，旺季將軍。在下是紅州州牧劉志美。這是州尹荀彧……您應該已經認識了。」

正當旺季正要開口時，忽然從城牆上落下了什麼東西。

隨著鏗鏗鏘鏘的聲音轉頭一看，一名武官正摸著頭，手上不知何故拿著一根杓子。只見梧桐的民眾一邊發出歡呼聲，一邊從城牆上一齊紛紛將鍋碗瓢盆等物往下丟。除了杓子、鍋子、鍋蓋、碗盤外，竟然還有人丟下紅蘿蔔。看見紅蘿蔔的馬兒橫衝直撞，整個隊伍人仰馬翻，陷入大混亂。旺季的手裡也恰恰好接住一根落下的菜頭。

志美求助地回頭望著副官荀彧，但這個場面看來也已超越荀彧的極限，他整個人就像一個抱著馬的雕像。其實這確實是紅州人民表達歡迎的方式，只不過這種方式不像在路邊對地藏菩薩丟錢幣那麼單純，非常容易引人誤會罷了。志美無可奈何，只好靠自己來收拾殘局了。

「……欸，不是那樣的，您可別誤會啊，旺季將軍。他們不是看熱鬧或是轟你們回去的意思，就像幫路旁的地藏菩薩戴斗笠或丟擲銅錢一樣的道理，這是紅州表達歡迎之意的獨特儀式，只是今天大家太興奮了，才會連鍋子都飛出來……」

轉動著手中的菜頭，旺季打斷了志美的話頭。

「……劉州牧。」

「……是。」

只見旺季臉上微微一笑，手裡還在轉動著那根菜頭。

「民眾的士氣能保持的這麼高昂實在不簡單呢。我沒想到大家還能這麼有精神，這一點你功不可沒。還有，我聽說你在這麼短的時間內，竟找出了南栴檀的效能，是怎麼辦到的？」

志美不羈地吞雲吐霧，旺季卻像是一點也不在意似的嗅起菸草的氣味。

「這樣啊，原來是用了南栴檀的菸草是嗎？」

「……我只曉得抽，發揮才幹的是我的副官。荀彧他提起了紅州山岳地帶，連女性都一邊抽一種叫做芝捲的除蟲菸草一邊幹活，我才想到可以試試看。」

這時荀彧才終於對旺季低下頭行了一禮。旺季則一邊聽著志美的敘述一邊大大點頭。

「關於漸次開放各郡特別倉庫之事，容我在此向您致謝——不過，聽說你來梧桐，除了隨身軍隊的補給品之外，是兩手空空的來？」

瞥了一眼一旁的軍隊，志美收起臉上的笑容，凝視著旺季。

「您有什麼計策呢？可否讓我洗耳恭聽。不過，說明請盡量簡短扼要。」

「沒有必要運送糧食給梧桐。因為這裡已經有無數存糧充足的儲藏倉，而且應該都完好無缺。」

志美微微一笑，小心翼翼的模糊焦點。

「我不明白您指的是什麼。」

「你怎麼可能不明白。我知道你打算私下採取什麼行動。但請你再等兩天，要是兩天後還不來的話，由我出面。」

志美的表情瞬間大變，壓低了聲音，不讓荀彧聽見。

「……您指的是那件事嗎？為什麼您會知道呢？」

「與其從沒有的地方硬擠，不如從多到取之不盡的地方拿。我要是你，也會有一樣的想法……這件事你連州尹荀彧都沒有告知，不是嗎？」

「……沒有必要告訴他。」

「笨蛋。不過我也必須承認，你的想法和推測確實非常地精確。你完全是猜測的嗎？還是……從哪裡獲得了情報？」

志美躊躇了一下，聳聳肩還是決定說了。事到如今，如果不說實話，又能守住什麼。

「……常駐在紅州府的仙洞官，某天晚上鐵青著一張臉來州牧室告訴我的。除此之外，也從幾所道寺傳來類似的耳語……他們說甘願背叛上頭那位少爺，也要作內應引路。」

原來如此。旺季低聲說道。原來如此。又重複了一次。

「我怎麼可能讓他們去作內應。所以我決定以我的立場來主導行動，不惜觸犯治外法權。」

旺季挑了挑眉。接著瞪視志美，壓低聲音耐著性子繼續說服他。

「為了這件事你打算一肩扛起多少罪名才甘願？甚至連自己的副官都隱瞞。聽我說，再等兩天。在那之前，我要你協助我以人海戰術盡量撲滅更多的飛蝗。」

一群飛蝗飛過腳下，志美朝牠們用力一踩。此時志美的眼中首次閃過焦慮的神色。焦躁、不耐、難以排遣的憤懣，種種情緒交織在心頭。

對於州牧的無能為力，志美比任何人都生氣。

「——根據是什麼？」

「我和鄭尚書令已經派人進入內部了。結果很快就可得知。這時你若是魯莽行動，恐怕反而會讓事情進行得不順利。所以算我拜託你，再等兩天。再忍兩天以後要是沒有好消息，到時候再用這個辦法。」

志美打從心底首次感到驚訝——悠舜？

這個名字足夠讓志美的思考冷靜下來。悠舜在背後運作的事，可不能因為自己的行動而遭到破壞。不論是如何的焦慮，無論有多麼難耐。

「……我明白了……如果只是兩天，我等。」

旺季臉上總算露出安心的表情。

秀麗已經睡兩天了。不管外面怎麼慌亂，怎麼沒時間做最後準備，只要來到這離大堂玉座有段距離，庭院深深的蒼月之室，無論外頭有多少喧囂吵雜都聽不見。

（……天一亮就是出發的時候了……不知道她現在夢見了什麼……）

瑠花想著正持續昏睡的紅秀麗。那時，瑠花對她還施了其他幾種法術。雖然無法延長她的壽命，卻倒也不是什麼都沒辦法做。不過那應該也是最後能做的了。

青色的月光。十幾具並列的白色棺材。最裡面放著一張孤零零的白木椅子，只要坐在上面側耳傾聽，就能聽見不知何處吹來的風，吹得樹梢搖晃，發出低沉的音色。

聽說海潮堆出浪花泡沫的聲音，就是像這樣。

瑠花並不討厭像這樣一個人坐在這張椅子上，聽著這些聲音。

『大小姐，大小姐。聽說海的聲音，就是像這樣沙沙作響喔。人家說那就叫做潮騷。我真想親眼見一次，看那到底是怎樣的景色。』

瑠花的神力過人，能用在「眼睛」和「耳朵」上。不論是北方的海還是南方的海，只要她願意都能當場聽見、看見。不過羽羽所指的，應該並不是這種意思吧。證據就是，羽羽還說了一番不可思議的話。

『無法離開這座天空宮殿的我的大小姐啊。我真希望能讓妳看看這世界，不靠法術，也不靠附身或離魂。如此一來，總有一天，大小姐妳一定能聽見海的聲音。』

瑠花沒有回答。因為她早就心知肚明，自己沒有離開縹家的一天。

……結果一直到今天，瑠花只有海的聲音從來未曾聽過。並非刻意不去聽，只是不知不覺中，時間就這麼過了。只是相對的，她也養成了一個習慣，每當想獨處的時候，就會來這裡坐在這張椅子上，側耳傾聽那風吹樹梢的聲音。那類似波濤聲的，寧靜的心跳。

不經意地，瑠花默默睜開漆黑的雙眸。手依然托著腮，眼光直視著那自白色棺木間現身的姑娘。

「……真虧妳找得到這裡啊，紅秀麗。」

「……這是夢？我作了好多夢……夢見妳之後，不知不覺就來到這裡……」

秀麗一臉丈二金剛摸不著腦袋的模樣，歪著頭囁嚅。

瑠花臉上雖不動聲色，但其實這裡不該是有血有肉的活人來得了的地方。不知道是否因為瑠花曾一度依附在秀麗身上……又或是因為血緣相近之故，瑠花與秀麗的頻率相近的程度似乎驚人的高。此外，也可能是因為曾帶秀麗到過此處的關係吧。不管怎麼說，結論就是這丫頭的身體狀況已經糟得不容忽視了，只能說她雖然還是一個人，卻也已經接近非常人的地步。

憑著心念轉動就能飛到瑠花身邊來，光這一點，就不是常人辦得到的事。然而瑠花只是低聲回應一句「是嗎」，沒有多說什麼。要說不是正常人的話，瑠花自己也一樣，沒資格說別人。

「是夢也好，是現實也罷，其實都沒什麼不同。妳來是想問我什麼吧？」

秀麗在白色棺木之間踱著走了兩步，猶豫了一會兒後，靜靜的頷首。接著緩緩朝瑠花坐著的那張白木椅走去，邊走邊說：

「……那時，知道我聽見了一切的人，只有妳而已嗎？」

瑠花笑了。沒錯——連珠翠都不知道，當時瑠花只留下了秀麗的聽覺。

「沒錯。這種小事我還是辦得到的。反正就會跟過去一樣，不會有人囉哩叭唆的。怎麼？覺得不知道比較好嗎？」

「不。」

秀麗輕聲回答，深吸一口氣。沒想到那口氣突然卡在胸口提不上來，痛得整張臉都扭曲了。

瑠花看著秀麗的表情，靜靜地再度對她說出那句話。

「如何？妳還是可以選擇留在縹家喔。」

秀麗知道，這是回答這個問題的最後一次機會了。瑠花一定發現了，秀麗仍對自己的身體和生命保持著些許的希望。像是懷抱著一個美夢，期待著事情莫名得到解決。自己「要回去」的這個決心雖然不假，但同時卻也像是孩童的莽撞，只有在無意義的微弱期待上才能成立。

瑠花一定知道，秀麗的決心固然值得稱許，但事實上，她對「死亡」這件事並未有真正的體會與覺悟。

正因如此，瑠花才會不動聲色地讓秀麗聽見事實，且儘管秀麗早已表達自己將就此遠颺的意願，但還是在最後關頭確認她是否真的要離開。

本以為瑠花不是那種溫柔到會給自己第二次機會的人，沒想到卻料錯了。說不定，比起秀麗所以為的，瑠花還要珍惜她也說不定——包括秀麗的生命以及未來。

想說點什麼，喉頭卻哽住了。只有微張的嘴唇顫抖著。

「——……」

忍耐不住，秀麗終於落淚了。同時，也驚訝於自己會如此。

然而情緒一旦爆發便再也無法壓抑。先是嗚咽，接著便如潰堤般地放聲大哭了起來。不管用袖子擦拭了幾次，大顆的淚水依然不斷滾出來。視野裡的一切全都扭曲著，很快的連自己也不知道為何而哭泣。就好像嬰兒，毫無理由的只是為了哭泣而哭泣，哭得全身著火似的發熱起來。

只要再一下下就好，真想活下去。去見縹家宗主時也這麼想過，而那「一下就好」其實卻是「更

久」的意思。想活得更久。無論死亡什麼時候到來，就算剩餘的日子屈指可數，死亡的日子或許就在不遠，但那若只是模糊的「總有一天」該有多好。只需要維持曖昧不明就好，因為秀麗根本不想面對那殘酷的現實。知道真相後心生畏懼的自己才最叫人恐懼。

感覺到瑠花的視線。雖然覺得自己哭得難看，卻一點也不覺得丟臉。秀麗心想，為什麼自己能在這人面前如此哭泣呢？過去秀麗哭泣時，總是必須忍耐著什麼，壓抑著不讓感情氾濫。然而現在卻不一樣。

在瑠花面前，秀麗什麼都不需要忍耐。

瑠花並不溫柔。就像現在，她也未曾對秀麗伸出手或說些什麼，甚至連眉毛都沒挑動一下。即使如此，秀麗仍感覺到只要在瑠花面前，自己的軟弱就能獲得原諒。瑠花明白秀麗的一切，包括那些脆弱與愚昧的部分，並且不隱瞞她知道這些。

就像在母親跟前的孩子，秀麗只管流下大顆大顆的淚水。

「我……總是……在妳……面前哭。」

「無妨……早在很久以前，我就忘了要怎麼哭了……」

「咦，妳也曾經，哭泣過……嗎？」

瑠花直愣愣的望著秀麗。從來沒有人像這丫頭一樣，如此直率的問自己這種問題。而且還一邊問一邊哭成一張花臉。

瑠花回溯記憶，點點頭。看著眼前並列的數十副白色空棺。那些白色孩子們。

「……是啊。我只在『白色孩子』們的面前會哭泣。然而不可思議的是，當我成長，不再哭泣之後，她們卻一個一個進入不再覺醒的長眠。」

瑠花只有在身為「弱者」的她們面前，才能吐露自己內心的軟弱。

而她們似乎能算準瑠花堅強獨立的時刻，一一進入再也不會醒來的睡眠之中。不，那被認為身心都薄弱的她們，就連睡著之後，依然是支撐著瑠花。

圍繞著最年幼的瑠花，吵著聽她吟唱月之歌，或要她訴說黃昏的故事，沒有瑠花的保護就活不下去的她們。然而使用著她們躺在棺木中的肉體時，瑠花心想，無法一個人獨自活下去的，究竟是哪一方？誰才是真正軟弱的人？

有所缺憾的，又到底是誰──

總是提倡救濟弱者的瑠花腦中，「白色小孩」總佔據著某個角落。

有多少人抱著必死的決心逃到縹家，這位於彩虹彼端的永遠安息之地，將所有希望都放在縹家，歷經千辛萬苦來到瑠花面前，像現在的秀麗一樣，哭得無法自己。

嘩沙、嘩沙。大槐樹發出海洋的聲音。瑠花過去也曾有過裝作看不見而逃避的時候。那時的她認為有一種幸福是只會出現在山的另一邊，或是彩虹彼端。

不知不覺地，瑠花張開了嘴，秀麗驚訝地看著她。

口中唱出的是曾為「白色孩子」不斷反覆吟唱的月之歌。為還是嬰孩的璃櫻所唱的那首，夕陽之下的搖籃曲。在頭腦還來不及思考前，嘴裡就先唱出來了，真是不可思議。當一切瞬間消失在空白中的現在，竟還記得這些無關緊要的小曲。

已經將近七十年沒有唱歌了——才這麼一想，就發現不對。仔細想想，收留立香那天，也曾為那哭個不停的小姑娘唱歌吧。那應該就是最後了。因為小璃櫻出生的時候，瑠花為了誕生的不是女孩而發怒，根本沒去探望過他。

秀麗哭倒在地，像個孩子似的吸著鼻涕抽噎。接著閉上眼睛，靜心聆聽瑠花的歌聲。當瑠花的歌聲結束時，從她的睫毛上掉落最後一滴眼淚。

「這首歌……我以前曾經聽過。」

「……妳曾聽過？」

瑠花皺眉。她唱的這些歌，全都是自己隨口創作的。生母在瑠花出生的同時便發狂了，更在生下弟弟璃櫻後死去。她雖然是個出色的巫女，卻為了換來瑠花而失去了心，更代替璃櫻失去了命。為此陷入瘋狂的父親「奇蹟之子」憎恨瑠花，不讓任何人為她唱搖籃曲或童謠。只有「白色孩子」們為瑠花唱著不成調的歌，她便就著那些曲子自己改編創作了無數的歌曲。

然而不管哪一首歌，哪段旋律，應該只有瑠花自己知道才對。更別說像秀麗這樣「外面」的人了——

然而秀麗還是一邊擤著發紅的鼻子，一邊點頭說：

「……我娘唱給我聽的。因為其他小孩都說沒聽過……所以我一直覺得很不可思議。」

瑠花瞠目結舌。秀麗的母親，「薔薇公主」。那被父親囚禁的仙女。

畢竟是擁有強大力量的八仙之一「薔薇公主」，即使身在那什麼都沒有的塔中，卻能聽見瑠花的歌聲，或許這並沒什麼好奇怪的。她一定很專注地聽吧，就像聽璃櫻拉二胡那樣，聽著瑠花為「白色小孩」和弟弟唱的那些不成調的小曲。究竟是為什麼呢？

她應該痛恨來自縹家的樂音才對啊？然而她卻帶走了璃櫻的琴聲，也帶走了瑠花的歌聲。彷彿她認為只有這兩樣東西，就算從縹家帶走也沒關係。

「……我娘她……」

秀麗用哭過後，那帶著發熱般嘆息的特殊語氣說著，望向瑠花。

「我娘她，曾經待過縹家吧……」

不可思議的是，紅秀麗並非說「我娘曾是縹家人」，而是用了「待過縹家」這樣的說法。所以瑠花也毫不隱瞞的點頭承認。

「……沒錯。她曾待過。但有一天，她就離開了，和妳父親一起，前往她應該在的世界。」

頭也不回地，捨下縹家和弟弟璃櫻而去的仙女。

在連風聲都靜止的空白之後，從瑠花口中吐出這麼一句話：

「……我沒想過，她會那麼早逝……」

這句話具有什麼樣的含意，秀麗並不明白。

除了名字之外，據說母親沒有帶走任何東西。在朝廷裡，當第一次見到縹家宗主璃櫻，父親介入時的嚴肅表情，秀麗雖然察覺其中必然有什麼，卻不敢問。只是那件事不可思議的一直記在心上。

「……她應該在的世界啊……」

「我不是要妳去的意思。」

瑠花的聲音淡定而冷靜。秀麗心想，自己如果有姊姊，或許就像這樣吧。若瑠花有形體，秀麗必然會將頭靠在她的膝蓋上，如稚子蜷起身子，就那麼好好的休息。真不可思議，除了對父母之外，秀麗從未對誰有過這樣的想法。

秀麗低著頭，感到一陣睏意襲來。大哭一場導致眼睛紅腫，心情也變得放鬆，秀麗乾脆就這麼蜷曲著身子，一邊打著瞌睡一邊喃喃著說：

「……我知道，就算我不去，也不會有什麼問題……可是，瑠花大人，有一件事我卻也很清楚……」

瑠花從白木椅上站起身，低頭望著像隻糰子蟲似的蜷縮著身體，稚氣的秀麗。

秀麗擦乾最後一滴眼淚，輕輕笑了起來。

「『不做這個選擇，接下來不管過怎樣的人生都會沒有意義。』」

老實說，秀麗的決心並不如當年的瑠花堅強。也曾在劉輝的請求下，自己放棄過一次。儘管如此，還是沒能完全放棄。即使在已被告知生命所剩無幾的現在。

秀麗凝視著輕悄地走到身邊的瑠花。因為秀麗親眼見識到了嘛，在最後一刻與她相遇了。這垂垂老矣的貴婦人，同時也是高傲的少女公主，走在自己前方的人。秀麗看見的，便是瑠花這確實存在於眼前的一種結果。雖然扭曲，也有令秀麗想反駁的部分，但依然受她吸引。

——不做這個選擇，接下來不管過怎樣的人生都會沒有意義。

「我也想過著跟妳一樣的人生。」

發出沙啞的聲音，秀麗像是自言自語地低聲說著。

或許很少人會認為瑠花走過的路，以及現在的她稱得上是幸福吧。

然而秀麗卻強烈的憧憬著，能用那一句話貫徹人生信念的她。

察覺到最後的天平緩緩傾斜了，自己真正應該選擇的道路也越見清楚。或許是為了確認這個，內心才會如此渴望見到瑠花吧。

「……如果現在不去，今後一定會後悔……只有這一點，我很確定……所以我還是無法留下來……可是我來見妳是……」

秀麗臉上帶著作夢般的神情，不知低聲說些什麼，然後虛脫地閉上眼睛。因為實在是太輕聲細語，最後一句話的聲音甚至微弱得聽不見。不過，那句話還是確確實實地傳遞到了瑠花「耳中」。

瑠花在她身邊彎下身子，熟練地抱起那小小的身體。原本是十八歲的秀麗，在兩人交談之中年紀慢慢變小，現在已經成為一個三歲幼兒的模樣了。瑠花讓秀麗躺在自己膝蓋上，那幼兒特有的白嫩臉蛋便綻放了笑容，安心似的閉上眼睛發出平靜的鼾聲入睡。瑠花為她梳開烏黑的髮，過了一會又嘆了一口氣。

「……一直到最後，她都沒發現自己處於離魂狀態吧……」

不惜讓靈魂脫離身體也要完成的最後一個願望，竟是來見瑠花，並且將那心願告訴她。

嘩沙、嘩沙。槐木又發出大海般的聲音。

撫摸膝上蜷成一團的秀麗頭髮，瑠花傾聽著那來自遙遠大海的聲音。

月光一如往常發出藍色的光芒。那些從虛幻的樹木間落下的蒼藍月光，同時也照耀在並排的白色棺木上，令月光看來如波浪間的陰影搖曳著。然而瑠花一次也未能親眼見到海，也未能見到「外面」的世界。在從未離開過這座天空之宮的情形下，過了她的一生。

但她一點也不後悔。因為當年不穿越黃昏之門，而選擇回到縹家是出自自己的決定。

（真是諷刺。）

在雙親期盼下誕生的奇蹟，也在所有人的愛中成長的紅秀麗。這樣的她卻擁有一條如此脆弱的生命；而不受雙親祝福誕生的瑠花，從未獲得任何人的愛，卻苟且活了漫長的八十多年。

月光波浪在蒼白的棺列上搖曳著。那些空蕩蕩的棺木。瑠花微笑了。

「……多虧有了妳們，我才能活到現在……」

這間廣闊的「月之室」中，正代表了瑠花的心。每使用一次那些沉睡女孩們的肉體，每新增了一副空洞的棺木，瑠花的心也隨之變得越來越空虛。

望著懷中年幼的秀麗，戳戳那白胖胖的雙頰，形狀像似楓葉的小手便用力抓住瑠花的手指。離魂時顯示的形體，多半反應了離魂者內心的願望，同時會停留在他們期望的場所。秀麗內心最希望的，或許就是成為稚子，躺在瑠花懷中休息吧。

瑠花抱著幼小的秀麗回到白木椅上坐下，低聲為她哼起無數首搖籃曲。

……不知道過了多久，突然秀麗睜大了那雙眸子。

她的身體開始發出微弱的光芒，並漸漸變得透明。

瑠花停止唱歌。

秀麗不情願地從瑠花膝上爬下來，兩人相對之時，三歲的外型已經變成約莫七歲的少女。

少女帶著某種期待的表情抬頭看著瑠花，瑠花撐著下巴，對她說出最後一句話。

「……妳就去吧。」

於是，七歲少女開心的笑了。就像聽見親生母親對自己這麼說。

「……是。那麼我出發了。」

秀麗轉過身背對著瑠花。那瞬間消逝的背影，已恢復十八歲的模樣。

……於是，瑠花再次獨自坐上白木椅。

對於那丫頭走上和自己相同道路的這件事，瑠花其實並不明白自己到底怎麼想。她明明選擇了與瑠花相異的未來，卻說想走和瑠花相同的路。那實在不是聰明的決定，然而，為什麼呢？自己確實想要微笑。笑著，只對她說「這樣啊」就好。好長一段時間都空蕩蕩的這間「月之室」，瑠花的心。事到如今，當人人都想從她和縹家逃離時，瑠花沒想到竟然有人主動來到這裡。那些追隨著自己腳步的丫頭們。

蒼藍的月光。側耳傾聽，聽見了來自遠方的沙沙海濤聲。

……秀麗睜開眼睛，正好看見帶著藍色的月光消退，取代的是天將破曉前的明亮空氣。伸手一摸臉頰，果然如預料的帶著淚痕。

很快地起身開始準備，用送來的清水洗了臉，把最後那薄薄的一層沉澱都洗乾淨，秀麗的心情也變得清爽安定。閉上眼睛，彷彿能聽見瑠花唱的搖籃曲。秀麗覺得此時是來到縹家之後，身心最滿足的一刻。

把臉擦乾淨，手巾折好後放妥，秀麗抓起準備好的行囊。

最後她再次看了一眼這間「靜寂之室」。不知該算長還是短，總之秀麗確實在此好好休息了一陣子。她再次閉上眼睛，轉過身去。

打開門，門外站著迫不及待的珠翠與楸瑛，卻不見小璃櫻。

珠翠喉頭發出咕噥聲，似乎想對秀麗說些什麼。

「秀麗小姐……我，妳和陛下的……」

話頭突然中斷，像被看不見的牆給擋下似的。秀麗不禁笑了。

「沒關係的，珠翠。縹家是持中立立場的救濟之家，不能隨便開口說要站在誰那一邊。」

珠翠很驚訝。縹家存在的意義和政治上的中立立場，使她不能只選擇保護重視的對象，也不被容許只支持其中一方。然而她不知道自己是否真能眼見所愛之人被捲入驚濤駭浪中，卻還是沉默以對。關於這些，她一直思考了好久。

彷彿聽見珠翠內心的聲音，秀麗笑了。

「有些事，正因為是中立的立場才能辦到。我們一定也會有需要妳協助的時候，所以，沒關係，珠翠只要選擇對自己來說最妥善的路就好了。」

秀麗臉上的表情寫著，她真的完全明白，令珠翠一時之間說不出話來。

珠翠還沒找到的答案，她已經毫不猶豫地握在手裡了。

珠翠深吸一口氣，點點頭。沒錯，答案已經存在。一如秀麗總是尋尋覓覓著，珠翠也必須找出自己的答案，直到找出來為止。珠翠擁抱秀麗，向她道別。

「一路順風，秀麗小姐。請妳一定要好好照顧自己。」

她的聲音和瑠花的聲音重疊。秀麗又微笑了。

——妳就去吧。

「是。」

秀麗頭也不回地離開這間「靜寂之室」，和這段休息的時光道別。天將破曉。秀麗毅然決然地笑了。和過去一樣，一個勁兒向前。

「——我出發了。」

●

珠翠忍不住伸手想去碰觸消失在「通路」裡的秀麗。

腦中浮現秀麗與瑠花的側臉。珠翠和瑠花，並沒有直接的血緣關係。

瑠花雖然曾有過無數的情人，但和他們之間，到最後都沒有留下任何子嗣……珠翠也曾聽人說過，那是因為瑠花的血統太過正統的緣故。

為父親「奇蹟之子」曾犯下的禁忌需要付出的代價。將仙女從天上射落的代價。換來的是單薄的身體，短命的人生，以及無法傳宗接代的命運。

就像人工培育的櫻花。雖然因此獲得異於常人的能力，卻無法逃離在絕美時凋零散落的宿命。

瑠花如此——秀麗亦然。

兩人都像在誕生時便知悉了自己的命運，將一生活得如盛開的櫻花。她們都為自己以外的人而活，但這一切卻也是為了自己，絕對不是自我犧牲。

然而，究竟是為什麼？

珠翠完全不認為那是幸福的。眼角漸漸熱了起來。

（……太快了……）

方陣的光芒漸漸消退，珠翠的淚水也沿著臉頰滑落。感覺得到楸瑛朝自己靠近了一步。

（實在是太快、太快了……）

總有一天必須迎接的那個時刻，已經迫在眼前了。

在秀麗誕生之後，邵可帶著「薔薇公主」回紅州之前的那段短暫旅程，珠翠曾和他們共度。

當時她一邊為這條寶貴的小生命搖著搖籃，一邊下定決心要好好守護她。然而……

珠翠什麼都沒能做到。連一件事也沒有。不管是為了她，還是為了國王。

雙手掩面，珠翠抽噎著哭了起來。

楸瑛雖未碰觸珠翠，卻也不從她身邊離開。就保持著一段貼心的距離，和珠翠並肩站在那裡。只是這樣，對珠翠而言，就已能獲得些許慰藉。

「珠翠小姐……」

過了好長一段時間，聽見耳邊傳來躊躇的聲音。珠翠這才想起，楸瑛也要回去了。

真不可思議。女官時代只要看到這張臉就想揍扁他，現在卻連抬起腳將他往旁邊踢開一點的念頭都沒有。或許是因為楸瑛從來沒有厚著臉皮，表現出自以為是的親暱，總是有禮地保持著一定距離。不過話雖如此，和他之間的感覺卻比當時還要親近踏實。楸瑛那份貼心保留的距離和他的直率。

「……不管是秀麗還是你，我都沒能讓你們看到縹家好的一面……」

我們縹家也是有好的地方啊。珠翠不知怎地，對於未能讓楸瑛見到這一面而感到遺憾。

楸瑛笑著聳聳肩。

「沒這回事。我很慶幸能來到這裡，並且見到瑠花大人。」

「『母親大人』？」

「她真是名副其實的王者啊。」

雖然某些言行舉止叫人無法認同，但她確實對一切思慮周延，而且不只要求自己，也要求別人這麼做。

「當她要我別說出毫無價值的話時……我真的恍然大悟了。過去在朝廷，我自認為表現很出色，但那終究是自認為罷了。我說出口的一些話，有時確實是未經過深思的。雖然並非總是如此，不過真的沒有做到時時刻刻繃緊神經，謹言慎行。而我說的一切都會進入國王耳中，不可否認地，我太驕矜自傲了。從這些小洞漏進來的水會越來越嚴重……」

說這番話時的楸瑛側臉，比珠翠以往所見過的都要精悍沉著。

不回去不行了。這個念頭不經意的在楸瑛心中浮現，安靜而堅強地。自己非回去不可。回到國王身邊。或許曾經做錯許多事，或許一點都不完美。即使如此，不可思議的是，楸瑛的心卻未有過絲毫動搖。而這絕非只出自喜歡劉輝這個人這麼簡單的理由。

在藍州對他屈膝時，的確有一半是出於好感，但另一半則非如此。事到如今，楸瑛終於深刻體會，自己是因為好感以外的另一半原因，奉獻出自己的忠誠。

儘管受到瑠花嘲笑，但即使被剝去了防護，卻還是有不會消失的東西。楸瑛依然感受到那微小的種子。或許在他人眼中的劉輝一無是處，但楸瑛卻很想看看那顆抽出新芽的種子，在他心中將如何成長茁壯。

『喜歡和宣誓忠誠，那是兩回事。』

迅說得沒錯。為了守護喜歡之外的那另外一半，楸瑛必須回到朝廷。

忽然發現手臂被抓住，驚訝地低頭一看，珠翠正抬頭望著楸瑛。雖然不同於瑠花眼神冰冷如嚴冬，但那目光中卻同樣帶著堅定的意志，強烈得像是想就此挽留楸瑛。

「聽我說。若是接下來陛下選擇接受縹家的庇護，那麼我將遵守古老槐樹下的誓約保護他……雖然必須以放棄繼承權和王位來交換，但那並不可恥。」

——亡命。用什麼方式都好，希望他活下去。

楸瑛微笑，望著珠翠和她緊抓住自己的手指。突然想起在下雪天裡初次相遇的事。這或許是在那之後，她第一次主動靠近自己吧。楸瑛搖搖頭。

「……我無法給妳這個承諾。就像妳無法承諾是一樣的。」

珠翠的表情罩上一層陰影，扭曲著。

「……我也希望妳能活下去啊，珠翠小姐。」

珠翠沒有回答。想起大巫女的人柱。沒錯，我們對彼此都無法承諾什麼。

「可是，我會記住妳說的話。雖然我無法答應妳所提出的希望。」

楸瑛咧嘴捉狹一笑，接著說：

「但光是能聽見珠翠小姐不用敬語對我說話，就是一大收穫了。至少，對現在的我來說是這樣。」

被楸瑛這麼一說，珠翠這才驚覺……沒錯，是從什麼時候開始的呢？過去，自己不管對誰都使用敬語，當然對藍楸瑛也不例外。可是，現在這樣卻一點也不覺得奇怪。

不經意地，珠翠腦中閃過白雪紛飛的風景。那寂寞後宮裡的一隅，庭院裡。

『……你怎麼了？為什麼這麼傷心？』

『……明明喜歡得不得了，可是看到對方幸福洋溢的表情，卻覺得很難過很痛苦，胸口發疼。』

片片段段的記憶碎片。無法順利回想起對方的長相，只記得有個拿著珠翠的扇子遮住臉，靜靜啜泣的少年。那已經是好久好久以前了，可是，那聲音……？

雖然哭得抽抽搭搭，卻依然散發出溫熱幸福的氣息。對於所有幸福都理所當然的享受著，卻只因一次的失戀就哭成那個樣子。少年身上沒有絲毫陰影，對於在完全相反的環境下成長的珠翠來說，真的很驚訝世上竟有人如此幸福。珠翠知道的幸福只有一件事，就算那不完全屬於自己，她也認定了那就是自己的幸福。儘管有時心痛，但更害怕因為太貪心反而讓自己失去一切。所以，當她看見這貪心的想擁有一切，達不到時就像面臨世界末日而長吁短嘆的少年，她竟然笑了。

想起來了。當時的自己雖然早已習慣孤單，卻時常於雪夜裡想起縹家而無法成眠。然而那天晚上，覺得連自己也從少年身上獲得了些許溫暖和幸福的氣息。

那個幸福得幾近傻氣的少年。

（咦……那難道是……不會吧？）

「等一切結束後，我一定會再回來……這裡還有一件很重要、很重要的事等著我。」

「很重要的事？」

「沒錯。」

「什麼？你該不會想追求『母親大人』吧？所以剛才才會說很慶幸遇見了她……」

「……就算是我，也不可能去追求她吧！」楸瑛很想這麼大叫，但總算忍了下來。畢竟自己最不想被知道的過去，珠翠一清二楚。要是敢這麼說，想也知道，絕對會換來珠翠「咦？可是越難追求的女官，你不是越愛追嗎？一半是為了好玩嘛？」的回答，這是自作自受。事到如今，根本沒無法在她面前維持帥氣的形象，這是楸瑛最大的弱點。

所以現在，楸瑛也只能回以毫無情調的說詞：

「……妳，妳就不能坦然一點，說希望看到我平安回來嗎？」

珠翠盯著輕易說出平安回來的藍楸瑛。

「你這人，為什麼總是那麼樂觀？」

「因為珠翠小姐妳太悲觀了，我這樣跟妳配起來才會剛好。」

哪裡剛好，珠翠一點都不明白。然而她也發現，自己第一次開始認為，藍楸瑛就是要這麼樂觀才好。珠翠內心那塊沉重的大石，也在不知不覺中消失了。

「我送你吧。你的目的地是哪裡？仙洞省的『避難路』是不能對一般人開放的，所以大概只能送到王都附近的道觀或寺廟——」

此時，突然傳來「咔啦」一聲，與「通路」方陣相連的房門打開了。珠翠和楸瑛回頭一看，好久不見的小璃櫻正站在那裡。

燕青到達了，之前告訴志美的「已經掌握到的地方」其中之一，抬頭注視著眼前的寺廟。

「煩惱寺……這間寺廟的名字還真是亂來。」

一邊望著那看似隨時都會掉落的匾額，一邊讀出上面的寺名。左看右看，果然是間很需要好好煩惱一下的寺廟，不但聽得見門扉鬆動發出的喀喀聲，走在堂上還傳來奇怪的咻咻風聲，根本是一間幽靈寺嘛，這也就不難想像為何會荒廢了。基本上這名字就取得不好，燕青心想，這種事連我都知道啊。

「自言自語，連個吐嘈的人都沒有，真是可悲啊。嗯……打擾了，我要進去了喔。」

煩惱寺算是中型寺廟，建築本身還算雄偉。燕青繞著乍看即將損毀的道寺徹底搜查了一圈後，突然抬起頭來。

自從離開銀狼山後，還是第一次出現這種感覺。燕青抓住感覺的線索，飛身朝庭院奔去。

來到道寺最後方的角落，那裡還有幾間幾乎被樹叢淹沒的小廟社。比起外頭，被雨打壞的道觀雖然乾淨些，但小得幾乎容納不下兩個人。小木門緊閉著，不過沒有上鎖。就在伸手推開木門之前，燕青忽然抬頭望向廟社上方。

他聽見了呼喚自己的聲音。十幾年前，也曾有過呼喚自己的聲音。不過這次的又和那不一樣。

維持仰望天空的姿勢，燕青側耳傾聽。接著，他也開口試著喊了對方。

「……小姐？」

從老舊的廟社木門縫隙間，流洩出不可思議的微弱光線。燕青卻沒有伸手推開木門，反而抬頭望著廟社的頂端。這麼做毫無理由，只是單純的直覺。總覺得規規矩矩從門口走出來並不是小姐的作風，如果要說這就是理由，那倒也未嘗不是。

就在燕青喊她的瞬間，木門中的光線變得更強烈了。在下一瞬間……

令人懷念的呼喚，這次非常真實的在燕青耳邊響起。

「——燕青！」

抬頭一看，秀麗果然從廟社上空現身，並且正在往下落。

●　●　●　●

站上縹家「通路」方陣的那一剎那，秀麗心中浮現的確實是燕青。分開時，秀麗留下了幾封信。若燕青按照自己信中的指示採取行動，那麼現在他人應該就在紅州。

下個瞬間，昏昏沉沉，半睡半醒的腦袋突然覺醒，「看見」了燕青。

直視著秀麗的目光，見慣了的棍，長長了的鬍渣，以及左臉頰上的十字傷疤，和他那黑檀木色的雙眸。

『……小姐？』

這聲呼喚，讓「通路」突然來個大轉彎，蜿蜒地朝燕青伸展而去。之後的事秀麗就記不大清楚了。視線像是被捲入龍捲風，什麼都看不清，呼吸也變得困難。就像第一次被帶往瑠花那充滿白色棺木的房間時一樣，彷彿被一隻巨大的手拎起來往外甩去般的感覺之後——視野急速清晰起來，但只看得見燕青的臉。於是秀麗不由得喚了他。

「——燕青！欸……？哇啊啊啊——！」

只見燕青一笑，馬上視野又翻轉了。本以為會一屁股跌坐在地，整個身子卻像糰子蟲似的一個翻身，呈現頭下腳上的姿勢滑落。背部好像也被什麼摩擦著。

咚地一聲，被一雙熟悉的雙臂抱個正著。秀麗一邊按壓著暈眩的腦袋一邊睜開眼睛，正好對上環抱著自己的燕青察看的眼神，他的臉上掛著一如往常的開朗笑容。

「順利抵達。妳還真是名副其實的降落呢，一如往常用飛的方式回來。」

不知為何，秀麗胸口一陣悸動。燕青身上有著熟悉的，吸飽陽光的乾草香氣。那氣味和秀麗深愛的世界相同。她說不出話來，嘴唇抿成了一條線。

——終於回來了。這念頭強烈得如同暴風雨般席捲而來。終於回來了。

燕青用右手臂支撐著秀麗，伸出左手輕輕撥開她額上的頭髮。與其說他是想確認眼前的是否真是秀麗本人，不如說因看見那發紅的臉頰而擔心著她的體溫。秀麗想起與燕青和蘇芳分開時的情形。沉重不聽使喚的身體、頭暈目眩、手腳發抖，以及冰冷的體溫。無法進食固體食物，一整天幾乎都在馬車裡昏睡不起。記得到最後，甚至陷入一種慵懶的睏意中，心想不如就這樣算了而閉上眼睛。那就是燕青記憶裡最後看見的「紅秀麗」吧。

不知道讓他擔了多少心。然而秀麗卻說不出已經沒問題了的這句話……說不出口。

面對看似健康歸來的秀麗，燕青也沒多問什麼。既沒問她身體現在怎麼樣了，也沒問她是不是把病治好了。幸虧他沒問，秀麗也就不用回答了。否則要秀麗強裝笑容，表情一定會扭曲得像個快哭出來的孩子——終於回來了。

燕青粗糙的手掌從秀麗耳朵下方捧起她的臉後又抽離，只在下巴那一帶留下手心的餘溫。

燕青只說了一句話。嘻嘻笑著說了那句話：

「小姐，歡迎回來。」

秀麗聞到風與大地和日光曬乾稻草的味道。聽見吵雜的蟲鳴、遠處的狗吠、還有烏鴉的叫聲。和縹家的靜謐大不相同，這個活生生的世界充滿熙熙攘攘、紛紛擾擾的聲音。

秀麗的表情還是扭曲著，不過她是笑了。真喜歡這裡，比什麼都喜歡。最喜歡了。

這才是自己該待的地方，該存在的地方。

——這裡才是秀麗生活的世界。

只是這樣，就覺得全身力量都湧現出來了。

「我回來了，燕青。來吧，開始工作囉。」

燕青展顏一笑，像抱個孩子似的抱起秀麗團團轉，只回答了一聲「好」，將秀麗緊緊擁抱。

「那麼，這裡到底是哪裡啊？看這座陰森森的幽靈寺廟，不管怎麼看，應該都不是江青寺吧？」

秀麗一邊摸著屁股一邊環顧四周。隨著她的動作，裙襬上的稻草便滿天飛了起來。廟社的稻草屋頂上還留下她屁股的形狀呢，看來她是整個人跌在稻草屋頂又滾落下來的吧。沒什麼大問題，只是讓這座廟社十年後的下場提前來臨而已，當然不需要付修繕費。

「妳說的江青寺，是梧桐附近的山中道寺嗎？當然不是那裡，這裡叫做煩惱寺。」

燕青聽見秀麗一開口便提及紅州數一數二的古剎大寺之名，不禁揚起眉毛。

「…………什麼？你剛才說什麼啊燕青，這裡叫什麼寺？」

「我不是說了嗎？煩惱寺。正式名稱是『煩惱寺一零九』。全國上下煩惱寺的編號從零零一到一零八，只要行遍全國布施喜捨，最後來到這一零九寺喜捨之後，一百零八個煩惱就能得到昇華。」

「……怎麼可能有這種事啊！這該不會是詐騙善良百姓布施錢財的假廟吧？什麼啊，什麼煩惱寺的到底在哪裡？別開玩笑了，這裡到底是紅州的哪裡？」

面對怒髮衝冠的秀麗，燕青略顯傷腦筋的搔了搔頭。

「這個嘛……小姐妳剛才提到江青寺，是不是有什麼事要去那裡辦啊？」

「是啊，要去幫忙，關於蝗災的事。」

「……小姐，妳是不是又擅自在縹家幹出一番大事啊？」

關於蝗災的事，在璃櫻與秀麗失蹤之後，蘇芳不小心說漏了嘴。但這件事秀麗應該還不知道才對。看來是她待在縹家時得知了蝗災的事。看來要指望她乖乖待在縹家療養是不可能的，不但如此，肯定還是幫忙了一場才回來。

不過——燕青臉上帶著難以言喻的表情，用手扯著鬍渣，難得露出為難的模樣。

「……江青寺啊……小姐，妳怎麼還是一樣，總是能直搗事件的中心點咧？」

「……什麼？這話怎麼說？」

「……就在我來這裡的途中，正好經過江青寺所在的鹿鳴山……山裡到處都是士兵，團團將江青寺包圍起來。我看那些應該都是來自梧桐的精銳部隊，大概算了一下，人數就已經超過百人了。不過江青寺的人應該還沒發現這件事。」

秀麗神情為之一變。在眼前這全州深受蝗災所苦的時刻，沒道理撥出超過百人的大批軍隊去包圍一座道寺。

「……你說，那些都是州都的士兵？這麼說來，是在州牧的許可下行動的囉？」

「是啊。州牧一定是決定了要從還有存糧的地方進行奪取吧。江青寺一帶尚未遭到蝗蟲襲擊，但其他地區的受災程度卻是非常嚴重。放眼望去，大地上一草一木都被蝗蟲啃蝕殆盡了啊……」

從還有存糧的地方奪取。江青寺是屬於縹家的寺廟，不僅受到免稅優遇，更擁有數千畝田地與山林。如果是這裡，的確還有堆積如山的存糧與物資。紅州州牧似乎是下定決心，無論如何都要從此處奪取。

「——可是！縹家旗下的社寺可享有治外法權哪。憑州牧一人並沒有權力做出這種判斷吧？」

「就是這樣呀。最後若只是被開除還算好呢，嚴重一點，州牧可能還得坐牢。如今在葵長官的調度之下，全州御史有半數都集合在此，若真要逮捕紅州州牧，那可是大功一件，他就是想逃也逃不了。我想州牧肯定知道這一點，打算一人承受所有罪過吧。已經沒有時間請示中央，並等待中央下判斷了。聽說他先前也數次前往縹家社寺提出請求，卻都吃了閉門羹。」

社寺裡的人即使想向瑠花請示，在「通路」完全關閉，所有聯絡方式也都阻絕的狀態下，肯定無法聯繫上她。在縹家內部紛亂之時，派遣使者一事也很可能被延後。因此紅州州牧才會做出無法繼續與縹家溝通的判斷吧。

「我裝作沒看見，直接通過山路離開，是因為我也認為那是眼前最好的辦法了，就現在的狀況來說。可是，看小姐的表情，是不是掌握了其他情報？」

秀麗腦中轉個不停，用右半邊的腦袋問問題，再用左半邊腦袋提出回答。

「——有的。我已經獲得縹家全面協助的允諾了。不久後，全縹家社寺的大門會打開，並提供對應蝗災的辦法。當然，食糧醫藥與驅蟲藥也會無條件提供。如此一來，當然就不需要州兵強行闖入了。不過，要是在那之前州軍便以武力強行進入……」

「……那情勢必將大亂，更別提要無條件開放的事了吧。妳剛才說不久後，趕得及在今天之內嗎？」

「沒辦法，最快也得花上幾天時間。其他道寺說不定有可能提早，但江青寺被託付了優先製作驅蟲藥的任務，寺裡的人正全力投入其中，可能還不清楚外面的情形。若是食糧援助十萬火急，可由我先介入州府與江青寺之間調停。」

「換句話說，不管是州府方面或江青寺這邊，雙方人馬都尚未掌握最新狀況啊。這可不妙，我看山裡那些士兵的樣子，可能今夜或明日就會展開突擊行動了。」

「——燕青，回到我第一個問題。從這裡到江青寺需要多久時間？」

「不吃不喝，快馬加鞭的話，大概要一天。」

燕青的馬術之高明，連不輕易稱讚人的靜蘭都不得不認同。而即使是這樣的燕青，不吃不喝，快馬加鞭都必須花上一天，從梧桐到江青寺的距離實在不算短。從縹家飛過來時，選擇降落在燕青身邊實在是失策。雖然若直接前往江青寺就無法獲得燕青這邊的情報，但現在這樣空有情報，能不能即時趕上還得賭一賭。不過，也只能賭看看了。

「我明白了。快出發吧。」

「……咦？我一個人去嗎？這樣的確是比較快沒錯——」

「當然是帶我一起去啊。而且我還要你利用這段時間，把我不在的時候所發生的事做個簡略說明。你不是說不吃不喝，快馬加鞭也要一天的時間嗎？用來說明的時間絕對充分。」

燕青嘻嘻笑了起來。在茶州時，有好幾次被迫騎馬強行移動，所以他很清楚秀麗內心非常抗拒騎馬移動這件事。畢竟燕青那種騎馬的方式，就連普通大男人都有可能昏厥或嘔吐，是非常難受的。即使如此，秀麗還是下定決心要這麼做。

「不過，燕青你沒關係嗎？你來這裡應該另有目的吧？」

「喔，我在做小姐妳給的習題啊。找尋鐵炭和技術人員的下落。」

瞬間，秀麗這才恍然大悟地環顧起這座煩惱寺。

「這麼說來——燕青，這裡是——」

「不，那還不確定。不過我已經大略檢視過寺內了，而且現在要以江青寺為優先，對吧？」

「……也對。那麼那件事就稍後再辦吧——走吧，燕青。我們得快前往江青寺阻止州軍。」

燕青笑開了，朝外頭走去，打算解開繫住馬匹的繩子。忽然，他察覺了什麼而轉頭望向頽圮的寺院牆另一端。察覺到的氣息一轉眼就消失得一乾二淨，但燕青覺得好像看見一副狐狸面具閃過。

（……嗯？）

燕青瞇細了眼睛。

● ● ● ● ●

秋天的夕陽總是沉得特別快。在悲涼的晚鐘聲裡，城門外燃起了無數照明用的火把。與火把幾乎同數量的大鍋被搬運了過來，數百人慌亂的忙進忙出。

旺季將暫時需要指示的事項處理完後，又一個人離開人群，在黑暗中仰望漆黑的鹿鳴山。紅州有名的古剎「江青寺」就在這座山裡——正確來說，應該是這附近整座山都屬於江青寺所有。所以寺廟的正確名稱應該是鹿鳴山江青寺才對。

旺季啃著手中的串燒當晚餐，很快的吃完之後……

「你也辛苦了，要吃嗎？」

他將手中三串的其中之一遞向身後。從一棵連樹皮都被飛蝗啃光，連一片葉子都沒有的焦黑枯木後方，靜蘭默默向前一步，走了出來。猶豫了幾秒，他便靠近旺季，接過那串串燒。他那莫名優雅的姿勢，令旺季忽然回想起從前。

被旺季用這雙手捉住，並將他們母子送入牢獄，卻在前往茶州的途中遭到襲擊而消失蹤影的清苑皇子。

靜蘭像個孩子似的轉動手中的串燒一會兒，然後才不帶一絲情感地吃掉一隻竹串上烤熟的飛蝗。

看著這位王室前皇子臉上連一絲嫌惡的表情都沒有，旺季感到驚訝。會將串燒遞給他，有一半是出自揶揄，沒想到靜蘭卻如此乾脆地從蝗蟲頭部開始吃，而且看起來還很熟練的樣子。

「……看來你吃過啊。在哪吃的？」

其實並未期待他回答，但在短暫的沉默之後，靜蘭唐突地冒出了答案。

「在很多地方。十年前王位之爭時，什麼都得吃。也曾和小姐一起捕捉蝗蟲來吃。當時不像這樣還能塗抹奶油加上醬油或鹽巴調味，不過還是相當美味。」

時光已經流逝。

就連那位比誰都聰慧，比誰都高傲而頑固的第二皇子，也會有淪落到覺得烤飛蝗美味的一天。

旺季只低聲回了一句「是嗎」，自己又咬了一口串燒。感覺到靜蘭的視線，接著聽到他對旺季本身第一次提出疑問。聲音低沉僵硬。

「……那，你呢？」

「年輕時，每天都比十年前更慘，就只是這樣而已。」

雖然很沒面子，不過沒錯——烤飛蝗對旺季而言，也曾經是不可多得的美食。那差點遺忘的懷念滋味。

「鹽烤也不錯，不過我還是最愛這醇厚的奶油醬油口味。因為不是經常吃得到，所以是很奢侈的一道料理呢。」

發現自己不知不覺的吃掉了兩串，旺季自己都覺得好笑。

回想起來，在貴陽時幾乎沒有什麼食慾。不管多奢華的料理，也一點都提不起勁去吃。擔心的皇毅甚至弄來藍州珍品醃漬雙黃鴨蛋，旺季還是一樣沒有食慾。然而在這片除了成群蝗蟲之外，一無所有的荒廢大地，竟然一口氣吃完兩串簡單調味的燒烤飛蝗。最後喝了幾口竹筒裡的水，似乎連體內沉澱的血液都流暢起來了。原來並不是自己老了，只是拿上了年紀當作藉口而已嗎？那些在累積的歲月與藉口下，變得模糊不清的東西，卻因為這片蒼涼大地與嚐過了飛蝗滋味之後，又恢復了原本的清明耀眼。曾經想做的事，雖然不是忘了，但現在卻更強烈的想起自己是多麼想去達成。正是這份熱情，點燃了旺季的身心。是啊——自己就想這樣活著。

就想像現在這樣。很久以來一直都這麼想。連作夢都夢到自己像年輕時一樣，巡迴於全國各地，將體力與智力都發揮得淋漓盡致，如一張被拉滿的弓，射出奔向大地的箭。

過去曾經相信，這樣就能同時追逐夢想與現實。

「——今晚，你打算進行了嗎？」

旺季用即使在黑夜中依然銳利的目光，回頭望向靜蘭。這位朝廷的前第二皇子。

「……是啊。等到天亮，蝗蟲就會醒來，所以要做就要趁夜。我會一直等到將近天亮時分，如果還是沒收到聯絡，便會發射暗號火箭。」

靜蘭吞下最後一隻烤飛蝗，奶油醬油口味的飛蝗，越嚼越有滋味。然而就算再怎麼好吃，皇子時代的自己一定也是不屑一顧吧。而當時身為皇子的靜蘭，一定也不會像現在這麼靠近旺季吧。明明是個戰敗武將，旺季卻給人一種無可侵犯的感覺，即使自己的地位比他更崇高，還是感覺得出他有某種難以親近之處。

然而現在自己只是一個無名小卒，不但能大口吃烤飛蝗，也能像現在待在他身邊和他交談。在一種強烈的感情下，靜蘭覺得有些頭暈目眩。不想再知道更多了。想和他交談……不，才不想和他多說什麼呢。複雜的矛盾衝突在靜蘭胸中翻滾著。打從離開貴陽，內心就一直天人交戰。他一點都不想理解旺季的思考與行為，也一點都不想去認同他。完全不想。

此時兩人之間少了皐武官，話也毫無顧忌的說出口。雖然聽來帶著諷刺的語氣，靜蘭還是低聲吐出一句：

「……你太完美了。」

從來到梧桐至今，旺季都充滿精力的進行各種行動。

遠望梧桐城牆前，點點星紅火光閃爍，像是閃亮亮的寶石箱。可以看見無數口大鍋正冒出白煙。皐武官現在一定也正在那裡忙得不可開交吧。

從到達的第一天起，旺季就著手實施人海戰術，全力撲滅飛蝗。飛蝗的活動時間只限於太陽還未下山之前，因此入夜之後，便動員所有工匠製作用南栴檀打造的大型倉庫，並將尚未遭飛蝗毒手的糧食全部搬進去。糧食也利用夜間分發給民眾，並熬煮大量南栴檀樹液備用。

州府與紅家收集而來的南栴檀，都毫不吝惜的使用、熬煮、切碎，出動所有男女老幼，趁著黑夜，四處撒上驅蟲丸子。

天色剛亮，蝗蟲群又像昨日一樣蠢蠢欲動。乍看之下，數量似乎沒有減少，但不知道是否因為一整晚熬煮南栴檀的功效，朝梧桐飛來的蝗蟲數量明顯減少。傍晚時，從城內城外收集來的飛蝗屍骸數目，比前一天高出十倍。

為防萬一，今晚也要繼續開鍋熬煮，但旺季和劉志美都笑不出來。因為每隻母蝗蟲可分數次產下三百到四百顆蟲卵。每天都會比今日蝗蟲死屍多兩倍數量的蝗蟲在各地持續孵化。怎麼殺也殺不完的蝗蟲，形成幾近無限量的飛蝗大軍，最初的歡喜只要過十天就會轉變為徒勞無功的絕望。剩下只有等待冬天來臨，或是期待風向轉變，將蝗蟲吹往紫州。

即使如此，只要繼續進行人海戰術，在冬天來臨前依然能夠減少為數不少的蝗蟲。就算最後紅風將飛蝗吹向了紫州，數量還是能減少多少就減少多少。

旺季之所以會決定只等待兩天，也是因為考慮到紅風的因素。然而之前州都收集來的南栴檀，轉眼間已用掉三分之一了。消耗數量是預測的三倍，再這樣下去，南栴檀的存量到後天就要見底了。不過，旺季從已逝女兒，志美從仙洞官那裡獲得的情報都顯示了紅州境內的縹家社寺中，還存有數十倍之多的南梅檀，當然也有相當數量的糧食。

——要是他們說什麼都不願拿出來，只有奪取了。

志美的焦躁不安，旺季非常能夠理解。

若天亮前，旺季等待的通報始終未出現，就要採取行動。

旺季那統整一切的指示與淡然自若的行動，以及沉靜的口吻，靜蘭都看在眼裡。

「你……」

黑暗之中，旺季回頭望著靜蘭。靜蘭很討厭那雙眼睛。其實並沒有絲毫相似之處，只有一點，就是那眼中閃動的目光，令靜蘭強烈地想起父王戩華。

已經調查過族譜的靜蘭當然知道誰的血統更純正。

也知道過去篡奪了地位的是哪一方。

「回到王都之後，你打算要回王座吧？」

靜蘭用了「要回」這個字眼，令旺季微微皺眉。但也只是這樣。對他來說，什麼血緣的正統性或要不要回王位，都已經微不足道。他有目標，並且想要去實現。不讓給任何人，而是用自己這雙手去完成。從旺季的眼神之中，靜蘭彷彿聽得見他這麼說。

「是啊。」

潛藏於心底的強烈意志。和父親一模一樣的雙眸。為了實現自己的願望，為了生存，於是淘汰血族，連父母都可以殺害，篡奪了本該屬於旺季王位的父王，有著和旺季相同的眼神。

那雙眼睛，現在正直視著戩華的兒子。淡淡地，靜靜地，理所當然的眼神。

「我的確打算這麼做。」

靜蘭或許是想試著露出笑容，但卻失敗了，露出扭曲的表情，又像是快哭出來的樣子。

旺季——本來應該叫做另一個名字，蒼季。

那證明了比自己或劉輝的血統都更純正的名字，皇族最後的生存者。

（——父王。）

您為什麼偏偏留下旺季這條命呢？為什麼只留下旺季呢？

包括自己在內的任何一位皇子，都無法跟這個男人相提並論，這一點您應該很清楚才對啊。

不想被奪走的，就要去守護。想要的東西，就去搶來，用自己的力量。如果真的希望的話。

——只有慾望越強烈的人才能獲得勝利。那就是父親戩華的生存之道。

（可是，您應該知道的。）

在六個兒子之中，誰都不曾擁有過。擁有過如旺季一般的熱情與理念，甚至是那份執著。也沒有比旺季更想成為國王的理由。那在絲絹搖籃中長大的六名皇子。

（不可能有絲毫勝算。）

自己，或是劉輝，都比不上這有著與父王相同目光，現在已經比父王擁有更多的男人。

怎麼可能贏得了他。既然如此，劉輝他會——

（會被殺死。）

經過這麼縝密計算，用盡計策逼迫，使用一切手段打擊他。到了最後的最後，不可能放劉輝一條生路。就像靜蘭被處以流放之罪時，派出眾多殺手欲取靜蘭性命一樣。

就算旺季肯放過他，靜蘭也不認為朝廷其他人願意遵從他的決定——特別是黑幕後頭的另一個「某人」。

（現在。）

黑暗之中，靜蘭的手指無聲地握住劍柄。

風聲不絕於耳。還是，其實那風聲只有自己聽得見？

兩人之間的距離已是伸手可及，連再往前踏出一步都不需要。看不見，旺季的表情。

（現在出手，還來得及。）

如果是現在，還能當作一切都沒有發生過。勉強還有辦法。不行也得行。

只是讓一個人死而已。如此一來，可以避免許多人的死。劉輝也可以不用死了。

——這麼做有什麼錯。

這是保護自己的方法。無法改變，也不打算改變。因為這是最簡單的方法。

胸口那封秀麗的信，突然又發出聲音。然而靜蘭卻當作沒聽見。

劍已經拉出了。

忽然之間，聽見有人吶喊的聲音。

……一陣彷彿永恆般的靜寂降臨。

旺季依然維持著雙手抱胸的姿勢，望著只差一根手指的距離就要刺中自己的銀色劍刃。劍身顫抖著，簡直就像刺上了一塊透明的盾。

「……哼。原來至少在殺人的時候，你還懂得像這樣看著對方的眼睛啊。」

這是旺季第一次在這麼近的距離之下與靜蘭目光相對。從初次見面時起，他的眼神就未曾直視過旺季。那個臉上總掛著不自然的假笑，馬上移開目光的少年。

然而，現在的靜蘭正直視著旺季，兩人四目相對。花了二十八年，終於。

靜蘭的表情扭曲得如被暴風掃過，但卻沒有絲毫醜陋的歪斜或混濁。那表情裡的痛，是近似於絕望、悲傷、憤怒和無奈的綜合體，表達出各種無法壓抑的感情。看起來，那些感情都不是對旺季，而是對自己所發。泫然欲泣的靜蘭，咬緊了牙根。

一陣暈眩。分不清自己是憤怒或絕望。明明只有這次的機會。

「……為什麼……」

為什麼無法順利揮舞刀劍。內心這無法駕馭的情緒究竟所為何來。

就連在「殺刃賊」度過的那段日子，都不曾有過如此混亂激動的情緒。

應該沒有做錯啊。先下手為強，這是理所當然的。一直以來不都是如此嗎？為什麼現在……

並非受到旺季目光壓制。使靜蘭停手的，是他自己內心的某種不明情感。從何時開始，一直在他心中盤迴不去，如暴風雨般的激烈情緒。

——這麼做，真的沒有錯嗎？

有人這麼說著。可能是秀麗，或是邵可、夫人，也可能是劉輝。還聽見了燕青的聲音。當不再是清苑之後，那些經歷過的歲月全充斥在心頭。阻止他的就是自己。不相信表面的美好，不管用多骯髒的手段，都要選擇最簡單的方式。那就是正確答案。如果秀麗和劉輝都辦不到，就由自己來動手。做得到，不能猶豫。就像一路走來那樣，之後也應該這樣。這麼做應該沒有錯才對。

——為何自己的心卻背叛了。

混亂不已。一切都變得不確定了。劍身止不住的顫抖。

「這個傻瓜。」

旺季低喃。平靜的眼神朝下，望著顫抖的劍。

「不過，比起以前像樣多了。」

靜蘭的劍被打落在地。但出手的不是旺季。有人用力地朝靜蘭臉頰打了一拳，將他打得飛身而出。

倒在地上之後，靜蘭才搞清楚發生了什麼事。皋韓升衝上來，抓住靜蘭的胸口，再給了他一記側面勾拳。那是用盡全力的一擊，靜蘭知道自己嘴唇都破了，有流血的感覺。

「你一直跟在紅御史身邊，為什麼還做出這種事呢！她不是從來沒選擇過輕鬆好走的路嗎？你知不知道自己現在做的事，可能會讓一切努力都化為泡沫！」

「夠了，皋武官。放開他吧。現在跟這笨蛋說這些，他還是不會懂的。」

旺季蹲下來，撿起了什麼。那東西發出輕輕的沙沙聲，被丟在靜蘭胸口。靜蘭看見落在自己手心的東西之後，從喉頭發出莫名的嗚咽。

那是一封還沒打開的信。秀麗給的信。靜蘭知道一旦打開來讀，內心一定會受到動搖。他害怕自己會因此下不了手殺害旺季。然而，他也無法丟棄這封信，直到現在都放不下。像是一顆大石頭沉在靜蘭心底，即使如此，還是無法丟掉它，也不想丟掉。因為是很重要的東西。

——都沒有開封過，就已經變得皺巴巴的信。

簡直就像自己的心嘛。

「就這一次，不會再有下次了。」

靜蘭的下巴微微顫抖著。用盡一切矜持，瞪著旺季。

「……你，倒是……挺寬大的。」

「這麼做並不是為了你……很久以前，有個和你長得很像的皇子。護送他的馬車遭到襲擊，他母親被發現時已成了一具屍體，而皇子本人至今下落不明……這件事長久以來，都是我心中的一個虧欠。我這麼做，是為了這件事。我再說一次，不會再有下次。你要做的話，就得好好考慮清楚。」

「你……」

完全無法思考。然而言語卻搶在思考前衝出口。

「……你難道都不會做錯事，也不會迷惘嗎？認為自己所做的一切都是完美的嗎？」

「不經過一番迷惘而做出的決定，哪有價值可言。若選擇輕鬆的路走，後果會全部反彈回自己身上。」

這句話，和以前邵可對秀麗說過的一樣。

「現在的你就是這樣。」

靜蘭用力咬緊牙根。

「……不過，下次真的別再這樣啦，旺季大人。我差點被你嚇死。」

突然傳來另一個人的聲音，皋武官立刻戒備了起來。靜蘭則是驚訝地睜大了眼。

像是為了保衛旺季，一個膚色黝黑的獨眼青年現身。皋武官歪著頭，出現似曾相識的感覺——

啊！想起來了，是先前硬賴在牢裡白吃白喝的那個男人。

旺季反射性的發出咆哮：

「——迅！還來得及嗎？報告呢！」

「請盡速撤退鹿鳴山的軍隊，現在馬上。縹家已經表明願意全力協助朝廷了。」

「——幹得很好！迅！」

此時，突然傳來火箭連發的聲音。

東方天空確實已漸漸由黑轉成微藍，然而，時間明明還沒到。

火箭的數量是三發。沒有中斷——這是進軍的暗號。太早了。

鹿鳴山瞬間燈火通明。兵士們為鼓舞士氣發出的吼聲響徹大地。旺季大聲吶喊：

「迅！」

「不，距離實在太遠了，辨不到啊。話說回來，旺季大人，那火箭是……？」

「那個笨蛋！最近的年輕人實在太沉不住氣了！快牽馬來，我們走！」

「請等一下旺季大人！大人！」

「閉嘴，跟我走就對了！」

旺季一邊發出「喔喔喔喔」的怒吼，一邊策馬猛然奔馳於平原上。

（……大人……沒想到一離開狹窄的王都，您變得這麼活力充沛……）

本來是個有點憔悴的大叔，現在卻成了這麼不得了的大叔，大自然的力量太厲害了吧。

要是葵皇毅見到了這樣的旺季，恐怕會馬上提議在荒野中央蓋一座離宮吧。

在接近天亮時分的冷空氣中，吐出的氣息都是雪白的。奔馳在毫無遮蔽的草原上，耳朵像被疾風切割似的發疼。

往身後一看，雖然隔著一段距離，但皋韓升也跟了上來。他騎的馬雖然普通，但這段時間為了配合旺季那種騎馬方式，馬術著實精進不少。茈靜蘭則不見人影。

聽見新加入的馬蹄聲，回頭一看，紅州州牧劉志美也前來會合了。如此一來，羽林軍和州兵必然也如金魚糞便般，拖拖拉拉地從後頭跟上來了吧，不過恐怕是被甩在後面相當遠的地方了。

迅配合志美的馬調整速度，和他齊頭並進。瞇細了獨眼望向志美說道：

「剛才的火箭，比預定時間提早發射了，是你下的命令嗎？」

「……是啊。」

「嗯哼……理由是？」

「呵，你這傢伙看起來頗不單純，可是還挺帥的，真讓人著迷啊。」

「……不想告訴我就直說好嗎……唔？」

太陽還沒升起，從廣大平原的遼闊視野中所看見的天空，卻已是一片光明。可是在這鹿鳴山深處，不可能出現這種景觀，看得見有無數的火炬正在搖晃著。聽得見交戰般的聲響，但那聲音卻充滿了混亂。即使相隔遙遠，也看得見各處的火光時明時滅。儘管不易察覺，但那片光明確實起了變化。

「……怎麼？數量……增加了？」

「……動向看起來也很奇怪，火炬的動向……咦？嗯？正一起朝山下移動。糟了，難道是行動失敗，遭到縹家討伐了嗎？一個人也好，得快點去救出他們才行。」

「不，下山的動向看起來並非做鳥獸散的逃離，而是很有秩序的一直線行進。」

好像察覺了什麼，旺季開始停下馬步。為了減輕馬匹的負擔，旺季採用緩慢的減速方式，不過迅還是立刻察覺並且配合了他。接著志美與皋韓升也都拉住韁繩。

又往前走了好一會，旺季才完全將馬停下。目不轉睛地看著遠方。

迅朝相同方向望去，只見滿天的塵埃飛舞。當中傳出馬鳴與蹄子的聲音。

然而，還不只是如此。

舉頭仰望上空，數千隻鳥陸續劃過即將破曉的天空。

——直直朝目標州都梧桐飛去。

皋武官張大口，從未見過這麼大的鳥群。

「這、這是怎麼回事。咦？那是鳥？種類還都不一樣？」

鳥羽在風中發出展翅的聲音，無數隻鳥接連飛過平原上空。連志美都看傻了眼。

「裡面還參雜了不少大型猛禽……怎麼會有這種事。不可能聚集了這麼多的鳥！」

旺季望著那些如箭矢紛紛飛過上空的鳥群，喃喃說道：

「——那是鏢家的『馴鳥』。」

「咦？『馴鳥』？」

「為了應付蝗災而特別調教的『馴鳥』。牠們能追蹤蝗群到天涯海角，找到之後，便會將蝗蟲吃光，可說是天空中的霸主。到晚上還會派出夜梟等夜行性猛禽。在馴鳥猛禽的追蹤之下，足以消滅一整群剛形成的小群飛蝗。」

志美驚訝地張大了眼。握著韁繩的手甚至開始微微顫抖。

「那麼——這表示，鏢本家採取行動了？這，怎麼可能。」

「……你看，來了……是那個囉唆的丫頭帶頭的。真想不到會在這裡看見她。」

塵埃之間，聽得見少女斷續的聲音。

就像剛才的旺季一樣，跨在馬上暴走於平原中央。

「請停止攻擊！有話好好講！請停止攻擊！」

聽見那熟悉的語調和聲音，皋武官不由得一驚。定睛一看。

「……嗯？啊哈哈哈哈！大家都拚命揮著白旗啊！從未見過這種情形。」

正如皋韓升所說。見到揮著白旗朝平原奔來的一軍，在場四位出身軍旅的人都不禁看傻了眼。眼前的異樣光景對他們而言，實在是太滑稽了。

「……真不愧是小姐……從小就被教導即使死了爺爺也不能揮白旗……這場面還真是驚人。」

「……我也是。沒想到竟有人如此大方的揮舞白旗啊。太嶄新的手法了……」

「……不，我沒看錯的話，裡面甚至有褲襠布吧？還掛在曬衣竿上的……」

「啊哈哈哈！真的耶！一定是秀麗小姐嫌麻煩，乾脆下令連竿帶布一起舉起來揮動的吧！啊哈哈哈！」

不知道是不是被白旗暴走大軍點到了笑穴，皋韓升捧腹大笑，似乎連秀麗居然出現於此的驚人事實都不在意了。

大概是察覺到旺季等人已停下腳步，最前方的那匹馬也放慢了速度。看得見秀麗身後拉著韁繩的男人，正揮著手送出停止前進的號令。

旺季的目光，直視著領頭的那位姑娘。

——紅秀麗。

少女也正望著旺季。

當她看見旺季一身美麗紫藤色的戰袍時，似乎驚訝地倒抽了一口氣。

很快的，姑娘的坐騎站定，她咕咚一聲翻身下馬，眼睛始終瞅著旺季。

現在已經很少有人敢如此正面直視旺季了，就算是因為年輕而莽撞。

突然，旺季腦中閃過曾是「黑狼」的姊姊，以及女兒飛燕。那些有過轟轟烈烈一生的女人眼神。

旺季下馬，與秀麗對望。

就這樣，彼此慢慢走近對方。

頭頂陸續還有鳥群劃過天際，朝地面投下斑斑黑影。魚肚白的早晨，吹過一陣冷風，將兩人的衣角吹得隨風飄揚。兩人口中吐出的氣息也是雪白的，而同時他們的目光都沒有離開過對方。

再走近了幾步之後，秀麗雙手交握，以不屈膝的方式站著行了略禮，卻沒有低頭，繼續直視著旺季。但旺季並不認為那有任何的不敬。

「……初次見面。我是御史臺所屬監察御史，紅秀麗。後面這位是御史裏行浪燕青──見過旺季將軍。」

她的聲音明確，沒有絲毫猶豫。那是心裡有把握的人才會有的聲音。

「是了，像這樣見面今天還是第一次啊，紅御史。」

旺季的聲音淡淡的，和葵長官很像，不過卻更加深沉，直擊人心。

「不必行禮了──紅御史，請妳就現狀加以報告。」

終於從州城趕來的羽林軍與州兵也都陸續停駐。最後形成了兩軍相對，將旺季及秀麗包圍在正中央的態勢。

「縹家已經同意全面協助朝廷應付蝗災，即刻便會開放縹家系下的全部社寺。不只投入人手，在縹家大巫女命令之下，所有醫藥、食糧、驅除法、相關知識以及備用南栴檀都將立刻開放。尤其是糧食部分，將釋出百年份的存糧。」

秀麗聲音所及之處，士兵之間不斷引起騷動，並擴散開來。

旺季依然盯著秀麗不放。再次出言確認。

「——妳確定是百年份嗎？」

「是的，百年份。已經請江青寺將手邊調度得到的南梅檀和糧食運送出來了。稍後還請您確認。」

仔細一看，秀麗後方的馬都馱著行李。再往後看一點，還有全以南梅檀打造的載貨馬車。車身上雕刻著縹家直系徽章「月下彩雲」，以及表示大巫女的月印——月蝕金環。

這徽章正證明了縹家正式採取行動。

旺季向下望著秀麗，從鼻子裡發出聲音。像是表示對眼前這不遜的少女非常有興趣。

「——聽見了嗎？劉州牧。」

志美按壓眼角，發出呻吟。

——醫藥、驅逐法、知識、南梅檀，以及百年份的存糧。等待許久的救援物資。

「……聽見了。」

「這麼一來，藏在井底那些東西，也可以釋出了吧？」

「……就這麼辦。等蝗災穩定下來，也會馬上應碧州使者請求，將枯井裡存放的食糧物資運送過去。此外，也會解除對黑白兩州的禁運令。」

總覺得旺季臉上似乎閃過一抹笑意，不過他馬上恢復原本的凜然表情。

「——即刻開始，從江青寺運送物資到梧桐。與紅御史一同前來的一軍立即前往梧桐。從梧桐來此的州兵隊則前往江青寺！」

在旺季清晰的發號施令下，相對的兩軍士兵都高聲應答，交錯著展開移動。

馬蹄聲如地動般震天作響，塵埃再度飛揚。

秀麗身邊的燕青趁著四周吵雜時，用只有秀麗聽得見的音量低聲說：

「……真有兩把刷子。這就是旺季啊，馬上就把功勞轉換成他自己的了。」

「是啊，真的挺有一套的。不過他也確實有功勞啦，雖然不是全部。」

秀麗望向隨侍於旺季身後的迅，低聲這麼說。迅察覺到秀麗的視線，獨眼裡透露出微笑。不過，他已經不再閃避，等於正式承認自己隸屬旺季麾下的事實。

直到兵士們雜沓的馬蹄聲紛紛遠去後，在場的只剩下最初的幾名成員。

秀麗和燕青，旺季與劉志美，以及迅和皋韓升。

旺季凝視著依然緊盯住自己不放的秀麗。

「這些鳥群，是縹家的『馴鳥師』派出來的吧？為了對付蝗災用。」

「是。請鹿鳴山江青寺中的『馴鳥師』放出的。因為請江青寺的首席長老一齊釋放馴鳥的緣故，現在全紅州領土內的『馴鳥師』應該都已派出手邊所有的馴鳥了。隨著太陽升起，牠們就會開始追趕全領土內的蝗群，力圖縮小蝗群規模，甚至有可能達成消滅的目的。」

一瞬的沉默之後，旺季雙手抱胸，從頭開始詢問。

「是妳請出瑠花的嗎？」

「是的。」

「她的條件是？」

「沒有條件。」

——無條件。直到此時，旺季的眼睛才因驚訝而微睜。這件事，倒是出乎他的預料。

旺季心想，瑠花也老了啊。然而，望見眼前少女意志堅定的眼神，旺季改變了想法……就算是老糊塗了，依她的個性還是會提出什麼交換條件才對。至少也會先取了迅的小命再說。

無條件的全面救濟。這是唯有出自瑠花本身意願才有可能發出的命令。旺季想起過去的瑠花。

（——是這丫頭啊。）

是她改變了瑠花——不，應該說是讓瑠花想起自己本來的模樣。

這丫頭就像過去的瑠花，單打獨鬥馳騁在「風之道」上。

呼。旺季吐出一口白色的氣息。叉起雙手。

「……妳竟然能讓那個縹瑠花願意提供全面協助——好了，除此之外，妳還帶回來什麼？」

「是。和璃櫻一起找到的，來自疫病，能一舉鎮壓蝗災的方法。」

璃櫻。外孫的名字並未讓旺季露出多餘的反應。

他終歸是個政治家，無論何時何地。所以只是輕聲回應了一句：「是嗎。」

「不過，這方法還不夠完全。詳細情形，說是等到了江青寺會再說明。」

「知道了，走吧。對了，我想知道，妳是怎麼迴避雙方人馬打起來的？按照情勢來看，當時應該一觸即發才是。州軍不曾見過妳或燕青，不可能聽命於妳。而且妳也沒有說服他們的時間吧？」

旺季這麼一問，後面的燕青就噗哧一聲笑了。秀麗瞪了燕青一眼，才慢慢的說：

「……我只是舉白旗而已。」

「妳說什麼？」

「我知道想說服他們已經是不可能的，就請寺裡的人收集所有白布，一起舉起來。」

迅想起剛才看見的白旗大暴走族，不禁失笑出聲。原來她在江青寺時也使了相同伎倆啊。的確，大舉進攻時突然遇上白旗大隊，一定會愕然駐足的。

「沒錯沒錯，小姐她啊，連人家曬在衣竿上的褲襠布都搶下來了。順便還連白仙神像上纏繞的，超過十坪大的白布都拆下來，那些和尚差點沒暈倒——」

「咦？那不是紅州八大國寶之一嗎？要不暈倒也難啊……」

旺季瞪了秀麗一眼。

「……紅御史。」

「……是……對不起……萬一傷了國寶，請扣我的薪水作為賠償吧……」

「蠢材，就算扣妳三百年份的薪水都不夠吧。」

「什麼？所以我接下來的三百年都領不到薪水了嗎！」

「——上路了。」

旺季展現出貴族風範的上馬英姿，從上往下睥睨著秀麗說：

「……妳選擇了回來，是嗎？」

秀麗抬頭望著那令人快要暈眩的黑瞳。那雙眼瞳是如此深沉，秀麗還看不透。

只覺得這句話其實問的是秀麗真正的選擇。

像是證明秀麗沒有聽錯，旺季接著又用輕不可聞的聲音在秀麗耳邊問道：

「帶著這副身體。」

秀麗瞠目結舌，下巴微微顫抖起來。然而她並未迴避目光，反而清楚的回答：

「——是的。」

「這樣啊。」

直到最後的最後，她都希望是國王的官員。旺季轉頭向前，在拉起韁繩前，再次留下細語。

「這，就是妳的答案嗎？」

『不管她去了哪，一定會回來的。』

志美想起燕青這句話。她真的回來了。而且，還帶回了一切。

——這就是，紅秀麗。

與燕青共騎一匹馬走在前頭的秀麗，只看得見那雙晃啊晃的腳。

「……老實說，我非常震驚。對於各種事。還有……她真的知道自己在做什麼嗎？」

與志美並騎的迅聽見了，咧嘴一笑回答：

「當然知道啊。雖說只待了半年，但她可是和在御史臺，性格是數一數二差的上司以及同事經歷過無數次爭執才熬過來的啊。就連最不擅長的爭功搶利都被鍛鍊得高明得很。聽她的遣辭用字就知道，她極力避免功勞被大人搶走。現在這樣，取得縹家全面協助的，可還是小姐的功勞喔。雖然大人也很快的企圖讓功勞變成自己的。」

「她這都是為了國王吧。真拚命哪……對了，秀麗丫頭知道嗎？關於你的事。」

「你指的是什麼？」

「你的真實身分啊——你也是御史對吧？而且還是比監察御史職位更高的侍御史。因為身上刺了死刑犯的刺青，任誰都不會想到你竟會是御史。這讓內部偵查變得方便許多吧，而且你的權限又在監察御史之上，能夠單獨採取超越法規的處置。加上你擁有豐富的蝗災知識，又精通國家機密，官位也夠高，足以和縹家大巫女直接交涉。旺季送進縹家的人就是你吧？而且我猜想，當初應該是越過御史大夫，由旺季與悠舜兩人直接給你的敕命，連葵皇毅都不知情。我有說錯嗎？」

原本不以為意地在一旁聽著的皋韓升，此時不禁「欸？」地驚呼失聲。眼前這個獨眼男，竟然是侍御史？

迅只是不置可否地笑了。

「這樣好嗎？把功勞拱手讓給秀麗。你不是站在『大人』那一邊的忠誠御史嗎？」

「……就算是這樣，小姐她在縹家做的事確實值得讓她擁有這份功勞。再說，我拿小姐沒轍啊，他跟我愛上的女人很像，又是職場上的可愛後輩。」

「你或許的確是對愛上的人沒轍的傢伙，但她又不是你愛上的人，只是長得像而已，哪可能輕易心軟。更別說什麼可愛後輩了，御史臺這種地方，盡是些為了利益連情報都吝於分享的陰險傢伙，隱瞞彼此身分，爭功奪利，滿嘴謊言都來不及了吧。真討厭，太差勁了。」

「……有什麼辦法，那是工作啊……其實是因為，我一直在思考著一些事。」

「思考一些事？」

「小姐是我生命中第二個，即使看見我身上刺著死刑犯的刺青，還是真心對我，說我可以待在她身邊的人。」

當年在牢城偵查時，遇上的新任監察御史。

當她告訴自己，願意僱用找不到工作也沒地方可去的自己時，迅真的相當驚訝。

他想起五年前，從黑暗中拯救了自己的旺季。而她是第二個如此對待自己的人。

『你有要我阻止的人嗎？』

這個問題，直到現在迅都找不出答案。該怎麼做才好，他一直思考著。

如果是她的話，會做出什麼樣的答案呢？紅秀麗有什麼特殊之處，總讓迅情不自禁思考這些問題。

結果便是忍不住洩漏給她一些情報，或是出手幫她。而她也都確實撿起迅遺留下的破碎線索，並找出正確的方向。每次見到這樣的秀麗，迅的內心總會湧現一股自己也說不清的情緒。

——真想看看她所選擇的那條路，繼續走下去能看見什麼樣的風景。

「所以有時候，我才會做的不夠徹底啊……」

即使如此，迅望著奔馳在前方的旺季背影，依然決定了什麼對自己才是最重要的。

「完全聽不懂你想說什麼，不過我喜歡迷惘的男人，就不跟你計較了。」

「這樣好嗎……」

「很快地，我也得去面對一直拖延的問題了啊……」

想起荀彧的表情，志美垂下了眼睛。

鹿鳴山江青寺的內院裡，秀麗與旺季正與大社寺系列首席「長老」面對面。

順便一提，寺裡的和尚們再次見到秀麗都心驚膽戰的，絕對不讓她進入存放「寶物」的寺院，還組成人牆擋住她。也因為如此，最後秀麗和旺季被帶到的院落相當樸素冷清，屋頂還呈現藝術性的傾斜，冷風從牆縫灌進來，地板也時有脫落。與其說是簡潔，不如直說了吧，就是間荒廢的破屋。怎麼看，這地方都不該用來接待這位可比宰相的旺季、紅州州牧志美以及好歹算是御史的秀麗。

「哇喔？」

「呀，大人，您沒事吧？」

在這破舊的內院之中，旺季一個不小心踩上脫落的地板，差點跌進有一個人腰部那麼高的破洞裡。真叫人不由得懷疑這是被惡整了嗎？

「……噗……不好意思啊，紅御史，我們只是間破舊的小道寺……」

長老年約七十，留著一把長鬚，是位個子相當嬌小的老師父。臉上遍布皺紋，正在拚命忍住笑，但還是失敗了。因為他忍得整個臉都脹紅了，像隻小松鼠似的。

或許是沒想到會看到眼前這副荒謬的景象，打從長老走進院落裡，便一直都是這個表情。

「噗噗噗……噗哈哈哈！」

看到旺季一腳踩住地板木條，企圖拔出另一隻腳的模樣，長老終於忍不住，一邊搥著地板一邊放聲大笑了起來。這個臭老頭。此時，在場的每個人都有個衝動，想用大摺扇朝他那牛山濯濯的光頭打下去吧。就連旺季都不例外。

「……噗哈哈哈個頭啦，長老！請不要笑！好好說話好嗎？話說回來，這裡怎麼連把椅子都沒有！」

「嚴禁奢侈。」

「那至少給個座墊吧！」

「喔喔，的確很好笑，是應該給個座墊。而且至少得給個三張才夠，很好，來人啊，拿座墊來～」

又不是來表演相聲。而且三張座墊根本還是不夠坐啊！迅低聲對旺李說：

「……大人，不如您再跌一次吧？這樣又可以獲得三張座墊了。」

（註：日本落語相聲表演中，習慣給成功講出笑話的人「座墊」以示鼓勵）

「……我才不要，要跌你自己去跌。」

「不行啦，我長這樣不是那種搞笑的料……」

「難道我就是嗎！」

最後無可奈何的，只獲得了那三張座墊。而且還是薄得跟仙貝一樣的座墊。旺季、劉志美和秀麗都沉默的盯著那扁扁的座墊，誰都沒有抱怨。有總比沒有好，大概吧。可是就連小氣秀麗所煎的仙貝，肯定都比這座墊厚些吧。將座墊讓給旺季與劉志美以及秀麗，迅和燕青、皋韓升則站在一旁聽。

旺季努力重拾方才消失得一乾二淨的威嚴，乾咳了幾聲。

「長老，請告訴我們鎮壓蝗蟲的方法。還有，在季風吹來之前，有可能完全鎮壓嗎？」

秀麗不禁轉頭望向旺季，他剛才提到了自己不知道的事。

「季風……」

「沒錯。而且是相當強勁的風。告知秋天來臨的季風被稱為紅風，吹拂之處樹木都將枯萎。這陣季風將從紅州吹往紫州，持續數天，令植物盡皆凋零……帶著飛蝗一起。」

秀麗差點停止呼吸。長老白色的長眉之下，雙眼也瞇了起來。

「你的意思，是想在紅州境內就阻止這件事發生嗎？」

「是的。要是蝗蟲繼續擴散出去，到了明年春天就會席捲全國領土。您應該明白那是怎麼一回事吧，長老。會釀成大蝗災。現在飛往紫州的數量還不多，趁現在——終結這一切吧。」

「……你這麼說，可知道距離紅風吹來還剩幾天嗎？」

「依照往年慣例預測，大約七天左右。」

「果然掌握得很清楚啊。不過那是往年的慣例，今年的觀測結果不同——是三天後。」

三天後。太快了。比起州府仙洞官預測的要提早數日的答案，讓志美眼珠子都差點掉下來。

旺季只是淡定地回望長老。

「……我聽說，可以藉由某種疫病來鎮壓蝗蟲？」

「那麼你應該也聽說了，這個方法還不完全吧。」

「願聞其詳。」

「……要靠人為力量鎮壓蝗災是不可能的。一旦發生，就只有等待自然結束。就算是使用南梅檀來施行人海戰術，頂多也只能將受災程度壓制到最低限度，沒辦法再更進一步。不過根據縹家數百年來的觀測，只有在很罕見的情形下，能一口氣消滅蝗蟲、終止蝗災。在那種情形下，不可思議的，幾十萬隻蝗蟲會在一夜之間全數消滅。」

「對其他農作物不會有影響嗎？」

「不會。死的只有黑色的飛蝗而已。而且次年也不會再反覆出現蝗災。可是原因一直沒找出來。不知道是天候因素，還是土壤因素，又或是毒物反應。蝗災結束時的情況五花八門，向來都是推測是因為幾種自然偶發因素同時出現而產生的結果……」

「……而現在判斷是因為某種疫病，是嗎？而且還是只有飛蝗會罹患的疫病。」

「是的。這也是近十幾年來才發現的結果。這份研究至今一直持續進行，但試驗的結果……想以人工方式傳播該種疫病時卻幾乎沒有成功過。一直無法順利令蝗蟲感染這種疫病。」

旺季瞇著眼睛注視長老。

「……您剛說『幾乎』沒有成功？」

「……要傳染病一口氣擴散開來，需要配合特定的氣候條件。從往年的例子看來，需要的有連綿不斷的長雨、高溫多濕以及多霧。當滿足這三種條件時，疫病傳染的機率就會一舉提高。」

志美咬緊雙唇。

「……需要霧，是嗎？若是紅山大溪谷的話，一整年都在起霧……雖然夏天結束到初秋來臨的這段期間，氣候處於高溫多濕，但慢慢就會越來越乾燥，雨是幾乎不會下。」

「──不，紅風吹起的前兆，不就是連續數日的起霧嗎？此時氣溫也會略顯上升。」

燕青聽得不禁啞然。這還是他第一次看到對別州氣候如此瞭若指掌的大官。

「……的確，那是紅風吹來的前兆。但我想你應該也知道，那不是每次都一定會發生的。再說……關於起霧，這半個月來已經發生過幾次了，今年說不定已經不會再發生。從風向與氣候以及氣溫，能夠正確預測飛蝗的動向。不如利用紅風席捲後的三天，搭配馴鳥與人海戰術，盡可能多消滅一些飛蝗數量，或許這是比較可行的方法……」

「──長老，請您直說吧。這三天內有沒有可能發生起霧的現象？」

長久的沉默之後，長老望向窗外。

「……如果依據往年觀測結果來判斷，可能性是零……可是，若根據長久以來，生活在紅州的我個人感覺，總覺得再一天之後，或許會發生濃霧與下雨的情形……」

「……如果真那樣的話？」

「就能趁機放出已感染了疫病的變色飛蝗。在各個地方分別放出幾隻，相信就能一口氣擴散疫病了。不過，這再怎麼說都只是理論。這十數年來都未曾發生過蝗災，所以實際上連一次都沒有試驗過。」

也就是說，就算真的起霧了，究竟是否真能成功依然未可知。

「——我明白了，長老。請下令全社寺做好隨時都能放出染病飛蝗的準備。」

「……旺季將軍。」

「——我們就等霧。」

「……你怎麼不問，是不是有讓術者施行法術解決的辦法？」

秀麗與志美露出驚訝的反應，因為這正是他們想問的。

「就算有那種辦法，施展法術的人也會死。這種法術和收妖驅邪不同，要能影響氣候變動，不是純正血統的最高位術者是辦不到的。不能因為朝廷犯下的錯誤，就要術者用性命去收拾殘局。再說，現在羽家這裡也沒有能辦到這一點的術者。」

秀麗抬頭朝旺季看去。

「羽家……是指仙洞令尹羽羽大人嗎？」

「沒錯。那種法術是縹門羽家特有的風系統術式。若要請求施術，只能依賴羽家了。然而，目前羽家的最高位術者只有羽羽大人。我沒說錯吧？長老·羽章。」

「……的確沒錯。除了家兄羽羽之外，我族已無第二人被賜予最高位術者的地位。我本人也是不具異能的。再說……事實上，連我都沒實際看過家兄施展法術，能有多少功效也是無法肯定——」

「那種事無所謂。我們不可能要求羽羽大人做這件事——等待自然產生的濃霧吧。若是沒有發生，再按照原訂計畫施行人海戰術。我最痛恨總是要術者或巫女成為人柱來解決問題的辦法了。」

秀麗突然想起前往藍州九彩江中途發生的事。在河川湍急處，人們流行一種從船上將人形饅頭放水流的習俗。據說那是數十年前，某位監察御史因為人柱這種事太愚蠢而憤然將吃到一半的饅頭丟進水裡所演變成的習俗。事後藍州州牧告訴秀麗，那位監察御史就是旺季。而現在，秀麗才確實感受到這件事的真實性。而且他如今依然——

「……一點都沒變呢。」

燕青似乎也想起同一件事，在秀麗身邊如此低語。

秀麗緊咬著嘴唇，不願承認自己終於了解為什麼迅會選擇旺季做他的主君了。

「請江青寺和各郡府及御史攜手合作，全面協助消滅各地蝗群，並且減輕蝗蟲即將前往地區的受災狀況。希望能在官民聯手下終止蝗災。如果有什麼是朝廷或州府辦得到的事，也請別客氣儘管提出——長老，我們打從心底感謝縹家的全面協助。」

最後這句話，終於讓長老臉上的表情略為和緩了起來。

「……你的外孫璃櫻大人，和紅御史一起做了很多努力。他真的很像你及飛燕小姐……血緣關係，果然是無法斬斷的。」

「……能夠幫得上忙，那是最好的。」

旺季只回應了這麼一句話。

「……接下來，紅御史，妳打算怎麼做？」

走出那座破院落後，旺季回頭這麼問秀麗。

「……如果可以的話，我想分頭行動可以嗎？」

「妳還有其他想去的地方？」

「是。」

「無妨。既然縹家願意出面相助了，就不愁人手不足。那麼我們就在此別過。」

「——旺季將軍。」

不自覺的自己已出聲喊住他。

旺季以貴族的優雅姿態轉身。那件紫藤色的美麗戰袍穿在他身上真的很相稱。紫色是王的顏色。

秀麗抿著嘴，望向那雙目光犀利又深如湖水的雙眸。

見面至今才過了半日，但秀麗早已從燕青和江青寺的人那裡聽說了許多關於旺季的事。自己親眼見識過了，也認為他毫無缺點。雖然是天賦英才，卻不給人太過完美的印象，就像是層層疊起的牢固地基，形成今日不動如山的旺季。秀麗是這麼覺得的。構成這座地基的材料，或許並非全都潔白無瑕，然而秀麗依然找不出任何能夠否定他的地方。

這一點和葵長官很像，而他散發的氣質比葵長官更為冷硬，充滿某種意志。

那雙如深深湖底般的雙眸之中，看見了什麼。

那裡有著現在的劉輝所不曾擁有的光芒。

秀麗突然察覺，身為一個臣子，現在的想法真是要不得的。他之所以期望平息蝗災，並不是為了劉輝。秀麗如果不是劉輝的臣子，現在應該也不會來到紅州吧。然而旺季卻不管這世上有沒有劉輝這個人，他都會來到這裡。

旺季的主君就只有旺季自己，沒有其他人的存在。

如果過分的要求稱為野心的話，旺季的要求究竟真能稱為野心嗎？看起來，他只是一階一階的往上爬，並拿取眼前有的東西而已。

（劉輝）

現在的秀麗無法否定旺季。一點都沒辦法。即使如此。

秀麗突然對旺季行了一個對身分最高貴者的最敬禮。儘管只是站著行禮。

「……紅州是我爹的故鄉。謝謝您前來幫助紅州。」

深深地，打從心底表達謝意。

這時，旺季臉上掛著怎樣的表情，秀麗看不到。只聽見他的聲音。

「……既然妳選擇了從縹家回來，就表示妳選擇到最後都做一名官員吧？」

「……」

「既是如此，妳的本質就是『官員』。無論妳的願望為何，這身分都不會改變。官員必須為民鞠躬盡瘁，因此不管妳的主君是劉輝還是別人，其實都與此無關。做為一名官員才是妳的驕傲與心願，而不是為劉輝而生。就像我不會改變一樣，其實妳的『主君』就是妳自己，而不是紫劉輝。」

秀麗表情變得僵硬。而且──無法否認他說的話。

「……偶爾會出現這樣的官員。不管侍奉的是明君或是昏君，都不會有所改變，始終貫徹自己的意志。不選擇國王，不去跟隨特定的對象，只為國為民……然而妳卻只對紫劉輝一人唯唯諾諾，受他左右，毫不抵抗的放棄了自己的意志。無論遭遇多麼蠻橫粗暴的對待都默默忍耐。只有在紫劉輝面前，妳變成一個腦袋空空的笨女人。我不會相信這樣的官員，也不需要被男人花言巧語利用的女人來擔任官員。」

秀麗找不到反駁的話。這大概和在縹家時被迅指責的一樣吧。只是旺季選擇了比迅更辛辣不留情的說法，而且不像葵皇毅用冷嘲熱諷的方式，反而更令人難受。

旺季轉身，紫藤色的衣襬翻動著。但他仍繼續：

「……不過，這半天內我看到的妳，又不一樣了。臉上的表情很好，至少保持這樣的表情一直到最後一刻吧。」

「……旺季大人向來都是那麼說話的啦。別看他平常沉默寡言，只要一開口就是一針見血，毫不留情。因為他只懂得那麼說話。不過，他說的都很對。」

低垂著頭的秀麗耳邊，傳來紅州州牧的聲音。

「而且，他可不常讚美人喔……對妳說的那些話，算是很難得了。」

抬起頭，只見紅州州牧正嘻嘻笑著。

「……初次見面，妳好啊，紅御史。終於有空和妳打個招呼了。我是紅州州牧，劉志美。早就聽說妳在前來紅州找我的途中失蹤一事，我一直很擔心呢。」

這還是志美第一次有機會好好跟秀麗說上話。

『不管她去了哪，一定會回來的。國家現在處於這種狀況之下，我的上司不是會將這一切丟著不管的人。』

老實說，聽燕青這麼說時，志美還以為秀麗是清雅那種個性的人。不過，完全不一樣。志美望向她身後的燕青。

現在志美也認為，她真的就是為了那樣的理由回來的。既然如此，志美該道謝的人就是她。

「既然是妳努力說服縹家出面協助的，就像妳向旺季道謝一樣，我也該感謝妳。尤其是妳在州兵突襲江青寺的前一刻阻止了這件事──真的謝謝妳。」

志美也對秀麗行了正式的立禮。儘管在場的人當中，秀麗的年紀最小，官位也最低。但他依然打從心底感謝。

「……不客氣。請問，關於突襲那件事……那是──」

劉志美臉上的笑容瞬間退去。光是這樣，就讓秀麗無法繼續問下去。

「──我明白自己該做的是什麼事。請再給我一點時間……等一切結束後，絕對會給一個交待的。雖然不敢要求妳相信我。」

秀麗默默點頭。隨著志美離開，皋韓升也很快的對秀麗點個頭，隨旺季與志美快步離開。迅瞄了一眼來到身邊的皋韓升。

「……你不打算告訴小姐，茈靜蘭也來了的事嗎？」

「……我判斷那不是應該告訴小姐的事。而且老實說，現在的靜蘭沒有和秀麗小姐見面的資格。他最好先冷靜一下腦袋。」

「也是啦。」這麼說著，迅的獨眼回頭看了看燕青與秀麗，舉起手來用力一揮。

燕青一邊對迅揮手，一邊扯扯鬍子。

「那個叫旺季的老伯，和葵長官好像啊。也看得出是璃櫻的外公呢。」

「……燕青，你也那麼想嗎？」

「是啊，我也那麼想。其實小姐妳自己應該多少也有察覺到了吧？」

燕青也是一如往常，說話毫不容情。秀麗小瞪了他一眼，依然找不出反駁的話。

「……那麼燕青為什麼願意跟在腦袋空空的我身邊呢？」

「因為包含那個在內的才是小姐妳啊。我可不喜歡一點缺點都沒有的小姐。懷抱著缺點和不足，放不開感情那一面，儘管做錯的事多得像一座小山，但依然用雙手承擔起一切，而且一邊走一邊還是要沿路撿起各種麻煩，不放棄地繼續朝上走。我想正因為是這樣的小姐，我才願意跟著妳的吧。不管回頭幾次，還是會再次向前看。我想看到的，就是小姐妳最後抵達的前方會是哪裡。我可不希望妳變成清雅那種人喔。」

燕青咧嘴一笑。

「以前說過了吧，我不是靜蘭。要是受不了妳，我早就離開了。可是我還好好的待在這裡啊。所以妳要對自己有點自信，繼續加油吧？來，笑一個。」

「……這種狀況之下，你是要我怎麼笑得出來啦……」

「就是這樣才更該笑啊。擺出一張哭哭臉，很多事情的成功率可是會下降喔。像是吃霸王餐的成功率，或是吃霸王餐的成功率，還有吃霸王餐的成功率……等等。」

「怎麼全部都是吃霸王餐啦！」

秀麗笑了。一笑，就突然覺得肩上如釋重負。只要和燕青在一起，呼吸就會變得很輕鬆。深吸一口氣，燕青的話不可思議的像水般滲透，彷彿連指尖都獲得滋潤。

是啊，秀麗突然堅定的想著，自己根本不想當一個毫無弱點的人。

想要帶著弱點走下去，直到最後的最後一刻。

全部，以紅秀麗與生俱來的模樣。

（……劉輝，你也是。）

現在的劉輝一定也和秀麗有著相同的心情吧。充滿弱點，犯下許多錯誤。即使如此，秀麗依然不會希望劉輝成為一個沒有弱點的人。燕青也一樣。雖然不會說現在這樣就好，但希望劉輝也能夠做自己，懷抱自己的一切向前走。做那個秀麗喜歡的劉輝。

因為秀麗知道，旺季雖然說由誰來當王都無所謂，但其實有一點說錯了。如果劉輝不是國王，秀麗就不會成為官員。無論遭受何種責難，或是硬要勉強，旺季絕對無法跨越那一線，但劉輝卻確實跨過了。不管是以何種形式。而秀麗到現在都還找不到女人不能當官的理由。

當然也有感情成分在內。可是並不只有這樣。秀麗相信劉輝未成型的可能性，化作秀麗這樣的形狀呈現出來。比起現在，未來更大有可為。甚至比旺季擁有的更多。

不是由旺季，而是由劉輝創造的未來。秀麗很想親眼看見。

朝貴陽的方向遠望，呼出的氣全成了雪白一片。遠遠的，看得見黑壓壓的蝗群。

（……我的時間，已經所剩不多了。）

還可以再努力一下。直到最後的最後。

「接下來，小姐妳打算上哪去？我還以為小姐妳應該會為終結蝗災而四處奔走呢。」

「坐鎮指揮蝗災的應對工作，有旺季大人和州牧，傳播蝗蟲疫病的準備工作則有縹門社寺的人去進行。我和燕青就算在那裡閒晃，頂多也只能幫忙熬熬南栴檀樹液，或是將蝗蟲屍體裝袋而已吧。」

「而且也還不見霧起。」

「是啊。所以我想先去調查另一件事，不想浪費這段時間。」

燕青對這句話似曾相識。那是以前影月經常掛在嘴邊的話。就連語調的抑揚頓挫都相似得令人心頭一驚，燕青不知不覺倒抽了一口氣。說什麼不想浪費時間。

絲毫未察覺燕青變了臉色，秀麗繼續說：

「第一件事是燕青先前調查的鐵炭下落。在這段空閒時間，雖然不知道能進行到什麼地步，但既然燕青認為煩惱寺有什麼古怪，我想一定有你的道理吧？」

燕青揮去剛才那似曾相識的感覺，一邊撫著鬍鬚，一邊露出困惑的表情。

「是啊，可是聽完小姐說了縹家的事之後，我又覺得準確度只剩下一半……」

「還有一半那就夠了啊。然後是第二件事，有個東西我一直很在意——」

雖然曾對燕青說過「空殼」的事，但還沒告訴過他下文。正想說下去時，發現燕青正望著另一個方向，搓著鬍子凝神細看什麼。

「……小姐妳說的『在意的東西』，該不會就是那傢伙吧？」

「咦？哪個？」

「從我們離開煩惱寺時開始，這傢伙就一直跟著我們唷。」

秀麗心頭湧上不祥預感，戰戰兢兢地回頭一看，不由得屏住呼吸。

一頭鬆軟的捲髮，高瘦的身材。手指上的戒指反射出朝陽的光芒而閃爍著。

他的長相——長相看不清楚，因為那個男人戴了一副狐狸面具。

「那張狐狸面具，我好像在哪裡看過——小姐，和兵部侍郎那時見過的一樣。」

瑠花需要秀麗的身體，所以她不會動手殺害秀麗。然而秀麗不時都感覺到有人當真想取自己的性命，即使身在縹本家亦是如此。尤其是兵部侍郎那時更清楚的喊出了「有人告訴我，妳這種女官員就算殺掉也沒關係。」殺了也沒關係——是誰說的？

秀麗吞了一口唾沫。令人發毛的狐狸面具之下，柔軟的長捲髮搖曳著。他也不逃，看起來似乎沒有個人意志，像個影子或幽靈只是出現在那裡。

腦中雖然還放不下鐵炭的事，但鐵炭不會長腳跑掉，當然更不會殺人。秀麗腦中馬上切換了事情的先後順序。

「——沒錯，就是那傢伙。燕青，鐵炭的事之後再說，現在先逮住那傢伙吧。」

彷彿聽見秀麗這麼說，狐狸面具男一個轉身就要離開。

● ✺ ● ✺ ●

「……那麼，也差不多該開始獵捕狐狸了吧？狐狸小弟，你可得快逃啊。」

晏樹捻起一顆葡萄塞進嘴裡，享受葡萄皮在口中破裂的觸感。走出陽台，立刻就能望見天空中那顆異樣的紅色妖星拖著尾巴劃過天際。晏樹微笑了起來。

紅州那邊或許還看不見，但在貴陽已經用肉眼就能看到了。仙洞省不斷接獲要求他們對妖星進行占卜，但仙洞官們依然維持一貫的沉默。是啊，怎麼說得出口呢。

「……呵呵，『大部分都代表王位的更迭』，就老實這麼說不是很好嗎？」

其實關於紅色妖星的占卜結果，因為太廣為人知，不只上層知識份子大多從漢書中已經得知，就連下層階級的民眾都聽說過這則傳聞。事到如今，仙洞省還保持沉默根本就毫無意義。

將第二顆葡萄放入口中時，看見什麼飛了進來。是一隻黑色的蝗蟲。晏樹不帶感情地用力踏扁牠。

既然能隨風飛過來，就表示蝗群離貴陽已經不遠了。到目前為止，都因頒布看到蝗蟲格殺勿論的命令，所以出現在貴陽的蝗蟲規模還不到稱得上蝗災的程度。

一旦蝗蟲大量流入紫州，必然會對劉輝造成重大打擊，可是同時也會使負責對應蝗災的旺季顏面盡失。然而若在紅州便一舉鎮壓蝗群，功勞又得和紅秀麗對半分。想著想著，晏樹的眼神陰暗了下來。

「……想妳既然活不久了，才一把推妳進後宮。哪知道人在將死之際特別難對付啊。不愧是皇毅和清雅鍛鍊出的人才……好吧，差不多該專心來扯妳後腿囉。再說從紅州得來的鐵炭要是被發現了，也會非常傷腦筋的。尤其是藏在那座山頭的事被發現的話，麻煩可就大了……不過既然縹家都出面協助了，看來被發現也只是遲早的事……現在要變更指示又已經來不及……嗯，只好期待一下狐狸小弟的頭腦和努力囉。」

眼見事情發展變得越來越有趣，晏樹不禁從喉嚨裡發出笑聲。

「那麼，就看看小姑娘會不會如我預測的採取行動吧。」

背靠在陽台欄杆上，回頭望向剛才待的室內。連一盞油燈都沒點的房間裡，只照進夕陽昏暗的光線。屋內角落的長椅上，坐著一個黑影。

椅上的人規規矩矩地併攏雙手，像個製作精巧的人偶動也不動。

「不要緊的，立香。只有偉人才能讓像妳這種愚蠢的孩子都能派上用場。這方面皇毅就完全搞錯了。這世上沒有什麼人是派不上用場的喔，因為我自己就是從小被這麼教大的，所以包準沒錯。我也會好好利用妳的。」

晏樹嘻嘻笑著，帶著如蜂蜜般甘美的兇惡，又參雜著些許黯淡藍色的天真微笑。所有認識晏樹的女人，明知他是個大騙子，卻都不知為何都願意被那微笑與低喃所欺騙。

坐在長椅上的立香，依然聞風不動。

就連眼睛都不眨一下，身體不自然地僵直著。

就像是一尊穿著縹家巫女裝的蠟像，遇熱而融出一行蠟淚。

沿著蒼白的臉頰，一行清淚無聲落下。

……從陽台外的大樹上，傳來一隻漆黑大鴉拍著翅膀的聲音。

「……小姐抱歉，我跟丟了。」

花了一整天，直到夕陽完全下山了，燕青才低聲這麼說。

說起來也沒什麼，追著狐狸面具男出了道寺之後，對方竟卑鄙的上馬逃逸。「馬！快找馬！」秀麗和燕青雖也慌慌張張的緊跟上去，但當中產生的時間落差實在有點大。

「嗚嗚，對不起啊燕青……因為兩人共騎一匹馬才會減慢了速度吧……」

「嗯——可是要是我留下小姐一個人，那傢伙肯定會繞回來攻擊妳的。這就是他的目的啊。」

秀麗抱著手臂發出呻吟。放棄搜尋鐵炭的工作只為了追上他，不料卻毫無成果！就算現在跟燕青分開，把自己當作誘餌，但也會因為企圖太過明顯，對方不可能會上當的。不過既然他是半個殭屍，搞不好腦袋血液循環不好，也是有可能會上鉤呢。

「……我話先說在前頭，不可能丟小姐妳一個人去當誘餌的。絕對不行。」

「……唔，既然是連燕青都能看穿的計策，大概騙不了殭屍了……」

「小姐！妳這話太過分了吧？是說我連殭屍都不如嗎？妳什麼意思啊！」

雖然這麼說，但燕青卻笑了。因為他好像看見了剛認識時的秀麗，說話一點都不知道什麼叫客氣，總是邊思考邊吐出驚人之語，動不動還愛拖人下水。身為官員的秀麗和真正的秀麗，人格似乎終於統一了。

儘管如此，燕青還是不認為拖著半死不活的身體的秀麗，在去了一趟縹家就能恢復健康。然而他什麼都沒有說，因為他知道有些事秀麗也不希望他說。

「呼……好吧，我知道了……今天就露宿郊外吧……是說，這兒是哪啊？」

「嗯，我看看……咦？怎麼，這裡是小姐妳掉下來時的煩惱寺附近啊。煩惱寺一零九。只要再騎馬往前走，不需太遠便可抵達。去那裡至少有屋頂也會有井，不如我們在那過夜吧。」

「煩惱寺？……你是說我們要回到那座煩惱寺嗎？」

「這不是剛好嗎？雖然追丟了狐狸面具，但回到煩惱寺又可以繼續追查我之前進行到一半的鐵炭之事。」

秀麗總覺得有什麼不對勁，皺著眉思考。這未免巧合得太過分了。

然而究竟是哪裡不對勁，現在她還無法掌握。而且眼前除了選擇如燕青所言，前往煩惱寺之外，實在沒有其他不去的理由。

騎著馬向前走，黑暗中看得見道寺的影子，越來越近了。

突然，燕青莫名停下急促奔馳的馬，沉默著。這種時候，多半不是發生了什麼好事。秀麗小心翼翼的發問：

「……怎、怎麼了嗎？」

「……小姐，有埋伏。大約十到二十人，躲在煩惱寺裡。」

「什麼？會不會是潛伏在破廟裡的盜賊集團？」

「以盜賊集團來說……似乎太強了點。我感覺到的是兵部侍郎那事件時的氣息。」

——牢中的鬼魂。

正當追丟了狐狸面具男時，偏偏來到燕青追查鐵炭時找上的煩惱寺。寺中又這麼剛好埋伏了「牢中鬼魂」。若說是巧合——也未免太巧了。絕不可能有這種事。剛才那種不對勁的感覺又出現了。再多點線索就一定能想出來。

秀麗不斷動著腦筋。雖然俗話說，不如虎穴焉得虎子，但要是賠上小命可就什麼都完了。

「我話先說在前頭喔。如果只有我一個人，勉強還可應付。若想連小姐一起保護的話，頂多只能想辦法逃跑。」

「那如果騎馬衝進去，稍微確認一下裡面的情形，然後馬上逃走呢？」

燕青咧嘴一笑。

「——如果是這樣，那應該沒什麼問題。妳要抓穩喔。」

燕青用力一踢馬腹，秀麗的背「咚」地撞上燕青胸膛，馬兒一躍便朝煩惱寺挺進。

「呀，燕青！怎麼這麼多！」

「當心咬到舌頭！」

手上揮著棍一一擊退無聲來襲的殺手，同時燕青眼光一掃，大致確認了周圍的人數。粗估約有二十人左右。看他們即使面對燕青這樣的高手依然不慌不忙聯手進攻的模樣，可見得不是一群烏合之眾。

（一定受過相當程度的訓練……再說——）

其中幾個躲不過燕青棍子的，即使被一棍打飛仍能以防禦姿勢落地。剩下數人則在棍棒一掃之下整齊後退，讓負責後衛的人輪番上陣，幾乎不讓燕青有喘息的機會，展開接二連三的攻擊。燕青一邊應付他們，一邊趁隙使棍挑開其中一人額上所纏布塊，果然看見熟悉的刺青。此外，遠處後方亦可看見伴隨著微弱火光晃動的長髮和狐狸面具。

不多久，對方馬上又展開一波新的聯手攻擊。簡直就像拿燕青當練武道具似的。不能繼續這樣下去，得快點撤退才行。否則秀麗會有危險。

（要是能多一兩個幫手就好了啊——）

就在這時，視野角落有什麼在發光。

不只燕青與秀麗，就連殺手們都因驚訝而停下動作。

接著，伴隨一陣隕石降落般的衝擊巨響，傳來人說話的聲音。

「嗚哇！哇哇哇哇！怎麼會掉在一座廟上？聽說上次龍蓮傳送的時候也是——」

「藍楸瑛，你別擋在那裡啦——哇！」

聽見說話的聲音，秀麗和燕青回頭一看，只見光線後方連接著「通路」盡頭的社寺。

秀麗幾天前落下的同一個地方，正有人全身僵硬的掉下來。而且還不是一個，是兩個。

「藍將軍——還有璃櫻？」

幾乎可說是從天而降的兩個人，不知為何竟是在縹家分手的楸瑛與璃櫻。

● ❁ ● ❁ ●

『我也……要回去。』

在「通路」的方陣旁，璃櫻的確這麼說了。

秀麗前往紅州，珠翠與瑠花在縹家有應盡的責任。如今，連藍楸瑛都要離開了。

只有自己，好像被遺留在原地。一想到這一點，璃櫻心裡就感到一陣壓迫，難以按耐對自己的焦躁不安。然而，他卻無法決定到底應該為了蝗災前往紅州，還是應該回仙洞省。

什麼都說不出口，究竟該何去何從。

看見璃櫻默不吭聲的樣子，藍楸瑛微微一笑，指著方陣對璃櫻招手。

『璃櫻也想跟我一起回去嗎？好啊，走吧！』

當時什麼都來不及想，就對楸瑛伸出了手。但一旦握住了楸瑛的手，璃櫻卻忽然心頭一驚，全身起了雞皮疙瘩。

藍楸瑛要去的地方，是已經決定的。

——王都。

『璃櫻，你現在如果回貴陽，必定會被利用為逼劉輝退位的一顆棋了。我不知道你怎麼想，但旺季是絕對會這麼做的。』

倉促之間想縮回手——已經來不及了。方陣開始散發出描繪成幾何圖形的光芒。

（不行。）

腦中浮現劉輝的臉，璃櫻的表情苦惱的扭曲起來。不行啊，還不能回去，還不能見他。

眼前的視野也開始變形扭曲，聽得見珠翠察覺異狀，正在驚呼著什麼。隱約察覺，應該是具有縹家濃厚血統的璃櫻腦中思路影響了「通路」，導致通路出現了奇異的變形。

不妙。然而儘管這麼想，沒有異能的璃櫻卻是束手無策。最後只記得感到異狀的楸瑛抓住自己手臂的觸感。

整個人像被吸入龍捲風中的落葉，團團轉的在「通路」裡上下左右橫衝直撞，身不由己地飄浮了好一段時間後，突然在一瞬間看見了秀麗的身影。

就在那一瞬間，「通路」連繫起來，璃櫻和楸瑛像被一雙巨大的手抓起來丟了出去。

迅速採取行動的不是秀麗，而是敵人。

「——退下。你們不是他們的對手。」

聽見男人低沉的聲音，秀麗很快望去，卻看不出剛才說話的人是誰。只瞥見最後方一閃而過的波浪捲髮和那張狐狸面具。

敵人撤退的速度又快又安靜，令秀麗不禁愕然。一眨眼的工夫，數十條人影便朝四面八方作鳥獸散，消失在院牆之外。剛才發生的一切簡直像一場夢境，連一盞火光，一個腳步聲，甚至一小片影子都不留。煩惱寺又恢復了原先的靜謐。

楸瑛傻愣愣地看著秀麗。秀麗也掛著一樣的表情望著璃櫻和楸瑛。

燕青終於解除警戒，從馬上躍下，並將秀麗抱下馬來。

「哎呀，真多虧有你出現呢，藍將軍。剛才我正想帶著小姐逃命。」

燕青那副不以為意的輕鬆態度，立刻將秀麗和楸瑛拉回現實。

「對啊，為什麼你們兩個會出現在這裡啊？尤其是你，藍將軍！你不是應該回王都去的嗎？」

「咦——？可是，我明明是提出送我回王都的要求啊！怎麼會跑到紅州來？這裡真的是紅州嗎？為什麼啊？」

「我才想問你吧！」

兩人一頭霧水的答非所問。一旁看著的燕青，肚子突然叫了起來。燕青心想總之先填飽肚子吧，便試著對他們說：「先去吃晚飯好不好？」

● ❁ ● ❁ ●

……在廢寺裡找個地方落腳後，燕青發現了一座火爐，便很快將火生起。眾人圍著火爐也分別找地方坐了下來。楸瑛還是一副狀況外的模樣，歪著頭喃喃說道：

「奇怪了啊……我明明拜託珠翠小姐送我回王都的啊……你說是不是，璃櫻？」

「呃……嗯……」

「話說回來『通路』都是那樣的嗎？我差點暈死了，嚴重暈船都沒這麼誇張呀……大家每次都要抱著必死的決心才能經過那道通路嗎？」

「……啊……嗯……」

超不擅長找藉口的璃櫻實在窮於應付楸瑛的問題，正襟危坐，冷汗直流。

楸瑛環顧著怪風咻咻吹過的這間破廟，露出同情的表情。

「沒想到鼎鼎有名的古剎江青寺竟然破落至此……是什麼時候被廢寺的啊？好慘喔。」

一旁的璃櫻終於吞不下這口氣，豁出去的開口了：

「這裡怎麼可能是江青寺啊！江青寺也沒有被廢寺！哪有什麼慘不慘的！」

「咦？是這樣嗎？那怎麼會變成這樣的呢？我看應該也有好一段時間了。」

「呃……那是因為……出了一點小差錯……對、對不起啦……」

楸瑛雖然驚訝，卻不知為何伸出手去摸摸璃櫻的頭，想安撫沮喪的他。

既然來都來了，也是沒辦法的事。

「好吧，這次又是被什麼事件給捲入了呢？秀麗大人，妳不是應該正為蝗災一事採取行動嗎？」

「……其實現在正在處理別件事……」

秀麗開始簡單扼要地說明來到紅州後發生的種種狀況。

這時，秀麗發現璃櫻對「空殼」之事似乎有所反應。

「璃櫻，難不成你知道『空殼』的事？」

「……是的。姑媽捉到他並讓他沉眠於縹家時，我曾見過……所以，他的長相我是知道的。」

璃櫻除此之外就不再多說什麼，莫名的只是凝視著秀麗，令秀麗有些疑惑。

「小姐，剛才那些傢伙，妳也看到了吧。那個狐狸面具男，還有額上刺著死刑犯刺青的人。雖然刺青用布纏繞遮蓋了。還有，以我的直覺判斷，其中應該有一兩個人和縹家有某種關聯才對。」

「沒錯，我也看到了。如果其中混入一兩個縹家術者……我想，有些事就說得通了。」

秀麗用手壓著額頭，閉上眼睛整理思路。不多久，突然呵呵地笑了起來。

「嗯……燕青，你之前說準確度只剩下一半，不過我想應該被你給料中了。鐵炭的事也一樣。」

楸瑛對最後一句話起了反應。

「鐵炭？是指紅家經濟封鎖時大量消失的鐵炭？」

「對。我會盯上這座寺廟，和那件事有點關係。」

燕青看了秀麗一眼，徵詢是否可說出這件事。秀麗點頭同意後，他便繼續說了下去。

「嗯……就從頭開始說起吧。我會來到紅州，正是為了追查鐵炭的下落。我在紅州上下調查究竟當初鐵炭是從哪裡消失的。可是不管調出州府或各郡關塞的記錄，都沒找到相關通行許可的證據。然而鐵炭和技術人員又的確失蹤了。這麼一來，璃櫻你聽了先別生氣喔。我想小姐的推測應該也和我一樣，一開始，我便認為東西是去了縹本家。」

秀麗點頭。一直到夏天結束時，秀麗也都認為縹家和瑠花是這件事的幕後主使。

「接著，小姐去了縹家，和璃櫻你一起消失在光芒之中時，我心裡想，大概就是用這個手法了。如果對方內部有縹家的年輕一輩，那麼很可能就是利用『通路』將鐵炭等物品運走的。」

璃櫻搖頭否定了這個說法。

「不，那是不可能的。要打開『通路』必須先獲得許可。這一帶能給予許可的就是江青寺的高階術者，但從夏天開始，為了前往紅山守護神域，他最近都不在。更重要的是，別說『通路』被姑媽下令阻斷，而且基本上會這麼做就非常不合理。縹家各社寺都存有百年份的食糧和燃料，與其大費周章從紅家或州府偷，還不如對各社寺下手事情會更簡單。」

秀麗仔細的將這些資訊都裝進腦袋。事實上，燕青之所以會說準確度只有一半，也是因為考慮到這一點。但即使如此，還是有一半的可能。秀麗望向璃櫻他們落下時的「通路」廟社。

「那麼會不會是有著瑠花大人不知情的『通路』呢？例如這座煩惱寺。」

「煩惱寺？……妳說這裡是煩惱寺？」

璃櫻總算弄清楚身在何方。一聽見煩惱寺這個名字，更不由得大驚失色。

「原來是煩惱寺集團！我沒聽說煩惱寺的『通路』還可以用啊！」

「這間道寺是何方神聖嗎？名字就很亂來不說，還編號到一零九耶。」

「……我曾聽說上一任宗主的時代，為了和某個詐欺師集團利益交換，便答應他們建立『通路』。後來因為這通路被用來詐騙百姓，騙取金錢，在姑媽成為大巫女之後便全面廢除了……原來如此，所以這裡還是保留了『通路』認可嗎。既然路是通的，就表示還可以用……不過這是偽造的。否則我們也不會掉在廟社上方了。」

璃櫻說著，露出恍然大悟的神情。雖然這不是縹家幹的好事，但縹家卻一直被利用了。

「原來如此……所以你們才會認為煩惱寺的『通路』是被用來運送鐵炭的嗎？」

「對。而且仔細調查就會發現，外表看來破爛的這座寺廟，其實建造的意外堅固，看來是經過了補強。屋頂和地板的修理也很完善，可以肯定有人定期使用這裡。」

秀麗咬著從燕青背包裡拿出的魷魚絲，雙手環抱在胸前說：

「可是消失的鐵炭數量相當龐大，所以還不可就此下定論。那麼大量的鐵炭，要從這間小寺廟一點一滴慢慢運送，肯定相當費事。再說就算是廢寺，也很難做到完全避人耳目。或許有可能利用這裡當作暫時保管的場所，至於運送則由其他更『正式』的通路進行。不過，可以確定的是，既然狐狸面具男和術者出現在此地，就表示這裡的『通路』對他們來說依然相當重要。」

如果只想帶走秀麗一個人，利用這裡的「通路」可說輕而易舉。就像過去技術人員失蹤時一樣，突如其來的消失，不留下絲毫證據。如此一來，將秀麗引誘來此的理由也可解釋得通了。

「沒想到這裡的『通路』竟然真的還能使用……我會好好調查並且馬上封鎖！」

「啊，可以先等一下嗎？璃櫻，至少等到後天再說。」

燕青正想伸手去拿肉乾，一聽秀麗這麼說，差點沒昏倒。楸瑛和璃櫻也有同樣的反應。

「……小姐，妳該不會是想反過來利用這裡的『通路』去追他們吧？距離紅風吹起，只剩下兩天耶！就算妳去了，頂多也只有半天時間可以用喔！」

「可是，怎麼能放過這大好機會呢！『通路』另一端很可能就是對方的巢穴，至少也會是離巢穴很近的場所。順利的話，說不定還能找出鐵炭的線索。就算不能，或許可以抓住狐狸男的狐狸尾巴啊。就算用一千把槍指著我，我也非去不可！」

「妳冷靜點！聽好了，如果『通路』另一端真是對方的巢穴，去到那裡豈不是四面楚歌？全體集合等著妳自投羅網是很有可能的吧！」

真沒想到，自己竟然有被燕青說「要冷靜點」的一天。

「唔……可、可是，燕青和藍將軍都在……」

「那我問妳，妳打算怎麼去？」

「……咦？」

「我們這裡的每個人都是普通人吧？既沒有巫女也沒有術者在場，要怎麼讓『通路』打開呢？」

秀麗看看燕青，又看看楸瑛，再看看璃櫻，最後看了看自己。然後抱頭大喊：

「啊啊啊啊……怎麼這樣啦，你真的是燕青嗎？我的部下哪有這麼能幹！這麼一來，我不是只好煮飯給你吃以資獎勵了嗎？不過費用要從你薪水扣！」

「這算是褒還是貶啊！不要把氣出在我身上！」

「……我想，『通路』是可以打開的……」

一旁，璃櫻這麼囁嚅。秀麗意外的將原本自暴自棄咬在嘴裡的魷魚絲給整根吞了下去。

「什麼？那該怎麼做？」

「不管怎麼說……我身上流的還是縹家直系的血。血可以代替法術，雖然是個很傳統的方法，但只要我提供一定分量的血，『通路』應該會有所反應才是。只是若要用這個方法，回程一樣需要我的血。」

「唔，這方法在各方面都得委屈你呀……而且璃櫻你一定很在意蝗災的事吧……真的願意陪我一起去嗎？只要一天就可以了。如果璃櫻你能一起去，也好確認那個狐狸男的長相。否則按照楸瑛和珠翠的畫，恐怕路上每個人都得抓起來了吧。那樣我可是會被投訴的啊。」

被秀麗說得一文不值，讓楸瑛聽得心寒。這下總算能夠體會劉輝的心情了。

其實璃櫻也還沒做好和旺季見面的心理準備。不可否認，自從知道旺季已經來紅州之後，璃櫻就開始躊躇不前……說實話，秀麗的邀約，反而讓他暫時鬆了一口氣。

「……我明白了。」

丑時辰刻。填飽肚子，補充睡眠之後，秀麗來到「通路」所在的廟社前。

最後決定由璃櫻與燕青陪同秀麗前往。至於楸瑛則請他留在煩惱寺內待命。

「紅風吹起前，一定得回來才行……正如燕青所言，能用在那邊的時間頂多只有半天到一天。」

只要一起霧，就可提高鎮壓蝗災的可能性，但若霧始終不起，蝗群將會全數飛往紫州。身為御史的秀麗必須最優先處理的任務便是紫州的蝗災。包括確認起霧狀況在內都是她的工作，所以一定得準時回來才行。

璃櫻抬頭望向燕青。

「那端一定有縹家術者的埋伏，一到那邊之後，請你先制伏他。否則被他從那邊堵住『通路』就回不來了。只要能讓他昏倒，就可以確保『通路』順暢了。」

楸瑛望著手無寸鐵的璃櫻，突然有個想法。

「璃櫻，你會使劍嗎？帶我的劍去護身吧？」

璃櫻猶豫著，理由連自己也不知道，只知道若心中還有迷惘，就最好不要帶劍。

「……不，不用了。你也只有那把劍吧？而且對我來說，這把劍也太重了。」

此時秀麗也才察覺楸瑛身上已沒了雙劍。

「這麼說來藍將軍，『干將』和『莫邪』怎麼不在你身上？你沒帶回來嗎？」

「……是啊。因為珠翠小姐說她要用，就硬從我身上奪下……要是現在雙劍在身，就可以讓璃櫻帶一把去了……見過那種寶劍之後，我也好想擁有名劍啊……無名的也可以，像採『無名大鍛治』手法鍛造的那種劍就……啊，我扯遠了。是說，真的不需要嗎？」

「……是的，不需要。」

璃櫻點點頭，打開廟社的門。廟社本身相當狹窄，光是秀麗和璃櫻兩人進去之後，就幾乎沒有轉身的空間了。璃櫻取出小刀劃破自己的手指，點點血滴染上了方陣。

「波」的一聲，方陣開始發出微弱光芒。就在此時。

只有秀麗和璃櫻察覺異狀。一股強烈的吸引力將他們吸入方陣之中。只有他們兩人。

璃櫻倉促之下抓緊秀麗的手，也抓住燕青。然而——

（糟了，浪燕青沒有縹家血緣，會被彈開——）

無法帶他一起去。

秀麗從眼角瞥見燕青和楸瑛，兩人伸出手，似乎正吶喊著什麼。

……只有秀麗和璃櫻——只有他們兩人消失之後，被留下的燕青和楸瑛呆若木雞的站在原地。

●　❂　●　❂　●

隨著日子過去，風變得越來越冷，而風勢也漸漸增強了，這些迅都能清楚感受得到。或許是因為體內有著一半縹家血統，自小關於大自然和氣候的變化，總是能以「直覺」感受。

嘆了一口氣，呼出的氣息染白了天明前，丑時辰刻時分的黑暗空氣。

「……霧和雨都不出現哪，大人。」

天將破曉前，面對伸手不見五指的蒼梧原野，迅今天也隨著旺季四處巡視。

今明兩天，如果再不出現雲雨就沒機會了。明日深夜，紅風即將開始吹拂。

旺季放鬆手中的韁繩，仰望鹿鳴山上的江青寺。即使從此處也能望見點點通明的燈火。在那之後，江青寺不分晝夜都未曾休息。

茈靜蘭在企圖暗殺旺季的那個夜晚之後，就再也沒有出現。為了保護靜蘭，臯韓升提出他並未脫逃的報告，不過他也承認在那之後，軍隊中就再也看不見靜蘭的身影。然而旺季對茈靜蘭究竟去了哪，一點興趣也沒有。

「——迅。」

「……大人，請不要再叫我那已捨棄的名字。」

「這個名字最適合你了。你父親雖然是個一無是處的人，但唯有這個名字不得不承認他取得不錯啊。人如其名，是個好名字。從第一次見到你我就說過了吧，你除了成為司馬迅之外，什麼都不會是，也不需要是。」

迅垂下眼睛。「隼」這個名字是為了當侍御史而取的假名，旺季和孫陵王都還是一直稱呼他為迅。彷彿很清楚，他一點也不想捨棄身為司馬迅時的那段人生。

「不過，讓你成為『鬼魂』的人，畢竟是我啊……」

「大人……我……其實我很明白的。我本該是受到處刑之人。我……一直很想殺了自己的父親。螢的事不過是導火線罷了。」

「是啊。你想殺了他，然後自己也從世上消失。你想做的是抹煞『司馬迅』這個人。可是這是個好名字，你是條好漢子，抹煞掉太可惜了。」

什麼都不必捨棄也沒關係。那時，旺季隔著牢籠這樣告訴自己。

如果你無論如何都想成為鬼魂，那我就幫你實現這個願望吧。就這樣，到我身邊來——他當時是這麼說的。

是什麼讓自己握住那雙手的呢。迅經常這麼問自己。早已打定主意，無論當時的州牧孫陵王怎麼說，都下定決心接受處刑了。然而傳來了一陣腳步聲，旺季出現了。握住他的手時，迅的確放棄了司馬迅的人生而選擇了另一個人生。儘管無法捨棄過去的歲月，但迅卻選擇走上另一個未來。不經意的，旺季笑了起來。

「……你或許是我最後一個撿回來的人了吧。」

迅說不出話來。並不希望聽見旺季說這種話。在旺季面前，總覺得自己很沒用。明明有很重要的事情想告訴他，迅卻找不出適當的言語。說出口的，總是像蛋殼一樣毫無價值的話。現在也一樣。

「大人……並不是因為您將我從死刑中拯救出來，我才待在您身邊的。這是我發自內心的意願。」

「不過，我的確利用了你的那份心情。藍楸瑛不能原諒的，也就是如此利用了你的我吧。即使如此，我還是利用了你。」

在迅找出反駁的話之前，旺季便已改變了話題。用出乎意料的高亢語調說：

「迅，你想，那丫頭是去哪兒了？」

旺季眼中眺望的，是昨日與紅秀麗分別的鹿鳴山江青寺。

這是旺季第一次在意起秀麗的去向。一方面為此事感到驚訝，迅一邊小心翼翼的注意遣詞用字來回答。

「……您為何這麼問？」

「若不是與蝗災同等級的大事件，那丫頭是不會採取行動的。若不是和霧有關，就是和我有關，又或是——」

鐵炭吧。旺季在心中這麼說。腦中閃過將鐵炭搬過去隱藏的那座山。自從在某個雪夜裡迷途之後，旺季便決定打造出那個地方。

仔細想想，那座山就像是迅。不管找什麼藉口，被旺季變成鬼魂這一點，都是無法改變的事實。萬一那座山被發現了，事情將會變得很棘手——

（應該不至於吧……再說就算真的被找到，只要沒有鑰匙……）

夜更深了，空氣也越來越涼。不經意的一瞥，迅臉上的表情和旺季的任何預測都無關。帶著一絲迷惘……這種時候的迅，多半隱瞞著什麼。

「……迅，你是不是還有什麼事情沒向我報告——」

就在此時。

迅忽然抬頭望向天空。臉上的表情看似詫異，卻不是想岔開話題的樣子。

旺季也跟著望向藍色天空，這才發現不知不覺中，一層薄薄的灰雲開始覆蓋住天空。

「……大人，風向……改變了。雨是否──」

話還沒說完，一滴雨便「啪」地打在旺季臉頰上。

旺季睜大了眼，仰望天空。

「迅！如何，這就是長老說的最後之雨嗎！」

雨勢微弱得連打上肌膚都沒什麼感覺。看起來也不像是會下得更激烈。

「……我不知道。不過確實有什麼改變了。只是，光靠這種程度的溼度和雨勢是絕對不夠的。看那雲層如此薄，就算下雨也只是下下停停的程度吧。還有，大人……」

「什麼事？有話就說清楚。」

「……這只是我的直覺而已。可是，我有個感覺，紅風明天就要吹來了。」

旺季挑起眉。若真如此，就比江青寺預測的提早半日。

原本以為，雖然只是如此微弱的雨勢，只要下個兩天或許還有辦法──然而現在迅的這句話，等於直接否決了這個想法。但若迅還是這麼說的話，旺季認為就值得去相信他。

抬眼一望江青寺，燈火的數量比剛才增加了一倍。不禁佩服他們對氣候的觀察與應對果然很迅速。連站在這裡，都彷彿聽得見他們正倉促奔走的腳步聲。

「……江青寺動起來了。看來很有幹勁──我們回州府吧。準備下令給紅州全郡府。」

原先被抓住的手臂突然放開之後，秀麗因反作用力而一屁股跌坐在地。

隨後馬上聽見有人在哀號，不過隨著一記鈍重的聲音，哀號馬上就停了。

眨著眼睛，秀麗環顧四周，在一間陌生的房間裡，看見璃櫻打量了兩個看似術者的白衣人。只聽見璃櫻呼呼喘氣的聲音。來的人，只有璃櫻與秀麗而已。

秀麗回想起進入「通路」前發生的事。只有自己和璃櫻被拉過來的感覺。

「……璃櫻，難道……？」

「抱歉，浪燕青沒辦法一起來。真不巧，來的竟然只有手無寸鐵的我跟妳。」

璃櫻劃破的手指還在流血。因為是指腹，血很不容易止住。

八角形的房間裡，有著幾盞火光閃爍的燭台。裝飾與擺設類似煩惱寺給人的感覺，不過和那裡狹窄的空間不同，這間房間相當的寬敞。可是，這裡只有一扇門且沒有窗戶，叫人有點喘不過氣來。璃櫻不知道是不是因為自己相當焦慮才會有這種感覺。

「只要想出能離開這裡的方法就好。值得慶幸的是，我們不是單獨前來的。」

手指被抓了過去，用手巾包紮起來。望著笑吟吟的秀麗，璃櫻這才鎮定了一點。一邊望著昏倒在房間角落的兩名術者，也開始試著動動腦筋。

想轉身回去的話，趁現在應該還來得及。不過就算那樣，不能帶燕青和楸瑛一起過來的事實依然無法改變，就算想找其他術者幫忙，恐怕在這段時間內通路就會遭到對手封鎖了。

「……璃櫻，讓燕青去縹家找其他術者，再讓他們飛過來需要多少時間？」

秀麗似乎也排除了轉身回去這個選項。璃櫻苦笑著說：

「妳說那裡是煩惱寺一零九號對吧……附近雖有幾間縹家社寺，但現在主要術者都被派往各神域了。要想找到派得上用場的術者再帶過來，可能需要花上半天時間。」

「也就是傍晚啊。」

「快的話，應該是這樣。」

「那麼在那之前平安無事就好囉。只要在最後回到這裡就是了。好，姑且先這麼做吧。」

秀麗看了看兩名昏倒的術者，分別伸手在自己和璃櫻的背包中撈什麼。

「先將那兩人綁起來，蒙上嘴巴後丟進地板下。接下來就慎重行事吧。」

妳到底是哪裡慎重了啊。璃櫻忍住這麼說的衝動，開始動手撬起地板。

結束怎麼看都像闖空門強盜的工作後，璃櫻決定先探視一下屋外的動靜。

打開唯一那扇門，天明前的冰冷空氣便侵入室內。

一打開門就是戶外了。夜間視力良好的璃櫻，很快就看見附近有一間寺廟。看來方陣帶他們抵達的這間房間，是位於寺院境內一角的小祠堂。

留下秀麗，璃櫻如貓般的不發出聲音，朝室外走去。不經意的對星空一瞥，但卻大吃了一驚。

（這星空……難道這裡——是紫州？）

方位雖然偏離了不少，但此時天上的星座方位與璃櫻身在貴陽時觀測到的幾乎相同。絕對沒錯。

（這是紫州的……某個山裡吧？地勢應該比山腹還要高些……）

聽得見夜梟的叫聲。雪白的霜柱不斷落下，這裡比紅州冷多了。

祠堂正後方是一片蒼鬱的樹林，沿著斜坡往山上生長。寺廟規模不大，配合山勢建在山凹裡，靠山麓的那一側看得見一小片平原。

璃櫻小心注意是否有人煙，一邊試著沿著寺廟走出去。剛走出的那間祠堂正面，有另一間掛著鐘的小堂。如貓般躡手躡腳走近一看，眼前奇妙的事實令璃櫻皺起眉頭。

（……道寺的名字被磨除了……為了不想被人發現這是哪裡的道寺嗎？）

正堂也沒掛上任何顯示道寺名稱的匾額。若是不想被人推測出這是哪裡，那麼湮滅證據的手法可要做得相當徹底。

而與正堂相反的那側，則可看見某種建築。璃櫻雖然思索了一下要不要通知秀麗，但研判之後，覺得距離並不遠，便快步穿過正堂，試著朝相反側的目標前進。

目標建築正好與方陣抵達處的祠堂方位相對，也是一座八角形的祠堂。此外旁邊還有一間老舊的柴房。璃櫻檢查了一下祠堂，和方陣抵達的祠堂不同，門上了一道堅固的大鎖頭，靠璃櫻的力量沒有辦法破壞。

突然璃櫻用鼻子嗅了嗅氣味，朝氣味飄來的方向望去，是那間柴房。柴房外雖然設有圍欄，但他發現可從欄杆空隙向內窺探，便往前靠近。

凝神細看，房裡有數十個大甕並排，味道就是從這裡飄出來的。

（油甕……？還真儲存了不少。）

不是鐵也不是煤炭，這讓人有點失望，璃櫻決定還是先結束搜索，回到秀麗所在的祠堂。否則再繼續下去，秀麗可能會擔心。

轉身正想回頭時，璃櫻不經意地低頭一看，卻發現地面上有某種痕跡，心頭一驚——那是車輪輾過的輪溝。

（是裝貨物的車吧……車輪看來相當大。這裡的地面土質偏硬，卻還留下如此深的輪溝，搬運的物體想必很重……）

而且不只一輛，由車輪留下的痕跡看來，有好幾輛不同種類的車，分別刻下深深的輪溝。

——搬運的貨物是「某種」重量級的東西。璃櫻猛地抬起頭，循著輪溝的痕跡走。那痕跡一端朝後山道路消失，而另一端——

通往那間上了堅固鎖頭的八角形祠堂。

「怎麼了？璃櫻。」

秀麗肩上扛著一座長柄燭台，似乎想充當武器。看見璃櫻之後，才安心似的將燭台從肩頭放下。

璃櫻將自己眼見的一切毫無保留的告訴了她。秀麗對於這裡竟是紫州某處山中之事雖也感到驚訝，但似乎最在意的還是對面那間上了鎖的祠堂。

「想要硬撬開是不可能的喔。不像這邊這間的門是木製的，那邊那間可是鐵門。」

「……唔……嗯……」

秀麗正在沉吟時，璃櫻臉上的表情突然呈現僵硬。

……「咿呀」一聲，門被打開了。

從門縫裡看見那張戴著狐狸面具的陰森面孔，秀麗也不禁倒抽一口冷氣。

「站起來！」

璃櫻對秀麗大喊，並搶過燭台一口氣奔上前。從門內一腳踹出去，脫落的門便朝狐狸臉男飛去。

此時秀麗正好趕到身邊，璃櫻拉起她的手往外跑，卻發現剛才還杳無人煙的寺院，如今已被數十人包圍了。

（——可惡。他們是打算來對付浪燕青的。）

憑璃櫻的實力，光是打倒一人都很費力。

「我們逃！」

殺手們正無聲地從寺院後方的山路斜坡下來。不過當他們看見對手是璃櫻時，不知為何竟出現瞬間的猶豫。

璃櫻一邊揮舞著手中當作棍棒使用的長柄燭台，一邊牽著秀麗的手往鐘堂衝。

「……抓住那女的就好。」

微暗中，有一個聲音這麼說。

感覺得到追兵不斷。拉著秀麗衝下眼前展開的獸徑，璃櫻選擇進入森林之中。既然對方想拆散個頭不高的兩人，只好藉由穿梭於狹窄的樹林間以爭取逃跑的時間了。然而腳程的快慢實在相差太多了。

突然璃櫻手中感受到誰正拉扯著秀麗。璃櫻一腳踢開正想拉走秀麗的殺手。明明看見秀麗踉蹌著逃開，但不斷有其他殺手湧上來，很快就看不見她的身影了。就連燭台都不知道在什麼時候被打掉，找不到了。

「紅秀麗！」

璃櫻大叫。現在只有我能保護得了她啊。令人頭暈目眩的焦躁令璃櫻發狂，但對手似乎沒有殺害璃櫻的意思，只專注於將秀麗帶走。璃櫻撥開人群想找到秀麗，卻只是不斷撞上厚厚的人牆。

此時，聽見有什麼從高處墜落的聲音，以及秀麗的尖叫聲。

正當璃櫻臉色鐵青往聲音傳來的方向一看，後腦杓卻遭人猛力一擊，失去了意識。

……璃櫻最後只聽見不知道誰走近的輕微腳步聲。

●

與璃櫻分開的秀麗揮舞著手腳，拚命抵抗。好不容易擺脫抓住自己的手臂，腳下卻又一個踉蹌，被別的殺手伸過來的手抓住。此時，突然覺得好像聽見誰在說話。不是那聲音低沉的男人，而是一個更蒼老的聲音。

朝說話的方向望去，瞬間似乎看見一個矮小老人的臉。正當秀麗心想，老人長得好像一棵古木啊……馬上又被新湧上來的殺手推擠，腳下一滑，人便陷入飄浮在半空中的奇妙感覺裡了。

總覺得老人應該也看見自己了，但卻看不清他臉上的表情。

就這樣，秀麗沿著山崖斜坡滾下。

……咻、咻。是開水滾沸的聲音。

秀麗在這聲音中迷迷糊糊的醒來。日光灑滿了整間房。映入眼簾的是一般房舍的天花板，鼻中傳來的是普通家庭帶有生活感的氣味。那天花板也是秀麗很熟悉的普通樣式。

（……這是夢嗎……？）

撐起身子，秀麗不禁痛叫出聲。全身傳來擦傷與刀傷特有的刺痛感，讓她想起自己滾落山崖的事。看來並不是夢啊。小心翼翼地活動活動手腳，確認了並沒有哪裡折斷，幸運地只是全身受到撞擊與擦傷而已。

「……咦？有人幫我包紮過了……嗎？」

發現身上綳帶的同時，耳邊也傳來腳步聲。秀麗只能倉皇警戒，然而一看見那一臉擔心走進來的人，反而令秀麗瞠目結舌。站在眼前的，是個完全出乎預料的人。

「——咦？這不是曾在御史臺擔任獄卒的那位嗎？」

以前絳攸被關進御史牢裡時的那位獄卒。

秀麗這麼喊出聲來，兩拍之後，那個身材高大的男人才笑著點頭，表示秀麗說的正確。

也因此讓秀麗想起了一件事。為了保持機密，御史臺向來採用眼睛看不見或聾啞人等，身體有缺陷的人來當獄卒。在秀麗的印象之中，那位獄卒的確口不能言沒錯。然而，他為什麼會出現在這裡呢？

「咦？咦？為什麼？你為什麼會在這裡？」

一拍之後，大個子獄卒才拿起手中的石盤在上面刻起什麼來。

『我是這個村子出身的人。』

「欸？咦？村子？」

從透進日光的窗戶往外看去，確實能看見幾戶人家。

『今天早上，我進山裡想砍點柴薪，就發現紅御史妳倒在地上，所以將妳背來此地。御史臺的獄卒是輪流值班的，我現在正好休假，所以回村子裡來。』

果然沒錯，他就是絳攸入獄時負責看守的那位獄卒。秀麗過去根本沒想過獄卒也受過教育會寫字，現在想起來，不免為自己的那種想法感到羞恥而臉紅了起來。

「謝謝你救了我……對了，還有另一個人，你看到他了嗎？是個大概十歲的少年。」

獄卒想了想後，搖搖頭表示沒見過。看來是和璃櫻走散了。

獄卒將一個托盤放在還蓋著棉被的秀麗膝上。一看，上面放著一碗湯和三樣菜，飯菜都是熱的。一看到食物，秀麗肚子馬上發出咕嚕咕嚕的聲音。獄卒聽見了，反而嘻嘻地露出開心的笑容，點點頭便走出房間。

（村子……？穿過那條「通路」後，不但來到那間可疑的寺院，還遇到狐狸臉男及「牢中的鬼魂」。可是在這同一座山裡，卻還有那位獄卒家鄉的村子……？這到底是……）

秀麗一頭霧水地思考著，邊不忘拿起筷子吃了起來。她慢條斯理地咀嚼著每一顆米粒，感覺甜味在口中擴散。喝一口溫熱的湯，溫暖身體的每個角落。

從陽光來判斷，現在時間應該是中午過後。璃櫻說的如果沒錯，到了傍晚燕青或楸瑛便會跟著不知從哪裡弄來的縹家術者來迎接自己，這可能性很高。所以在那之前多多少少一定要——

（……村子……獄卒的故鄉……）

秀麗一直覺得這其中有什麼奇妙的關聯。御史臺的獄卒。現在的秀麗只要一聽見是與御史臺相關的事，腦中馬上浮現的便是葵皇毅或旺季。

——以保持機密的名目而率先僱用殘障者的御史臺。

（……那條法規，是何時修正的？）

從前的作法，是將罪犯的舌頭或耳朵割下，或眼珠挖出後再僱用他們。然而秀麗聽說約莫從十幾年前起，方針有了改變。十幾年前。秀麗猛然停下筷子……那時的御史大夫應該是旺季。

雖然說起來很遺憾，但秀麗心裡也清楚，在這個國家，那些身體有缺陷的殘障者不但沒有學習的機會，也不可能被誰僱用。然而那位獄卒不但會寫很多字，還在公家機關工作。

是誰給了他這樣的機會。還有，這個村子該不會是——

秀麗低頭望著盤子上擺得整整齊齊的菜餚。

用餐完畢之後，秀麗和獄卒一起洗碗，並用打掃和洗衣服等家事來表達謝意。獄卒雖然拒絕了一次，但當秀麗再次這麼說時，他便露出高興的表情，並幫秀麗一起完成那些工作。

為了洗衣服，秀麗也走出屋子來到村中。村子比想像中大，不大像是一點一點形成的聚落，反而像是一開始就有人決定要在這裡建設這個村落。到處都看得見倉庫，裡面放著共同使用的儲備品。在寺院時，璃櫻說他看見的那個倉庫也是其中之一吧。靠近往裡一瞧，倉庫裡放的除了日常用品之外，毫無例外的都存放著鐵炭與柴薪，也都有好幾個裝滿的油甕。

就場所看來是個盆地凹陷處，周圍只看得見天空與山，不像璃櫻說的那樣，還能看見大平原。

中途在看似村莊的入口處，見到一條朝山上延伸的細窄道路，令秀麗內心一驚。抬頭望去，可以窺見像是寺院屋頂的東西。

（咦，難道這就是璃櫻曾走到一半，通往寺院的那條路？）

話雖如此，秀麗還是感到訝異。若這裡是村子的入口，一般來說，連接入口的道路不該是通往山上，而應該是朝山麓而下才對吧。然而不管秀麗四處轉了幾圈，除了找到幾條獸徑外，看到的道路都只是通往山裡或田地而已。

（？？？這麼說來，出了這個村子，就只能往哪攀登上去囉？）

洗完衣服，回到房裡，秀麗試著問了獄卒。得到的回答卻只是笑嘻嘻的一句「沒問題啦」。

當秀麗在院子裡晾起洗好的衣物，路過的婦女和孩子們便很感興趣似的隔著圍牆窺看。她在村子裡走動時也一樣，這村裡的人對素未謀面的秀麗，與其說懷抱警戒，不如說都不怕生的主動靠近。看來他們也都知道秀麗是獄卒從山裡撿回來的。

接下來秀麗就在拗不過村人的請託下，四處幫忙起村裡的種種事務。

這段時間下來，秀麗也漸漸確信了自己的直覺沒有錯。

——不多久。

西方的天空已被夕陽染成了橘紅色，一看到這個，秀麗便對正在劈柴的獄卒這麼說：

「……獄卒大哥，其實我差不多得回去了。謝謝你救了我。」

獄卒停下手中的工作，微微一笑，像是在說「嗯」的點點頭。

秀麗並不知道獄卒知道些什麼，或是知道到何種程度。

獄卒擦擦汗，伸手緊握住秀麗的雙手，並用力搖晃了幾下。這或許是向她道別的意思。

那是一雙溫暖的大手。除了無法開口言語之外，他什麼都辦得到。

——希望這個村子裡，人人都能有此境遇。

獄卒先回家一趟，又帶著不知裝了什麼的包裹回來。牽起秀麗就這麼往前走。秀麗默默跟著他，果然一如預期的，被帶到通往山上的道路，往更高的地方走。沿著蜿蜒曲折的山路走了一陣，寺院的屋頂也越來越靠近了。

來到大約一半路程之處，秀麗停下腳步。再繼續下去，會害他被捲入的。秀麗一停下來，獄卒也跟著站定。

「……真的很謝謝你。但是到這裡就沒問題了。請你回去吧。」

秀麗深深低下頭。獄卒扶起秀麗，輕拍她的背後，又在石板上寫起字來。

『希望還有機會和紅御史在御史臺見面。』

然後，他便將那沉甸甸的包裹交給秀麗，露出一個如太陽公公般溫暖的笑容後，放開秀麗的手走下山了。

此時，傳來一陣急奔下山的腳步聲。秀麗想起天亮前遇到的襲擊事件，不由得放慢腳步。不過——見到來人的臉，她終於放心大叫：

「璃櫻！」

「紅秀麗！妳沒事吧！」

「呵呵，你看，她這不是好好的嗎。虧你還一整天紅著眼睛滿山遍野跑著找人。」

秀麗看見璃櫻背後出現一位小個子的老人家，正慢條斯理的走下山來。心想「這位老人家好像一棵古木啊」——這不就是跌落山崖前的那一瞬所看見的那個老人嗎？

一開始猶豫著該如何向璃櫻說明，不過還是簡單扼要的告訴他實話了。

「我則是被這個老人從山裡撿回去，帶到其他山屋去了。妳說的村子我也去看過，但後來就都在森林裡找……不過妳沒事真是太好了。」

秀麗正想向老人道謝時，卻見老人目不轉睛地看著她手中的包裹。

「這位小姐，這包裹是怎麼回事？」

「咦？您說這個嗎？這是獄卒大哥剛才給我的……難道您知道些什麼嗎？」

望著那沉重的包裹，老人歪著脖子，又驚訝地挑起眉毛。

「……哈哈哈！真是令人驚訝啊。」

不知為何老人笑了起來，單手就挑起秀麗得用雙手才拿得動的包裹，並放在掌心輕拋，一副看來很樂的樣子。單眼中閃著饒富興味的光芒。

「既然如此，我就為你們引路吧，也算是向少爺小姐賠罪。」

「賠罪？」

並未回應秀麗這個疑問，老人踏上百轉千迴的通道，開始朝寺院走去。秀麗與璃櫻雖然不明就裡，反正也不知該上哪去才好，姑且便跟著他走。

璃櫻因為有了一次教訓，一邊注意著周遭的動靜，一邊和秀麗並肩同行，並低聲對她說：

「……紅秀麗……妳看過那個村子了吧？」

「是啊，我看了，也遇見很多人。」

秀麗靜靜低語。

「……可是哪，不管我怎麼裝作若無其事的問，都沒人願意說。不管是那間上了鎖的祠堂裡到底有什麼，或是那座山的名字、村子的名字以及寺院的名字，都沒人願意告訴我……也不告訴我他們的主子是誰。」

他們在保護著某人。而且那應該是個幫助他們，守護他們的人。

「璃櫻，那個老爺爺有告訴你什麼嗎？」

璃櫻出現微不可見的反應。但他只是抿緊雙唇，什麼都沒說。璃櫻一定聽說了什麼，也因此知道了什麼。那可能是秀麗所問不出來的。然而秀麗卻不再追問。

走在鬱鬱蒼蒼的山中，四周漸漸暗了下來。就在秀麗的膝蓋幾乎快要撐不住時，群樹的另一端出現了一道寺門。秀麗想起天亮前遭遇的襲擊，全身戒備了起來。

「噯，璃櫻。你是從上面下來的吧？」

「是啊。從那座寺院下來的，不過剛才那裡沒半個人。」

看得見大殿，左側是鐘堂，右側則是倉庫。

穿過門可羅雀的寺院大門，老人朝倉庫而不是鐘堂的方向走去。聽得見他搖晃著手中的包裹，從裡面傳來叮叮噹噹，沉重金屬互相撞擊的聲音。

秀麗與璃櫻聽見聲音都有了反應。定睛一看，老人正靈巧的用單手在包裹中翻找著什麼，拿出來的是一個鐵環。上面搖搖晃晃的掛著一把很大的鑰匙。

秀麗想起相反方向那間用鎖頭牢牢鎖上的祠堂。

「老、老爺爺，這把鑰匙該不會是——」

老人微微回頭，那僅有的眼裡浮現笑意。

「我已經說過，要向你們兩位賠罪了不是嗎？小姐。」

通過倉庫前方，再走幾步就在快要抵達祠堂的時候。

璃櫻怒視著祠堂那頭的山坡斜面。

「——他在那！快進入祠堂把門鎖上！」

秀麗很快地拉住老人的手狂奔。

瞬間，眼前閃過一張在山上被夕陽照得更顯蒼白，陰森森的狐狸面具。

打開祠堂門鎖，秀麗先讓老人進去後，璃櫻也一把將秀麗推進去才跟著進來，並用全力壓住那扇朝內推開的門。那扇門重得有如石臼一般，璃櫻費了九牛二虎之力，才好不容易關上它。黑暗中只聽見秀麗的叫聲。

「璃櫻！從裡面鎖上！啊，這裡好暗啊！什麼都看不見，找不到內鎖的話，只好找個什麼石頭來頂——」

「冷靜點，小姐。這門可以從裡面鎖的。在這裡、這裡，還有這裡，共有三道。」

在老人不動如山的聲音之後，是三道門鎖鎖上的厚重聲響。悶悶的回音之後，便聽不見來自外面的聲音了。看來牆壁比想像中的要厚上許多。不一會兒又聽見一陣窸窣，然後傳來「波」一聲，點燃了火光。

老人單手拿著燭台，即使周遭一片黑暗，依然毫無窒礙地將屋內的燭台一一點亮。秀麗坐在地上歙動鼻翼……是鐵炭的味道。

璃櫻也驚訝地睜大了雙眼，那是數量相當多的鐵炭和柴薪。即使室內昏暗也看得一清二楚。

然而回頭看秀麗，她非但未露喜色，反而顯得很失望。

數量不夠。

秀麗一邊望著點亮的燭火，一邊拖著疲憊的身心望向老人。數量不夠啊。

「這裡沒有窗戶什麼的，點火不是很危險嗎──」

「風是從這裡來的。」

老人推落一疊柴薪，從下方出現一個鐵環。秀麗和璃櫻都還來不及吃驚，老人就若無其事的輕輕拉起了那個鐵環。

隨即有一陣風從地下吹上來，接著四周便充滿了祠堂裡所不能比擬濃厚鐵炭氣味。秀麗翻身彈跳起來，望向老人，他臉上正浮現一個古木般謎樣的微笑。手上端著燭台便直接往地下走。

跟著老人來到地下室的兩人更加吃驚了。地下挖出一個巨大的空間，裡面放滿了龐大數量的鐵炭，在微弱的手燭光線下隱約可見。

秀麗踉蹌著走了幾步，一邊走，一邊用手探索著觸摸那座鐵山。冷得像是結冰一樣。這裡似乎和外頭保持了空氣的流通，臉上有風吹拂過的感覺。手上觸摸的鐵表面上有著凹凸，應是刻了什麼文字。

但再怎麼定睛凝視依然看不出，只好用手指觸摸解讀。

紅州．河東。紅州．西山。紅州．鳳翔——

是紅州三大鐵產地名。地名清楚地烙印在上面。

秀麗頹坐在地，搖曳的火光那頭，老人又如古木般笑了。

「呵呵，妳在找的東西就是這個吧，小姐。」

「……你為什麼要這麼做？」

「我不是說了嗎？就當賠罪。再說把這鑰匙交給妳的，不是我。他心裡應該也有將這把嚴密保存在村裡的鑰匙交給妳的想法吧，畢竟他對妳在御史臺時的表現也很中意。還有，光是在這座山裡傷害人，就是不管用什麼理由都不能原諒，也是必須要賠罪的事。這一點毋庸置疑。就連我都有點生氣了呢。」

「對了，還有——」老人望望手無寸鐵的秀麗和璃櫻，咧嘴一笑。

「你們兩位能找到這裡來，卻不帶任何武器，我看了很喜歡。相對的，那些揮著武器追趕你們的傢伙，我就看不順眼。」

老人手中的燭台，在黑暗中只照亮了他的單眼。然而即使他有著詭異的外表，但也如經年古木般，有種說不出的溫暖。就像老人的聲音一樣，滲透人心。

秀麗抬頭仰望那如小山高的鐵炭，想起御史牢那位獄卒，以及那個村子裡的人們。

「今天我在村裡走動時，發現了一件事。那麼大的一個村子，男丁卻很稀少。但他們卻不像是出遠門去賺錢，和村裡的婦女一起做家事就能發現，男人們每隔幾天就會回家一趟……」

村人們雖然很親切，但行事卻很謹慎。

「我想，或許那些男人都在這座山裡的其他地方，做著某種工作……」

狐狸男。從山坡上滑衝下來的那些殺手。他們是從哪來的？沒追上來的話，又去了哪裡，做了什麼？

老人似乎察覺秀麗已經找到問題的答案，又笑了起來，使得長相詭異的臉上佈滿了皺紋。不過，他既不肯定也不否定秀麗說的話。

「小姐，妳已經看過那個村子了，妳卻還是不打算改變跟隨的主君嗎？」

村中超過半數的人都身負某種殘疾。然而即使如此，他們依然過著與常人無異的生活，幾乎什麼都可以靠自己處理，也都各自有工作。不管在村內或村外都充滿活力的賺錢負擔房租。現在這個國家無法做的事，在那村中卻實現了。是某位大官，在這座山裡實現的。

感覺到璃櫻的身體僵直了起來，秀麗深呼吸一口，用力抿緊雙唇。

「——是的。」

「喔？能告訴我理由嗎？」

「正因為我看過了那個村子。」

這是第一次，老人滿不在乎的表情起了變化。一方面看似覺得有趣，一方面又審慎地留意著秀麗接下來的回答。

四處可見的倉庫。那個地方。看不見的盆地。大量的油甕。

秀麗察覺了老人的表情沒有改變。果然沒有猜錯。秀麗輕咬住嘴唇。

「如果是劉輝，鐵定不會那麼做。也不會讓他們那麼做的。絕對。」

呼地，老人嘆了一口氣。火影搖曳，老人的表情看來像是在苦笑。

「妳真讓我驚訝啊，小姐。沒想到妳竟能看穿到這個地步。我還以為察覺的人只有我呢。接著說吧。」

「──他會幫助他們。就算……我去不成了，也一定會派別人代替我去的。」

「呵呵，去哪啊？」

「就是這裡。」

堅定的語氣，讓老人歪了歪頭。不過他只露出「這樣啊」的表情微笑了一下。

「能與那人為敵並追查到這裡來，妳的確很有本事。不過，差不多是妳該回去的時候了。要是一直被耍得團團轉，可會迷失掉重要的東西喔。」

「咦……？」

就在這時，頭頂傳來聲響。雖然不知道是什麼聲音，卻叫秀麗心驚。

看看時間，就算是燕青與楸瑛從「通路」來也不令人意外。要是再繼續待在這裡，恐怕會錯失與兩人相見的機會。可是若來的是敵人——

「璃櫻……」

「我來開門。那些傢伙好像不敢對我出手。」

因為自己是旺季的外孫。這句話，璃櫻並未說出口。秀麗點點頭，爬上階梯。

當老人將柴薪堆回原處掩飾地道的同時，璃櫻也正在與最後一道內鎖搏鬥。老人上鎖時明明看起來一點都不費力，璃櫻卻使出渾身力氣才好不容易打得開。鎖得真是緊啊，看他個頭明明和自己差不多高，為什麼會有這麼大的力氣——

當所有內鎖都打開時，聲音也停了。

璃櫻慎重地一點一點拉開沉重的鐵門，從只打開一條小縫的門縫裡伸進一隻手臂——下一秒，便看見那張狐狸面具了。

「——唔！」

璃櫻反射性的想關上門，卻被一股強大的力量推回，腳底一個踉蹌，跌倒在地。視野角落瞥見狐狸男抓住秀麗的腳踝，正企圖拉她出去。

秀麗眼中看見的，則是在近夜色的夕照中，一頭搖曳的波浪長髮。

還看見一把斧頭，對著秀麗就像劈柴似的劈下。

聽見璃櫻吶喊著什麼。

——耳邊傳來箭矢劃破空氣般的風聲，只不過那是比飛箭還要鈍重的聲音。是棍。

「小姐！」

「秀麗大人！妳不要緊吧？對不起，我們來遲了。」

聽見好不容易才等到的兩人聲音，秀麗這才用力睜開眼睛。如腳鐐般被那雙手抓住腳踝的感覺已經消失了。全身冒著冷汗站起來一看，眼前楸瑛正押著那個狐狸男。璃櫻也從祠堂那邊飛奔過來，一邊護著秀麗，口中一邊喊著：

「不是這傢伙！他是冒牌貨！」

其實楸瑛也在壓住這男人時就發現了這一點。雖然帶著相似的戒指，但並不完全相同，手上也沒有傷痕。更重要的是，眼前的男人和那副「空殼」比起來武功更高。楸瑛用力扯下他臉上的狐狸面具。

面具下的那張臉，在場沒有人認識。是個年約四十，頗具知性的男人。臉上從耳朵到下巴，有一道很大的傷痕。

「秀麗大人，這傢伙不是企圖殺害珠翠大人與瑠花大人的兇手！」

「你說什麼？那……那……」

——被騙了。

秀麗感到全身像泡在冰水裡似的起雞皮疙瘩。就在此時，從山上突然萬箭齊發，朝眾人射來。

「小姐，快趴下！」

燕青使起棍棒擊飛如豪雨般降落的箭。楸瑛為了閃避箭矢，一時失去戒備，正當他感覺手上起了微妙變化時，手中抓的只剩下一把波浪長髮了。

狐狸男趁機逃向黑暗之中。

「糟了……」

「藍將軍，不要追了！」

秀麗大喊，最後轉過身去，朝祠堂中的老人伸出手。

「老爺爺！請過來吧——跟我一起。」

老人望著秀麗伸出的手，笑著搖搖頭：

「呵呵，我確實滿喜歡現在的這個世界，不過啊，小姐，我不能和妳一起去。我選擇的另有其人。只是呢——」

最後不知道他說了什麼，只看見揮手道別的模樣。秀麗還想說些什麼，應該是有關劉輝的事吧，但腦袋一片空白，什麼也說不出來。就這麼被璃櫻牽著往相反方向的「通路」奔去。回頭想再看老人一眼，眼前卻只有一片混沌的黑暗，什麼都看不見。

或許是看到擠成一團，從狹小廟社摔回的四人而感受到事態不尋常，一名像是術者的男子馬上下令「將『通路』完全封鎖！」砰地一聲，廟社的門也關起來了。

秀麗感覺自己被燕青熟練地拉起，並輕拍著臉頰。

「小姐，妳還好吧？來，水給妳。總而言之，妳沒事真是太好了，我可是嚇得命都沒了呀……」

秀麗嘴唇一碰到竹筒，冰涼的水就灌進口中，反射性的咕嚕咕嚕喝下。

那個老人，狐狸男的冒牌貨，大量鐵炭，村子，「牢中的鬼魂」——這一切在腦中交錯氾濫，無法停止思考，卻也混亂得不知該從何說起。

『要是一直被耍得團團轉，可會迷失掉重要的東西喔。』

想起老人這句話，就像冷水當頭澆下，使秀麗倏然冷靜下來。呼地吐出一口氣。

那個狐狸男是假的，真的是被耍得團團轉啊。

「……故意戴上容易被記住的狐狸面具，其實並不是因為長相已經曝光的緣故。那是讓我們相信他就是『空殼』。我們被一個狐狸面具耍得團團轉。」

假設最初遇見的狐狸男是逃往煩惱寺外的話，就表示同時存在了好幾個狐狸男來攪局。秀麗拚命思考。這麼做的目的是什麼？在村子的時候沒有襲擊秀麗，等回到寺院附近，卻又一齊攻上來。兩次都是這樣。本來認定那是為了不讓秀麗等人調查大殿與上鎖祠堂中的鐵炭，可是——

（不對。不只是這樣。）

「……我們被絆住了……？對方希望盡可能拖延我們停留在那邊的時間……」

為了什麼？

然而不管怎麼說，當時如劈柴般對秀麗揮下斧頭的狐狸男，是貨真價實的想要取她的性命。彷彿說著「擋路者死」。如果是這樣……秀麗很快的吩咐楸瑛。

「藍將軍，這裡已經沒有問題了。為了預防萬一，還是請你回貴陽吧。或許是我杞人憂天——」

「秀麗大人，請妳告訴我，我在貴陽該做什麼好？」

秀麗深呼吸一口，把該做的事告訴他。比起楸瑛本人，一旁聽著的燕青與璃櫻更是聽得倒吸一口氣。楸瑛只是掀掀睫毛，點了點頭。

「——我明白了。有這個可能。我現在馬上去。」

楸瑛真的不再多問，立刻站起身。再看了秀麗一眼，露出了微笑。像他經常對十三姬做的那樣，伸手揉亂秀麗的頭髮。不過對十三姬是以對妹妹的情感，對秀麗則是維持了朋友與朋友之間的分寸。

「那麼我出發了。秀麗大人，妳自己要多小心，下次見。」

楸瑛的身影很快消失在黑暗之中，只聽見馬蹄漸行漸遠的聲音。

「小姐，其實我這邊也掌握了一些情報。我在去商借術者時聽說的……紅風有可能提早半天吹起。原本預測的明天半夜，或許會提前到中午。」

紅風一吹就完了，所有飛蝗都將被吹往紫州。璃櫻回頭望向術者。

「這是真的嗎？霧和雨呢？罹患傳染病的蝗蟲又打算什麼時候散播出去？」

「以江青寺為中心，一切作業都在加速進行中。剩下的，就只有相信首席的預測了。」

明天中午。一切都將底定。

南栴檀、儲備食糧、預測氣象、馴鳥、傳染病、飛燕姬——將這些一點一點累積起來，雖然並非萬無一失，但各自都發揮了全力，才走到今天這一步。

而自己也一樣。只要優先順序沒有弄錯的話。秀麗閉上眼睛，點點頭。

「我們走吧。要是無法鎮壓——就輪到我們，代表國家出面了。走，上州府去吧。」

微弱的雨，開始飄落在蒼梧之野上。

江青寺的長老卻不打傘，只是抬頭望天。從昨天半夜開始，雖然時而起霧時而飄雨，但都只若有似無的出現然後就停了。

頭頂上方，馴鳥師派出的「鳥兒們」正滑過天空啃蝕著漫天的蝗蟲。

現在氣溫很低，就算出太陽了，蝗蟲也不大動，只是靜靜地伏在大地上。等待著那個時刻的來臨。不時可瞥見蒼梧之野的角落閃現旺季那套紫藤色的戰袍。不只長老不眠不休地等待霧雨，旺季也一樣。長老小而佈滿皺紋的手用力握拳。

背後的鹿鳴山——不，全社寺都已準備好了，隨時都能放出罹患傳染病的蟲隻。然而……

——還不夠。

（還沒、還沒……）

族人之中，有大多數都斷言不再有降雨起霧的可能，而要求現在馬上放出罹病蟲隻。因為罹患了傳染病的蝗蟲，一兩天就會死亡，就算拚命讓牠們染病，數量也無法增加更多。

一旦放出去就完了。現在就算放出去也無法完全鎮壓蝗災，雖然有可能消滅三到四成的蝗蟲。也有人提出趁蝗蟲大軍全數飛往紫州前，至少消滅三、四成也好的意見，長老卻都先駁回了。

寒毛根根豎立起來，那個時刻一定會來的，雖然自己有的只是不可靠的感覺。

長老持續望著陰暗的天空。

滴在秀麗臉頰上的雨滴，還不等秀麗抬頭望天就乾了。天上只有一點淡淡的雲，就像個怎麼甩怎麼倒都倒不出水的桶子。甚至在那片薄雲之後，太陽也已經露臉了。

燕青商借術者時順便借來的馬腳程很慢，害原本預定一大早就該抵達蒼梧的他們，到現在還沒到。不過——還來得及。

還有數刻鐘才是正午。紅風要到那時才會吹來。雖然天空看起來還是沒有要下雨的意思。

「可惡，不行啊！這種程度的濕氣根本不可能下雨！完全不夠啊……」

一進入蒼梧之野，滿地令人作嘔的黃色蝗蟲像是受到馬匹驚嚇似的振翅飛起。璃櫻看著蝗群，不甘心地咬緊牙根。氣溫已經快上升到蝗蟲能夠活動的溫度了，但別說是雨，連霧也沒有，雲層快要散去，太陽已經顯露光芒了。

「長老……已經、已經沒辦法了。請現在就下令放出羅病蝗蟲吧，否則會來不及的……」

就算只能鎮壓住幾成，總比來不及的好。

在對付蝗災這方面，長老統轄的大社寺系列是最受信賴的。因此全國各地的社寺都在等待長老下判斷。若錯過最佳時機，後果可能會導致全州陷入更嚴重的災害與飢荒。大家都知道長老在對應蝗災上有他的堅持與自尊，但卻不希望他因過度的自信而變得固執。像瑠花那樣。

「求您了……長老！」

天空開始傳來雲層飄動的聲音，雲流動的速度變快了。

風的流向，使璃櫻臉色蒼白。怎麼會這樣，還不到正午啊——這太快了。

眼前的平原看似蠕動了起來。

燕青停下馬。秀麗的下巴顫抖著。風越來越強勁，黑色的蝗群即將乘著這股風飛往紫州。

蒼梧之野也漸漸被成群的黑色蝗蟲覆蓋。摩擦翅膀的混濁聲音一口氣提高了。不只是蒼梧之野，秀麗彷彿能看見紅州各地的蝗蟲不斷飛出、蠢蠢欲動的模樣。就算縹家的「馴鳥」四處啃蝕著蝗蟲，流出的蝗蟲數量還是超過牠們吃掉的。看見旺季與皐武官，州都的人們，道寺的人們都為了想要阻止蝗蟲而紛紛出動……令人失落的是，比起飛蝗，人命更有如微不足道的塵埃。

秀麗顫抖著。心想，等等啊……再等等。

等等。

秀麗並不明白畏懼的是什麼。究竟是害怕飛蝗，還是害怕努力沒有結果，或是懼怕面對接下來的局面。在混亂之中，秀麗耳邊突然傳來某人的聲音。

『沒有問題的，秀麗大人，璃櫻大人。我弟弟的努力即將有所回報——你們看。』

聽見身旁璃櫻吸氣的聲音。

看著眼前成群結隊，正打算飛起來掩蓋整片原野的黑色風暴，旺季咬牙切齒的說：

「——果然還是不行嗎！」

「不，大人！請等一下。風中，含有濕氣……還有雨的味道！」

迅驚訝的低聲說。同時——

滴答。大顆的雨滴落在秀麗鼻頭。和這幾天下的雨完全不同，大顆大顆的雨。

頭上吹著漩渦狀的風，雨雲快速流動。

滴答、滴答。很快的，雨下了起來。

不久，便已不再是霧狀雨，而開始下起貨真價實的雨水。雨幕之中，人人都停下腳步，接二連三的望向天空。包括秀麗。

就在發呆似的持續望著天空時，耳邊傳來微弱的、些許疲倦的聲音。

『……做得很好，羽章。看風的流向，我也能使用法術了……』

秀麗全身突然起了雞皮疙瘩。乘著的馬高聲嘶啼，舉起前腳。

璃櫻也感到全身寒毛直豎。那是與瑠花相似的感覺。不會吧……

「……不會吧……住手……羽羽，住手！你的命會——」

但風已經淒厲捲起，刮走了他那微弱的聲音。

同一時間，坐在白色棺木之間的瑠花，猛然睜開雙眼。

珠翠也抬起頭，彈跳起來。

霄太師倏地望向紅州的方向。低聲自言自語。

「風，」

──分散於全國各地，擁有「異能」的術者們全都汗毛倒豎。

「能改變。」

變成超乎想像的力量之流。

瑠花拚命忍住不從椅子上站起來。用力再次閉上眼睛。

「……羽羽……」

輕聲呼喚了這個名字。羽羽……你這個笨蛋。

迅呆若木雞地望著天空。一股強大的力量，使天上的雲呈漩渦狀快速流過，天空像被倒了墨汁似的迅速改變了顏色。無法控制的起了一身雞皮疙瘩，全身血液逆流的感覺。

原本乾燥的空氣漸漸夾帶著濕氣，剛開始下的確實是紅州特有的雨，不過很快的，產生了某種變化。滴滴答答的雨開始變得綿長，鼻端嗅出的雨水氣味也不同了。正當迅困惑地歪著頭，雨勢一口氣增強，變成紅州罕見的傾盆大雨。

降雨之中，飛蝗難以飛起。就算勉強飛了起來也飛不遠。一度飛起來的蝗群，似乎也不明就裡的在空中團團轉了幾圈後，看似不甘心的又再次回到地面。

周圍響起了歡呼。歡呼聲如波浪般散了開去，很快的，人人都抬起頭來望著降雨歡呼。

旺季鬆了一口氣，舉起拳頭拭去流進眼睛的雨水。接著轉過頭對迅說：

「迅……這雨……似乎比剛才的溫度要高些？」

像是要證明這句話似的，平原正好產生了因溫度差異而引起的霧氣，視野緩緩的染成了白色。很明顯的，濕度也比剛才高。迅帶著奇異的表情低聲說：

「……或許是我想太多了吧，但這雨很像是藍州的……不管是溫度或豪雨的程度。」

旺季也露出陷入思考的表情。

「……的確，藍州一直長雨不斷，造成嚴重的水災……」

「啊！咦？這麼說來，這雲是從那邊喚來的嗎？啊？那麼，藍州沒了雨雲，水災問題反倒解決了？怎麼？咦？這……這種事有可能嗎？」

「能辦到這一點的，除了大巫女外，就只有最高位術者了。再說……如果是羽羽大人，的確很有可能想出一舉解決藍州水災及紅州蝗災的辦法。那位大人……自己雖然沒有發現，但他頭腦之優秀，在縹家的確僅次於瑠花。」

難以置信。迅仰天呻吟。這是何等的智慧。

「咦……等等。如此說來，這風和雨——」

「……可惡，長老！我特別強調絕不能通知他的！」

然而，看見歡呼著相互擁抱的人群，旺季只能低下頭。

「……多虧你相助。」

深深地，低下頭來致敬。

……之後連續三天三夜，紅州都持續下著雨。

放晴之後，當所有人抬頭望向天空時，先是鬆了一口氣——接著卻又毫無例外的鐵青了臉。

天空一角，那顆象徵凶兆的紅色妖星，正不懷好意的閃爍著。

已經沒有人能隱藏得住了。

三天後。

秀麗和燕青在雨後走到蒼梧之野時，因眼前看見的光景而說不出話來。

從江青寺一起出發的長老，見狀也放下撫摸鬍鬚的手，緩緩環視四周。

接著便如祈禱般仰頭向天，吐出長長的一口氣。

「……成功了啊。」

放眼望去，是名副其實的堆積如山、一串一串的黑色飛蝗屍體。那一大片蟲屍以仰望太陽的姿勢死去，全面將生長在蒼梧之野上的短草給覆蓋住了。仔細一看，還能看見蟲屍彼此纏繞著類似菇類菌絲的細絲。

秀麗和璃櫻都想起了那本有關鹿毛島的冊子。

「……和鹿毛島敘述的一樣……」

「……好驚人……而且超噁心的……果然像受到詛咒一樣啊……」

一陣微風吹過，草原上的短草搖曳了起來，成串的飛蝗死屍便也隨之從草上落下。原本漆黑的眼睛變得空洞，那副模樣只能說令人毛骨悚然。

長老望著一串一串如稻穗般掛在短草上搖晃的蟲屍，安心的呼出一口氣。

「……一般綠色的飛蝗在遇到雨天時，一定會躲在草下避雨。然而罹患傳染病的飛蝗，可能是由於疾病導致內分泌出現異常而發狂，會自己沿著草梗爬上草尖，以仰望太陽的姿態死去。傳染病源從屍體上散播出去，只要一個晚上就能消滅數量龐大的蝗群……果然一如記載。高溫多濕的霧雨天，就連人類之間的傳染病都容易散播，對昆蟲而言，更是惡劣的生存環境。」

風吹起秀麗的裙襬，漸漸強勁的風，速度正慢慢提昇。

長老望著蔚藍晴空，瞇起眼睛。耳邊傳來風聲。

「……晚了三天的紅風。秋天結束，冬天即將來臨……」

嘩……如浪濤般的聲音，是強風一口氣吹過平原時發出的聲響。

乾枯的黑色飛蝗屍體被風一吹，紛紛碎裂，碎片飛舞在空中。

秀麗按住飛揚的頭髮，小聲地呼喚著長老。

「……會往紫州去嗎？」

「或許會有少量被吹過去吧，不過不至於造成蝗災。蝗蟲只要無法成群結隊，就會恢復成原本個體行動的普通蝗蟲。」

「明年以後呢？」

「……讓我告訴妳一個好消息吧。蝗蟲的蟲卵雖然不怕旱災，但對其他天災與集中降落的豪雨沒轍。藍州之所以鮮少發生蝗災，正是因為多雨的緣故。今年蝗蟲大軍在紅州產下的卵，經過這三天的連續豪雨，想必會因泡水或流失而死滅。」

視野一隅，看見燕青深色的髮絲搖曳。

「……那麼，最早遭到蝗災的碧州，他們那邊的蟲卵又是如何？」

「當然，絕對不能說幸好發生了那場大地震，但地震也屬於天災的一種，在這場天災中，差不多有一半以上的蟲卵都毀滅了。剩下的，只要在春天來臨時，由州民將孵化的幼蟲一一捕捉即可。縹家也會盡早派出『馴鳥』，在蝗蟲群聚前搶先吃光牠們。」

秀麗倒抽一口氣。蕭瑟的枯葉正被強勁的風刮往平原的另一端。

「那麼，蝗災……」

長老緩緩綻開微笑。

「——是啊，完全鎮壓了。這也是首次成功的一舉殲滅蝗災。」

長老白色的鬍鬚顫動著。他的聲音也微微顫抖著，眼淚沿著滿佈皺紋的臉頰滑落。

「……我曾經……夢見這麼一天的到來。兄長一直告訴我，有些事正因為『無能』才能辦到。那之後，我一直……兄長……瑠花大人……」

秀麗轉身面對長老，雙手合十。燕青也學著秀麗這麼做，一起低下頭。

兩人在泥土地上屈膝，對長老行致上最高敬意。

「——身為國王的官員，我代替朝廷打從心底向您道謝。感謝您的全力協助，也謝謝縹家全社寺在蝗災上付出的心力。真的真的非常感謝。」

只留下那有如浪濤聲般的風聲，還在原地迴盪不已。

長老的涕泣，也和黑色的蝗蟲屍體一起被紅風吹上天空了。

當長老也深深低下頭，和前來迎接他的道寺術者一起離開之後。

秀麗眺望著風聲下的蒼梧之野，和燕青兩人依然留在原處。秀麗的眼光朝州都梧桐望去，即使蝗災已經平息了，她那犀利的眼神依然沒有改變。

「燕青……」

抓起一串飛蝗屍體，像在玩搖鈴似的燕青抬起頭來。璃櫻在那之後，面無血色的使用江青寺的「通路」，已經不知道上哪去了。自己和秀麗呢？

「我們去做下一件工作吧。」

秀麗雙手抱胸，充滿挑戰的眼神望著遠方的紅州府。

她腦中正反芻著在村中所經歷的事——大量的鐵炭。事情還沒有結束，怎能眼睜睜的看著釣餌在眼前晃來晃去，卻什麼都不做就讓它結束呢？

「……燕青，我說過了吧。我已經在『通路』那頭找到了消失的紅州產鐵炭。」

「嗯。」

「所以我們不能就此回去。告訴我，燕青，你一定也調查到什麼了吧？」

成串的蝗蟲屍體被風吹拂，紛紛掉落，粉碎一地。

紅州的鐵炭，本該和藍州的鹽一樣，受到嚴格管理才對。

即使如此，鐵炭依然大量消失的謎團。盜取的理由是什麼？秀麗睥睨著遠方的紅州府。

「關於盜取，你應該查到某位紅州高官的名字了吧？告訴我是誰。」

● ● ● ● ●

親眼確認過飛蝗完全死滅之後的這天，志美才終於能在州牧室內鎮定下來。

一打開門，撲面而來的便是充滿整間寬敞州牧室內的飛蝗死屍氣味。志美只能姑且先打開窗，掃落椅子和桌面上的大量蟲屍。偶爾會發現少許尚有一絲氣息的飛蝗，但也因傳染了疫病而毫無生氣，連飛都飛不起來。還有些瀕死的飛蝗想趁打開門時爬出去，志美也懶得殺牠們了。只不過，本來還想放牠們一條生路的，卻被剛好走進來的某個人不經意地踩死了。

踩死飛蝗的人，就那麼進入室內，將門關上。

志美捻起菸草往菸管裡裝，再咬著菸嘴，用熟練的手勢點上火。

紫煙裊裊上升時，志美總算抬起眼睛正眼看他。

「——荀彧。」

喚了一聲之後，志美隨著嘆息吐出一股紫煙。那煙的顏色，看來竟有些疲憊。

「……是你吧？在經濟封鎖時暗中出手，放行了大量被盜取的鐵炭。」

荀彧背靠著門沒有回答。從那張面無表情的臉，看不出他在想什麼。

「還有，比預定提早下令朝江青寺放出火箭的人，也是你吧？」

「…………」

「……為什麼要做這種事？當時要不是紅御史即時趕上，或許一切都會完蛋。另外，你還動了手腳，把應該送到我這裡來的情報做過篩選吧？」

志美問過他無數次。

『你沒有其他事情要跟我報告嗎？』

『沒有。』

——沒有。

一陣漫長的沉默。志美等待過。現在看來，那可以說是接近無限長的等待。

「……聽說你把提早放出火箭的責任攬到自己身上了啊？」

荀彧這句話，完全不是志美預期之中的回答。

「我啊，並不喜歡你。」

「……嗯，這我知道。」

對荀彧來說，這當然很無趣。兩人明明同年齡，荀彧還比志美更早在國試中及第，又是名門出身，且放棄升官一直待在地方上，長久鑽研實務而深受地方官信賴。雖然荀彧從未表現出對志美嫉妒的態度，但志美不會連他並不喜歡自己這點都看不出來。或許自己對荀彧而言，和他面無表情踩死的那些飛蝗沒什麼兩樣。

「然而，我也不認為你這麼做是為了扯我後腿，因為這一點都不像你會做的事。若說你是站在旺季大人那邊那我還能理解，可是就你這次做的事來看又並非如此，至少有幾件事說不通。尤其是提早突襲江青寺這件事，原訂的時刻分明是旺季大人決定的……」

「──我根本沒聽說那到底是幾時幾刻。在那之前，你打算連派兵突襲江青寺的事都瞞著我。」

荀彧的回應，決不容志美置喙。就連這點也在志美意料之外。

「不是嗎？劉州牧。老實說，我向來都是抱著輕蔑的態度為長官做事的，我也早已習慣如此。就算對方是個下等人出身，愛用人妖口氣說話的五十幾歲老頭也一樣。」

「…………喂。」

「我原本真的覺得不管是誰都一樣。只要我內心抱定自己更厲害的優越感，不管是當你的副官，還是當以前那些上司的手下都沒什麼兩樣，我都能完美做好自己的工作。」

這是第一次，荀彧用冷靜的眼光認真望著志美。

「……可是，我卻漸漸煩躁了起來。你的態度和言語，在在令我不耐。你什麼都不告訴我，擅自決定自己扛起所有的責任。無論是將剩餘食糧藏匿於枯井底的決定，或是對碧州使者撒謊的事，甚至打算由縹家社寺奪取物資的責任，你都打算一個人扛。江青寺那件事你沒有告訴我啊，劉州牧。我不是也問過你了嗎？『你才是有什麼事情該跟我說的吧？』但你連一次都沒告訴我。」

「那是因為──」

完全沒料到事態竟會如此演變，志美也愣住了。怎麼跟自己原本想的不一樣。好不容易想起自己還在抽菸，卻一點也嚐不出菸到底是什麼滋味。兩人的對話內容也是如此。

「……那是因為，我當然得這麼做啊。你以為這罪名很輕嗎？無論是不顧他州人民死活隱匿糧食，還是讓碧州使者吃閉門羹或觸犯治外法權，追究起責任來，哪一件不是得吃牢飯啊？若是旺季大人沒來，或沒有縹家的協助，我所作的這些事情，說穿了，都是拿全國半數以上的人命來換取紅州的平安。」

趁早將食糧全埋入乾涸的井底，是為了讓全國大穀倉紅州的被害程度降至最低。只要守住紅州，就等於守住了全國的糧倉。沒頭沒腦的將糧食往北方送，只會落得全被飛蝗啃光的下場。要是能有其他解決的辦法，那我當然願意開放食糧，但既然沒有，也只好對碧州與北方二州見死不救了。這些荀彧都知道。

就算紅州州牧擁有再大的權限，還是有限度的。

「要是我們兩個一起被抓就太蠢了。即使我被捕，紅州只要有你在就還能正常運作。我這麼做可不是為了保護你喔，也不是自願要將州牧的位置讓給你。只是你若能留下，總比兩個人都被抓走好。這是最好的辦法，如此而已。你不是最喜歡這種合理的思考方式嗎？我有做錯嗎？」

「是啊——是啊，我都明白。這麼簡單的道理，不用你說我也明白。」

荀彧很少用這麼挖苦的語氣說話，但聽起來卻像在挖苦自己。

「可是，照你這麼說，我這個副官有什麼存在必要？你私底下調查我無所謂，反正彼此彼此——可是，我可不是為了當紅州州牧的候補人選才在這裡的。我的身分就是州尹，你的副官，是為了輔佐你而存在。」

志美腦袋都混亂了。也不知道到底該怎麼做，只能先把燒完的菸管放在托盤上。

「……荀彧……」

「你想說什麼我很清楚。老實說，我也不知道自己幹嘛跟你講這些。畢竟目前發生的，沒有任何一件事對我不利。只要你負起所有責任，擔起一切罪狀，我就能翹起二郎腿當州牧了。可是啊，我就是越想越不爽啦。開什麼玩笑，我才不想隨著你這個大叔州牧想出來的淺薄方法起舞咧，這樣一點都不有趣。我告訴你，州牧和州尹是坐在同一條船上的。一旦我接受了當這個州尹，所有的責任也該由我們兩個平分才對，我是抱定這種覺悟才來的。然而這一點，你到現在都還不懂，這才是最讓我不爽的！」

這也是第一次看到荀彧這麼感情用事。和他天生的性格與接受的教養完全不同。志美一直覺得自己不如荀彧，也時常羨慕他。有時心裡也會冷酷的想，就算紅州沒有自己，只要有荀彧就夠了。而荀彧本身不也應該是這樣想的嗎？

不經意地，志美想起在江青寺行動時，旺季和自己之間的對話。

『……沒有必要告訴他。』

『笨蛋。』

被罵笨蛋的意義何在。

確實，志美也沒有把所有情報都告訴荀彧。一方面是無法完全相信他，另一方面也是想自己背負所有責任。

無視於旺季的決定，擅自提早放出火箭的是荀彧。不可否認，當時越早放出火箭越好。已經沒辦法繼續等到說服縹家了。當時的情況就是那麼緊急，志美若不是因為被旺季說服，本來也根本不打算繼續等。

荀彧要是知道的話，一定也會馬上要求襲擊吧。一如志美要求旺季那樣。

——還會說什麼，責任他要一起扛之類的話。

「……等等，荀彧。這麼說來……這麼說來……難道，不是你嗎？」

「……」

「經濟封鎖時，在挪送大量鐵炭與技術人員的文件上蓋章的人……」

荀彧像年輕人那樣雙手抱胸，倚靠著門。一陣沉默，期間只聽見紅風呼嘯而過，蝗蟲紛紛吹落的聲音。終於，荀彧開口了。

「……是我啊。」

隨著嘆息說出這句話的剎那，荀彧露出彷彿放開手中重要事物般的沉痛眼神，望著遠方。

「……照原訂計畫的話，本該是我……可是，中途我突然不想蓋這個章了。我不也說過嗎？突然覺得很煩。所以，後來是別人蓋的。」

「別人？」

「不需要特地動用到州尹的印章，現在的紅州任誰都能辦到這件事了吧。州郡太守有一半以上都支持旺季大人，只要注意文件傳遞的路徑，彼此照應一下就能過關了。」

瞬間，志美腦中浮現一個人名。

太守間再怎麼互相照應，有一個地方要是無法通過的話，事情還是辦不成——那就是州境。

「東坡郡太守，子蘭。是他嗎……」

紅州最出名的太守。就算沒有州尹印，子蘭出馬任憑誰都會聽信無疑。

「春天時，中央不是起了一場贗幣騷動嗎？突然消失的大量藍州產鹽和龐大的金錢。現在藍州郡太守也有半數以上是旺季的人馬……我看應該差不多了。」

「……差不多了？」

「天亮後，確認了飛蝗皆已傳染疫病並受到鎮壓之後，旺季大人接下來的行蹤你知道嗎？沒錯，他早已離開梧桐，一路全速返回王都了。現在差不多應該已經抵達連浪燕青都追不上的地方。不讓紅秀麗阻止旺季大人離去，並阻擋可能出現的追兵，好讓旺季大人有足夠的時間盡速趕回王都，這就是我最後能為他做的事。」

志美完全混亂了，甩甩頭說：

「……為什麼你要告訴我呢？直到剛才，你應該都是站在他那邊的啊。自己說這種話很奇怪，但若是將旺季大人和我放在你心中的天秤上，怎麼都不可能是我這邊比較重吧。現在這一刻，你應該都還是為他行動。」

荀彧沉默著靠近志美的大辦公桌，用優雅的手勢拿起菸管，裝進新的菸草，用力擦乾淨菸嘴後輕輕點火。

「我到現在都還認為旺季大人才是最適合的人選，就像其他人認為的那樣。」

荀彧吸了一口菸，就連飄散在空氣中的紫煙都是那麼輕柔優雅，像個教養良好的淑女。

「那並非因為他系出名門。雖然有些貴族的確是為了利益或對國試派的怨恨才協助旺季大人的，但那只是少數。或許有些難以置信，但越是年輕的官員越願意跟隨旺季大人。只要跟在他身邊，馬上就能明白他有多麼適合。」

雖然不具有先王那種絕對不可侵犯的神性，卻能靜靜地抓住人心。

「……我們這些落難貴族，只是先王戩華的『影子』。一方面說著要創造新時代而一一掃蕩貴族，奪取財產，但另一方面戩華王與霄宰相兩人卻不去對勢力最龐大的彩八家大貴族出手，顧全了彩八家的完整。其他的貴族被收編進了門下省，戩華王的兒子劉輝卻對官員們的建言不聞不問。越來越受寵愛的只有彩七家而已，尤其是紅藍兩家。劉輝是個昏君，這是顯而易見的。」

志美無法否認。就算荀彧說這番話只是為了爭取讓旺季遠離的時間。

「……那種矛盾，任誰都看得出來。如果貴族確有遭到剷除的必要，那我們也無話可說。可是既然不是這樣，我們也有生氣的權利……那些失去的、被奪走的東西，可都不是無關緊要的東西啊。而旺季大人就是我們這群人的象徵。連他那麼有才華的人，整整三年，國王都不把他放在眼裡。若只有彩七家越來越受寵，那倒不如恢復從前的貴族制度。明明嘴上說著要一掃七家主義，現在國王卻先破壞了遊戲規則。這三年來，不管是中央或地方都一直在忍耐，事到如今，已經忍無可忍了。對紫劉輝是毫無期待了，可是對旺季大人就不同……」

如拔除雨後春筍般剷除其他貴族的結果，就是使金錢與權利更加集中於彩七家。旺季為了破除這個局面，默默幫助提拔落難貴族，讓他們有實力與國試派及彩七家競爭，並安排這些人才陸續擔任朝廷內外要職。這一切，靠的都是這群人自己的實力。

「我很想見識見識旺季大人所創造出的世界。現在還是這麼想。」

「……那，又是為何……」

「為何啊？因為我突然覺得很煩，討厭什麼都照別人安排好的計畫走啊。」

荀彧繞著那張大辦公桌踱步，來到半開的窗戶旁朝城下望去。這舉止令志美有一股說不上來的不自然，卻又說不出到底是哪裡不對勁。

「只要我升格為紅州州牧，就能得到紅州了。這次的蝗災正好是個絕佳機會。只要默默等就好……但是對於這種事，我突然覺得厭煩起來。」

眼見志美為蝗災奔走，並執意一肩扛起所有責任，相對之下，只為了那種理由而必須裝作毫不知情的自己，突然令荀彧覺得好厭煩。自己又不是為了滿足中央那些政治鬥爭才來這裡當州尹的。胸口突然間湧上一種近乎憤怒的情感。

在這種十萬火急的時候，身為州尹如果不能以州民為重，那還算是什麼州尹。如果那樣，自己在紅州又有何意義。就連比自己笨又沒教養，但卻無法完全瞧不起他的劉志美，都懂得理所當然地有所隱瞞，這件事讓荀彧氣得頭暈腦脹。

呼。荀彧吐出一口紫煙……其實內心已經很明白了。不提那些有的沒的大道理，唯一單純而真實的是什麼。並不是想背叛旺季，只是——

「……如果不把你擠下去，就無法獲取紅州。可是……可能我還想，還想繼續看你如何處理紅州政務，以身為你副官的身分。」

說完後，荀彧微笑著，緩緩轉身面對窗外，簡直像在等待什麼似的。

志美感到全身寒毛倒豎。突然發現了剛才覺得荀彧舉止不自然的原因。

「——唔！」

踢翻椅子，朝荀彧伸出手。好像聽到有誰在大喊什麼，但聽不清楚內容。

紅風之中，窗邊飛來一把箭。毫無疑問是衝著荀彧來的。

咚。只聽見一聲鈍重的聲響。

……州牧室，濺滿了血。

「——紅州牧！我是紅秀麗，我要進去了！」

一邊喊著，秀麗一邊將州牧室的門踢破，和燕青一起衝進去。

視野裡馬上充斥著令人不舒服的血紅色。只瞥了一眼，便馬上將門鎖上不讓其他人進來。

「不要進來！燕青！」

燕青朝地面一蹬，大腳踢翻州牧辦公桌，飛身至劉志美與荀彧身旁。用手臂擋下第二把箭，拉下半開的窗格。咚。是第三把箭刺進窗板的聲音。

……一陣沉默。不久，劉志美先開了口：

「……沒想到來的竟是紅御史啊。還以為你們已經撤退了……」

「──劉州牧！」

志美的手臂深深插著一把箭，血滲透袖子，再沿著手臂向下滴落在被他護住的荀彧胸口。荀彧呆若木雞，凝視著落在自己身上的鮮紅液體。

「快叫大夫──」

「……請等一下，紅御史。我有些話想說。傷不要緊，反正只是手臂，又只中了一箭。不是也常見到中箭的鴨子依然慢悠悠的在河裡游泳嗎？」

「哪有很常見！而且鴨子身上中了箭也很痛啊，又不是裝飾品！」

秀麗元氣十足的大嗓門對志美而言是種救贖。他笑了起來，借燕青的手臂使力，從荀彧身上起來。背靠著牆坐下來時，看見燕青生氣的眼神。

「……志美……我不是要你小心了嗎……總之先幫你急救啦。」

「抱歉抱歉。至少受傷的只是手臂，你就原諒我吧。幸虧不是毒箭嘛。」

燕青撕下自己袖子一截較柔軟的布料，俐落的為志美止血。接著，才猛然拔出他手臂上的箭矢。

秀麗雖然閉上眼睛不敢看，還是聽見血噴出來的聲音。

視野角落，荀彧正搖搖晃晃的站起身，官服的胸口部位被志美的血染成大紅色。志美心想，他的表情簡直像在參加我的喪禮嘛。那並不是一張倖存的臉，而是終於理解「死了就虧大了」的表情。自己總算有超越荀彧的地方了。

「荀彧，你要是平安沒事，就把我的菸管還來吧。」

吃力的伸出手，荀彧這才猛然想起似的，望著自己手中握著的菸管。低聲的說出一句不合時宜的傻話：

「……可是裡面的菸草都散落了……」

「沒關係，空的也好。」

志美叼住空空如也的菸管。聞到殘留的菸草香，還是能讓他鎮定情緒。手臂傳來一陣刺痛，令他皺起眉頭。其實志美也還驚魂未定。

雖然燕青應急的做了止血措施，一旁那丫頭卻抿著嘴，臉上的表情只差沒說現在馬上就要去找大夫來了。呼。志美再吐出一口氣。

「……荀彧……我啊，也曾想過，如果視情況而定的話，其實旺季大人也可以啦。」

秀麗動了一動，明顯的反應讓在場所有人都發現了。太容易發現了。

「所以我才會想，由你擔任州牧也好。並不是我主動想讓給你，但這次我腦中想了很多事，的確有些和你所想的相同……可是，還是不行啊。」

志美臉上已沒有笑容了。他望著手臂上的傷口，好久不曾這麼痛了。這睽違數十年的痛楚感受。

以及數十年不曾有過的怒氣。

「……我呢，只要即位的國王比前一個好，誰來都可以。畢竟我是個平民，又曾當過兵，思考很單純的。我只知道沒有好國王，就什麼都不好。可是啊，只有一點我絕對不願意妥協，那是最後的防線……老實說，從紅州的鐵炭與技術人員消失時，我就一直在想這件事。」

只要是統治過紅州的人，都會知道鐵炭和技術人員的消失意味著什麼。正因如此，志美一直到最後都不願相信蓋下印章的人是荀彧。然而只要看看荀彧現在那張鐵青的臉，就知道他最終沒有蓋下印章的理由，和志美內心所想的不謀而合。這是唯一值得欣慰之處了。

只有紅家和少數繼承了技術的人才懂，也因此從未廣泛流傳鑄鐵技術。

——當戰爭來臨時，懂得這種技術便能製造出數量超乎尋常的武器。這也正是紅家歷代以來，在戰爭中很少失敗的原因之一。雖然製造武器也需要超乎尋常數量的鐵炭，但在鐵產量豐富的紅州，這絕對不會成為問題。

「只比最悲慘的狀況還要好一點的世界」。就像一輛幾乎解體的貨車，搖搖晃晃著勉強前進。志美喜歡這樣的世界。那輛貨車很有人性，即使裝滿過重的貨物也不捨棄任何一件，咔啦咔啦的前進，是這樣的世界。志美很明白，這樣的世界擁有何等珍貴的價值。從戰場上生還，且經歷過好友自殺身亡的志美非常明白。

「——荀彧，我啊，唯一無法認同的國王，就是考慮以戰爭為手段的王。不管他再出色也一樣。那就是我最後的防線。或許有人會說這種想法太天真，但這就是我。所以我無法跟隨旺季大人。我也不會辭去州牧，我決定了，就是現在決定的。」

「州——」

「就算是我啊，也會有生氣的時候喔。你這傢伙，似乎很想淒美的死去，別開玩笑了，學什麼多愁善感啊。只要把暗殺你的主使者誣賴給我，不就能一石二鳥，同時除去紅州州牧與州尹了嗎？你竟然還完全中了人家的計！」

「……啊！」

荀彧這才終於察覺似的愣愣張大了嘴。秀麗與燕青也同時驚呼出聲……原來是這麼回事。不過，事先不留下幾個衛兵或護衛的劉州牧，應該也得負一部分責任吧。秀麗心裡這麼想，卻沒說出口。

「啊什麼啊，大阿呆。所以說你就是個大少爺吧！不過那都無所謂啦，總之叫我眼睜睜的看別人暗殺我的副官，這種事我決不原諒。可惡，這菸管怎麼半點菸草都沒了！小姑娘，幫我裝個菸草！燕青，點火！」

秀麗忙著將菸草裝進菸管裡，燕青則像個下人似的趕忙點菸。看見一對年輕男女簇擁著幫忙點菸的樣子，荀彧不禁嘀咕道：

「……你看起來還真像有變態嗜好的五十歲老頭耶，劉州牧。」

「少囉唆。不過被這麼奉侍著倒真的不錯。呼，我可能真的很適合這種嗜好唷。」

志美終於吸到真正的菸，從口中呼出的紫煙，像有生命似的裊裊浮動。

「……殺了你就能封住你的嘴了。因為對方不容司法介入調查啊。這一點我也無法原諒，絕對。無論主使這件事的人是誰，旺季大人都不可能全然未察覺。我現在明白了。他認為，直到最後的最後，若真的沒辦法也只好那麼做。問題是，什麼叫真的沒辦法？真的沒辦法，所以被迫戰爭，這種想法我可敬謝不敏。」

最後這句話，讓秀麗用力咬緊了嘴唇。那是她一直說不出口的話。

「那麼，那些龐大數量的鐵炭，以及失蹤的技術人員，果然就是為了——」

秀麗說這句話的語氣，令志美瞪大了眼睛。「那些鐵炭」，她是這麼說的。

「……妳該不會——」

「我找到了。雖然還沒找到技術人員，但消失的鐵炭，我已經親眼確認過了。」

「怎麼辦到的！我也是拚了命找的啊！為何！」

秀麗輕笑了起來。

志美真的搞不清楚了。眼前這丫頭真的只是個十八歲的少女嗎？

「等等，為什麼妳會知道不是荀彧呢？連我都差點以為是他了。」

「是啊。荀彧大人確實完全符合了被懷疑的條件，事實上，我也不認為他完全置身事外。否則他也不會被懷疑了。到現在我都還有三成懷疑他喔，來這裡就是為了證實這一點。可是，如果犯人不是他，那荀彧大人的性命一定會有危險——」

當了某人替死鬼，差點被殺死的荀彧。

「這樣啊……只要殺了荀彧，線索就斷了。如果荀彧活生生的落入御史手中，可能因為並非毫無關係，所以有可能在追查之下說出某人的名字。還不如殺了他，讓他頂了子蘭的罪，是嗎？」

荀彧說了，自己能為旺季做的最後一件事。志美震驚低語。

「所以，妳是來保護荀彧的。」

「是的。如果他死了，身為御史臺官員，矛頭就只有……轉向劉州牧你了。」

「我想也是。我不可能對自己手下做的事完全不知情，那說不通，我也說不出口。你看吧，荀彧，你要是死了連我都會遭到調查啊。拜託你不要再隨便幫我製造麻煩了，像我這麼特異獨行的人，好不容易受到賞識，要是失業了，就很難再找到工作耶。」

受到賞識啊……其他三人心裡偷偷想，可能賞識的地方和你自己以為的不大一樣就是。

志美目不轉睛的盯著秀麗，最後笑了起來。心想，真是輸給她了。

「……你們來真是幫了大忙，謝謝了。接下來呢？準備開始調查荀彧嗎？」

雖然大致可以猜到答案，不過還是問一下。果然，秀麗馬上說出預料中的答案。

「不，我們要先去追旺季將軍。有件事我很在意。」

「這麼快就要直接和大人物硬碰硬了嗎？妳不過是最下級的御史唷。而且很遺憾的，就是必須告訴妳，現在追也來不及了。他已經離開梧桐了。荀彧自殺事件也替他爭取了不少時間。」

「縱然如此，這些有哪一件能構成我不去追他的理由嗎？」

斬釘截鐵的語調與沉靜的眼神。志美微笑了，這丫頭有如新生野草般清新哪。

「——沒有。」

蔚藍的天空，好久之前，曾抬頭看見白鳥。當時覺得只要繼續活下去，一定能見到更美好的世界。從那個充滿黑煙與屍體的世界離開後，經過了一段像用一顆顆小石子堆疊起的光陰之後，這個國家若能出現如此御史，自己一路走過來的這條路也不算完全壞了吧。

「荀彧大人就暫時先交給劉州牧處置。畢竟他也是紅州州牧暗殺未遂事件的重要目擊證人，只要您能看好他，就照目前為止那樣，繼續讓他執行勤務也無妨。」

志美與荀彧聽了都驚訝地瞪大了眼睛。過了一會兒，志美才叼著菸管笑了。

「……原來如此，從不知道內情的人看來，事情的確如妳所說的。再說我這手又傷成這樣，荀彧暫時是不能死，得當我名副其實的『左右手』才行。當然也會帶上精銳護衛。」

「之後我會回來詳細調查的！只到那時候喔，應該吧……如果我沒忘記這件事的話……」

志美笑了，對荀彧推了推下巴。在各方面都要向秀麗道謝。

「為了道謝，讓我們準備駿馬與仙人給妳吧。荀彧，現在馬上寫好文件並蓋上我的州牧印與你的州尹印交給紅御史。只要看到這份魔法文件，不管紅州哪個單位，哪道關塞都會答應妳的要求。不過只限定紅州之內啦。當官真不錯呢，以後請叫我仙女州牧，別再說我是人妖啦。不鬧了，是該讓你們見識一下本人實力的時候……唔唔，快叫大夫，我好像看見那條河了……」

河？秀麗一邊從荀彧手中接過那份仙人古文（公文）一邊發出哀號。

「難道是三途之川嗎？請不要過河啊！你這隻身上插著箭的鴨子是游不過去的！」

「可是人家討厭看醫生……以前看的醫生都覺得我是腦袋有問題的怪人……」

秀麗和燕青心裡都在想，醫生會這麼覺得好像也不無道理。不過，也覺得志美這句話似乎不單指表面上，而有著言外之意。

燕青想讓志美扶著自己的肩膀，他卻搖頭拒絕了。

「不用了，你們快出發吧。我會讓荀彧帶大夫來的。紅御史。」

秀麗一回頭，志美就微笑了。現在對他而言，眼前的秀麗已不再是黎深的姪女了。完全不是。

「這次真是承蒙妳的幫忙。不管說幾次謝謝都不夠。」

「別客氣，這是我的工作。」

咧嘴一笑，她這麼說，好像真的一點都不在意。

「我不能說自己是站在國王那邊。只能說我不會跟隨旺季大人。這一點我可以承諾。不過萬一發生什麼事，我還是隨時有可能為了保護人民而對旺季大人舉白旗投降。如果我一條命可以換來人民的平安，我願意這麼做。我也是有我必須拿命去保護的東西。」

「……我認為這是不對的。」

「咦？」

「如果要賠上一條命，我寧可用在做其他事上——為此，我要出發了。」

志美深深低下頭行禮，紅秀麗便燦爛一笑，轉身走出了州牧室。

志美不知如何反應，看看燕青，燕青也笑著揮手離開了。

剛好和燕青擦身而過，州官們紛紛湧入室內，看見志美的傷勢與荀彧染血的官服又尖叫起來。就在州官們慌慌張張跑進跑出時，秀麗與燕青已經不見人影了。志美抬頭看看荀彧，他的表情也和自己一樣。寫著「啞然」兩字。

「荀彧，雖然那個國王沒半點好處，但其實還是有幾個優點吧。我必須追加補充，其中之一就是採用了那丫頭為官。」

雖然把她撿起來訓練培育的是葵皇毅，但最初提拔她的卻是國王。

志美伸了伸沒受傷的那隻手，荀彧儘管一臉嫌惡，還是把肩膀借給了他。

好不容易站起來時，荀彧忽然回頭望向窗格。那扇受飛箭襲擊的窗。很短暫地，露出跟剛才一樣，似乎在等待著什麼的目光。志美叼起菸管。

「——荀彧，已經不會再有箭飛過來了。放棄吧，好好活下去。」

「…………」

「你已經做出選擇。選了這邊，就再也去不了那邊了。你就是這種人。讓你下定決心的不是我，而是你自己的心。明明那些道理都擺在眼前，你還是過不了自己這一關，無法蓋下背負推動戰爭責任的印章。你不能容許那種事發生……不是嗎？」

志美和荀彧同年，兩人經歷相同的時代——戰爭結束後的時代。然而不管有沒有經歷過戰爭，會掀起戰爭的人就是會。荀彧是無法變成那邊那種人的，如此而已。然而志美卻認為荀彧所做的，是比什麼都還有價值的決斷。他由衷的說：

「我真的覺得很高興。你可以繼續尊敬旺季沒有關係，一邊尊敬他，一邊在這邊活下去。」

荀彧的眼神從窗格慢慢回到志美身上。簡直就像選擇了自己今後所要生存的世界。

無視於隱隱作痛的手臂，志美虛弱的笑了。

「我覺得世界有你，比沒有你好多了。所以請你無論如何就留在這邊吧。你並不是背叛了重要的人而留在紅州府的，就算都沒人諒解還有我諒解。這樣不行嗎？」

「……而且你也找不到能代替你『左手』的人？」

「沒錯沒錯，這一點也很重要。還有……親眼看著好友自殺，這種事我不想再經歷第二次了。」

荀彧垂下眼睛，悄悄嘆了一口氣。臉上是殘兵敗將的表情。當荀彧沒死成時，他就已經輸了。最後的最後，志美贏了。現在荀彧終於接受這個事實，帶著殘兵敗將的表情，選擇了活下去。

「竟然會被特異獨行的人妖州牧當作好友，我還真悽慘……」

之後，荀彧再也不曾回頭看過那扇窗。

倏地，志美眼前閃過一道黑影——是一隻優美的黑蝶。蝴蝶追著秀麗飛了出去，消失在門外。是幻覺嗎？志美眨眨眼，不知為何，那隻蝴蝶看起來像是徒蝶。

賭上性命，代代傳承，拚命回到家鄉的美麗黑蝶。飛往從未見過的，尚在遠方的世界。

剎那，毅然決然飛走的黑蝶，和秀麗離去時的背影重疊於志美腦中。

「……如果要賠上一條命，寧可用在做其他事上，這樣啊。」

「她是這麼說的。」

「真想看看哪……真想看看那丫頭活著創造出的世界。」

荀彧找了張長椅姑且躺下，露出厭煩的表情。

「……不要講那種不吉利的話。聽起來好像紅御史會死一樣……」

此時，大夫和紅州府仙洞官員一起衝了進來。

「——州牧！請看天空。州牧之所以遭人偷襲，說不定與天上出現的啟示相關。」

荀彧小心翼翼的拉開關上的窗格。往天空一看，臉色便僵硬了起來。

「……是紅色的掃帚星。移動星宮顯示由天紀轉為織女。幾乎沒看過……這麼大的。」

「我不大想知道……不過這顆星代表什麼啊？」

「凶兆。以及……」

王位的更迭。荀彧回答了志美的問題。

目前，一匹載著少女的馬正衝過吊橋，一路朝貴陽，朝那顆妖星前進。這幅景象在荀彧眼中，無異是她正孤身單騎挑戰那顆象徵災禍的紅色妖星。

●　❁　●　❁　●

「……燕青，來得及嗎？」

「嗯——至少我已經拿著人妖州牧給的古文書，不客氣的把馬廄裡最上等的一匹馬搶來騎了。」

現在兩人騎的這匹馬，是無視於管馬廄的人哭著大喊「只有這匹請絕對不要帶走！」而搶來的馬。實際上，這匹馬的腳程也真的超乎異常的快，可說是會飛的駿馬。

「那個人一直哭著說，這是赤兔什麼馬的……赤兔馬是什麼啊？」

「誰知道？我對馬又沒興趣。我是聽說紅州，連馬的毛色都是紅的啊。」

身邊景色迅速的朝後方飛逝。然而秀麗還是心急的覺得不夠快。

出了梧桐，正當燕青提昇速度朝紫州直奔而去時，望見前方天空浮現的那顆紅色妖星，不禁悶哼了一聲。離開紅州時的方位正好背對這顆掃帚星，所以完全沒發現。

「……嗚哇……跑出一顆好討人厭的星星啊。飛蝗也好，星星也好，國王的麻煩還真多。」

「你很囉唆耶，燕青。不管有沒有出現所謂凶兆妖星，原本就很糟的狀況也不可能因為出現什麼就變好。就算變得更糟，也跟星星沒有關係。那只是天空的裝飾品而已啦。」

「小姐，妳在這方面倒是很理智……不愧是貴陽長大的。不過啊，看這顆星的位置……如果是身在貴陽的人，或許比我們更早就觀測到了。」

秀麗的臉色沉了下來。

「……你看，大概從多久之前，貴陽那邊就看得到了？」

「嗯，應該差不多是小姐失蹤之後沒多久吧。說不定連妳的失蹤都被歸咎為妖星作祟呢，哈哈。」

「喂，我應該沒做什麼需要被詛咒的壞事吧。至少要說我神隱了嘛。」

嘴上這麼說著，秀麗其實對燕青想說的話心知肚明。剛離開的梧桐城就是如此，天上出現了那顆閃著紅光的彗星後，人人都指著天空惶惶不安，竊竊私語。甚至有好幾次秀麗聽見人們耳語討論著，說蝗災是否也是妖星所引起。

「等等，這麼說來，在這半個月這顆星都掛在天上囉？」

「我想應該是整個冬天都如此吧。如果以前我師傅教的沒錯。」

「掃帚星，也就是彗星，不是會劃過天際的嗎？怎麼會停留在天空這麼久？」

「說是種類不一樣。我也不是很懂，不過，聽說是面臨終結的星。」

「……面臨終結的……星……」

儘管莫名所以，但試著說出口的話，聽起來果然還是覺得不尋常。

「就像蠟燭一樣吧，快燒完的時候燭光總是特別亮，特別紅。彗星面臨終結時也是如此，而等到燒盡之後，便會完全粉碎，化作千萬顆流星雨，從夜空降落……記得是這樣。」

「你形容起來還真詩意。」

秀麗瞪視正面天空中浮現的那顆小小紅星。凶兆。

「想在紅州境內逮到旺季很難唷，小姐。」

「……我知道。狐狸男在那座山裡絆住我，還有荀彧大人的事，應該都是用來拖延時間的戰術。但我們還是得盡快趕往州境所在的東坡郡，畢竟也必須逮捕太守子蘭才行。」

璃櫻說過那座山位於紫州某處。不過話說回來，要在縹家阻擋之下，經由煩惱寺的「通路」將大量鐵炭從那間狹窄的廟社搬運出去，需要多少人力與時間，實在難以想像。與其如此，倒還不如一開始就先考慮更能確實運送大量貨物的方法──那麼一來，只要能取得州境東坡郡太守的通行許可就行了。

「上次是上了『空殼』的當，這次則被活人給騙了啊。都快能當壞事的證人了。我一定會舉發的。

還有，如果擔心得沒錯，旺季將軍──」

「什麼？」

「說不定能賣旺季將軍一個人情，讓他驚訝得叫出聲來呢。」

秀麗抿起嘴角倩然一笑。在現在這種狀況下，竟然還能露出如此有自信的笑容，燕青心中不禁一陣愕然。秀麗不斷的進步，已經完全超乎自己所能想像的。

（……真想看見啊。）

真想看見秀麗堅持著她自己的做法，繼續往前走的模樣。

燕青打從心底希望能夠看見那個，如果時間允許的話。

「燕青，有沒有什麼想問我的？快趁現在問吧。」

「欸？嗯……如果剛才那個『空殼』是冒牌貨，那正牌的又在哪裡呢？」

「……咦？」

正牌的「空殼」，現在正在哪裡，做些什麼──？

冒牌狐狸臉男。「牢中的鬼魂」。被狐狸臉男和蝗災及鐵炭耍得團團轉的一天。

對手經過精心策劃，總是如蜘蛛織網般設下完美的計謀，隱藏真正的企圖。

而且他的計策總是同時並進，一石二鳥甚至三鳥。

還有企圖隱瞞的真正企圖。那是──

「……我……我被狐狸臉男這麼一攻擊……而忘了原本的目的……」

還以為狐狸臉男的目的是要引開秀麗這個擋路者，並解決掉她。

然而，秀麗錯了。一開始對珠翠說要追緝狐狸臉男的理由是什麼？

『這意思是說，與縹家相關的部分，幾乎都是這男人幹的好事吧。』

只要逮捕那具「空殼」，就能大大減少他對縹家出手的可能——這才是當初的目的。

璃櫻說，由於各地進入嚴密戒備，縹家精通巫術的巫女與術者紛紛外出。

現在的縹家等於一座空城。無論是高明的術者或巫女，甚至是任何足以充當戰力的人手，全都一個不留的外調到各州神域了。

御史秀麗又來到了紅州，接二連三發生的問題使她接應不暇。

——中計了。

背脊一陣冰冷。唱空城計的縹家。白色棺材的房間。神力衰退的前任大巫女。

即使神力衰退，她還是擁有集結縹家上下的力量，以及明察秋毫的頭腦。

她是極少數曾和「那個人」直接面對面說過話，做過交易，看過表情，知道名字的人之一。

曾經失敗過一次的暗殺行動。怎麼可能……就此善罷甘休。

秀麗全身的血液都像結了冰，又像從腳底逆流而上，使她渾身顫慄不已。

眼前浮現美麗的少女公主那雪白的面容。象徵災禍的紅色妖星出現天際。凶兆，臨終的星。

來不及了。從這裡，哪都去不了。無法前往救援。拜託，千萬不要啊。

「——瑠花大人！」

秀麗吶喊。

●　❋　●　❋　●

瑠花聽見有人踩在柔軟泥土上的聲音，睜開了眼睛。

那丫頭正從白色棺材間穿越走來，瑠花靜靜地托著腮望著她。

她那比瑠花還要蒼白，還要茫然的臉漸漸靠近，整個人的動作極不自然，就像是用線操控的傀儡人偶。當她來到相隔幾步之處，瑠花開口喚了那丫頭的名，人依然動也不動的托著下巴。

「立香。」

對方停下腳步。但身體看似還想繼續往前，微微顫抖著。

和從前一樣，凝視那雙空洞漆黑的眼睛，立香蒼白的下巴也跟著打起哆嗦，眼淚不斷從眼中溢出、滴落。

每一次眨動睫毛，淚水就滴滴答答的從眼眶滾出。然而除此之外，她臉上的表情卻是連眉毛都不動一下的生硬，不帶任何一絲情感。簡直就像是一尊流淚的娃娃。在這種情況之下，嘴唇像是與什麼對抗似的微微張開了。

「瑠……花……大人……對……不起……」

那聲音微弱的似乎風一吹就會散逸，虛幻得不像是真實。對不起、對不起、對不起。

無數次、無數次，只是不斷反覆著道歉的話語。簡直就像是個只會說這句話的故障娃娃。

對不起，我回來了。

瑠花還是托著下巴，只回了一句話：

「無妨。」

立香毫無血色的蒼白臉頰上，劃過無數道淚痕。

「……我……我……只有這裡……只想回到這……回到瑠花大人……身邊……」

「我說了無妨。」

「我知道……回來了，會變成……怎樣……絕對……不行……不能回來……所以我……逃走……可是，被抓了……我沒有用……什麼都不會。對不起……但腦中一直浮現……瑠花大人……所以……可是不能……回來……」

「立香。」

正面直視立香，瑠花極為平靜的這麼說了：

「這裡不就是妳該回來的地方嗎？有什麼好道歉的。」

眼淚如斷線珍珠般湧出，停不下來。

立香跌坐在地，像是被人剪斷線頭的傀儡人偶。

一個男人在她身後，如影子一般現身。看見那男人，瑠花發出冷漠的嘲笑。

「……一次又一次，你還真固執。」

過去的殘渣與情感如搖晃的火焰般，接二連三從男人臉上浮現又消失。接著，他表情一變，舉起手中的劍朝掌心一擊，露出貓似的微笑。

「呵呵。我這人的優點就只有固執，不管做什麼都絕不會半途而廢。尤其是縹家這位婆婆啊，竟然學人家洗心革面，叫我怎能善罷甘休呢，真是的……要知道，我光是找到這個地方來，就花了多少工夫啊。」

「憑一介凡人不但能發現這個地方，連來到這裡的方法都能找出來的，你是第一個。你這個人，怎老把腦力和熱情都花在打壞主意上啊——凌晏樹。」

「我可不想被妳這麼說呢。畢竟，妳也不是什麼好東西。論壞主意，甚至比我有過之而無不及吧？」

外表雖不是凌晏樹，聲音卻是他的。他笑了，手中的劍發出歌唱般的叮鈴聲。

「證據這種東西，最好連人帶物一起湮滅最保險。妳也活得夠久了吧？不管是縹家的知識或資訊，甚至是人，該用的妳也都用夠了，不需要了吧。是時候讓縹家完全退出朝廷政事，退居更深更底

之處了。這樣吧，一百年左右好了，這段期間內，決不讓你們阻礙旺季大人。不合時代的女王啊，妳早已是上個世代的人了，這裡不再有妳存在的必要──來，退場的時間到了。」

男人的目光中，屬於「凌晏樹」的東西已完全消失。這樣的能力連瑠花也不禁驚嘆。不過是個凡人的他，卻能如此自在操縱這具屍體，這是有其特殊的理由。相反的，也正因為那個理由，凌晏樹在世上能「使用」的屍體也只有這一具。

只是就連縹家的人，恐怕都難找出幾個操縱得如此高明的人。

「你的才能，倒真是天賦異稟。」

再次變回「空殼」的男人，望望手中的劍，似乎想起了什麼，抬頭惡狠狠地盯著瑠花──坐在白木椅上的瑠花。

「咻！」一劍刃劈開空氣的聲音。電光石火之間，情勢瞬間有了變動。

然而等著這一刻的，其實還有瑠花。瑠花也一樣，一直等待著族人分散各地，縹家成為空城的時刻到來。等這個時刻取那男人的命──這次一定要成功。

「──殺吧！這是我最後的命令，拿下那顆項上人頭。」

縹家最精銳的「暗殺傀儡」圍繞著瑠花的白木椅現身，一齊撲向男人。

這樣的景象已經很久沒發生了。幾乎在與上一代「黑狼」之間的戰爭進入後期時，瑠花身邊的「暗殺傀儡」便只剩下年幼的孩童了。他們是被視為最重要，同時也是瑠花最後的王牌，小心翼翼培育至今的「暗殺傀儡」。

劍戟相碰撞擊出劇烈火花。「暗殺傀儡」的實力雖遠在對方之上，但卻因為「空殼」實際上已是不具靈魂的死亡肉身，無論對他的身體怎麼斬怎麼砍都不痛不癢。

即使如此，要解決他也只是時間的問題而已——只要能砍下他的頭。

正當瑠花這麼想時，「空殼」的動作突然出現變化。彷彿聽見誰的聲音似的，緩緩的用那雙無感情的貓眼，盯住伏在地上的立香。

擺脫身邊的「暗殺傀儡」，男人飛身朝立香所在之處撲去。

「——！」

剎那，瑠花猛地睜大有如深夜森林般的黑瞳。

立香連一根手指都不動，只是睜開了眼睛。空洞的雙眼只是漆黑虛無，從那片漆黑深處，那雙眼睛脫離立香本身的意志掌控，淡淡地映出發生在眼前的一切。

耳邊傳來非常輕微的聲響，那是什麼刺進了單薄肉體裡，令人不悅的悶響。

黑夜般的一頭長髮流洩而下，像一道遮蓋了立香表情的瀑布。鼻端聞到令人懷念的香氣。只要在瑠花身邊，總會聞到這股薰香。想起她雪白的肌膚，血紅的雙唇。煙燻色的睫毛與黑炭色的雙眸。那雙眼眸深處，總不時閃爍著火光般的意志。不管外表如何改變，但她都非常的清楚，那張令人想永遠隨侍在身邊的孤傲臉龐，從未像現在這麼靠近又這麼遙遠。那雙眼眸就在立香鼻端，看似放棄了什麼，閉了起來又睜開。忽然傳來一股鐵質的血腥氣味。

那是瑠花雪白的腹部，血肉模糊的刀傷。

立香甚至發不出哀號。就連這種時刻，還是連動都無法動一下。

只能像個無力的人偶，趴在地上眨著眼。

空洞漆黑的雙眼裡，大顆的淚水不斷湧出、滴落。

「……花……大人……為……什麼救……我……已經死了啊……？」

「立香。」

「……我已經……死了……您卻還救……」

嘆了一口氣，瑠花再次閉上雙眼。臉上是她那令人熟悉的冷酷表情，聲音也是。

「……這種事我早就知道了。這間白棺之室，活人當中，只有少數高位女巫和首席術者，以及保護我的『暗殺傀儡』才進得來。畢竟我的『本尊』一直坐在這裡，豈是人人可入之處。」

瑠花伸出手。那隻手，已不再是少女公主擁有的冰肌玉膚，而是瘦骨嶙峋的老朽既小又佈滿皺紋的手。豐盈的黑髮也瞬間變得灰撲撲，從原本濡濕的烏鴉羽毛般發亮的黑，變成一頭乾巴巴的白髮。

這才是一直坐在那張白木椅上的瑠花真正的模樣。

然而即使她的外表變成如此，對立香而言，瑠花還是無可取代、令人渴慕的存在。立香凝視著瑠花，眼淚止不住的流淌。是啊，外表根本一點也不重要，只要瑠花是瑠花就好。

「……所以既然能來到這裡，就表示……妳已經是個死人了啊，立香。」

立香蒼白的臉頰瞬間變得比冰還要寒冷，那種溫度不是活人擁有的。如人偶般一動不動的身體，發青的頸項上，留有被絲絹緊緊絞扭過的痕跡。

——眼前的立香，是一具屍體。

「那『空殼』是為了找出我的所在……而殺了妳……」

剛死的魂魄心慌意亂，還對人世有所眷戀，自然而然會往想見的人身邊去。所以只要殺了立香，立香的魂魄定然會朝瑠花飛去。毫不猶豫的，無論任何結界或障礙都阻擋不了她。

就這樣，立香成了帶他前往瑠花「本尊」所在地的「嚮導」。不過，若只有魂魄，「空殼」是無法追得上她的。所以他用了某種方法，將正要飛離的魂魄強制困在肉體之中。想必又是和神器那時一樣，得到從縹家投靠過去的年輕一輩術者的協助了吧。

無法飛翔的魂魄，只好無可奈何的拖著笨重的軀體，慢慢回到縹家。走屍體能通過的通道。

所以立香才會不斷道歉。

立香自己也發現了。所以她其實一直拚命忍耐。因為知道自己不能回來，不能再見瑠花。忍耐再忍耐，像個人偶一樣連眼睛都不眨一下，都是為了保護瑠花。就連被殺了之後依然如此。

然而，不管怎樣都按耐不下想再見瑠花一面的渴望。好想見她，好想回到她身邊。被感情牽著走的結果，就是今天這個局面。立香恨自己總是這麼沒有用。

抽出插在瑠花腹部的劍刃，立香看見汩汩湧出的血。嗚呼。

「……對……不起……」

「我不是說了無妨嗎？妳不是……想見我嗎，這並不需要道歉。」

利用立香的渴慕，殺了她。立香只是為了找出瑠花本尊所在之處而被利用的道具。

年輕時經常燃起的嗔怒之火，很快的在那雙黑炭般的眼眸中點燃。

「……我是弱者的擁護者，這座天空宮殿的女主人。只要是來到我身邊的人，都能獲得我縹家的庇護。不管原本是妖魔還是人類甚至狐仙，就是死人屍體也好，只要來到這裡都是平等的。就算賭上我這條命，也要誓死保護他們到最後。這……就是我選擇的人生。」

咻。劍刃開始從瑠花老邁單薄的身體拔出。

瑠花並未轉身面對後方的男人，她要把自己的時間都留給不久於世的立香。

「……妳可以安心的睡了，立香。回來的好，我唱搖籃曲給妳聽吧，別再哭了。」

立香緩緩閉上被眼淚沾濕的雙眸。

不知從何處，傳來沙沙的海濤聲，當中夾著瑠花唱的搖籃曲。那正是立香來到縹家第一天的夜晚，瑠花唱給哭泣不止的自己聽的，最初也是最後一首搖籃曲。

從那時起，立香就屬於這裡。除了瑠花身邊之外，哪裡都不去，也不想去。

眼前老邁的真實瑠花身影，立香要在死前深深烙印在腦海中。無論是美麗的少女公主或眼前滿是皺紋的蒼老婦人，都是她最愛的瑠花。外表不管怎樣都不重要。立香想回的地方，只有這裡。

「……『母親……大人』。」

輕輕吐出最後一句話，立香永遠闔上眼睛，再也不會睜開了。

劍刃終於完全抽離瑠花的身體，這時她才終於轉身面對「空殼」。他已擺好揮劍架式——將瑠花人頭一劍斬落的架式。

沒錯——瑠花的狀況其實和「空殼」沒什麼兩樣。要真正殺死一直「依附」在族中巫女肉體上的瑠花只有一個辦法，就是砍下她「本尊」的項上人頭。

「暗殺傀儡」們為了保護瑠花，團團圍著「空殼」。瑠花按住出血的腹部，雙手感到濕黏。很久不曾感受肉體的鈍重與痛楚了，如枯木般的「本尊」，不知是否連能流的血都不多了，從傷口緩緩滲出的血液如清水淡薄。

瑠花莫名笑了起來。真實感受到自己還「活著」的事實。這麼多年來，替換使用了那許多巫女的肉體，不知不覺中，連自己究竟是活著或已經死了，有時都搞不清楚。然而現在體內的血液、肉體的痛楚與燒燙的體溫，都像是在悲悽吶喊著生命的存在。

「空殼」向前踏一步，「暗殺傀儡」們馬上有了反應，就要動手。瑠花卻阻止了他們。

「……夠了。我要變更對你們最後的命令。從現在開始解除『暗殺傀儡』的任務……我要你們活下去。」

然而，「暗殺傀儡」們卻站在原地不動。全體抗拒著瑠花新的命令。

「大小姐！大小姐！請不要說這種話。請妳不要這麼做，請不要……千萬不要啊！」

瑠花震驚了。如裂帛般的強烈意志。拒絕。不惜違反自己的法術與命令。這群生來身心便薄弱，縹家最後一批「白色孩子」們，發自內心意志的想保護瑠花。可是……

從什麼時候開始的？這一點瑠花也算錯了。他們已經堅強得足以在任何地方生存下去，即使沒有瑠花的保護。

瑠花再次傳達了命令。以無情而冷酷的口吻。儼然地。為了保護他們。

「活下去。你們已經沒有保護我的必要了。就算今天殺不死我，凌晏樹還是會用盡各種手段，派其他殺手過來。直到殺死我為止……沒必要再製造更多犧牲者了，夠了……你們的心意，我收下就好。」

只要一一呼喚「暗殺傀儡」的名字，他們就會立刻失去意識。

為了確認他們的昏迷，瑠花忍住令人目眩的鈍重痛楚，拖著沉重的肉體，坐在白木椅上。漫長難耐的時光中，瑠花的「本尊」一直坐在這張白木椅上。

不經意地低頭，望見靠在把手上那雙屬於老婦的枯柴手臂。現在她的外貌，早已不是年輕的少女公主。一頭瀑布般的黑髮也成了乾燥脆弱的白髮，紛紛脫落。瑠花別開目光，不去看自己真實的面貌。然而雖然老態難以掩飾，不可思議的，現在的她卻不覺得悽慘。

終於「回來了」。這才是自己。身心合一，一切都屬於瑠花自己的。在自己的家園之中。之所以會有這樣的念頭，或許是因為已卸下大巫女的職責吧。還是因為遇見了那不從縹家帶走任何一樣事物，來時與去時都選擇了保有自我的紅秀麗呢。

呼。吐出一口氣時，遠遠地彷彿聽見槐樹葉片的沙沙聲，像是海濤的聲音。

幾十具排列整齊的白棺有如送葬行列。一直在這裡看著那些長眠於棺中的孩子們。看著棺材一一變空，她們成為瑠花的身體，然後又再回歸塵土。這次，只是輪到自己而已。

「空殼」完全不理會倒地的「暗殺傀儡」們，直直朝椅子上的瑠花靠近。

那雙偶爾閃現過往殘渣的空虛雙眼，現在只專注凝視著瑠花的頸項。

相隔兩步之距，兩人四目相對。「空殼」什麼都不再說了——不。

剎那間，他臉上那個微笑，又是「凌晏樹」了。雖然是令人幾乎誤以為錯覺，短暫如白日夢般的一瞬。

「好了，該結束了。」

遠遠傳來海濤的聲音。從未親眼見過，真正的海風。

為了守護縹家，保護弱者而生，直到生命的盡頭。這就是瑠花的驕傲。

自己選擇的人生。

『請不要比我先走。』

最後一刻，彷彿聽見了誰對自己如此呼喚。

那聽來像是紅秀麗，又像是珠翠，甚至像是戩華或紅傘巫女的聲音……也覺得，好像是羽羽。

「咻」地一聲，劍刃揮過。瑠花連眼睛都不眨一下，直到最後，還是那麼優雅地支著下巴。

一瞬之後，瑠花那顆小小的、滿是皺紋的頭便「咚」地滾落。

落在如送葬行列般的白色棺木之間。

「——迅，你說的是真的嗎？縹瑠花就快要死了？」

「應該沒錯……我想晏樹大人是打算那麼做。我雖然阻止過一次，但看秀麗小姐的樣子就知道，縹家和神域的情況並不平靜。應該是晏樹大人暗殺瑠花的布局。」

一邊快馬加鞭前進，一邊聽著迅的報告，旺季皺起眉頭。

腦中想起離開王都之前，關於瑠花，晏樹說的是「已經不需要應付了」。

「現在縹家已無多餘的人手保護瑠花……如果是現在的話，確實殺得了她。」

旺季也察覺到，這已經是無法阻止的事實。

同時他也默默思考著，自己究竟真心想要阻止過嗎？派迅前往縹家時，也曾想過，如有必要就讓迅殺了她。但晏樹則是無論有沒有必要，都不打算放瑠花生路了。旺季明明知道這一點，卻什麼都沒對晏樹說就離開了。

（……縹瑠花。）

關於瑠花，旺季向來不去想太多。身為上一代「黑狼」的姊姊，以及女兒飛燕，幾乎都可說是死在瑠花手下。女兒飛燕死後，旺季甚至連一把骨灰都沒分到。只收到她生了個兒子後死去的訃聞。

其實對女兒的死並不是沒有預感，然而收到訃聞時的憤怒與殺意，至今仍烙印在旺季心中。若說自己不想殺瑠花，那是騙人的。就算把雙手綁起來，內心某處還是無法停止這個念頭。如果縹家絕不改變，那麼唯一的方法只有殺了瑠花。她是一切的元凶，正因為是瑠花統治著那瘋狂的縹家，一切才無法獲得改變。不過，這難道不是殺瑠花的藉口而已嗎？旺季無法否認自己或許只是需要一個殺她的明確理由。

可是一旦得知瑠花將死，旺季內心卻莫名的激動。並非為此感到哀傷，但也無法開心起來。那個睿智美麗，擁有莫大神力，也因此逐漸發狂的女人。她殘酷的罪狀，就旺季看來是堆積如山。當然她也有功勳，但該死的理由，旺季雙手數得出來的至少就有好幾個。過去，她在該死的時刻，卻無法死於該死的場所。她的存活也因此造成了扭曲的命運與諸多不幸的發生，無論對她自己或對縹家，還是這個國家而言都是。

這一刻雖然遲，但總算是來了。旺季恍惚的想著。瑠花即將在無人知曉的遙遠地方，在無人知曉的情況下被殺死。如此而已。無論是瑠花的死，還是她的死期，都已跟不上時代的潮流，再也無法引起任何注意與騷動。只有一件事可以確定，就是得知她的死之後，內心這股說不出的罪惡感。

明知晏樹的企圖，卻還佯裝不知的旺季，等於是瑠花之死的幫凶。

壓下種種思緒，旺季重新凝視前方。儘管瑠花的死已跟不上時代的潮流，但卻也並非什麼意義都沒有。絕對。抬頭望向那顆紅色的妖星，旺季低語：

「……必須盡速回到王都。」

「是。不過，大人……」

「什麼事。我們已經進入東坡郡了，快馬加鞭的話，不出幾日即可抵達州境。」

「你不覺得這樣太誇張了嗎？請您稍事休息好嗎？肚子不餓嗎？請問？」

被這麼一說，旺季的肚子才像總算想起來似的發出聲音，感到猛烈的飢餓。仔細一想，才發現已經很長一段時間沒有進食了。旺季看看前方正好有間破廟，便拉住轡繩。一早便騎馬奔馳了一整天，已經是滿身大汗。停下馬的瞬間，甚至因為鬆懈下來而造成一陣暈眩。

「……看來是衝過頭了。暫且在此用中飯和睡個午覺休息一下吧。跟上來的有多少人？」

帥氣的一個回頭，眼前的景況卻讓旺季差點摔馬……後面根本沒人。迅嘆了口氣。

「……跟上來的，只有我和皋韓升啊……話說回來，你竟然跟得上啊，皋韓升……」

只憑著一股使命感而拚命跟上的皋韓升，早已累得抱著馬脖子倒下了。

「我就知道會這樣，所以從梧桐出發時，已經事先吩咐下去了。跟不上而脫隊也沒關係，休息過後再追上即可，我和將軍會在『煩惱寺八八』等待。」

「煩惱寺八八？那是什麼亂七八糟的廟名？是哪裡的蠢道寺！」

「就是現在大人您正打算進去休息的破廟喔。因為我猜你到了這一帶，肚子應該也會餓了而打算停下來休息。」

仔細一看，歪斜的匾額上的確寫著「煩惱寺」。旺季突然一點都不想在這休息了，然而司馬迅卻眨著獨眼笑了起來，像是在無言的對旺季施壓「您該不會只因為廟名蠢了點就說不在這裡休息了吧？」

「……迅，你和陵王還真是像……」

「您這麼說我太開心了。畢竟陵王大人叮嚀過我很多次，要我別被旺季大人的外表給騙了呢。」

倒不如說迅的頭腦比陵王要好太多，所以更叫人火大。這個貼身護衛還真不好應付啊。要是真的堅持不進去，說不定會被他揍一頓硬押進去吧——這方面迅也跟孫陵王學得很好——旺季只得心不甘情不願的下馬，同時，嘴裡提起某人的名字。

「……茈靜蘭，終究是沒回來啊。」

司馬迅一邊將半睡半醒的皋韓升從馬上抱下，一邊聳聳肩笑著說道：

「別管他了。他要是真的那麼笨，也就無藥可救了，更不必花費力氣在他身上。請您先吃點東西，在這間蠢廟休息到傍晚吧。等用過晚飯我們再出發。」

一個翻身，掀起衣角，旺季牽著馬走入寺內。

轉動著獨眼掃視過廟寺周遭後，迅也跟著走進這座煩惱寺。

昏睡中的皋韓升突然一陣膽寒驚醒。翻身跳起，背脊發涼的同時才發現自己手上已抓起弓箭。但定睛一看，身處境地卻又讓他陷入混亂。咦，什麼情況？

「你起來啦？不錯嘛，的確是個好武官，不愧為楸瑛看中的人選。」

昏暗光線下，只聽見迅含笑的聲音。周遭天色已暗，夕陽將四下照映得一片朦朧。室內的照明只有屋內一座殘破燭台上的蠟燭而已。

藉由燭光可看見旺季青白的側臉，他依然穿著那身紫戰袍，雙手抱胸坐在一旁。

「……？」

沒記錯的話，韓升確實聽見迅說用過晚飯就要離開才對。那麼為什麼太陽都已經下山了，別說煮食，迅與旺季看起來完全沒有要走的意思……內心浮現不妙的預感。

正想問到底發生什麼事時，韓升已猛然察覺發生異狀的原因，更用力握緊手中弓箭。

「——不會吧。」

在昏暗室內背靠著牆的迅，聽韓升這麼一說便聳肩苦笑了。

「……沒錯。我們被包圍了。前腳才踏進這間破廟，就馬上被強大武裝勢力包圍了。你可別出去，否則就等著被箭射成蜂窩吧。現在這裡只有大人和你我三個人。真傷腦筋啊，簡直是欲速則不達。總之，要是有個萬一，只能殺出一條血路讓大人一個人逃離了。大人，屆時請您別回頭，儘管逃離這裡吧。」

「……我明白了。但，還不是時候。」

旺季沉穩的聲音總算令韓升稍微鎮定下來，但卻不懂他為何這麼說。

「怎麼會這樣。包圍者究竟是誰，他們知道對付的是旺季將軍嗎？還是說，對方只是普通的強盜——」

空中傳來快箭劃破夕暮的聲音。迅與韓升立刻飛身撲向旺季保護他。從箭矢破空的聲音韓升也察覺了，那絕不是強盜之流的泛泛之輩，而是，受過正規訓練的……

（是哪裡派來的軍隊。）

飛箭劃出優美的弧形穿刺進走廊。旺季依然不動如山，只抬眼望向那支箭。

「……是箭書。取下看看是哪個蠢材吧。」

定睛一看，箭羽下的確綁著一張信紙。迅很快的看過書信內容。

「……這下傷腦筋了。」

「是誰。」

「……東坡郡太守，子蘭大人。」

「啥？」

大喊出聲的並非旺季，而是皋韓升。子蘭不就是統領前方州境的那位太守，來到紅州的途中，在那小丘上，和旺季及靜蘭一起見過的那個男人嗎？他為什麼要這麼做？

「書信上說，等日一落就行動。我們該怎麼應對？大人。對方是刻意等到日落的吧。趁現在天色尚未全暗，我們三人還能一起逃。畢竟對環境的掌握對方也比我們熟悉。」

「不，不需要。再等下去。皋韓升，日落之前你先吃點什麼墊肚子吧。否則一切結束之後，會因為過度飢餓倒下的。還有水別喝太多，否則一緊張起來有可能會尿急。」

哪還有時間尿急，韓升一邊在內心嘀咕自己膽子可沒這麼大，一邊為旺季那句「等一切都結束」而感到些許心驚肉跳。

滋滋……沉默之中，只有燭芯燃燒的聲音響起。很快的，太陽便完全西沉了。

不久，破廟外也傳來腳步聲。不止一人。迅豎起耳邊傾聽，低聲對旺季報告。

「其中一人穿的是文官靴，想來是子蘭大人。另外有八名普通的武官外加兩名武藝甚高的武官。來的總共有十一人。」

「什麼！他帶了十個護衛來嗎？三對十一啊。嗚，還真的耶，聽得滿清楚的……」

才剛和著竹筒裡的水吞下最後一點乾飯的皋韓升也皺起眉頭。對於韓升能在這千鈞一髮的時刻速速吃完一餐，在另外兩人看來，膽子已經算是夠大的這件事，他本人恐怕一點也沒察覺吧。

「從道寺外地面上殘留的馬蹄，這裡只有三人的事根本瞞不住對方。即使如此，要以同等人數對決，又沒那份膽識，拖拖拉拉的最後帶來這麼多人，要說是文官的作風倒也的確是如此。」

「欸……真卑鄙，不過也沒辦法啦……哪有人不愛惜自己的性命呢。」

皋韓升還能說些風涼話，很大一部分原因是由於迅在這裡。在牢城時已經徹底領教過，眼前這個叫做司馬迅的男人，擁有超乎一名侍御史該有的能耐。雖然只是直覺，不過他或許比自己原本的直屬上司藍楸瑛……還要強上……那麼一點。既是如此，對方就算有十個人，說不定也還有可能應付。

（……就看對方帶來「武藝甚高」的兩名武官強到什麼地步了吧。）

韓升最後在心裡祈禱那兩人最好只是虛有其表。接著，對方鎧甲與劍發出的聲響越來越近，聽得出他們似乎發現了廟裡的燭火，正一邊戒備著一邊加快腳步。

洞開的廟門外，已可看見那雙文官靴了。

「……如此冒犯真是失禮了，旺季大人。」

在別著東坡郡徽章的武官們簇擁下現身的，果真是子蘭。

那麼，待我瞧瞧所謂「武藝甚高的武官」吧……正當韓升這麼想著，朝對方投以警戒眼神時，觸目所及卻令他大吃一驚。

（咦？）

旺季和司馬迅倒是並未表露驚訝之情。只是旺季口中似乎喃喃自語著什麼，而司馬迅則抓著頭，獨眼望向天空，口中似乎叨念著「蠢材竟然有兩個」。

帶著陰暗的眼神，站在子蘭後方的——竟是靜蘭。

「怎、怎麼會是——茈武官！你——你在這裡做什麼！」

自己問出口都覺得很蠢的問題，但還是忍不住問了。

回答的不是靜蘭，而是子蘭。他扯動嘴角一笑，用下巴指了指靜蘭。

「因為看到他獨自遊蕩，我便問他是否願意助我一臂之力。他答應了，如此而已。看得出來他和旺季大人之間『有什麼』，所以我一直暗中注意他。一聽他說旺季將軍和你們兩人來到這座破廟，我馬上就安排了包圍網。」

告訴子蘭這個消息的，原來是靜蘭。

旺季看也不看靜蘭一眼，就像他是個再也不值得一瞧的人。

「……然後呢？你的目的是什麼，快說吧。我還想早點回貴陽。」

「就是想請您慢點回去呢，請務必在這紅州東坡郡多留幾天吧。」

「什麼理由？」

「您心裡有數吧？只要您越晚回朝廷，朝廷裡的不滿和怨憤就能累積得越多。過去這些怨憤不滿都由您吸收了，現在您不在朝廷，所有怨懟就會直接朝國王爆發，更別說正好現在天上又出現了那顆妖星。您現在回去還太早了。再等一陣子吧，如此一來，那些不滿就會擅自爆發，您只要等到那時候就行了。」

「的確是如此。不過這麼一來，就會引起不必要的鬥爭。我必須回去，在爆發之前解決爭端。這是出自我意志的決定，所以必須盡早趕回王都。你快讓路。這主意別說葵皇毅了，甚至不可能是凌晏樹下達的吧。」

一聽見這兩人的名字，子蘭馬上出現在意的反應。雖然看不出他是對誰有所不滿。

「旺季大人，您似乎忘了一件事。那就是我比這兩人還來得年長，經驗也遠比他們豐富。」

「葵皇毅和凌晏樹官位爬得比你還快還高，讓你很不滿是嗎？」

「當然不滿。但我一直都不想計較。因為我認為等一切都結束之後，您一定會讓我坐上符合我實力的地位。我對此毫不懷疑，始終尊你為主，提供協助，因為我知道，這是能讓我飛黃騰達的最快一條路。然而，我實在無法再忍受了。尤其是荀彧當上州尹這件事。我察覺了，最終您是想讓他當上州牧吧？我實在無法接受，怎麼想也輪不到他吧？」

事實上，指名荀彧擔任州尹的是劉志美，並非旺季。看來子蘭一心認為這條人事命令是出自旺季的指示。旺季嘆了一口氣。

「這就是你的缺點。每次都無法忍耐到最後。明明擁有很強的能力，卻因為這急躁的性格而無法好好將每件事成功做到最後。總是忍不住要強出頭，所以你才會不行啊。」

「就算如此，我自認比凌晏樹要好多了吧。至少在身為一個人的個性上。」

旺季雙手環抱在胸口，微笑著輕聲說道：

「……是嗎？」

「那男人是個妖魔鬼怪啊。人類才不會有那些心思，那是妖魔的腦袋。我真的無法理解，您為何一直將他留在身邊。當然我也確實必須承認，像您這樣好好利用他的話，他的確是無人能敵的武器。」

子蘭緩緩拔起自己的劍。旺季舉起手，阻止正要行動的皋韓升與迅。

「聽你這番話，可見剛才你勸我不要回王都的種種理由，都只是藉口罷了啊，子蘭。」

子蘭的劍輕輕抵住旺季下顎，將他的頭硬往上抬。

「一半是事實，一半是藉口。我還不會殺你，因為分散全國各地的貴族派還需要靠你統率。最有可能接替你地位的葵皇毅，年紀不過三十幾歲，很遺憾必須承認他還不成大器。我也不至於癡心妄想到自己能夠取代你，所以請你一如往常做你的工作，只要偶爾聽我的就好。這次你通過我治理的郡，正是實現我這個心願的絕佳機會。只有趁現在了，實在不能再忍下去。」

雖然必須站在旺季身後，但只要能掌握實權就好。子蘭露出得意的笑。

「還不能放你回王都。等到朝廷蔓延起足夠的火苗，我就會陪同你一起回去。憑我的實力，隨時都能動員整個紅州貴族派太守手中的郡兵。您回王都之時，可不只是這一小批人馬，當然要帶上足以震懾整個朝廷，讓每個人棄國王而轉為投靠您的充分兵員才是。不過在那之前，請您就先安心留在紅州，處理處理蝗災相關事宜，好好休息吧。只要您願意，可以一直住在東坡郡直到來年春天。等這一切結束，您立我為宰相，那就皆大歡喜啦。」

「這就是你盤算的故事情節嗎？真是一點創意都沒有，堪稱平凡無奇的內容啊。」

「計畫越是平凡，成功率才越高啊。比起異想天開的奇策妙計，我寧可選擇打安全牌。」

「正因如此，你才高不成低不就。我明白了，你要說的我都很清楚，不需要繼續聽下去了。」

旺季伸出手指，夾住直指自己喉頭的劍刃。子蘭臉色大變，無論如何用力向前推劍，最後還是會被旺季的三根手指壓回來。

旺季就這麼站起身，最後也是第一次轉身望向沉默不語的靜蘭。

「——你呢？到最後還是要像個笨蛋站在那嗎？我應該說過，不會再有第二次。」

這句話像是暗號，令迅和韓升電光火石動了起來。

旺季驀地放開子蘭的劍，反作用力令子蘭腳下一個踉蹌。低頭看看手中的劍，再看看旺季，就這麼舉起劍朝他劈下。這時的子蘭已經失去理性，恐怕只剩下反射性的動作。

一邊發出野獸般的咆哮，一邊亂揮著手中的劍。即使如此，旺季依然不曾拔出自己腰間配戴的劍。在子蘭的劍碰到旺季之前，另一把劍從旁橫過擋開了他。同時為了隔開旺季，一雙腳將子蘭整個人踢向了庭院。

旺季看著身邊那張美麗的側臉，為了保護他而動手的人是靜蘭。

「哼，你不打算殺我了嗎？茈靜蘭。」

「……你就坦率點道謝如何？旺季將軍。」

這是第一次，靜蘭用「將軍」來稱呼他。察覺這一點，旺季不禁挑起眉梢。

「你是白痴嗎，誰要跟你道謝。這是你應盡的任務吧。」

「………以前我還以為，你是個更凜然更有男子氣概的大人呢。」

「你恐怕是哪裡誤會了吧——總之，我再問你一次。這樣真的可以嗎？你不會再有機會了喔。迅那邊的對手即將解決，你要殺我只有趁現在了。」

迅和韓升一邊對付著其餘武官，同時也都密切注意著靜蘭的動向。若靜蘭真的動手，這次皐韓升就打算以劍代替拳頭來制止他了。

靜蘭抬起頭直視旺季。包括那身紫戰袍在內，這是第一次從正面，正眼看他。

原本沉澱，陰暗的目光，漸漸如大霧散去般變得清明透徹。過去那些混雜了種種情感而混濁、糾纏不清的東西，如今這一瞬間似乎都釐清了。

「……現在，唯有保護你，讓你平安回王都，才能夠保護劉輝。在這裡殺了你，沒有任何好處，無論對劉輝……或是對這個國家的將來，都沒有幫助。」

旺季打從鼻腔裡笑出來。然而那不是瞧不起人的嗤笑，而是調侃的笑。

靜蘭根本不是從一開始就打算欺騙子蘭，一直到剛才，他的內心都還是混亂得難以決斷。這一點被旺季看穿了。正因為他也想過利用子蘭來分化旺季與貴族派，這半是認真半是瘋狂的念頭，讓他剛才跟過來時的表情恐怖得像個鬼。

他自己並未發現，當第一次無法下手殺死旺季時，其實心中早已半分有了答案。能不能確認剩下的一半，這是最後的機會了。藉此證實，自己究竟是不是個衝動的孩子。

「皋韓升早就發現的事，你現在才終於明白啊。晚了點，但幸好還不算太遲。光是擺脫過去那個高傲獨斷的幼稚性格就夠了。」

殺了旺季，只會讓一切事態惡化。無論是對這個國家，或是對劉輝而言都是如此。

聽過子蘭的打算之後就能明白。過去的靜蘭自以為是為了保護劉輝，其實只會將一切搞砸。他的作為不僅幫不了劉輝，甚至幫不了任何人，只不過是一種自我滿足而已。為了撫平自己不受控制的情緒，想用一個最簡單的方法結束一切。他明明是個有才能的人，但或許正因為太有才情，使得他到最後不相信任何人，也毫不懷疑自己有錯。這種個性和子蘭的性格有相似之處，所以這時看著子蘭，他才終於恍然大悟。

「只到你回王都為止。在那之後，無論發生什麼事，我都只為保護劉輝而行動。」

「可以。就試試看吧。」

旺季伸出手。靜蘭驚訝而不知所措的後退了一點，卻沒有逃開。旺季意外粗糙的手掌撫上靜蘭冰冷的臉頰。溫暖而不大的手。

他雖然會和劉輝玩手球，卻從來不曾靠近清苑，更別說碰觸他了。無論自己表現得多麼優秀，這位不近人情的大官卻一次也未曾稱讚過清苑皇子。

「那麼，容我正式向你道謝。茈靜蘭——你做得很好。」

掌心離開臉頰，伸向靜蘭頭上輕輕搔亂他的髮，然後抽離——二十八年來，這是第一次。

與父親完全相反的男人，然而這兩人卻又如鏡子內外般有著相似之處。明明他難得主動，但自己卻總是表現出劍拔弩張的態度。即使近在身邊，但他對當時貴為皇子的清苑卻連正眼也不瞧的態度，總是令人火大。然而卻又無法不在意他。當時如此，而今亦然。

「我對你沒有興趣。但我也說過對你的選擇有興趣。看來我是不至於失望了。」

他是否也像這樣撿起葵皇毅或凌晏樹那些年輕貴族，也像這樣對他們說話，培育他們呢？自己現在卻要與這樣的男人正面為敵。靜蘭表情扭曲的笑了。雖然想說些什麼回應，卻不知該說什麼好。從以前到現在，他一向不擅長和旺季這個男人言語應對。就像個只想在他面前好好表現的孩子，卻因太緊張而說不出話。這種感覺，和面對父親時一樣。

旺季將紫戰袍衣角一掀，以鎮壓全場的目光對室內一瞥。子蘭已經不知所蹤了。

「……子蘭呢？讓他逃了嗎？」

「是，很抱歉，大人。比起子蘭，我認為那邊那個像刺蝟似的茈靜蘭更需要優先戒備，所以沒去追趕他。不過，已經確認過他逃離的方向了。」

「下官也是。」

皋韓升一臉沒轍的望著靜蘭。靜蘭雖然別過臉去，但因為這動作實在太像平日的他了，使得韓升不怒反笑了起來。他做人的信條就是只要結果是好的，那就好了。

「好吧，算了。反正放著不管，子蘭說不定還會回來。我們到外頭去吧。」

聽見旺季撫著鬍鬚，講得一副要出門遊山玩水的口氣，靜蘭不禁懷疑起自己的耳朵。就靜蘭看見的，外面起碼還圍了將近百人。不，比起那個……

「你剛才說什麼，他還有臉回來？」

「子蘭做這種傻事……已經是……第幾次了啊？」

「是多到數不清了喔？如果他真回來，你該不會再次接納他吧？」

只見後面的迅正擺出一臉「對對對，快多說他幾句」的表情為靜蘭打氣。

「像是子蘭啦，還有其他幾個傢伙都莫名其妙的，每次就算是背叛我也不會投靠敵方陣營，過不久總是又愣頭愣腦的回到我身邊啊。」

「我看這只是你被人瞧不起而已吧！還有，聽你這麼說，原來不止子蘭一個人嗎？就是因為你不早點將這種傢伙放逐，才老是會遇到這種事啦！再說，你講什麼到外頭去，現在是要怎麼出去？逃走的子蘭，一定早就從外頭下令突擊了吧！話說回來，要不是有我跟進來，你現在早就……」

哇，這傢伙竟然開始自吹自擂起來了。其他三人不禁傻眼。這該說是前皇子自大的天性使然嗎？還是其實靜蘭本來就是大嬸個性？

「哼，比起期待一個腦袋不清楚的武官來救援，我倒不覺得本來的作法有什麼不好啊？」

「嗯，我想應該差不多沒問題了。天也幾乎全黑了嘛。」

迅這麼一說，皋韓升整個人都跳了起來，轉頭望向迅。

「……啊？難不成，那些邊休息邊追趕的其他武官已經跟上來了嗎？」

「沒錯。我早就告訴過他們，就算走散了，只要天黑前趕到煩惱寺八八就行了，我們會在此等到日暮時分。此外，派往紅州他郡的援軍應該也快趕回來了。離開梧桐時，我曾拜託州府向各郡傳令，若各郡不再需要多餘人手，便可讓他們陸續歸隊，並且務必途經煩惱寺。你以為我會讓大人回到王都時，身邊護衛只有我們這幾個人嗎？」

靜蘭瞪著面前這獨眼男──司馬迅。還是皇子時就聽說過這位藍門司馬家總領之子的名聲，沒想到他比那個公子哥藍楸瑛要強上這麼多。十幾年前，若和自己相遇的不是藍楸瑛而是這男人的話，肯定早已納為屬下了。沒想到，他誰不好投靠，卻成了旺季的人。

（可惡……能不能現在用藍楸瑛跟他交換啊……可以再加送一個呆呆蘇芳也無妨啊。）

司馬迅突然覺得頭皮發麻，摸摸脖子……摸了一手的雞皮疙瘩。

「……可是……奇怪……怎麼這麼慢……該不會跑到其他編號的煩惱寺去了吧……」

突然，迅的下巴顫抖了起來。看來逃走的子蘭真的下了指令，四周突然火光四射，隨著無數的火把包圍道寺，龐大的殺氣也如波浪襲來，清晰可辨。旺季瞇起眼睛，數著火把數量，嗅著風中飄散的硝煙與燈油氣味。

「……他們打算朝這裡發射大量火箭，從四面八方，讓我們無處可逃。集合起來，殺出去。」

「……果然如此啊，大人……那是最簡單的嘛……」

處於敵人從四方包圍的狀況之下，放火對他們來說，的確是造成損傷最小而且又是最簡單的方法。如果子蘭在慌亂之下，仗著人多勢眾而直接衝進來，或許都還能應付，但子蘭畢竟不是笨蛋。

「子蘭的性子我清楚，火勢穩住之後，他一定會縮小包圍圈。我們除了要一邊突圍，還得各自奪馬。」

靜蘭與皋韓升頓了一頓，才手忙腳亂的點頭。沒錯，還有馬。差點忘了需要馬才能離開。

韓升感到口中一陣乾渴，回過神來，自己已經問出蠢問題了。

「那接下來呢？」

「接下來？當然直奔東坡關塞啊。我說過了，要盡早趕回王都。你要是願意，就跟上來。」

旺季微微一笑。他竟然還打算直奔子蘭的大本營東坡關塞。

韓升突然覺得莫名的可笑，也真的笑了出來。現在能不能脫離這九死一生的情況都未知了，竟然還說要繼續衝進子蘭軍屯駐的東坡關塞。但是經旺季這麼一說，無論處於眼前的火箭風暴之中，或是面對百人以上的敵人，似乎都沒那麼可怕了。

韓升閉上雙眼，側耳傾聽。他是羽林軍中屈指可數的神箭手，這件事在場的人都很清楚。兩拍之後，韓升的耳殼微微一動。

「……弓弦漸次拉開了。他們即將同時發箭——兩拍，之後，準備。」

遵循他的指示，旺季、迅和靜蘭都不敢大意，站穩馬步。

此時，韓升突然聽見別的聲音。用力睜大眼睛朝外牆方向望去。

「不對，弓箭隊後方還有數百軍馬！並且正以波狀方式——正在包圍子蘭軍！」

其他三人也很快聽見了。迅的耳朵倏地一動。

「嗚哇，衝過來的兵馬當中，有一匹令人垂涎的名馬，正跳過外牆而來，大人。」

干戈交鋒，發出激烈的金屬鳴響，中間並夾雜著好幾次呼喚旺季的聲音。皐韓升發現其中似乎有熟悉的聲音。靜蘭也傻眼了，那個聲音是——

「——燕青，你快上！」

黑暗中，一匹赤兔馬根本不把外牆當一回事似的，正矯健地躍進牆內。

旺季張大雙眼望著馬上的姑娘。女裝衣襬正優雅地在風中飄動。

秀麗也看著旺季。臉上的表情並非志得意滿，卻是笑容燦爛。

「——救援來遲了，旺季將軍。」

咚地一聲，馬蹄正好踏上院落。

「小姐？燕青！」

「靜蘭？咦？你怎麼會在這？你不是在劉——國王身邊嗎？」

被秀麗這麼一質疑，靜蘭一時難以回應。旺季和迅、皋韓升的眼光讓他如坐針氈。

「不，那個，是這樣的……」

「靜蘭你也擔心蝗災是嗎？不過多虧你保護了旺季將軍，這樣是很好……」

靜蘭四周的溫度瞬間降至冰點下。燕青一直半瞇著眼睛，站在秀麗身後盯著他看，從他不時瞧瞧旺季和迅的表情就知道他已經搞清楚一切了。

不知情的只有小姐一人。靜蘭拚命防守著這最後的堡壘，笑著企圖含混帶過。

「……對、對，就是這樣。紅州是老爺和小姐的故鄉，我心想，怎麼能放著不管呢！」

「你這麼說我是很高興啦……可是，我信裡不是也寫了嗎？『你要好好吃飯，好好睡覺，注意身體，不要離開劉輝身邊』……」

「咦？」

那封已經被捏得皺巴巴的信，還未開封的放在靜蘭懷裡，發出窸窸窣窣的聲音。

「不是啦！我是說，陛下身邊還有白大將軍在，絳攸大人和老爺也在啊！」

這個騙子。除了秀麗之外的所有人都在心裡如此叨唸著。

四周陸續傳來棄械投降的聲音，以及正忙著澆熄落下的火箭與火把的吆喝與水聲。旺季邊聽著這些聲音，邊望著搭著燕青的手，正從馬背上跳下的秀麗。

「……妳為什麼會知道？」

「其實我手邊正為了御史臺的工作追查另一樁重大案件，東坡郡太守子蘭是嫌疑犯，所以正在急忙追查他。」

「原來如此。」

旺季表情文風不動，就像他對鐵炭一事完全不知情似的。

然而那是不可能的。燕青站在秀麗身後，舉起火把照亮彼此的表情。

「……聽說旺季大人此時正全力趕回王都，萬一那子蘭真是大惡不赦之徒，猜測也是有可能發生這種事情，進而追蹤他的下落來到此地。」

「那批大軍又是？」

「是的。途中發現追隨旺季將軍腳步，前往煩惱寺的武官四散於各地，我便行使御史軍權，一路將他們納入隊伍一併追趕前進。」

迅露出不悅的表情。這原本該是他的功勞，卻被秀麗漂亮的從中攔截了。看秀麗笑咪咪的說著這番話，有一半可能是她早已料到那是出自迅或旺季的指示，才刻意說得如此輕描淡寫。或許是過去與陸清雅之間的熾烈鬥爭訓練出的實力，她這個御史當得的確不容小覷。

旺季插著手，依然凝視著秀麗。不可否認的，眼前的少女拯救了陷入絕境的自己。要不是她一路協助統整軍隊加速趕路，可能會出現更多犧牲者。

忽然，旺季發現秀麗似乎臉色鐵青。原以為是燕青手中火把的陰影，看來似乎不是。她的表情寫著，選擇前來搭救旺季時，她犧牲了其他不願捨棄的事物。

午間來自迅的情報突然浮現腦海。雖然這幾乎只是直覺，但是……原來是這樣啊。

（妳放棄了救縹瑠花，而選擇了我。）

雖然在晏樹天衣無縫的安排下，秀麗就算想救瑠花也絕對來不及。然而對這丫頭來說，擺在眼前的卻是令人顫慄的二選一難題——要選瑠花，還是旺季。

選過去，還是未來。

她做了選擇，而現在站在這裡。將內心的無力與不甘，怒氣與窩囊，都像掩飾舌尖的苦澀般用力隱藏。

只要她在這一刻趕到旺季身邊，紅秀麗身處此地的意義就會讓早先迅做的工作完全顛覆，形成另一種價值。不讓旺季死於此地，讓他盡早歸返王都。為了這個，她不惜放棄瑠花，選擇另一條路。沒錯，功勞都轉為她的了，一件不留。

她選擇的其實不是旺季，而是在那之上的東西。旺季不得不承認。

「——妳來得好，紅御史。值得讚許。」

這句話包含了各種意義。不知是否只有紅秀麗聽懂旺季的真意，她羞赧的笑了。

「……旺季將軍，請盡速趕回王都吧。」

「我明白。那麼妳呢？」

「我馬上去追子蘭——靜蘭，皋武官，旺季將軍就拜託你們了。」

看著秀麗轉身就要上馬，旺季忍不住主動留住她的腳步。

「紅秀麗。」

搖曳的火光之中，紅秀麗緩緩轉身。

距離只有五步，足以令彼此在夜裡看清對方的表情，旺季身上的紫戰袍隨風飄起。

認真的互相凝視之中，旺季靜靜的說出那句話：

「——怎麼樣，要不要考慮追隨我。」

一旁倒抽一口氣的人，究竟是迅，是靜蘭，還是皋韓升呢？

只有一件事是可以確定的，那就是秀麗的表情，連一絲猶豫都沒有。

掀動旺季戰袍的風，同樣吹起秀麗的髮絲。她堅定地看著旺季的眼睛。

眼前的旺季，比劉輝懂得更多、更會思考、經驗豐富，擁有既堅強又柔韌的意志與理想。

秀麗想起那個村子。他就像堆砌石塊一樣，為了目標一點一滴累積實力，直到今天。用他自己的方式爬上階梯，很快就要實現願望了。現在的劉輝無論在哪一方面都比不上旺季。而旺季理想中的世界，一定也和秀麗期望的相去不遠。即使如此——

「不。」

秀麗說出了她的答案。她的心堅定得連自己都覺得不可思議。

這是第一次，旺季露出意外的反應。意外的不是她的答案，而是她的堅定。

「並不是追隨你不行，只是我還是想選擇劉輝陛下。」

「……妳想保護的，不是紫劉輝，而是更久之後的未來吧。」

秀麗笑了，清楚而確定。

「沒錯。只不過──對我而言，那兩者是一樣的。就是這麼一回事。」

迅瞠目結舌。她這麼說，等於認為比起旺季，劉輝更能創造美好的未來。

「旺季將軍，或許劉輝陛下他有過許多失敗，或許他現在做什麼都不順利。可是只有一件事，我很清楚。」

秀麗望著旺季的眼神中帶著挑戰。沒錯，只有一件事，秀麗很清楚。

「如果你是國王，一定不會採用女人為官吧。不管在什麼狀況之下，你都不會越過這條線，也從不懷疑那老舊的陋習。」

旺季眼中似乎蒙上一層怒意。或許只是火把閃動的火光也說不定，但秀麗認為，自己確實已經出其不意的擊中了旺季的要害。

包括用饅頭代替人柱的往事在內，旺季的確致力於破除迷信，這一點秀麗也很清楚。正因如此，現在這番話想必聽在旺季耳中更加刺耳。然而旺季持續反對女人參加國試也是事實，就連旺季本身都在方才秀麗的指摘下才發現了這一點吧。

當秀麗成為官員後，願意分派她工作是很簡單的事。然而在那之前，給了秀麗機會的人，並不是旺季。那毫不猶豫打破這千年以上陳腐陋習的人。

「旺季將軍，我到現在還是不懂，女人為何不能擔任官員。就算我已經是個官員了，依然不明白。」

「…………」

「您願意讓我追隨您，就表示您認同了劉輝陛下的一部分。因為我之所以能成為官員，都是陛下的恩澤。是國王陛下打破了千年來，誰都不曾懷疑的男人專制。」

他並非只是因為要幫秀麗實現夢想如此淺薄的理由，這一點秀麗內心隱約已有感覺，就算連劉輝自己都並未察覺。當秀麗還是貴妃時，是他給予秀麗應有的正當評價，決定讓女人參加國試時，也並未獨斷裁決，而是在朝議上名正言順地提出。雖經幾番波折，還是讓秀麗參加了國試，給了她工作。儘管有很多缺陷，但一直都正當且公平的對待秀麗。正因如此，秀麗才會為劉輝做到今天這個地步。

第一次見到他時，秀麗就想過，他真的是一個有如白紙般的國王。未染上其他色彩的劉輝，看待事物總是坦率而公平，正因如此，他才能察覺男人專制其實是多麼無意義，並且能夠果斷放棄這陋習陳規。

這是旺季在無意識中，無法越過的一道線。而紅秀麗，就像證明了這一點的證據。

「或許他還有很多不成熟的地方，未來將如何發展也要看陛下本身怎麼做。即使如此，我還是願意相信身為證據的自己，選擇紫劉輝陛下——比起你，我相信他擁有的可能性，能帶領國家到更遠的未來。」

旺季與秀麗視線正面交錯。

在眼神激出一陣火花之後，秀麗低頭一鞠躬，跨上赤兔馬離去。

望著她的背影良久之後，旺季才若無其事的下令「我們走」，朝另一個方向邁步。和這短暫的相遇有著相同的結果，旺季與秀麗最終走上了不同的道路。

靜蘭這才發現自己一直忘了呼吸。跟在旺季身後而不是秀麗，踏出一兩步之後，對這樣的自己又感到不知所措。旺季腰間那把美麗的劍，一直靜靜的掛在那裡。

並不是不能理解秀麗的話。但即使陷入剛才那樣的絕境，旺季卻還是未將劍拔出劍鞘。不拔劍也能解決一切的力量，旺季是擁有的。儘管是秀麗來搭救了他，那也是因為他有值得搭救的價值與力量。不需拔出，就能完美解決危機的鞘中之劍。

……這反映了劉輝與旺季之間差距，更令人足以預見兩人的未來。

子蘭在黑暗中死命狂奔。不斷撞上身旁有如墓碑般豎立的無數林間灌木。

心跳得厲害，但這沒有什麼。跟過去為了旺季做的那些事情比起來，今天所做的實在沒有什麼。

沒錯，確保鐵炭與技術人員的數量並加以運送；擅自挪用資金；以及身為郡太守鞏固關塞要地並加以利用……這些都是自己的功績。要說背叛的話，荀彧才是真正的背叛者吧。不但在最後的最後沒蓋下印章，還連死都死不成，一點用都沒有。比起他來，自己這種程度根本不算什麼。

（等風頭過了，再帶個什麼禮物乖乖回去就是了。）

想知道方位而抬頭看天時，忽然一陣心驚。乍看之下，好像一顆令人毛骨悚然的紅色眼睛，正從天上俯瞰著地面。當然，很快就知道是那顆妖星，但那與鐵鏽與血色相同的暗紅，怎麼像走到哪都跟著子蘭似的。況且，那顆妖星總是令子蘭不由得想起那個男人。

「──你要上哪去啊，子蘭？」

差點以為眼前的紅色掃帚星真的開口說話了。

目光望向前方，一個晃動的白影佇立著。是個人，但子蘭並不認識他。年紀約三十前後，一頭捲曲的長髮，貓般雙眼……不對，不知為何子蘭覺得那是自己認識的「某人」。那雙眼睛，笑的方式，動作，在在都給人一種熟悉的感覺。

「你是……凌晏樹……？」

晏樹瞇細了雙眼，臉上並未帶著那個招牌的謎樣微笑。

「你搞砸了呢，子蘭。收到間諜回報，說你行跡詭異，我正好要出遠門，過來瞧瞧情形，果然就被我逮到了啊。還以為不可能的呢。我早就決定，你再背叛一次就不原諒你了。就算旺季大人願意，我也不容許……你應該知道我的外號吧？」

——處刑人。那就是晏樹鮮為人知的外號。不經審判，只決定處刑與否，並且下手執行。

子蘭深深呼出一口氣。遇見晏樹這件事，不可思議地令他鎮靜了下來。很多人害怕晏樹，但子蘭不一樣。在某種意義上，他與晏樹是同類人。他對旺季說的那番話也的確不假，自己比晏樹要像樣多了。和晏樹認識的時間不算長，但也不算短。

「你哪有資格說我啊，凌晏樹。你想殺旺季大人的次數我都數不清有幾次了呢？每一次下手失敗你就離開，然後又再回來。你才是妖魔般的男人，不過你的心情我並非不明白。幫助旺季大人這件事並不苦，只是有時會不耐煩，想要違抗他。和想要一口氣打翻盤子，支配一切的心情類似。但和你不同的是，我連一次都沒想過要殺他。」

晏樹究竟對旺季是愛還是恨，子蘭不懂。因為連晏樹自己有時都搞不懂吧？子蘭知道的只有，不管是哪一種情感，對晏樹而言，都沒什麼太大的不同。

「你總有一天會殺了旺季大人，所以根本不該讓你留在他身邊。我說了好多次，他就是不肯聽。就像無論幾次，只要我回頭他都還是接納我一樣的傻。」

「……所以你要把旺季大人留在這裡，好保護他不受我傷害嗎？」

子蘭表情苦澀的像是吞了蟲，沒有回答晏樹的話。畢竟他還有自覺，自己並未善良到那個地步。

然而他確實感受過一絲危機，決定不能讓事情照著晏樹的劇本走也是事實。儘管並不懷疑晏樹會為旺季採取行動，但卻不保證一切結束後，晏樹會準備什麼樣的舞台來迎接。一想到這一點，子蘭總會頭皮發麻。

就算不能改變結果，但不可否認的，自己曾企圖挪動其中一顆齒輪。希望能將旺季拉到離晏樹所在的朝廷稍遠的地方待久一點。更進一步來說，子蘭也不否認，希望旺季能把宰相的權力與地位給自己。只不過對子蘭而言，就算真能得到那些，若國王不是旺季，一切還是沒有意義。

「就算你這麼說，還是無法當成背叛旺季大人的理由啊？」

白影笑著為子蘭判罪。在他身後，那顆紅色妖星正高掛天際。

「現在放你走，你還是會不斷重複同樣的事。差不多是該結束的時候了。你在紅州的表現確實很好，不過我可沒親切到願意讓你用那個來抵銷。你一直在蠶食旺季大人，而且沒打算悔改，因為你現在的所作所為，已經是盡了你最大的誠意。」

子蘭睜大眼睛，全身滿是涔涔冷汗。那自己一直有所自覺但卻不願面對的事實，現在，就這麼被晏樹當場拆穿。

子蘭不可能有所改變的事實。

「不過呢，要是讓你繼續蠶食下去，旺季大人會被你吃光的。就算沒有你，他都已經一年比一年衰老矮小了……所以，我不能容許你繼續下去了，可以嗎？」

子蘭吞下一口唾液。仰望夜空，紅色妖星正朝下方睥睨。子蘭也不逃跑。

曾想過再過不久，自己也能成為葵皇毅或荀彧那樣的人吧。能夠好好控制難以控制的性情，成為比現在更像樣的人。然而，一旦被宣判不可能再有所改變的話，實在是比什麼都叫人絕望。

能為旺季做的事，只剩下死。子蘭接受了晏樹帶來的事實。

只有一件事，無論如何都想問。

「……我和你，到底有什麼不同？」

「你想確認的是，無論背叛幾次自己都會回到旺季大人身邊。可是我呢，卻總是想離開，我想要自由，不想回來——所以正如你所說的，總有一天我會背叛旺季大人吧。」

子蘭在那一瞬間，察覺了某件事。原來一直以來，自己都誤會了晏樹。他或許是——

劍已拔出劍鞘，那把劍剛才似乎殺過人，上面已經沾著赤黑的血痕。

「處刑，執行。」

隨著劊子手的低語，血飛濺起來。

聽見嚎叫聲，秀麗和燕青快馬趕上。到了一處血腥味濃烈的場所，燕青停下馬。秀麗發現灌木叢中躺著人，看來這下沒能趕上。

燕青先下了馬，調查了那具屍體。屍體還有餘溫，表示他不久前還活著。秀麗露出懊悔的神色，不用問燕青，她也已經知道死的是誰。

無論是擋路者還是證人證物，全都迅速被剷除了。這次一樣都沒能趕上。

「……小姐，這人應該就是子蘭了。雖然身上沒找到東坡太守印，還不能證明他的身分。」

「……沒有太守印？」

秀麗突然感到可疑，而且也不能把子蘭丟在這裡不管。

「……燕青，我們先聯絡紅州府吧。然後──」

就在此時，地面有如呼吸似的開始上下起伏。

鳥群一起振翅飛起，發出異樣的響聲，啾啾狂鳴著，盤旋於夜空中。接著是馬發出淒厲的叫聲，兩隻前腳高高提起。把秀麗嚇得發出尖叫，腳下一個踉蹌。

一瞬之後，緩慢的振動如海嘯般從腳底傳來。

──第三波傳來時，地面開始劇烈搖動了起來。

● ● ● ● ●

「回到」貴陽之後，凌晏樹因突如其來的暈眩而悶哼了一聲。這次逗留太多地方了，似乎已經到達極限。「空殼」擅自回到原位，看來他只要能殺了瑠花，並不在意自己的腦袋在哪裡被砍落。

沒多久，暈眩再度來襲。然而，這次連身體都在搖晃，房中各項物品也紛紛掉落摔壞，四處傳來尖叫聲。晏樹歪著頭想。

「……咦，難道是因為中午砍下瑠花首級的緣故嗎？」

他一邊巧妙維持平衡站穩，一邊咬下葡萄串上最後的一顆。

「呵呵，算了。」

之後，他便將葡萄的殘骸丟棄。

大地咔啦咔啦的震動著，彷彿正在慟哭。

「這、這是怎麼回事？」

燕青的聲音聽起來好遠。地震搖了一次就停了──表面上看似如此。然而燕青似乎也察覺了，現在雖然感覺不到明顯的搖晃，但從地底深處卻不斷傳來持續的震動。而這微弱的震動正在逐漸加大，秀麗不可思議的感應到了震源所在地。

（──貴陽。）

噗通噗通，聽得見自己心臟跳動的聲音。不，那聽起來甚至像是燕青或是赤兔馬的心跳聲。不知何故，五感變得異常敏銳。

赤兔馬嘶喊著，跺著兩隻前腳。秀麗「看見」遠得不可能看得見的遠方草叢裡，竄出的兔子和蛇。也知道鳥群正拍動翅膀，像是失去了方向感狂亂盤旋在遙遠的高空。除此之外，還聽得見來自不同地方的縹家哀慟哭聲。

那是珠翠的聲音。以及來自所有地方，有所感應的巫女與術者們的，所有縹家人的慟哭。為瑠花的死。

然而這些都不是秀麗自己感覺到的。

來了。

燕青全身寒毛直豎。有什麼，來了。

現在秀麗的「眼睛」裡，看得見那美麗的軌跡。就像彗星劃過時的弧線，穿越幾千里，瞬間翱翔天際的魂魄。帶著美麗的，石楠花的深紅光芒。

那魂魄飛到秀麗面前，化作一個人形——一如秀麗意料之中的人形。

「……紅秀麗。」

霓裳羽衣的裙襬。美麗的少女公主，出現在眼前。

沉默不語，瑠花只是不斷凝望著秀麗。

深夜中的黑色眼瞳，人偶般美麗的臉龐，不做無謂思考的、聰明絕倫的頭腦。

秀麗沒能選擇守護的少女公主。

秀麗知道瑠花來，不是為了來做最後的道別。這種事情不適合她，一點都不適合。尤其是當她露出這種如臨大敵般的嚴峻目光時。

「需要我的身體，是嗎？」

此話一出，一旁的燕青大吸了一口氣。

瑠花緩緩吐納，開口說了：

「我試著鎮壓了半日……但還不夠。這樣下去，貴陽會成為第二個碧州。」

她指的是震災。或許因為血的緣故，又或許因為曾一度讓瑠花附身，秀麗變得容易與瑠花產生共鳴。相隔再怎麼遙遠，都會有一條細絲牽繫著兩人，使瑠花的所有感受都能傳達給秀麗。

瑠花誠實的告知。

「……不過，把身體借給我，妳的命也就幾乎沒了。」

不是珠翠，不是其他巫女或術者，而是必須向餘命無幾的秀麗相借的理由。

「……不是我，就不行對嗎？」

瑠花頓了一秒，才再度低語「沒錯」。

秀麗是瑠花過去附身過的女子之中，和瑠花最像，也具有最強大力量的「巫女」。

她體內存在的是「薔薇公主」，具有強大力量的八仙之一「紅仙」。即使秀麗本人無法運用那股神力，瑠花卻能夠引出力量並加以操控。具備如此力量的身體，除了秀麗之外沒有人擁有。

而現在，正是需要那股力量的時候。

對秀麗而言，不知是幸或不幸，現在這種與瑠花以細絲相繫的狀態，所有瑠花感受到的事物，都會汩汩流向秀麗。包括除了自己之外，沒有其他人選的事。

拒絕也可以——瑠花沒有這麼說。

拒絕了會怎樣——秀麗也沒有這麼問。

那既是瑠花所能竭盡的最大誠意，也是秀麗的誠意。告知與詢問，都是卑劣的言語。不是對對方，而是對自己。

正因兩人相似，所以彼此的選擇兩人都很清楚。

「小姐。」是燕青的低聲呼喚。秀麗假裝沒有聽見。

輕笑了一下，手足無措的，僵硬的，一點也不自然的笑。盡了最大努力。

「……瑠花大人，我飛到妳身邊那一次，離開時對妳說的話，我並沒有遺忘。」

「…………」

「我說過，真的需要我的身體時，儘管用，沒關係。」

當秀麗在瑠花膝上入睡時，確實曾經這麼告訴過她。

瑠花一直想要獲得秀麗的身體，這一點令秀麗怎麼都想不透。比起自己的族人，瑠花非秀麗的身體不可，這一定有她的理由。瑠花所說所作的一切，絕對都有她的道理。而且是表面看不出來的重要原因。如果那個原因，到現在還存在的話。

所以當瑠花的魂魄飛到自己面前時，秀麗心想，這或許是因為自己曾說過那句話。只是瑠花並未利用這句話來提出要求，就像秀麗未曾說過一樣。

所以，只要秀麗想取消，一定也可以取消。

可是那樣的未來，不是秀麗喜歡的。一點也不喜歡。

瑠花知道就算沒有辦法，因為是秀麗，所以一定還是會答應吧。然而瑠花不是那種在無計可施的情況下，拿別人的性命做賭注的人。

「……絕對，一定，會有辦法吧？」

「是啊，我答應妳，用我的名聲做保證。」

她並沒有說要拿自己的「性命」做保證。此時秀麗才理解到，瑠花是真的死了。那時去見瑠花，原是最後的道別。只是本以為離開的會是自己，而不是瑠花。

被殺手殺害，已經不再是大巫女的她，其實根本沒有必要再守護貴陽。長久以來，她為了保護縹家與弱者已經努力了這麼久，明明該好好休息了。然而她卻像這樣，魂魄還停留在這裡。

在貴陽，有著想守護的東西。不只瑠花，秀麗也是。

瑠花已經沒有可以拿來做賭注的性命了。所以只能將另一條還能當作賭注的命交給瑠花。簡單明瞭。

而現在能辦到這一點的，只有秀麗一個人。

「——燕青，我去去就回。剩下的就拜託你囉。」

燕青雖想說些什麼，卻像被鬼壓一樣，舌頭和身體都動彈不得。

秀麗靠近瑠花。真的可以嗎？——瑠花並未如此再次確認。

只是有一瞬間，垂下她那長長的睫毛，看起來欲言又止。或許那是她道謝的方式。

瑠花透明的手臂，朝秀麗伸去。

●　❋　●　❋　●

——身體像是被大刀劈成兩半。

全身冷得像冰塊。那個瞬間，羽羽感應到了。

就連人頭落地的聲音，似乎都聽見了。

那時自己好像低聲說了什麼，然而那卻是連自己也聽不明白的細微呻吟。在紅州耗盡全力的結果，使羽羽現在連一根手指都無法動彈，更別提吶喊的力氣了。只能如人偶般橫躺著，任憑冰冷的心墜落深淵。

喪失一切。掌中留下的，只有一把從指縫間滑落的沙。

不知道過了多久，耳邊傳來嗚咽的聲音。羽羽側著頭……不，是感覺自己側著頭。現在的他連視力都已喪失，黑暗中只能用耳朵，對那聲音的主人發出微弱的呼喚。

「……璃櫻大人……是您嗎？」

「羽羽！」

大概是因為羽羽望著完全不同的方向，璃櫻似乎也察覺到羽羽已經失去視覺。只靠耳朵接收的聲音卻因過度嗚咽而模糊難辨，羽羽突然發現，這或許是第一次聽到璃櫻哭泣。

「都是因為你用了那種大法術的關係！我現在馬上派最高位階的『治療師』過去，馬上就去。」

就算是「治療師」也束手無策了。這一點，任誰都很清楚。璃櫻當然也知道。即使如此，羽羽還是道了謝。被擁抱的感覺好溫暖，動彈不得的羽羽發出正在微笑的氣息。

璃櫻的嗚咽顫抖著，直接觸動了失去視覺的羽羽內心。羽羽心想，好想見他一面，看看他的臉啊。來到仙洞省後，逐漸有了變化的璃櫻的表情，最後真想再看一眼。

「還有一件……最後一件未完成的事……」

擠出最後的力氣，拖著人偶般的身體，微微一動。

一點一點，小小的身體移動著。在雙眼失明的現在，只能靠直覺在地面匍匐前進。大地，正劇烈搖晃。

一如可將王家與縹家比喻為硬幣的一體兩面，貴陽和縹家也各自代表著「表與裡」。

超過八十年坐鎮於縹家最深處神域，擁有絕大神力的瑠花「本尊」，幾乎已形同守護縹家的一個結界，和古代法術合而為一，具有和神器相同的作用。

而當這樣的她人頭落地，全國各地的神器又有複數毀損的今日，產生的衝擊便一發不可收拾。貴陽乃是縹家的「表面」之地，所受到的餘波自然驚人。

羽羽小小的身體深處，如星火般點點燃燒著什麼。

自從他受命擔任瑠花的首席術者以來，體內一直靜靜點燃的星火。

各州神器，以及縹家的神器「蒼」。歷來，「蒼」都由當代縹家大巫女以身繼承。

然而罕見的，也會有由首席術者和大巫女共同分擔「蒼」的時代。現在的瑠花與羽羽正是如此。

因此，即使現在瑠花人頭落地，由於羽羽還活著，所以才能爭取些許的緩衝期。相反的，羽羽在紅州使出那樣的大法術之後還能活下來，也是因為體內有「蒼」的力量。

——在瑠花已死的現在，能抑制這場「突發狀況」的，只有羽羽了。

伸出手摸索，抓住找尋的仙具。勉強將那把淨化過的短刀拔出刀鞘。

「……羽羽？羽羽……你想……做什麼……」

看不見浮現在眼前的，不是瑠花而是璃櫻。以及劉輝，還有那些年輕的仙洞官們。

羽羽一直想活下去，活得盡量久一點。那是為了自己。但現在不一樣。有些東西，是想和下一代攜手流傳下去的。而有些東西，是必須交到下一代手中的。如同那徙蝶一般。

……那怕只是一小步也好，只要能朝未來前進。

用力將刀刃抵上自己的頸項。耳邊傳來璃櫻的哭喊，以及……

「羽羽。」

聲音撕裂黑暗，落在身邊。羽羽猛力睜大眼睛。聽見，那鮮明而冷漠的聲音。臉頰承受一道強烈的衝擊之後，看不見的雙眼突然像濃霧散去般清明可視。眼前出現的，是綾羅霓裳優雅飄動的裙襬，以及那雙如黑夜森林的眼眸。凝脂玉膚，夜空色的頭髮，血紅的雙唇。不笑的美麗少女公主。

——瑠花，站在羽羽面前。

在睽違數十年之後。

瑠花的形體只出現在最初那一瞬。之後，羽羽馬上知道這是紅秀麗的身體而大為震撼。

「——大小姐！妳知不知道自己做了什麼！為了自己想守護的，就什麼都能犧牲嗎？」

羽羽說的話，瑠花是一個字都沒聽進去。

「哼，一開口就是說教，你現在是大人物了嗎？只不過數十年沒見，怎麼變成了個小動物？看看你，像一團毛球似的在地上滾來滾去，全身毛茸茸的，和你年輕時都不一樣了。當初的你，可要更挺拔，不管是眼睛鼻子或身高。」

「咦？咦？欸？」

羽羽這時才發現自己處於離魂狀態，也因此才恢復了視力吧。朝下一看，只見自己握著短刀，正倒在地上。羽羽突然不想看見變成老爺爺的自己，同時又覺得這種想法有些滑稽。

此時璃櫻和仙洞官們也趕來了，或許因為職業的緣故，他們都看得見眼前的瑠花和羽羽。

尤其是璃櫻，他眼中看見的是秀麗與瑠花重疊的形象。他不禁揉了揉眼睛。

「姑媽……是姑媽大人？您、您不是死了嗎——」

瑠花瞥一眼抽泣的璃櫻，沒有多說什麼。

「現在開始進入最後術式。要趁此機會一鼓作氣修復各神域的毀損狀態。命你們輔助。」

仙洞官們一陣騷動。

「這是指……現任大巫女成為人柱的儀式嗎？」

「蠢材，珠翠必須留下，怎麼能讓她成為人柱。沒有時間了，總之快通令所有術者，準備執行淨化與神力增幅的術式。現在，最高位階的術者及巫女正好平均配置於所有神域……就這樣不需移動，開始輔助術式執行。就這樣，行得通。」

別說仙洞官們，就連璃櫻和羽羽聽了都驚訝的張大嘴巴。但瑠花說的確實行得通。

按照目前的配置，可由全州術者共同執行一大術式。難道，她早就為了這一天，事前將中高位階以上的術者和巫女派到各神域去的嗎？

「——別傻愣愣的站在那裡，快點開始行動！」

瑠花不耐煩的怒吼響起，就算頂著秀麗的外表，生起氣來還是有著驚人的魄力。

怕被瑠花一屁股踢飛出去，仙洞官們慌慌張張的趕緊各自跑出去準備。

「璃櫻，羽羽的身體還活著。我剛才在他死前一刻把魂魄從他體內踢出來了。」

「……踢出來……」

羽羽想起剛才臉頰感到的那陣衝擊。瑠花該不會從臉踢下去的吧。如此想的羽羽不由得伸手摸了摸臉，突然發現了一件事。這——

「聽好了，你得在這裡照顧羽羽的身體。保住他的命，只剩一口氣都沒關係。只要肉體還活著，羽羽的力量就還能發揮。羽羽，這麼做可以吧。我可不許你說不。」

「遵命。」

璃櫻張大嘴，卻什麼都說不出來。一句話都說不出來，是因為知道瑠花這麼說代表了什麼。

術者行使力量時，同時必定會削減自己的壽命。

別這麼做——這句話說不出口。就算手中抱著瀕臨死亡的羽羽。

地面劇烈搖晃。城內與街道傳來人們喊叫、哭泣、祈求、崩落的聲音，沒有斷過。

說不出口。璃櫻扭曲著表情。羽羽卻微笑著，撫摸他的臉。

「這樣才是縹家的好男兒。羽羽以你為傲，璃櫻大人。」

「縹家的……好男兒？」

羽羽笑著，和瑠花一同消失了身影。

●　❁　●　❁　●

瑠花和羽羽，飛到仙洞省最下層。

最下層的「方陣」上，有著描繪了八角形幾何圖形的「門」。兩人才剛落在方陣上，那圖樣就放射出光芒，由下往上將兩人團團包圍。這扇門是只對歷代大巫女及首席術者有所反應的一扇特別「門」——也是通往不開放的仙洞宮之「通路」。

「……哼，我已經好久沒來這裡了。」

迎面而來的是和「時光之牢」中同樣的黏稠黑暗。當瑠花在仙洞宮站穩腳步的瞬間，黑暗便如退潮般撤離。這第一扇門所在的樓層，便是縹家的第一道防線。

不開放的仙洞宮因位於八州正中央的絕對神域，使貴陽成為任何妖魔鬼怪都無法存在的「夢幻之都」。

波波波波……青白色的光線射出。八角形的方陣畫滿整面地板。而只有沿著廣大方陣的軌跡散發出白晝般的光亮。眼下展開的，是八色八州的景色。

羽羽無法判別是因自己處於離魂狀態，還是因為仙洞宮的方陣讓自己目睹眼前的景色。只知道陷入身體懸浮上空的錯覺。

八角形方陣中的部分軌跡，發出的光芒比其他部位還要微弱。

羽羽皺起眉頭。微弱光線的場所，正好相當於藍州、碧州、茶州以及縹家。

如果只有三處還勉強修復得來。然而瑠花出其不意的死卻令第四樣神器形同崩壞。這樣下去，只有立珠翠為人柱才有辦法了。

「……很好，託『干將』『莫邪』的福，封印的力量受到補強。即使如此，還是消耗了珠翠不少力量。因為『蒼』之神器只有我的那一半進了她的身體。」

「……什麼？妳剛才說什麼？」

「在『時光之牢』中，她承受了三千刻的正氣，所以我已經將『蒼』交給她了。」

當時於「時光之牢」中，以嘴對嘴的方式，瑠花將「蒼」之神器交給了珠翠。若力量不夠大，肉體和魂魄都會融化在裡面，「珠翠」會完全成為「蒼」的一部分而就此消失。實際上，過去就曾有過許多不及神器力量的優秀巫女被「蒼」同化，成為維持「蒼」力量的一部分。

「妳說什麼？沒經過正式指名儀式，這麼突然就交給了她？」

「沒辦法啊。那時我極可能在體內存在著『蒼』的情況下被砍頭，要是事情變成那樣將會是最糟的。所以當時有必要盡早將『蒼』交給誰，而身邊最近的就只有珠翠了啊……還以為交出『蒼』後，我就算被砍頭也無關緊要，卻沒想到計算錯誤。結果居然在那裡坐了那麼久，連我也都被當成裝飾用的神器啊……」

「我說妳啊！這麼說來，現在珠翠大人正一個人頂著半個神器支撐縹家全體嗎——最近我的力量消耗這麼快，也是因為這個吧？這種事妳怎麼不早點告訴我！」

「要是被誰知道了，珠翠會有危險。再說，我一告訴你，你肯定會馬上將另一半神器歸還吧。但還不到那個時候。」

兩人共持的神器。然而那原本該是縹家大巫女獨力繼承的東西。

瑠花人頭一落地，造成的衝擊勢必影響羽羽。當一半的「蒼」在「時光之牢」中，被瑠花傳給了珠翠之後，羽羽持有的另一半，一定會為了與珠翠那一半結合而不斷暴動。羽羽可能以為那是神域發生異常的緣故，但能夠壓制那股暴動到今天，實在是不容易。儘管當初由他分擔一半，也是因為判斷他辦得到，但實際情形誰也說不準。

瑠花親自選擇的，當代最高明的術者——現在依然還是。鼓起最後的力氣，為了自盡，即使雙眼失明仍摸索著找出短刀的羽羽。

「……你是打算帶著你持有的那一半『蒼』化作人柱吧。只要你那麼做，的確能取代我落地的人頭，平息這場地震。」

那也是羽羽將另一半「蒼」歸還所必須採取的行動。那是一種雙重預防措施，為了防止戰亂時，若大巫女不慎隕命，只要持有「蒼」的術者用自己的性命封印，就能平息隨之產生的災厄。也就是說瑠花一死，羽羽必死。雖不會發生相反的情形，但這一點是毋庸置疑的。這也就是為什麼，兩人會是必然的命運共同體之故。在瑠花腦海一角、記憶深處模糊的回想起，當初羽羽明知這一點，還是接受了共同分擔神器的那段過去。

「可是，光是這樣還不夠。剩下的神域依然殘破，珠翠的負擔也完全無法減輕。」

「是……」

「既然要歸還神器，就得想個更有效率的作法。你先駕馭所持那一半『蒼』的力量，我會加以輔助。等配置於全州神域的術者們準備好，就一口氣將藍州、碧州、茶州與貴陽的殘缺完全修復。如此一來，這裡面那扇門的『破綻』也就能關緊了。」

「請等一下，我們現在的力量足夠完成這些事嗎？」

儘管持有「蒼」，但羽羽就連做到暫時修補碧州神域都很勉強。若是全盛時期的瑠花還有可能，但現在的她已從大巫女卸任，「蒼」也讓渡給珠翠了，說起來，羽羽的神力可能比她還大。再怎麼說，這是動員了全域術者進行的盛大術式，現在崩壞的程度，照理說可是得靠大巫女化身人柱才有可能修補。光靠羽羽和瑠花兩人，怎麼想也沒有辦法完全修復吧。

「我有辦法。開始吧——所有準備都完成了。」

顯示全州神域的方陣，已經散發出同等級的亮度。

怦怦。羽羽的「蒼」彷彿呼應似的發出清晰的鼓動聲。怦怦，怦怦。

和瑠花的心跳合而為一，羽羽感到自己心臟深處的星火溫度漸漸上升。長久以來，和瑠花各自分持一半的「蒼」。就算已經讓給珠翠，瑠花的魂魄或許早已染成名副其實的「蒼」藍色了。

怦怦。

「——開始吧。」

秀麗睜開朦朧雙眼。瞬間，全身感到一股令人起雞皮疙瘩的胃寒。

能感覺到瑠花進入自己的身體。那一瞬，秀麗突然好睏，好像摔入一個很深的地方。被瑠花那雙纖細的手臂接住，把自己放在一旁角落。就這樣打著盹，遠遠聽得見羽羽、璃櫻和瑠花的聲音。

終於習慣這股睡意，睜開朦朧雙眼的瞬間，就是一陣胃寒與暈眩。呼吸困難，心跳加速，還有一種被追趕的恐怖感覺。

（咦，這是哪裡，什麼時候……對了，兩年前的春天，在仙洞宮被抓到的時候……）

秀麗從遙遠的記憶底層，憶起當時也有類似的感覺。

適應睡意，努力張大雙眼，發現自己可和瑠花看見相同的景色。

從未見過的美麗八角形方陣，散發出複雜精緻的光芒，在眼前敞開。發現其中有幾個地方看起來有點不一樣時，腦中閃過的是「破綻」這個詞。

那幾個地方分別是碧州、藍州、茶州還有貴陽或——縹家的位置。這幾句話也在秀麗腦中響起。

眼前，是一位閉著眼睛的年輕男性。看來二十幾歲，個頭不高，有著一頭茂密的頭髮，髮絲下是一張驚人英俊的相貌。

不久，秀麗便發現兩人正以同織一張網的方式「修復」。這些都是她透過瑠花的五官感覺「得知」的。為了準確修復破綻之處，織網的工作非常慎重仔細。一方面駕馭著朝四面八方灌注而來的力量，一方面釋放同等分量的奔流。只要一個步驟失誤，一切就可能結束。任何一切。門要開了。這句話從秀麗腦中浮現。

漫長得幾乎有一輩子那麼久的時間裡，兩人正確的織出了幾千張蜘蛛絲狀的細網。一股壓迫感令秀麗難以呼吸，類似狂奔了三天三夜後，那種身心俱疲的感覺。雖然只是一時的，秀麗依然感覺神經損耗，暈船似的站不穩腳步。

頭一低，望向八角形的方陣下方，突然背脊一陣冰涼。

僅僅是一剎那，然而透過綿密張開的蛛網，看見那下面出現了什麼。

「——咦？」

八角形方陣下，有一股抵抗的力量，正企圖衝破蜘蛛網。

瑠花與羽羽皺著眉，暫停手中的修復工作，全力應付這股力量。然而——

（不夠。）

不知道是羽羽真的說出這句話，還是秀麗感覺到的。總之「不夠」兩字不斷在腦中打轉，想要抑制那股力量，光憑目前的神力是不夠的。

「……這下，有點不妙。」

就在瑠花如此低語時。

對應藍州位置的方陣部位，散發出比剛才更亮更美的光芒。從那裡產生的新力量如急流般快速流過方陣各處，增強後的力量壓制住了那股由下往上的抵抗力量。

羽羽驚訝的睜大眼睛。

「那是——九彩江的寶鏡……修好了嗎？怎麼可能，歌梨大人她不是——」

為了防止萬一而派族人前往九彩江保護歌梨時，收到的卻是現場只剩下超過致死量的大量血跡，而歌梨突然失蹤的報告。

「是歌梨啊。這耀眼的光芒，果然不負她天才之名。看來她打動以寶鏡魅惑歷代眾多碧家人，甚至使他們自殺的碧仙之心了。呵呵……她解開上上代打造的百年寶鏡之謎了啊。羽羽，九彩江那面寶鏡，今後將不受劫難，永遠保存。」

「咦？什麼？」

「很好，多虧了歌梨，這下該修復的神器只剩下三件……喔，援軍也來了嘛。」

秀麗眼中看見美麗的黃色魂魄從天而降，通過只有大巫女能通行的仙洞省地底方陣，輕飄飄的降落後化為人形。她著地的同時，蛛網下那掙扎抵抗的東西就像遭受打擊似的退散了。

加入她之後，和瑠花及羽羽三人形成了三角陣式。

那是一位美貌的少女，穿著一身高位階巫女的裝束，眉宇之間散發不服輸的英氣。

秀麗不認識她，卻覺得那張臉似曾相識。

隨著少女的出現，一股清新的空氣注入，神力也一口氣增強了。

「——英姬，妳來晚了。不過，總算是來了。」

秀麗倒吸一口氣。茶州的縹英姬。那位步入老年的婦人，仔細一看，相貌的確依稀能辨識得出。現在的她，雖然以十幾歲的少女形貌出現，臉上還是掛著相同不服輸的微笑。

秀麗彷彿吸進濃度過高的空氣而感到暈眩。嚴重的壓迫感讓她終於閉上眼睛，所以秀麗看見的，就到此為止。

過去的大巫女候補人選，身為瑠花繼任者而擁有值得誇耀的神力。眼前的英姬一如過往。

「王牌當然要最後出場啊，妳說是不是？大小姐。」

「傻瓜，妳不管做什麼都會遲到，就連出生的時候和回來的時候都一樣。」

「……是。對不起。現在我終於明白了。」

羽羽傻眼的上下打量苦笑的英姬。

「咦？是英姬小姐？妳不是好久以前就死了嗎？魂魄能留在人間這麼久嗎？」

「我還沒死。只是處於假死狀態。現在茶州有影月大人等等優秀的大夫，我請他們幫了忙。因為當時觀星象的結果發現，縹本家將有大難啊……」

「英姬，注意妳說話的語氣。你們茶家的笨蛋老二不也到處遊蕩嗎？」

「……那傢伙真的是大笨蛋。笨蛋死了還是笨蛋，朔洵真是證明了這句話。關於這事我無話可說，不過也多虧了朔洵，讓我有時間做假死的準備工作。」

「是不是『真正的』魂魄比『空殼』早一步飛回妳身邊啦？」

「……您還是一樣有雙明察秋毫的『眼睛』啊……」

英姬驚訝咋舌。明明遮斷情報流通管道了，瑠花似乎還是「看」得見哪。

跟著「暗殺傀儡」前來的朔洵。那是真正的朔洵。眼神比從前認真多了。

「是啊，那是朔洵的『魂魄』。被身體趕出去了，魂魄只好四處漂流，真是沒用的傢伙。說起來，他還活著時也是那副德性喔。只是，朔洵畢竟是個普通人類，幾乎所有時候魂魄都只能四處漂流，無法靠自己的意志駕馭方向，也無法決定移動的場所與時間……即使如此，他還是為了警告我而努力飛來了……」

瑠花在那場傳染疫病時，感應到出現在影月與秀麗面前的是朔洵。那也是他的魂魄吧。

「……凡人的魂魄要做到這一點可不容易，看來朔洵的魂魄也維持不久了。」

「是啊……再過不久，那孩子的魂魄就要『消滅』了，連天上都去不成……」

瑠花冷眼旁觀沉痛的英姬。

「妳好像一直在找他。沒用的。不是因為妳的神力已經衰退，而是只有掌控『空殼』的那個男人，才能決定茶朔洵的命運。」

「……這我明白，可是。」

把妳的命交給我——

一瞬侵入自己的身體，朔洵用不成聲的聲音如此這麼說。

英姬馬上明白他的意圖，留意著不讓「暗殺傀儡」及縹家術者發現，裝成被朔洵的「空殼」殺害的模樣——並悄悄施展了離魂。

之後朔洵的「魂魄」又飛到哪去了，英姬至今不得而知。

「假死……也就是說……」

羽羽彈跳起來，重新檢視方陣上方茶州的部位。

直到剛才，連因「羿之神弓」出現幾近損壞的破綻的碧州，光芒也是忽明忽滅。但現在發光程度已經恢復了一半左右了。

「是啊，神器沒有壞，我夫君茶鴛洵所化的人柱，可不是那麼容易垮的。」

被茶仲障和茶朔洵血染的茶家祠堂，正建於茶州神域「漂泊的地底湖」之上，肩負鎮壓的使命。因為朔洵等人的所作所為，幾乎使祠堂全滅時，霄太師用了鴛洵的魂魄化成人柱才有辦法封住那些席捲茶州的黑暗。

而鴛洵將那把「鑰匙」託付給了妻子英姬。這條重要的命，英姬不可能輕易放棄才是。

「……『鑰匙』，我交給春姬了。雖然我的大半生都為丈夫及茶家而活，但至少最後讓我為縹家留下這條命，想我夫君他是不會反對的。」

美貌少女的目光靜謐而蒼老，刺痛瑠花與羽羽的心。

英姬比瑠花及羽羽年輕二十歲。過去曾是個擁有高強神力，自由奔放，為了夢想前往「外面」的世界，不惜違抗瑠花逃出縹家的少女。雖有丈夫，卻沒有子嗣，與茶鴛洵共同度過動亂的年代，眼睜睜看著最愛的丈夫送命。在瑠花和羽羽不知情之下，英姬走過她的一生，成為一個成熟的女人了。她的一生，甚至可以說是充實的。

「大小姐，縹家封閉的門，再次對『外』打開了呢。我能感覺得到。」

「……因為有個囉唆的外甥和臭丫頭一直吵著啊，煩死了。」

英姬看見瑠花以秀麗的「身體」現身，卻沒有多說什麼。她也曾想過，如果是那姑娘，或許會選擇走上這樣的路吧。因為那是一位比英姬更能了解瑠花心情，信念和與瑠花更接近的少女。

「那麼大小姐，我想我們這些先走的人該做的，應該只剩一件事了。」

留給未來的事。

「……妳願意嗎，英姬？」

蛛網下那股抵抗的勢力，這時又漸漸抬頭。

英姬爽朗的笑了，比過去任何時刻更美，更凜然。

「——願意。」

八角形方陣的光芒越來越強烈，編織蜘蛛網的速度也加倍提昇，驚人的織網速度與準確度封住了一切蠢動。轉眼之間，便將破綻一一修復。

當最後一張網織好時，彷彿能聽見縹家術者們感嘆的驚呼聲。

瑠花不由得深深吐出一口氣。

「羽羽，『蒼』全部注入了嗎？」

「……是的……總算……」

羽羽拚命控制顫抖的膝蓋。明明是離魂狀態，卻似乎還是冒出一身冷汗。

「很好，那麼只要沿著這無數的細絲漸漸循環回復，總有一天能回到珠翠身邊，重新與她那一半合而為一。」

「……那麼，大小姐，接下來呢？」

羽羽低喃。臉上一點笑容都沒有。

「……其他族人或許沒有發現，但我明白這只是『暫時修補』。和我對碧州做的一樣，只是稍微強化些而已，但還不是完全修復。」

「…………」

「大小姐，難道妳說的辦法是……」

「羽羽。」

瑠花抬頭望向正面接近自己的羽羽。以離魂的姿態出現，還是當時青年模樣的他。

只比瑠花高一點的身形，隨意編起的一條長辮子，溫和的面容上，還殘留些許少年氣息，平添了一股浪漫清秀。正是當年離開瑠花的那個羽羽。

自己似乎是想問他什麼。為什麼背叛，為什麼不回來，為什麼不遵守過去的承諾。腦中浮現藍楸瑛的臉。然而，瑠花終究沒能開口問。事到如今，那一切似乎都變得無所謂了，不問也沒關係。

即使違背天命，也活下來了。從未後悔，只除了一件事。

「……你曾對我說過，要我別比你早死吧。雖然那已經是好久好久以前的事了。」

羽羽端正的容貌更加嚴肅了。人頭先落地的，是瑠花。

「我可不記得答應過你，不過……心裡過意不去，和違背諾言沒有兩樣。我道歉……但朝廷，還需要你。璃櫻和其他年輕族人，也還要仰賴你的力量。活下去吧，活到天命盡時——去做你認為正確的事。」

這是過去，當羽羽啟程時瑠花對他說過的話。然而這次踏上旅程的，是誰。

臨別的贈語，變成了遺言。

瑠花伸出手，羽羽臉色大變，只想逃開。

「……最重要的是，我不想目睹你死……回去吧。」

瑠花的指尖，「咚」地朝羽羽胸口推去。

瞬間，羽羽的魂魄便朝天際翺翔而去，回到原本的身體裡。回到生者所在的世界。

與瑠花不同的世界。

羽羽吶喊著。聽不出他喊些什麼。將瑠花與英姬留在又深又暗的井底。然而瑠花那漆黑無底的雙眸，已深深烙印在腦中。

「您還是一樣那麼過分呢。自己換過的枕邊人多如天上繁星，卻從不迎正夫入門，一生孤單。跟哪裡的先王陛下真像呢，連年過八十的老人家都能不加思索的一腳踢飛出去，不愧是沒血沒淚的鐵之女皇。」

瑠花瞪了英姬一眼，但那冰冷的側面，看來卻像放下多年重擔般融化，露出一個溫柔的微笑。那動人的微笑，令英姬看傻了眼。

「……這樣就好了。」

英姬調侃地轉動著眼珠，似乎還想問「這樣真的好嗎？」

「……那我呢？也要我回去嗎？大小姐。」

「不，妳留下。」

英姬不服氣的鼓起臉頰，不過，看得出來她是故意的。

「……我可是比羽羽大人還年輕了二十歲喔。」

「妳陽壽已盡，自己最清楚吧？就算回去了，身體也只會從假死——變成真死而已。」

懂得觀星象的英姬輕笑了起來。那是已能掌握自己命運去向的成熟女性才有的微笑。

「是啊，我自己清楚。我那顆星隕落的日子不遠……身體也越來越虛弱了。」

英姬原本就生長於空氣清淨的縹家神域，來到「外面」之後，抵抗力也比一般人差。女人的身體本不如男人強壯，長久下來，壽命甚至變得比凡人還短……「時候」到了。壽命將近。

「茶朔洵那件事，也讓妳又短了幾年命吧……然而到最後妳卻還是掛心著他。」

「……妳一定覺得我們夫妻倆都很傻吧？連兒子夫妻都被殺了還這樣。」

瑠花思考了一會，低聲回了一句「不」。理由不清楚。還活著時的她一定不允許自己做出如此不理性的回答，但死後似乎不在意了。英姬聽見她的回答，露出如釋重負的表情。

「太好了。我自己都有一半覺得很傻了。不過另一半則覺得這沒辦法。為什麼呢，我自己和鴛洵都不明白。可是，我們都很想告訴草洵和朔洵一些事，只是總無法順利表達，當朔洵自殺時……那心情真的難以形容。心想，唉，我們一直無法成為真正的家人。本以為這近三十年，什麼都沒能讓他明白……看來並非如此……或許吧……至少他，飛回過我身邊。」

以少女的口吻述說著，英姬望向遠方。或許只是自己想這麼認為，不過這樣也就夠了。

「為了朔洵少掉那幾年的命，對我而言是值得的。對此，我也不覺得後悔。」

過去那個嚷著要為自己活而離開縹家的少女。然而現在卻已經不一樣了。

瑠花瞇起眼睛，望著比從前更美的英姬。現在的她，臉上的表情是屬於縹家的女人。

「就算走在黃泉路時，若能找到朔洵，我還是想帶他一起走，不行嗎……」

「到時候再說吧。『空殼』的人頭還沒被砍下呢。不過，或許不用再等太久了。他也不是小孩子了，就在黃昏之門下等他吧。」

英姬睜圓了雙眼，但很快的，也點頭同意了。是啊，要等的話，時間多的是。

「需要由我們化為人柱嗎？」

已經沒時間等待碧州的神弓奉納，更別說瑠花本身已形同一項神器，再也無法動手修復它。如今，只能用別的方法重新封印了。

就像過去鴛洵沉入茶州祠堂之底，現在輪到英姬和瑠花了。

雖然無法像大巫女化成的人柱，具有單獨修復全部神域的神力。畢竟曾是縹家歷代數一數二巫女的縹瑠花，以及曾有資格成為她後繼者的縹英姬。若是這兩人同時立起的人柱，應該足夠。

「……不過大小姐，茶州尚未恢復一年前的清淨。要支撐碧州、茶州加上大小姐形成的神器，還差一個人不是嗎？羽羽大人又回人間去了。」

「我有辦法。立香，別躲了，出來吧。連這種地方妳都跟來啦。」

英姬吃了一驚。眼見從瑠花袖口裊裊飄出一縷杏色的魂魄。

被瑠花喚了名字，魂魄便化為立香的人形。飄飄然的，淡淡的身影。

看著像隻受到訓斥的小狗般，站在一旁的立香，瑠花臉上不由得浮現一抹參雜苦笑的微笑。

「真拿妳這丫頭沒辦法。到底要跟我到哪裡才甘願。既然如此，妳可願意和我一起來？」

立香驚訝地抬起頭，很快的，眼眶中充滿了淚水。

「……是，我願意。請讓立香，一起去……我想待在瑠花大人身邊……直到最後……」

英姬在旁看著都傻眼了。這個叫立香的丫頭，為了這只有高位階巫女才有資格獲得的殉死殊榮，頑固的追著瑠花跑，終於讓她實現心願了啊。長得一張可愛的臉，手段倒是挺嚇人的。

不過這麼一來，就湊齊三名巫女了。瑠花看看英姬又看看立香，露出沉吟的表情。

「……普遍來說，以魂魄立人柱的例子相當罕見，這次竟一次聚集了三條魂魄啊……」

「我贊成啊。畢竟至少想把身體留在人間，和丈夫葬在同一個墳墓裡呀。生前他總是拋下我，為了工作四處奔忙，根本沒法好好相聚。」

「哼，把主導權交給男人，只知道苦等的女人。身為縹家的女子，妳實在太不稱頭了。」

「至少比一次也沒把主導權交給男人，連心愛的男人都留不住，到最後只好孤獨一輩子的妳強多了！」

瑠花與英姬之間好久沒出現這種火花了。一個是桀傲不馴的女王，一個是還處於青春期心態的不羈少女。是啊，這就是為什麼瑠花和英姬老是一年到頭在吵架的原因。當兩人都還有形體時，雙方也都擁有最高階的神力，每次打起來時，轟掉一座宮殿也不稀奇。

「……看來等到了那個世界，有必要好好對妳說教一番。妳這個囂張的野丫頭！」

「好啊，我等著接招——我先上路，在那邊恭迎您囉，大小姐。」

兩人都轟轟烈烈的過了一生，現在對她們而言，沒有什麼大不了的事了。

英姬臉上掛著倔強的笑，形體輕飄飄的散去，化作四魂七魄。

英姬的魂魄飛向瑠花左手，而右手上有著立香杏色的魂魄。

八角形的方陣，再次開始閃現光芒。

在人柱立起前，英姬略帶猶豫的輕聲低語：

「……大小姐，那紅秀麗的身體，妳打算怎麼辦？已經──」

「我明白。這身體已經承受太多負擔了，但我仍感覺得到，她想回『外面』去的欲望。所以……」

瑠花望著沉睡在胸中的小小秀麗，翻身時的睡臉。

「……只能讓她回去了。回到『外面』。無論那意味著什麼，她誕生在世上就已經是個奇蹟。已經不會再發生奇蹟了，連我也無法創造奇蹟──彩八仙也不能。」

瑠花的身體──也就是秀麗的身體──發出與方陣相同色彩的光輝。

「……然而只要她像個人類一樣出生、死亡，總有一天會在哪裡相會吧。順著時光的循環，直到她下次醒來為止。立香、英姬……讓我祈禱有一天能在某處與她相遇吧。」

英姬似乎發出一個微笑，立香則還在抽抽搭搭的啜泣著。

不經意地想起什麼，瑠花唱起歌來。是那些不成調的搖籃曲。雖然並不需要，但總覺得很適合唱這些歌。在進入長長的沉眠之前。英姬與立香也跟著唱了起來，就當作是唱給秀麗聽的吧。一邊唱著歌，瑠花一邊展開最後的法術。

立起人柱的法術。

● ● ● ● ●

羽羽猛然睜開雙眼。

璃櫻正抱著他，口中吶喊著什麼。隔著眉毛，視覺慢慢恢復。舉起顫抖的手，一雙滿佈皺紋的手掌。身體，比原本更輕了。

——大概是因為吐出那顆鎮壓於體內的重石，身體變得更空洞的緣故。

羽羽突然領悟了。吐出「蒼」之後，自己已經不是術者，也沒有異能了。現在的羽羽只是個普通的老人，普通的凡人。想起瑠花的話，活到天命盡時。

羽羽望著璃櫻，又望望周圍啜泣的仙洞官們。

地震已經平息了，就像什麼都沒發生過一樣。

羽羽輕輕起身，嘆了一口長長的氣，靜靜的告知他們術式已經結束，並給仙洞官們下達幾項指示。

仙洞官們鳥獸散後，身旁只剩下璃櫻。

「……璃櫻大人，我不再是縹家的首席術者，已經恢復為普通的凡人了。」

「既然如此，你就不能再使用法術了吧？」

羽羽淡淡微笑，伸出皺巴巴的小手撫摸璃櫻臉頰。

過去那面無表情的少年，如今已刻畫著屬於璃櫻的堅定意志。今後他必然也將如此走下去，帶著諸多情感與一顆心，一步一步走下去吧。

羽羽皺巴巴的手，握住璃櫻的。

璃櫻覺得不只是手，好像連心都被一起揪住了似的，突然覺得好傷感。為什麼會這樣，他不知道。不知從何時起，每當看到小小的羽羽，都會有這種感覺。明明已經可以不用再這麼想了，但現在心裡卻比過去任何一次都難受。

「你臉上已經有很好的表情了呢，璃櫻大人。我想，你一定能成為一位比第一代首席術者更出色的男子。」

「第一代……首席術者？」

「他是蒼周王的一位宰相，始終拒絕戰爭。那位宰相出身縹家，是我們的驕傲。不靠武力而能說服大小姐打開『門』的你，一定能再次打開未來嶄新的門扉。」

「……羽羽？」

「我好像……有點累了。能請你……幫我拿杯水來嗎？」

「喔，好……你等一下，我馬上拿來。」

璃櫻離開後，羽羽緩緩起身。喀沙，懷中有什麼發出聲響。

這個世界又進入了夜晚。只有夜空擺出一臉若無其事的模樣，星星們像什麼事都沒發生過的眨著眼。

羽羽以貴陽對應座標讀星的方式找出某顆星，連縹家最出色的星象師都經常出錯，但羽羽卻從未錯過。

找到的那顆星忽明忽滅，星光閃爍著，彷彿馬上就要墜落。

羽羽閉上眼，腦中浮現璃櫻和劉輝的臉。

已經……羽羽已經沒有辦法再守護、輔佐他們兩人了。

已經，永遠。

抬頭望見那顆星，正閃爍得厲害。有人走進房間，羽羽沒有回頭。

等著那一刻到來。接著──

……咚。衝擊的力道，比想像中還小。

羽羽按住胸口，看見那把短刀被鮮血染紅──那把羽羽差點拿來自盡的短刀。

回頭一看，有個人影匆匆逃離。應該是批評過羽羽的那位年輕仙洞官吧。隨著鈍重的痛覺，萎縮的胸口被血染成與紅色妖星相同的顏色。

星星閃爍得更厲害了。那顆星星正是羽羽的星。沒錯，從來沒有解讀錯過。其實從很久以前，羽羽就知道自己的命運了……知道，卻無法躲開。

小小的身體背靠著牆滑落，頹坐在地。命運。

羽羽一直很討厭命運這個字眼。一直認為那種東西是能靠自己改變的。

想起來了。自己為什麼會離開封閉的縹家，踏上這趟漫長的旅程。

……瑠花的星象，顯現出極可怕的凶相。背負著生來殺父的星宿，充滿瘋狂的血與死亡。瑠花的宿命，就是一連串的喪失。因此瑠花才會刻意戴上那樣的面具，讓自己化身為血腥的女皇。羽羽想要改變她的命運。或許需要花上一點時間，但一定沒有什麼命運是不能改變的。他想證明這點給瑠花看。

就在這時，紫戩華誕生了。

——和瑠花完全相同的星象。生在弒親星宿之下，顯現凶相的忌諱之子。

對羽羽而言，戩華是另一個瑠花。所以他才會幫助戩華。若是戩華的命運能夠改變，就能證明瑠花也可以更改。因此羽羽才踏上旅程。

就讓自己走這麼一遭，代替不能離開那座天空宮殿的瑠花。

他想讓瑠花知道，絕對不可能沒有人愛她。

『讓我們再次相會於黃昏來臨時。』

這樣的選擇是否正確……事到如今，已經不明白了。

「咳咳……」咳出的鮮血染紅了雪白的鬍鬚。

一輩子否定命運，卻在最後接受了星象顯示的命運。瑠花想改變的命運天秤，被羽羽自己放回原位。兩人做的事和過去完全相反。

羽羽閉上眼，嘆了一口氣，撫摸血跡斑斑的鬍鬚。

耳邊傳來璃櫻的腳步聲。

模糊的想著，這是最後聽見他的聲音了，羽羽閉上眼睛，似乎聽見某種斷裂的聲音。

而羽羽從此，再也沒有睜開過眼睛。

● ✺ ● ✺ ●

……瑠花獨自一人站在八角形方陣之中。獨自一人，站在永遠的黑暗與孤獨之中。

那就像是瑠花的一生。永遠的黑暗與孤獨。血之女皇。

在自己投入術式之前，她心血來潮地踱了幾步。彷彿聽見三腳鴉拍動翅膀的聲音。又彷彿看見了那把紅傘。耳邊傳來當年背著弟弟時，走在深山裡幼小的自己的腳步聲。

『讓我們再次相會於黃昏來臨時。』

黃昏。在漢詩之中象徵著晚年。也就是在各自人生面臨終結時。

反正又見到面了，所以也不算沒有遵守承諾。藍楸瑛對這個結果應該也能接受吧。

只是，沒能聽見那人用那個稱呼叫自己，有點遺憾。他是這麼稱呼瑠花的——

「我的大小姐。」

如秋日夕暮般，帶著濃厚黃昏色的聲音。

那個青年此刻就站在眼前。只比瑠花高一點的身形，隨意編起的一條長辮子，英俊的相貌和有些遲鈍的神情。

黑暗之中，桔梗花般的美麗紫藤色，微微發光。

記憶一口氣復甦了。為了找尋落入「時光之牢」的瑠花，單槍匹馬闖入的羽羽。兩人一起離開「時光之牢」後，和瑠花一樣，羽羽的神力竟也驚人的獲得提昇。他原本並沒有太大的神力，卻以區區五歲之齡，獨自進入魑魅魍魎囂張跋扈的「時光之牢」。瑠花一邊喊著「你這大傻瓜」一邊飛奔上去救他。明明是這樣，他卻意氣風發的對瑠花說：

『我們回去吧，大小姐。跟我一起回去吧。』

羽羽這人有時很不講理。

瑠花無言的靠近羽羽。羽羽抿著嘴不說話，表情還是那麼頑固。

「……羽羽，我准你提出說明。有什麼藉口就說說看啊。」

「人柱還差一個吧？妳不可能不知道。」

瑠花的神情有些僵硬。能有這份能耐的，從以前到現在就只有羽羽一個。

「既然大小姐妳已經化身為神器了，就還需要我這條命才是。不這麼做就不夠了。妳的那一半在我這裡，我的那一半在妳手中。當我們平分『蒼』時就已經是這樣了。像『干將』的陽與『莫邪』的陰。唯有兩極合併，封印才會完整……妳竟然會完全不顧這些理論，還真是稀奇。」

「…………」

「……還有，妳一定沒去讀我的星象吧？」

瑠花又再次說不出話。沒錯，從很久以前，她就不讀羽羽的星象了。到了這把年紀，每年都有可能看見羽羽的死期……那種事，誰想知道啊。

瑠花嘴裡咕噥著完全不成理由的理由。

「……朝廷，還需要你。」

「……是啊，妳說得沒錯。選擇了朝廷而不是妳，為璃櫻大人與國王陛下鞠躬盡瘁。妳說得永遠都是那麼正確，如果是妳也一定會那麼做。可是……」

羽羽聳聳肩。羽羽不是瑠花，也無法成為瑠花。

「那種事，太正確了，太完美了。我只是個凡人，無法那麼完美。」

瑠花沒有發怒。應該說她無法發怒。瑠花自己在明知欠缺一人無法達成完全封印的情況下，硬是將羽羽送回去，第一次選擇了不正確不完美的選項，而且認為這樣並沒做錯。不需要理論也不需要理由，只去順從自己內心的願望。

羽羽伸出手。瑠花一驚，正想後退逃開，手卻被一把抓住。

沒有詢問瑠花的意願，那隻手用力的握住她，像在表示自己堅定的意願。

「請讓我留在妳身邊。」

黃昏色的聲音，令人泫然欲泣。

相隔數十年，再次見到瑠花時，羽羽產生一股千軍萬馬都難以抵擋的思緒。

好想回去。

好想回去。回到這個人的身邊。那裡才是屬於自己的場所，自己選擇的人生。

「璃櫻大人與國王陛下，一定會原諒我這老頭唯一一次的任性。」

瑠花望著被抓住的手。不一會又滿不在乎地、粗魯地抽出自己的手，轉過身去。

深吸一口氣。瑠花努力做出若無其事的語調：「羽羽。」

「……我允許你，在黃泉路上和我作伴。」

一拍之後，羽羽驚訝但微笑了。

「是……謹遵您的吩咐。不管到哪，我都會陪伴妳……我的大小姐。」

羽羽跪在地上，親吻霓裳羽衣的裙襬，和他離開縹家時一樣。

「我還以為妳會更生氣，然後把我揍一頓趕回去呢。」

羽羽回頭偷瞄，只見瑠花「哼」了一聲別開頭。英姬說什麼要把主導權交給男人的話，死也不會讓羽羽知道。

羽羽猶豫了一下，開口輕聲說道：

「老實說，當碧州神域幽門石窟的神器毀壞時，我曾經懷疑是妳主使的。」

羽羽會這麼想也是理所當然的。若不是縹家的人，很難如此輕易找到神器所在之處，更別說破壞它了。羽羽當然想都沒想到會是死人做了這件事。

「……如果真的是我呢？你會怎麼做？」

「就算殺了妳也要阻止。」

「喔。那你打算派誰來殺我？」

「我自己。」

這個回答，讓瑠花沉默了。接著，她低聲回應道：「是嗎？」

「薔薇公主」那時來的不是羽羽而是「黑狼」。雖然一樣是被懷疑，但如果來的是羽羽自己，結局或許會不一樣。有時，瑠花也會這麼想。

「懷疑妳，我向妳道歉。」

「……算了。」

羽羽重新打量瑠花。她全身散發出被稱為花之帝王的石楠花那鮮紅的光芒。石楠的花語是「威嚴、莊嚴」。綻放於懸崖峭壁，火紅美豔的花。誰都摘不到的花。

羽羽發現，紅秀麗的身體已經不在這裡了。這裡除了瑠花的魂魄之外，什麼都沒有。

「……紅秀麗的身體，已經送回『外面』了。」

「是啊。我還完成了其他幾件工作。所以，才會這麼遲踏上黃泉路……」

也做了幾件單純打發時間的事。不過現在，已經沒有遺憾了。

「那麼，我們走吧。」

「喔，好。對了，在那之前，這個──」

羽羽在懷中摸索著，先是取出破破爛爛的紙屑啦，筆啦，甚至吃到一半的月餅。瑠花好不容易才克制住不要發怒，這傢伙真是和從前完全沒兩樣。

「找到了，找到了。來，大小姐，這是答應妳的東西。」

羽羽伸手遞出一個小小的油紙包。不知道裡面包了什麼，圓鼓鼓的。

「……答應我的？」

瑠花訝異的打開油紙包。從中滾落的，是一個貝殼。

那是一個有著美麗螺旋紋路的淺紅色小貝殼。羽羽害臊的笑了。

「試著放在耳朵邊聽聽看，能聽見海濤的聲音喔。」

深藍的月光下，數十具白棺排列的送葬行列。

在那裡，一邊聽著槐樹葉發出海濤般的聲音。

一邊一直孤孤單單的坐在那張白木椅上。

『我真希望能讓妳看看這世界，不靠法術，也不靠附身或離魂。』

讓妳聽見海水的聲音。過去，羽羽曾這麼對瑠花說過。

瑠花沉默著，將貝殼放在耳朵邊。

……嘩沙、嘩沙，聽得見波浪的聲音。這是從未離開天空宮殿的瑠花，第一次親耳聽見來自海的聲音。「世界」。

聽著這聲音，真叫人覺得心頭一陣熱，怕眼淚就這麼飈了出來。

瑠花的微笑令羽羽心跳加速。明明「蒼」都已經不在那裡了。羽羽凝望著瑠花。

「其實我更希望能有一天帶著妳旅遊全國各地。不過，那還是等下次吧。」

「下次？」

「等到下次，我們從長眠中醒來時。不管在哪裡，我都會前往迎接妳。」

瑠花本來想回「我可沒有說好」，但還是決定不說了。不經意地，她微笑起來。

「……那聽起來，或許是個好主意……羽羽。」

「什麼？」

「我的業障與宿命，是不是也能一點一滴改變呢？」瑠花本想這麼問，也還是決定不說了。那不是由別人，而是瑠花自己必須去決定的事。

曾被說過，她的人生註定就算能夠愛人，也無法被愛。星象顯示出的更是驚人的凶相。瘋狂的命運。

然而，現在她覺得這個人生也不算壞。至少在人生的盡頭，那些丫頭們追上了自己的腳步，而且最後的黃泉路走得並不孤單。

忽然，她想起了弟弟璃櫻。直到最後，弟弟都沒有愛過瑠花，一如黑仙的預言。然而，他依然為瑠花做了兩件事。

一是聽從瑠花的要求，默默接受縹家宗主的地位。在人人都離開瑠花身邊時，只有他一直留在瑠花無法離開的天宮中。或許正因為璃櫻也同樣承受過薔薇公主的離去，所以才能對姊姊做出這最大的讓步。

另一件事，則是代替瑠花殺了父親。

背負弒父星宿的人雖是瑠花，事實上動手殺父的人卻是璃櫻。

不管有什麼理由，但對瑠花而言，都是命運改變的瞬間。雖然璃櫻那麼做時，可能根本未曾想過姊姊瑠花。

連出生時都沒有啼哭，不哭也不笑的璃櫻。這輩子，唯一愛過的不是人，是個仙女。

……瑠花已經無法再背著弟弟走那條山路，也無法為他唱搖籃曲了。

忽然，耳邊傳來二胡的音色。瑠花與羽羽都驚訝地瞠目結舌。

「……這音色是……」

「……是璃櫻……拉的二胡聲……幾十年沒聽過了。」

曲子是送葬歌「蒼遙姬」。除了薔薇公主之外，決不肯讓別人聽見的二胡音色。

所以這確實是他送給已逝姊姊和羽羽的贈禮。

也是最後的。

「……好音色，真的很美……」

現在有兒子小璃櫻代替瑠花陪伴他了。世界就像這樣，走進了下一頁。

呼。瑠花深深、深深嘆了一口氣。

已經活了好久好久，夠久了。兩人都為了工作累得不能再累，是該休息的時候了。

瑠花傲然伸出手，羽羽恭敬垂頭，將自己小小的手疊上去。

一隻三腳大鴉不知從何處飛來，像是前來迎接似的拍動翅膀。

仙洞宮「門」的縫隙，也傳來緩緩且完全關閉的聲音。

就這樣，兩人攜手走上了八角方陣下的黃泉路。

歌梨將寶鏡安置後，喘著氣屈腿坐下。

「做得好，真是耀眼美麗的光芒。果然趕上了，不愧是我的愛妻。」

聽見那嘲諷歌梨般的聲音，抬頭一看，是露出和聲音一樣輕薄笑容的歐陽純。

「你這可惡的碧仙！快從純哥身體出來！我不想看到你！」

「我可好不容易救了你心愛夫君一命，不用這麼說話吧？」

「你閉嘴！明明是你，把『歌』從純哥，從那人身上永遠奪走的！」

「那都是為了妳啊。為了解救被幽禁的妳，歐陽純自願將『歌』永遠獻給我。用來交換保護妳。比生命還重要的，妳無法輕言放棄的事物，他可是乾脆的放棄了呢。」

歌梨咬緊牙根。

「是啊，我只是個凡人，就算是為了純哥，我也無法捨棄我的畫。我不是那種能為了別人捨棄自己最重要事物的女人。」

「正因如此，妳才能擁有千年難得一見的才能。人類的才能啊，不可思議的，就是這種才能解開了寶鏡之謎，發現寶鏡製作者根本就不是我殺的嘛。」

「是啊，說每隔二十年製作寶鏡的人一定會死。那根本是大謊言。只是迷信罷了。」

歌梨憤怒發狂的眼神睥睨著碧仙，碧仙又輕浮的笑了起來。

完成寶鏡製作之後如果沒有死，就等於沒資格勝任神器的製作者。

碧家一族多多少少都對自己的手藝懷有自負，「沒有才能」這件事對他們而言比死更叫人難耐與絕望。要叫他們承認自己沒有才能，「不如死了算了」。為了擺脫這樣的恐懼，他們只好一一走上自殺的路。仔細調查就知道也有人沒死，所謂的二十年間隔也與事實不符，也曾有過相隔五十年甚至百年的時代。發現這個事實的，除了歌梨之外，還另有其人。

他就是被認為毫無才藝的上上一代。他自己隨便打造了一面鏡子，留下可維持百年的遺言。為的是希望在這段期間，碧家能有誰察覺這愚蠢的事實。

「你們永遠都毀滅於自身的愚蠢，自作自受。殺了最多人類的，始終都是人類。可是，偶而也會出現遏止這種行為的人，例如妳的上上一代。」

他雖然毫無才藝方面的能力，但身為一個人卻是很有才能的。知道自己命數不久，便主動開始製造寶鏡。他之所以能在製作途中發現問題所在，或許正因為他並不執著才藝的有無吧。

「我的確出手幫他打造了寶鏡。不是啊……他的手藝實在太笨拙了，看都看不下去。不過直到最後，他都沒發現我就是碧仙。那個遲鈍的程度實在是……就是這樣。不過我倒是挺中意那傢伙的，他那片寶鏡也是少數出自碧仙之手的鏡子喔。」

而這次寶鏡在歌梨手下更加進化，今後將永遠不壞。

歌梨和上上一代不同，別說百年，她誓言打造永遠不需重製的寶鏡。這是為了不讓兒子萬里有再度著手打造寶物的必要。而歌梨奉獻全身心靈打造的這面寶鏡，的確是歷代以來數一數二的寶物。連看見成果的族人們也都不得不認同。

死亡的連鎖就此中斷，由自己來阻止。這就是歌梨接受打造寶鏡任務的原因。

「你還真能忍住不插手……『門』打開了對你不是比較有好處嗎？」

「……我想看看妳用生命靈魂打造的這面鏡子嘛，這是真的喔。」

碧仙的微笑讓人不由得相信他說的話。想起什麼似的，碧仙抬頭望向天空。

「啊，可能是因為我很喜歡瑠花他們那不把八仙看在眼裡的氣魄吧。」

●　⊛　●　⊛　●

沙沙、沙沙。有什麼正發出聲音。沙沙、沙沙、沙沙……

珠翠頹坐在白色棺木之間。眼前是空無一人的白木椅。身旁由珠翠保管的「干將」與「莫邪」靜靜交叉豎立著。

珠翠膝上，放著瑠花那顆槁木般的首級。散亂乾燥的白髮。抱著那顆縮小得令人難以置信的頭顱，珠翠一直維持著相同的姿勢。

不知道已經坐在這裡多久了。屈膝跪坐在泥土地上太久，連腳趾尖都麻痺得失去感覺，好像要從腳底生根固定了似的。

一切結束之後，珠翠發現自己不知不覺的來到這裡，站在白棺之間。看見瑠花與立香相疊的遺體時屈膝一跪，抱起瑠花的頭顱便一直坐到了現在。

撫摸瑠花的頭，白髮便一撮一撮掉落。珠翠的心彷彿也隨著白髮一起被切斷了，透明的淚珠順著臉頰無聲滑落……珠翠心裡明白。

就算察覺四人化作人柱，也必須保持沉默的瞬間，珠翠這才明白自己不能死。不能死。現在的縹家必須靠珠翠保住，四人讓珠翠活下來的理由，和珠翠不能死的理由相同。那同時也是瑠花幾十年來所做的事。

眼前排列著無數空棺。裡面曾是那些將肉體借給瑠花的「白色孩子」。

也曾想過這樣活得太卑劣。對於瑠花滿不在乎的使用那些姑娘們的身體感到厭惡。瑠花自己或許從某個時刻開始就對此麻木不仁了吧，但剛開始時，一定不是那樣的。對珠翠而言，犧牲的是四人的人柱，對瑠花而言，便是背負著這幾十個姑娘的生命活下去的責任。

將生命與心願寄託未來，直到出現接替她走下去的大巫女那天為止。

……這次，瑠花和羽羽及英姫，將未來託付給了珠翠。

嘩沙、嘩沙……聽見槐樹葉摩擦時那彷彿海濤的聲音。

擦乾眼淚，「暗殺傀儡」來到珠翠面前靜靜屈膝，為她奉獻忠誠。

「……我真的可以嗎？」

「……是，請別哭泣了……新的……大小姐……」

其中一人小心翼翼的望著珠翠這麼說。珠翠知道，這和過去教「暗殺傀儡」說的話不一樣，動作也更有人味。唐突地，珠翠發現一件奇妙的事。或許不只有自己是例外，說不定這裡還有其他「暗殺傀儡」，像珠翠一樣解除了洗腦的暗示。和珠翠不同的，就是他們沒有逃離瑠花身邊。

目光朝沙沙作響的方向望去，只見立香的遺體已經被掩埋起來了。另外還有一具尚未鋪上墳土，棺蓋也未蓋上的白棺。

「……以前的，大小姐說……等她死了，希望能埋在，這裡……」

「……是啊，那樣很好。因為這裡是——這裡是……」

縹家最清淨、最靜謐，也是最封閉的場所。這裡本該是哪裡，為了何種目的存在的地方，珠翠一看就明白了。發出嘩沙嘩沙聲響的槐樹，正是矗立於黃泉與人間交界處的樹。

「這裡是，歷代大巫女們長眠的……靈廟所在……」

除了第一代亡骸下落不明的大巫女之外，所有死去的大巫女都在此長眠。而將身體供瑠花使用的白色孩子們，也都靜靜躺在這底下。

在這只允許大巫女使用的墓地，瑠花將白色孩子們也供奉於此。這正是瑠花將無法開口對她們表達的謝意，以這般無言的方式將敬意傳達，並且賠罪。

珠翠將瑠花的首級交給面前的青年，輕輕放在遺體的缺口上。

蓋上棺蓋，一鏟一鏟的覆上泥土，漸漸掩沒白棺。一鏟，再一鏟。

對縹家和珠翠而言，瑠花都有黑暗的部分。過去一直認為若瑠花能消失一定會有什麼好的轉變，能撇清和她的關係最好。就像過去瑠花肅清縹家一樣。

珠翠牽動嘴角微笑了起來。現在想想，那時沒殺她真好。

或許，無法靠蠻力剷除黑暗的部分吧。就算斬斷一個，一定還會出現另一種黑暗。就像硬幣的表裡兩面，斬除黑暗的同時也磨損了自己重要的部分，使自己漸漸變得空洞、永無止境。瑠花最後一定也是被那重量給壓垮的。

動動麻痺無感的手腳，踉蹌著站起身來，總算能移動腳步。既然這條命沒被殺死且受到託付，那麼再怎麼拖著沉重的身子也要走。懷抱著罪惡感向前走。

珠翠放開掌中最後一撮泥土，對著簡樸的墳墓低下頭許久。

回頭一瞥那張孤單的白木椅，拉起裙襬，坐了下去。

最後一塊碎片填滿了空白處，發出咔啦的聲響。

這個瞬間，縹家所有「異能者」都感應到新任大巫女的誕生。

珠翠面前的「暗殺傀儡」整齊的屈膝跪下。不，現在的縹家已不再需要「暗殺傀儡」了。要給他們的是守護大巫女者本來該有的稱呼。

「今後你們就是我縹家全新的『槐樹守護者』。」

彷彿聽見誰微笑的聲音。那聽起來，像是瑠花。

很好，活下去吧。那聲音彷彿這麼說。

珠翠已經不再哭泣。

珠翠坐在白木椅上，望著眼前數十具白棺。但在最角落卻缺少了三具。沒錯——三具。立香的和瑠花的，還有一具呢？

「……還有一具，是給秀麗小姐的？」

「是……奉大小姐之命，運往紅州江青寺了。」

珠翠閉上眼睛。這是瑠花為秀麗留下的，最後的時間。

「我明白了。那麼，我也得趕到江青寺去才行……還有『干將』和『莫邪』——」

此時，豎立於珠翠身旁的雙劍忽然發出刺眼的光芒。在珠翠睜開眼睛前一刻，那雙寶劍散發光芒，倏地消失了。

「……沒問題的。那雙劍只是回去了。在該回去的時候，回到該回去的地方。」

珠翠聞聲抬起頭時，眼前站著一位穿著縹家公主裝的妙齡女郎。珠翠驚訝的看著她，在這裡有許多穿著巫女裝束的姑娘，但公主裝卻很罕見。她的年紀看來比珠翠還小，正望著這邊微笑。珠翠覺得好像在哪裡看過她——心頭一動，恍然大悟。她是最後的孩子。

「……恭祝您就任，新的大巫女。」

微微一笑輕輕低下頭，長長的頭髮柔順飄逸。

「請帶我一起，前往紅秀麗大人所在之處吧。」

…………將時間稍微回溯。

燕青回到江青寺。這是瑠花附身於秀麗時，對燕青交待的。

騎著赤兔馬奔馳，抵達江青寺時已入夜了。燕青衝進寺內，看到安置其中的事物時，不由得勒住了長老羽章的脖子。

「……給我等一下，你這個老和尚！準備棺材是什麼意思？我扯你鬍子喔！我知道了，這是給你自己準備的棺材？很好，我現在馬上就送你上西天！」

「哇哇哇，請住手啊，燕青大人！這個啊，這個是……」

此時空氣忽然波動起來，術者與巫女們一齊下跪低頭。

淡淡光彩中，瑠花以秀麗之姿飄飄然地現身，站在燕青面前。

燕青瞪視瑠花的目光蘊含殺意。這雙眼神，令瑠花瞇細了眼睛。

——茶仙的寵兒，浪燕青。過去瑠花曾經懷疑為何他能成為茶仙附身的候補人選。

「放開羽章，小鬼。」

燕青放開手，和瑠花正面相對。羽章噗通一聲掉在地上。

瑠花優雅地上前兩步靠近燕青，閉上眼睛。眼前出現兩個軀體重疊的現象。

從秀麗的身體上脫離的是瑠花的魂魄。瑠花完全脫離的瞬間，秀麗腳下一個踉蹌，但燕青伸手去扶她時，她已經調整腳步站好，抬起手按壓著額頭。

「……咦？這裡……是江青寺？」

「小姐。」

「唔，燕青，你別這麼大聲吼……我頭好暈……嗚嗚，好想吐……」

類似貧血時欠缺血液的感覺，伴隨頭暈目眩想吐的症狀。膝蓋抖動著，得靠在燕青身上才能站得住。簡直像全身精氣都被吸走的感覺。

離魂的瑠花伸手觸摸秀麗的額頭。燕青彷彿看見從她的指尖有某種黑色細微的光線流入秀麗體內。一驚之下，趕緊檢查秀麗，她原本蒼白如紙的膚色卻已恢復正常。目眩的感覺似已退去，噁心感也控制住，又恢復原有的生氣了。

「……瑠花大人？咦？我還……活著……」

「是啊，還活著——紅秀麗，妳應該記得這具棺木吧？」

瑠花伸手指的那副棺木，秀麗的確有印象。藍月之室。在那裡如葬禮般並列的白棺，「白色孩子」曾經沉眠其中的白棺。沒有錯。

「這是集我縹家精粹之白木製成的棺，簡單來說，肉體躺進去就能停止生長。」

燕青的表情忽然產生變化。那是基於燕青敏銳的直覺，對秀麗身體變化與死亡命運之間感到有某種聯繫之故。

「縹家許多的姑娘都曾長眠於這白棺中，效果是經她們確實證明過的。只要睡在這棺木裡，生命將不會繼續消耗。只是睡著，不會死。」

秀麗慢慢抬起頭望向瑠花。思考著瑠花為自己準備這棺木的意義。

「我另外動了一些手腳，妳可以自己決定什麼時候醒來。當然也可以一直沉睡下去，當然，永遠是不可能的。只不過，我留下的這個機會，只能使用一次。」

秀麗鎮定的反問。

「睡醒之後呢？」

瑠花是誠實的。直到最後的最後，還是幾近殘酷的誠實。那或許是她表達溫柔的方式吧。

「棺木無法使用兩次，妳剩下的時間不到一天，無法再活更久。」

秀麗表情扭曲的笑了起來。瑠花為她湊齊的，最後的時間。

「——我願意。」

燕青倉促之間用力抓住秀麗的手，像是想留住她。秀麗驚訝地睜大眼睛，卻只是輕笑了一下，回握住燕青，就這麼抓著他的手沒有放開。再次面向瑠花微笑。

「拜託您了。」

瑠花似乎想說什麼，但卻想不出來該說什麼才好。

這丫頭一定會醒來的。時候到了，她連一絲猶豫都不會有。

瑠花微笑凝視秀麗。對紅秀麗的感情，從最初的漠不關心開始，歷經了種種變化。瑠花凍結的心因她所動。秀麗既像是她的孩子，也是她的同志。

伸出手，瑠花像撫摸稚子一般摸摸秀麗的臉頰，最後從下巴處放開手。

「多虧有妳，我們縹家才能完成應盡的工作。我打從內心感謝妳，還有珠翠和……最後的孩子……就拜託妳了喔？」

瑠花的指尖撫上秀麗眼皮的瞬間，睡魔挾猛烈睏意來襲，眼睛眨動著就要閉上了。

躺在燕青懷裡，秀麗眨了最後一次眼睛，像個被剪斷絲線的傀儡人偶般癱軟了。

「……浪燕青，詳細內容珠翠會告訴你。我已經……沒有時間了。」

瑠花大大呼出一口氣，最後目光橫掃寺內低頭下跪的族人，傲然下令。

「——所有人抬起頭。」

一陣騷動之後，看著包括羽章在內的所有族人，小心翼翼的抬起頭來。一個、兩個……眾人的目光集中在瑠花身上。這幾乎對所有人來說都是第一次。

「這次，為鎮壓蝗災與修復神器，全體族人共同努力奉獻心力，非常了不起。無論是否具有異能，你們都是我的驕傲，值得嘉許……做得很好。」

羽章胸口一熱，沒想過能從瑠花口中聽見這樣的話。

「在我臨終前，你們讓我見識到美好的事物。人在鄉里，就應互助。今後也將不拒絕所有需要幫助的人……直到生命結束為止，都別忘了身為縹家人的驕傲，好好活下去。」

瑠花微笑著，羽章卻淚濕了雙眼。人人都察覺瑠花將死，有些人低下頭去，羽章卻一直仰著頭，望著他們那朵最高貴的石楠花，直到最後一刻。

淚光模糊的視野中，離魂的瑠花身影，逐漸消失。

瑠花消失後，道寺的術者們慌慌張張的飛奔而來。

「不、不好了！剛才接到貴陽仙洞省的聯絡——羽羽大人他——」

燕青恍惚的接收羽羽的訃報，像是事不關己。

對縹家而言，這是個悲傷的消息，但對國王來說，這又具有另外一層意義。

羽羽是朝廷屈指的大官，也是現任國王的擁護者，一直以來從未離開劉輝，始終站在他那邊。也因為執行國王即位與任命的羽羽始終站在國王監護人的立場輔佐，劉輝才擁有一個堅強的後盾。然而現在，羽羽死了，而且是被人殺死的。

燕青低頭看看懷中的秀麗。

——她人生剩下的時間，不到一天。無法活得比這更久。

瑠花給秀麗的答案，不斷在燕青腦中巡梭。

此時，懷中的秀麗突然睜開眼睛，令燕青嚇了一大跳。

「燕青……不要緊……我還會……醒來……讓我躺進……棺材裡睡覺……」

燕青抱起秀麗，剛才她握住燕青的手還沒放開。總覺得放開了，她好像就會消失到不知名的地方。秀麗的頭，正好靠著燕青的下巴。

不曉得經過了多久，都下不了將秀麗放進棺木的決心，秀麗只好生氣的拉扯他的鬍子。力氣是那麼小，一點都不痛，但卻推了燕青一把，讓他前進了兩三步。不過，他又停了下來。

「……燕青……你不是說過，會幫我實現願望嗎……」

燕青無言以對……秀麗說得沒錯。幫助秀麗成為一位官員。只有燕青能辦得到的事。無論何時何地。是燕青自己說過，想看看秀麗希望實現的世界。

看著靠在自己下巴的秀麗腦勺，燕青終於下定決心，輕輕將秀麗放進鋪著柔軟白布的棺材裡。秀麗的表情這才安心的放鬆了。

「……一下就好，讓我睡吧。只要一下就好，然後我就會醒來。一定會。因為，我還有未完成的工作……不是嗎……為了……」

最後說出那個名字時，秀麗的聲音已經微弱的聽不見。眼皮像上下裝了磁鐵似的啪噠一聲閉上。

燕青低頭望著，直到最後都沒有放開的手。

『我一定會醒來的……』

燕青試著想笑，卻失敗了。沒錯，她一定會醒來。醒來，毫不猶豫的用掉生命中的最後一天。

而那一天不但不會是個風平浪靜的日子，恐怕還不巧的會是最混亂的一天吧。

如受到急流衝擊，所有命運在洶湧的波濤中翻滾。

一切正朝向終結飛奔。

貴陽——朝廷。仙洞省令尹羽羽遭人暗殺一事，正傳遍朝中。

「聽說了嗎？羽羽大人他——這下仙洞省這個後盾也沒了——」

「……是啊，我還聽說中等以上的家族開始動員私人軍隊——」

「……現在兵馬權握在旺季大人手中——而不是鄭尚書令——若是趁現在——」

「軍隊——不動——可能性高——陵王大人——掌握……」

走在身邊的叔牙，拉拉蘇芳的衣袖。那張總是樂觀的臉現在也笑不出來了。

「蘇芳……」

「是啊，狀況不妙。」

羽羽的死，讓勉強保住的最後一條繩索就此斷裂。至今沉澱在底層的混濁與黑色的熱度，終於漸漸浮上表面。

黑色污油滴落在朝廷之中，形成暗潮洶湧的黑影。黑色的蝗蟲沒來，討厭的黑色人影卻出現了。

……紫劉輝離開王都的消息傳到紅州，是在那之後不久發生的事。

霄太師沉默望著在滿天星光的夜空裡，有幾道流星滑落。

瑠花、英姫、羽羽。與已結束的大業年間息息相關，活過那段動亂世代所僅存的幾個人。

「戩華和瑠花的時代，結束了啊……」

站在一旁的藍仙淺嚐著小杯中的酒，仰望美麗的彗星，露出發自內心的微笑。

劃出一道鮮明的軌跡隕落，散發出各自人生的耀眼色彩。

英姫和羽羽姑且不論，沒想到瑠花的生命也能結束得如此光明絢爛。

她的一生都致力於對抗那顆宿命的禍星。藍仙曾壞心眼的想過，瑠花生命結束時必然不得好死。

然而三顆隕落的彗星之中，她的星擁有最吸引人心的奪目光彩。

她的人生一點也不美麗，然而，她是個美麗的女人。藍仙不得不承認。

不經意的，想起過去曾在瑠花面前現身的黑仙。

……黑應該很想目睹這一刻吧。

瑠花拚命想改變自己人生所賦予顏色時的模樣。

「呵……瑠花和紅秀麗雖然完全相反，卻又像照鏡子似的有非常相似之處呢。」

只活一個世代的櫻花。經由人手改造，無法留下後代，只在今生開出燦爛的花便散落。

瑠花的星這次在天空中劃出一道美麗的弧線，終於隕落。

「紅的女兒啊……」

進入長眠的姑娘。等她醒來時，那顆星將會加倍耀眼奪目，像即將燃燒殆盡，隕落前夕的彗星。

藍仙沉默著瞥了一眼霄太師，又將目光放回夜空。

現在的紫霄到底知不知道自己臉上是什麼樣的表情。

藍仙不懂。他雖然很喜愛羽羽，但那種喜愛和喜愛楓葉沒什麼兩樣。飄落時縱然覺得可惜，但只要夠美也就滿足了。可是現在紫霄表露出的情感，卻完全像是個人類。他像個人類一樣。

那是被留下的人的表情。

藍仙抬頭看天，讀著天空的訊息。呼出一口氣，將周遭染成一片雪白。冬天就要到了。

「戩華的時代結束了。新的時代即將來臨。」

東方天空。

有著閃耀美麗光輝的王星升起。

——就快了。

後記

久等了。真的很抱歉。

最後一集《紫闇》分為上下兩冊。首先上冊，秀麗篇。這麼厚一本！真抱歉。可是下冊還要更厚，大概有上冊的一．五倍……嗚呼。

在上一集發行時，我已經決定接下來就要寫結局了，可是因為未完成前無法估計內容分量得分成幾冊……拖了這麼久才發行真的很對不起大家。沒想到最後竟然這麼厚。好多人都說「至少要分成三冊吧！」，可是我還是堅持「『上』之後就該是『下』才對啊，不是嗎？我最討厭什麼『中』了！」或是「不管怎麼厚，兩本還是比三本便宜一點吧！」或是「最重要的是，我絕對無法接受連續三個月發行三本書！（這是精神潔癖的問題）」總之在我百般抗拒之下，終於變成兩冊都厚得能拿來當墊腳石了……我沒癡心妄想一冊就能結束算不錯了。

這次劉輝也沒怎麼登場（……），不過下冊五百頁就滿滿都是他了喔，請放心。另外封面也配合上下兩冊花了各種工夫設計，呵呵，敬請期待！

下冊因為盡可能不想浪費頁數與版面的緣故，所以沒有後記也沒有人物介紹……絕對不是裝訂錯誤，請千萬不要退書呀……

所以，這就是本篇最後的後記了。我一直猶豫著該寫什麼好……

……真是好長好長的一個故事啊。真的，對讀者來說，實在是太長了吧。對於出道時，曾經以為一集就能結束的我來說也是。雖然故事中人物眾多，也發展出各種支線情節，但在創作本書期間，我一直覺得這是秀麗的故事。正因為有秀麗，所有的登場人物與故事才有可能誕生。沒有秀麗，其他角色都不可能存在。沒有她就沒有彩雲國。正因如此，沒有比我聽見有人說最喜歡秀麗更讓我開心的事。

這不是一個關於仙的故事，而是關於人的。我認為，這一點也是因為有秀麗的存在才能辦到。承蒙許多讀者提出希望本書能繼續下去的要求，但故事總是要有開始也要有結束才能成立。過去我也曾對許多故事的結束感到不捨與寂寞（現在也一樣），同時卻也有種放下心來的感覺。那些作品我都能反覆重讀，持續喜愛……我由衷希望自己的書，對讀者而言也能成為這樣的存在。

回頭再讀時，發現實在有太多未臻完善之處。每次面對一片空白的稿紙時，對自己的力有未逮感到茫然，不知道哭了多少次。儘管如此，依然持續寫完這個故事的這段時光對我而言是多麼重要，我想當人生走到盡頭的那一天，一定會這麼想的。

以一個新人的出道作品來說，真的是太長了。我衷心感謝一路陪伴我的各位讀者，以及長期為作品繪製插畫的由羅老師。這段漫長的時光，真的非常謝謝大家。那麼我滿懷感謝地就此擱筆。

雪乃紗衣

國家圖書館出版品預行編目資料

彩雲國物語：紫闇王座 / 雪乃紗衣作；邱香凝譯
. -- 初版. -- 臺北市：臺灣國際角川, 2012.01-
冊；　公分. -- (Kadokawa fantastic novels)
譯自：彩雲国物語：紫闇の玉座
ISBN 978-986-287-553-7(上冊：平裝)

861.57　　　　100025494

Kadokawa
Fantastic
Novels

彩雲國物語 紫闇王座（上）

（原著名：彩雲国物語 紫闇の玉座（上））

2024年4月30日 二版第1刷發行

作　　者：雪乃紗衣
插　　畫：由羅カイリ
譯　　者：邱香凝

發 行 人：台灣角川股份有限公司
總 監：呂慧君
總 編 輯：蔡佩芬
主　　編：林秀儒
編　　輯：黎夢萍
設計指導：陳晞叡
美術設計：宋芳茹
印　　務：李明修（主任）、張加恩（主任）、張凱棋

發 行 所：台灣角川股份有限公司
地　　址：104台北市中山區松江路223號3樓
電　　話：（02）2515-3000
傳　　真：（02）2515-0033
網　　址：www.kadokawa.com.tw
劃撥帳戶：台灣角川股份有限公司
劃撥帳號：19487412
法律顧問：有澤法律事務所
製　　版：巨茂科技印刷有限公司
ＩＳＢＮ：978-986-287-553-7